女警手记
The Policewoman's Notes

致命邂逅

边宪华 —— 著

南京师范大学出版社
NANJING NORMAL UNIVERSITY PRESS

图书在版编目(CIP)数据

致命邂逅 / 边宪华著. —南京：南京师范大学出版社，2016.9

(女警手记)

ISBN 978-7-5651-2764-9

Ⅰ.①致… Ⅱ.①边… Ⅲ.①刑事犯罪—案件—处理—中国 Ⅳ.①D924.11

中国版本图书馆CIP数据核字(2016)第124180号

书　　名	致命邂逅
作　　者	边宪华
责任编辑	王雅琼
出版发行	南京师范大学出版社
地　　址	江苏省南京市宁海路122号(邮编：210097)
电　　话	(025)83598919(总编办)　83598412(营销部)　83598297(邮购部)
网　　址	http://www.njnup.com
电子信箱	nspzbb@163.com
照　　排	南京理工大学资产经营有限公司
印　　刷	南通印刷总厂有限公司
开　　本	787毫米×960毫米　1/16
印　　张	24
字　　数	366千
版　　次	2016年9月第1版　2016年9月第1次印刷
书　　号	ISBN 978-7-5651-2764-9
定　　价	36.00元

出版人　彭志斌

南京师大版图书若有印装问题请与销售商调换
版权所有　侵犯必究

序言

警察，是正义和力量的化身，是英勇和无畏的象征。打击和惩治违法犯罪活动，是宪法和法律赋予人民警察的一项神圣职责。由无锡市公安局原政治部副主任边宪华撰写的《致命邂逅》一书，从无锡市公安局 30 多年来侦破的诸多重特大刑事案件中，精选出 30 个案例，真实记录了这些案件的发案和侦破过程，集中展现了无锡公安民警的大智大勇和无锡公安队伍敢打硬仗、敢打胜仗的威武之师形象，具有丰富的史料性、现实的指导性和极强的可读性。

　　这是一段历史。多年来，作者结合自身工作发表反映公安工作、警察生活和侦破大要案件的作品不计其数，给无锡公安不断添加浓墨重彩，记录下一个个历史瞬间。本书收集的 20 世纪 80 年代以来发生在无锡地区的典型刑事案例，带有鲜明的时代特征，并具有一定的独家性，从一个侧面反映了 30 余年来的无锡公安刑侦史。作者具备丰富的刑侦知识和广泛的见识，作品中涉及的侦查手段和破案方式是专业的，也是在法律规范的框架下进行的。作品内容均来自作者随警作战的实录和对案件当事人的采访，有着丰富的史料价值。更难能可贵的是，作者在"原生态"地再现这些经典案件时，既有通过侦破大要案扬我警威、震慑犯罪的精彩描写，又突出了公安民警对罪恶的憎恨和对人民群众亲人般的爱，展现了正义和邪恶的较量，洋溢的是对警察职业的理解，对警察精神的崇尚，对警察兄弟的情谊。可以说，本书是警察与罪犯斗智斗勇的斗争史，更是无锡公安忠诚履职、捍卫法律、敢打硬仗、乐于奉献的奋斗史。

这是一本教材。本书收集的案例,在时间跨度上历经30余载,而这段时间,正是我国经济体制深刻变革、社会结构深刻变动、利益格局深刻调整、思想观念深刻变化的时期,经济社会发展呈现出明显的阶段性特征,各种性质的矛盾、冲突不断显现,刑事犯罪总体呈现高发势头。迅猛的经济大潮、高速发展的信息产业,使得罪犯的犯罪手段不断升级:智能化、信息化、线上线下……从边宪华的作品中,我们可以看到,面对形形色色的罪犯和花样百出的犯罪手段,民警们克敌制胜的本领与智慧也在与时俱进,由过去不出村、不出街的传统排查到现在的DNA鉴定、电子监控、网上追踪等等,无不显现出无锡警察胜人一筹的实战技能,匡扶正义、除暴安良的神圣使命,以及过人的敏锐嗅觉和过硬的专业素养。每一起案件中,都可以看到他们从人的性格特征、现场的蛛丝马迹中洞察秋毫,揭开掩藏罪恶的秘密,顺线追踪找到破案的钥匙。从这个意义上说,本书既是无锡公安机关打击刑事犯罪活动的阶段性总结,也是进一步提升无锡公安实战技能的实用性教材。

这是一面镜子。报道大要案,把握分寸尺度是关键,本书作者以高度的社会责任感,在作品中致力于犯罪成因的深刻分析和理性思考,探讨案件背后少数人走向犯罪深渊的社会因素、教育因素和心理因素,诸如利欲熏心、道德沦丧、无视法律、心理失衡等,借以警示社会、警示世人,帮助人们树立法律观念,确立正确的人生观、价值观和道德观。可以说,这是一本极好的警世之作。

边宪华长期工作在公安宣传岗位，对公安工作充满热爱，对警察兄弟充满深情，为宣传无锡公安工作和公安民警精神风貌尽心尽力，即使退休后仍笔耕不辍，痴心于她热爱的事业。这种执着、这种情怀，令人钦佩。可以肯定的是，她还会继续给读者带来新的惊喜，因为在她的心目中，最好的风景永远是她曾经的职业。

赵志新
（无锡市人大常委会党组副书记、副主任）

目录

镇巷命案　　　　　　　　　　　　　　> 001

　　在无锡市中心，中山路八佰伴的背后，有一条叫镇巷的老巷子，巷子里有一座幸存的花园老洋房。这座老宅子正是无锡历史上荣、唐、杨、薛四大家族之中的唐家。老无锡应该都还记得，34 年前，这里曾发生一起抢劫杀人案：唐家 20 岁的浙江籍保姆被人杀害，藏尸沙发下，现场被劫现金、存折、首饰等财物。因唐家特殊的背景，这起血案轰动锡城。此案是如何侦破的，凶手又是一个怎样的人？

"宝贝，回家！"　　　　　　　　　　　> 015

　　"大灰狼"变身"舅舅"，从工厂托儿所"抱"走 16 个月大的男婴嘉嘉，转手卖到河南新乡。独子被拐，犹如晴天霹雳，嘉嘉父母心急如焚，陷入绝望。千里之外，一名中原汉子被报上一则寻人启事搅得神不守舍，照片上的那个男孩，分明就是刚刚"领养"的儿子。几番纠结，几番挣扎，他毅然作出选择。无锡警察栉风沐雨，找回嘉嘉，捕获"大灰狼"。回到父母温暖怀抱的嘉嘉，从此踏上人生坦途，健康成长。

"爱"的绑架　　　　　　　　　　　　> 027

　　无锡一里街是一条人们曾经耳熟能详的百年老街。随着时代的变迁，这条老街在 2010 年退出了历史舞台，但 30 年前发生在老街的那起震惊锡城的凶杀案，至今仍顽固地占据着人们的记忆。1986 年 3 月 8 日上午，一个叫邱明的男子在一里街上疯狂作案，在不到半小时里，杀死 3 人，杀伤 2 人。邱明逃亡 4 天 4 夜后，被无锡警方抓获。本文为你揭开这起大案的内幕。

紫砂大盗　　　　　　　　　　　　　> 041

　　拥有一把"紫砂泰斗"顾景舟所制的壶，是多少人的梦想，也因此被多少不法之徒所觊觎。1990 年 3 月 2 日，宜兴陶瓷陈列馆发生惊天窃案。陈列在该馆紫砂陶展厅的顾景舟稀世之作鹧鸪壶、僧帽壶等共 12 套 42 件（把）珍品失窃，同时失窃的还有紫砂工艺美术大师蒋蓉的作品 12 套 33 件（把）。国宝被盗，万众瞩目。何人如此胆大妄为，警方又是如何从茫茫人海中揪出"紫砂大盗"的？

逃也枉然 > 053

1994年7月14日凌晨，徐友在江苏无锡街头捅死一名联防队员，随后几年里，他亡命天涯。在漫长的潜藏、逃匿的日子里，他试图忘却自己的过去和罪恶，忘却那血淋淋的场景，但越想忘，偏忘不掉。失眠的夜晚，他躺在床上，盯着门，觉得那门会突然打开，冲进一群人给他戴上手铐。等啊等，他等来了警察。这个双手沾满鲜血的凶魔，不得不面对他逃避了11年的过去。

多事之秋 > 061

金秋时节，秋高气爽。然而，1995年的秋天，对一向祥和太平的苏南地区来说，却是个多事之秋。9月29日至10月29日的一个月里，无锡、镇江、苏州等地接连发生6起抢劫杀人大案，9位无辜者失却生命。江苏省公安厅指挥协调，无锡警察倾巢出动，苏南、苏北联手作战，长江南北寻踪觅迹，36个昼夜辛苦奔波，终将4个噬血狂徒收入网中。

"中校"劫匪 > 089

苏南特大抢劫杀人系列案刚刚尘埃落定，广益勤丰废品收购站又响起枪声。一名身穿中校军服的男子，自称某军区后勤工作人员，上门洽谈废炮弹生意。见到巨额现金，"中校"拔枪"爆头"，杀死3人、杀伤1人，劫走现金7万元。警方紧急行动，全省堵截。子夜，枪杀案制造者在苏州吴县通安镇现形。钱未焐热，人已落网。凶手也曾有过辉煌的人生，他是如何走到这一步的？

孽缘情仇 > 099

因各自的妻子与同一男子有染，原本素不相识的两名安徽男子结成同盟，滥杀无辜，策划实施了一起震惊苏、皖两省的特大投毒案，导致24人中毒，其中3名花季少女身亡，5人重度中毒、留下后遗症，16人轻度中毒。害人者终害己，两名作恶者被依法判处死刑。人是情感动物，但情感需要受到法律、道德、理智的约束。

仇从何来 　　　　　　　　　　　　　　　　> 111

　　1997年9月20日,宜兴市南新镇(后并入和桥镇)发生惨烈血案,24岁的阿芬和她3岁的女儿云云双双被杀。现场,凶手蘸着鲜血在墙上写下一个触目惊心的"仇"字。仇杀？情杀？财杀？案情扑朔迷离。宜兴警方历经7年追凶觅迹,终于在2004年9月16日将凶手赵新抓获归案。4天后正是阿芬母女7周年祭日,沉默了4天的赵新开口交代了那血腥的一幕及作案动机。

觅踪怒江 　　　　　　　　　　　　　　　　> 125

　　滚滚长江,滔滔怒江,两江一脉相承,均发源于青藏高原唐古拉山。因为向往山外的精彩世界,1999年初夏,2名怒江贡山的傈僳族妇女被可恶的人贩子拐骗至长江下游的江苏江阴境内,在短短10天时间里,行程万里,遭遇强奸、拐卖、劫杀种种罪恶。江阴警察情深似海,义薄云天,竭尽全力挽救民族姊妹生命,费尽周折将二人送归家乡。辗转崇山峻岭,历尽千辛万苦,警方终将作恶者子雨加、子雨国兄弟追缉归案。

跨省缉凶 　　　　　　　　　　　　　　　　> 137

　　燕赵大地,河北泊头一普通农舍,门窗上,大红喜字鲜艳耀眼,这户人家喜事的热闹场景尚在眼前,新妇头上的红花却已换成白花。村人不忍直面新妇倚门眺望的悲切,纷纷掩面而去。江南水乡,江阴市看守所,杀害新妇丈夫的凶手曾经羁押于此。人之将死,其言亦善。临刑前,一丝悔恨之色爬上凶犯的脸:"为了钱,我杀死3人,连累2个兄弟,害了6个家庭,真是死有余辜啊！"

"珍珠梦"碎 　　　　　　　　　　　　　　　> 149

　　太湖水美,太湖的珍珠更靓。江苏无锡,这座美丽的城市吸引着众多的中外客人。游客们不仅陶醉于旖旎的湖光山色,更对这里的珍珠工艺品情有独钟。曾几何时,无锡市涉外珍珠工艺品市场被一个叫"徐建"的人垄断。为了巩固"老大"地位,他不惜重金雇佣打手,劫持"同行",砍戮港商。最终,徐建及其帮凶未能逃脱恢恢法网,20世纪末无锡警方"打黑除恶"第一案成功告破。

曼谷解救 〉159

朋友设下生日陷阱,弱女子羊入虎口。2001年10月10日,无锡居民蔡芳一到泰国曼谷即被匪徒绑架。中国公民在国外被绑,在无锡市乃至江苏省历史上尚系首例。国际刑警紧急出动,跨国追踪。中泰警方联手破案,主谋落网,人质安全获救。

血色凌晨 〉173

在读医学博士顾勇与美丽贤惠的妻子、活泼可爱的女儿组成一个幸福小家,居住在无锡东映山河小区,谁人不羡?2002年3月12日凌晨,天降横祸,3条黑影窜进小区,三口之家顿遭灭门。案发市中心,市民惶惶然。2003年,警方穿云破雾,踏破铁鞋,在福建一小岛连擒两凶。7年后,又将逃匿台湾的另一案犯抓获。"东映山河血案"就此画上句号。

雨夜幽灵 〉185

这是2名劣迹斑斑、前科累累的惯犯,他们在狱中搭识,一拍即合,密谋刑释后要"干一场大的"。2002年6月23日夜,月黑风高,暴雨倾盆,2人窜进无锡市中心田基浜小区一居民家,残忍杀死4人,疯狂劫财,焚尸灭迹。然而,大雨滂沱之夜所发生的一切,并不会被雨水冲刷得一干二净。

福兮祸兮 〉195

在山东临沂,刘伟是个隐身人,既无户籍登记,又无亲朋好友。38岁的刘伟从黑龙江来到临沂,是一家洗头房的按摩女。她那妩媚的笑容、撩人的眼神,迷倒了一个叫孟建的有妇之夫,孟建享起"齐人之福"。刘伟心甘情愿当了"老二",生下私生女,野心却随之膨胀。她多次逼宫,欲称"老大"。孟建痛下杀手,可怜"老二"落得个客死他乡的悲惨下场。

"内鬼"是谁　　　　　　　　　　　　> 207

　　这是发生在无锡某银行的一件蹊跷事。周日,银行某账户在半小时里忽然虚增450万元存款,当天,有人持借记卡,在ATM机和银行各网点分9次提现228.3万元。这消失的可是银行实实在在的真金白银啊!银行巨款被盗提,数额之大,手法之巧妙,在无锡尚属首例。这一切都是谁在操纵,警方又是如何揪出"内鬼"、千里寻踪追回巨款的?

尸横断桥　　　　　　　　　　　　　> 217

　　断桥下,水坑里,赫然一具尸体,惊煞路人。一辆辆警车飞驰而来,一时人群成墙。几名刑警跳进水坑,拨开周边一簇簇杂草,捞起爬满蛆虫的尸体,依稀可辨这是一名成年男性。死者上衣口袋里有一张机动车驾驶证。顺线追查,死者正是失踪20天的"摩的"司机童军。童军是怎么死的,是失足摔下断桥,还是有人谋财害命?

命悬一线　　　　　　　　　　　　　> 229

　　巨额订单从天而降,不能不说是意外惊喜。2004年4月中旬,做粮油机械生意的罗明接到一单来自广东的大生意。4月15日,他飞到广州,刚出机场便被歹徒绑架,关进黑屋,失去自由。歹徒开价150万元赎人,否则撕票。人质命悬一线,十万火急!无锡警方连夜成立专案组,急赴广东,六昼夜辗转广州、清远等地,机智周旋,终将绑匪一网打尽,人质安全获救。

山林魔影　　　　　　　　　　　　　> 239

　　连绵龙山,青青产山,草木深深,空气清新,好一座森林公园。一天,上山早锻炼的汪老汉在树林深处的草丛中惊见一具已成白骨的女尸。现场地势偏僻,人迹罕至,女尸是被害、自杀,抑或遭遇意外?女尸死因尚未定论,山道里又现男尸。"索命鬼来了!"人们再也不敢上山。到底是何方魔鬼作祟涂炭生灵,扰得人们不得安宁?

毒枭"刀疤" > 249

一条长长的刀疤,把一张原本还算英俊的脸撕得四分五裂、狰狞不堪。就是这个绰号"刀疤"的大毒枭,2年多时间里,在重庆、上海、无锡三地编织了一张庞大的贩毒网络。"刀疤"狡猾、奸诈、圆滑,缉毒警更棋高一着,长期经营,不懈追踪,绝不放弃。一场"猫鼠博弈"历经22个月,警方终将"刀疤"及18名同伙收入网中,缴获海洛因8 850克。

致命邂逅 > 261

她住在泰山脚下,他来自福建海边,在3月的绵绵春雨里,他们邂逅于繁华的国际大都市上海。两人一见如故,情深深,意切切。然而,这是一次致命的邂逅。她沉浸在"婚外恋"的激情中,他却觊觎着她的钱财。2006年7月4日,他一个电话把她邀到无锡,她欣然赴约。在事先租下的一间小屋里,她成了刀下冤魂,长眠太湖。他劫走她的银行卡,提出2.54万元现金后逃离锡城。警方人海觅凶,两昼夜锁定凶犯踪迹。

赌之深渊 > 269

"警察同志,快救救我们!"2009年5月2日,正值"五一"假期,人们尽情享受着节日的喜庆、惬意、悠闲,一个境外求救电话打破了公安民警难得的休息日的平静,4名无锡居民在老挝一家赌场被关押拘禁。无锡警方派出特别行动小组,联手云南警方,在中老两国之间展开了惊险曲折的解救行动。她们是如何到的老挝,又怎么会被关押拘禁的?

闺蜜·阴谋 > 283

她们曾经是亲密无间的闺蜜,相同的漂泊境遇使她们更加渴望稳定的生活,可是在金钱面前,"闺蜜"二字是那么苍白无力。一个是输红了眼的赌徒,一个是曾经的"坐台女",两人相互勾结,沆瀣一气,从上海驱车奔袭无锡,租房作案,以闺蜜为目标,杀人抛尸、抢劫钱财。案情大白,人们不禁唏嘘,曾经的友情原来如此脆弱不堪。

生死瞬间 > 291

　　2010年6月6日,周日,黄昏时分,幽暗的地下车库里,亡命歹徒劫持一对母子,用尖刀将他们逼进汽车,嚷嚷着"去银行"。无锡警方15分钟内集合150余名警力赴现场处置。现场气氛紧张,谈判很不顺利,在人质生命遭到严重威胁的危急关头,现场指挥下达了"击毙歹徒"的命令。枪声响过,歹徒毙命,人质得救!网友实时发帖点赞:"无锡警察,牛!"

"6·8"枪案 > 303

　　一支双管猎枪,出自江苏无锡宜兴市上坝村农民周平之手。一位兵工厂的专家看过后说,工艺精致,媲美军工级。2010年,一场由江苏无锡"6·8"特大网络非法制造买卖枪支弹药案引发的缉枪风暴,由公安部全力督办,涉案地区从江苏拓展到浙江、江西、四川、湖南等30个省(区、市)。2011年2月13日,公安部公布2010年治爆缉枪十大典型案例,"6·8"枪案居首。

售假"明星" > 319

　　令李峰始料未及的是,自己犯下的这宗售假大案,竟然令他再次大出风头,其轰动效应大大超出当年成为"高考状元",毕竟那只是一个地级市效应而已,这次居然上了《焦点访谈》,风头出到了全国。这一切都是金钱在作祟。曾经的"高考状元",人生、自尊、家庭,都在"钱"字面前一败涂地。

插翅难逃 > 331

　　大中午,小饭店前,一场警匪大战在人们的眼皮下展开。穷途末路的歹徒扣动了土枪扳机,英勇无畏的便衣警察身子被鲜血染红,仍死死抱住歹徒。警车飞驰而来,押走持枪歹徒。这是一个特大"两抢"团伙的头目,纠集一伙社会渣滓,专门抢劫珠宝店、典当行,甚至光天化日闯进居民小区抢劫巨款。然而,法网恢恢,疏而不漏。

跌宕人生 > 343

头顶硕士光环的他,事业曾经风生水起,钱赚得盆满钵满,买房购车、娶妻生子,春风得意。温饱思淫欲,他向往"三妻四妾"的糜烂生活,一口气纳了"老二""老三"。家外有家的后果是入不敷出,经济窘迫。他铤而走险,把手伸向某公司的贵品仓库,金条、金碗……什么贵重拿什么。莫伸手,伸手必被捉。财物尚未出手,人已身陷囹圄。高级白领沦为"黄金大盗",一切皆因钱色起。

微信?危信! > 355

文娟至死也未明白,微信"摇"来的男友,不仅未能让自己过上幸福生活,反而被劫财劫色,甚至失去了宝贵的生命。自腾讯公司2011年1月21日推出微信这一即时通信工具,因其强大、便捷的交互功能,很快为人们所追捧。微信的"摇一摇"是其最独特也是最强大的交友方式。文娟死在微信推出两周年之际,这起无锡首起因微信交友引发的血案警示人们,微信"摇一摇",摇来的可能是朋友,也可能是豺狼。

后 记 > 365

镇巷命案

（一）

1982年7月20日上午,天空飘着雨丝,一阵紧似一阵。

"我来报案,我们家进贼了,偷掉不少东西,小保姆失踪了。快请警察同志去现场!"一名中年男子裹着雨丝匆匆走进位于无锡崇宁路上、紧邻市公安局的新生路派出所。

"唐经理,是您?快请坐,慢慢说。"所长外出了,正在派出所值班的副所长朱民治迎了上去。

报案者是老唐,他的家庭背景可不一般。唐氏一门,早于清朝时期就已是无锡望族。以荣、唐、杨、薛四大家族企业为代表的一批民族工商企业是无锡地方经济的重要支柱。唐家是无锡乃至上海数一数二的纺织世家。老唐的祖父创办了丽新纺织厂,其父创办了无锡协新毛纺厂。

镇巷唐家洋房建于民国时期,曾经有前后五造,历经战乱,留下前三造。1956年,国家经租之后,最多的时候曾住有5户人家。中间一堵墙将洋房一分为二,东侧归唐家,西侧则住着租户。改革开放后,唐家参加创建上海市工商界爱国建设公司,次子老唐在家乡筹建无锡工商界爱国建设公司。唐家在上海有产业,老唐在沪上也有住房,因此他经常无锡、上海两头跑。偌大的房子,时常只有保姆小霞守着。

1982年7月20日上午,老唐从沪上乘火车返锡,来到家门口,意外地发现门铃不响了。"没电了?"他没在意,掏出钥匙开门进屋。

"小霞,小霞……"屋里静悄悄的,无人应答。穿过天井,跨进一楼会客室,眼前的情景令他傻眼:会客室写字台抽屉被撬,厨房里乱七八糟,空气里飘着难闻的味道。

"进贼了!"他急忙跑上二楼查看。卧室里的五斗橱、大橱和壁橱均被撬,抽屉里的现金、存折不见了,小霞也是不见影踪。

派出所民警认真作了报案笔录。朱民治带领民警在雨帘中冲向一路之隔的镇巷。实地一看,案情不简单,现场不像是普通的盗窃案。他一边报告分局,一边组织民警保护现场。

"镇巷唐家发生失窃案!"崇安公安分局局长在赶往现场途中,向时任无锡市公安局局长孙荣根报告。向来幽静的镇巷一时喧闹起来,警方各路人马纷纷赶到。

"会不会是小保姆卷款逃跑了?"楼上楼下找不到小霞,有人发出这样的疑问。

"不会,绝对不会!"老唐说得很肯定。据其介绍,家里原来雇的一个保姆是无锡本地人,住无锡县八士桥,因家中有事辞了工。小霞现年20岁,浙江诸暨人,1981年10月经人介绍来到唐家,先在上海淮海中路家中试用。小姑娘单纯朴实,干活勤快,深得老唐夫妇喜欢,同年11月随他们来到无锡。1982年4月27日,老唐陪夫人去上海治病,这一去就是2个多月,镇巷老宅仅留小霞看管。

经清点,唐家失窃物品如下:现金1 350元;活期存折1张,内有存款1 476元;老唐私章2枚,其中1枚为铜质狮子头,1枚为象牙;老唐夫人金石私章1枚;老唐的户口簿、工作证、会员证;进口录音磁带13盘;粮票150余斤;眼镜3副;项链2条;各种外烟近20包;大铜钱1枚。民警立马赶到银行,活期存款已被提走1 000元。

现场勘查中,大家总觉得会客室里的气味不对,他们调动鼻子,寻找嗅源,慢慢将目标集中到一张靠墙的三人沙发上。几人合力掀起沙发,底下赫然塞着一具女尸,正是失踪的小霞。

尸体浑身裸露,因天气炎热,已呈腐败状,散发着令人作呕的尸臭。经法医解剖、检验,小霞的直接死因为颈部受扼,窒息而亡,确认为他杀,排除性侵。

唐家位于镇巷×号大院内东侧上下三层。经现场勘察,歹徒自下而上作案,先杀人后劫财,撬扭作案工具就地取材。杀人现场为一楼会客室,西墙边单人沙发旁的茶几上,有空啤酒瓶、火腿罐头盒,写字台抽屉被撬开,会客室门框上方的门铃电源被切断。二楼为盗窃现场,卧室门被挖了个洞,门锁系双保险锁,未能打开。歹徒转而选择翻窗入室,撬扭作案。

根据现场勘查和法医检验情况,警方确定这是一起入室抢劫杀人案,案发时间应在7月18日中午12时40分至下午5时30分之间。依据为以下四点:其一,邻居最后一次见到小霞是7月18日中午12时40分,以后再无人见过。大家还在纳闷"这几天小保姆哪去了?"其二,老唐离开无锡去上海的2个多月里,主要通过信件与小霞交流。这次返锡前,他写信告知回家时间。此信7月18日下午4时送达,此刻还静静地躺在唐家信箱里。其三,7月18日下午5时30分,有人到银行取走老唐存折上的存款1 000元。其四,法医根据小霞胃内容,确定死亡时间约48小时。

(二)

这起入室抢劫杀人案发生在闹市区,加之唐家的特殊地位,一时轰动锡城,市民为之震惊。

江苏省委、无锡市委、江苏省公安厅高度重视此案,时任省委常委、副省长洪沛霖专程到锡听取案件汇报,分析案情、确定破案方向;时任市委副书记陈文章踏勘现场,组织破案;时任省公安厅副厅长秦杰率员来锡,坐镇指挥。市公安局组织各方力量,全力以赴,分线拉开战场。

侦查工作从寻找目击者入手,民警分头深入镇巷和银行调查访问。

镇巷×号大院内包括唐家,共住有6户24人,民警逐门逐户走访。院内西侧一楼的杨阿姨反映,7月17日中午12点,她看到有个男青年按唐家的门铃,好久无人回应,此人便用力敲门。她见状便从家里出来察看。那男青年问:"唐经理家里没人?"杨阿姨说:"有人,是个毛丫头,你到楼上看看。"之后就见此人往楼上去了。该男青年二十七八岁模样,身高约1.75米,相貌比较端正,讲普通话,手里拎一只黑色人造革提包。

7月18日中午,杨阿姨的儿子小胡遇到同一名男青年。当时天下着雨,小胡在院子里照看花木,有个男子先敲唐家的门,见无人应答,那人便向其询问:"唐经理是住这儿吗,他家有没有人?"小胡没有回答,只是用手往唐家楼上指了指。雨越下越大,小胡回屋里了。小胡向前去调查的民警描述,该男子穿一件草绿色雨衣,高筒雨鞋,讲普通话,相貌、身高、年龄与其母亲看到的差不多。杨阿姨母子均称以前没有见过这个人。

某银行人民路储蓄所柜员小章还原了7月18日取款的情景:当天下午5时30分,储蓄所准备打烊,小章和几名同事正忙着结算当天的收支。"是在此地伐?"小章闻声抬头,柜台窗前有个男青年前来取款,递进存折、工作证、会员证、印章一大堆。"这不是你的。"小章仔细查看存单后说。"存折上的姓名是阿拉阿爸,阿拉姆妈去上海看病2个多月了,叫我来捺个。"男青年神情自若,回答自如,一口道地的上海话。"你叫啥名字,带工作证了吗?"小章的同事问。"阿拉叫唐耀,在上海无线电十八厂工作,刚从上海赶来,工作证忘带了。"男青年说。小章和同事没再追问,按其要求提现1 000元,并让其在取款凭证背面签字。小章找出那张凭证递给民警,上面签有"唐耀,上海无线电十八厂工作"字样。

老唐有两儿一女,儿子均在国外,女儿在上海。"唐耀"纯属杜撰,更妄论在上海无线电十八厂工作。小章及同事描绘的取款男青年的特征与杨阿姨母子所见相似。无疑,7月17日和18日中午出现在镇巷×号,18日傍晚现身人民路储蓄所的男子为同一人。此人有重大作案嫌疑!

"唐耀"显然是个假名。此人真名叫什么?何方人氏?作案后藏身何处?只有一一解开这些谜团,才有可能找到真凶。

案发时间和案件性质已经确定,警方将重点放在给凶手画像上。综合前期调查走访情况,警方认为一人作案的可能性较大,并对凶手作了详细刻画:第一,歹徒系一男青年,年龄在25岁至30岁之间,身高1.75米以上,长方脸,五官端正,理青年式发型,上身穿藏青色衬衫,外穿黄色雨衣,讲上海话,抽烟。第二,歹徒在银行提款凭证上留下的字迹书写流畅、端正,判断具有初、高中文化程度。第三,歹徒对唐家有直接或间接的了解,认识唐家住处。镇巷×号大院内共有6户人家,歹徒17日和18日两次进入,径直敲唐家屋门无误,同时知道老唐夫妇去了上海,家中仅留保姆1人。第四,歹徒具有一定的社会经验,熟悉银行提款程序、手续;在现场吸烟、喝啤酒、开罐头、用餐刀,劫走进口香烟、眼镜,透视出歹徒长期居住、生活在城市,追求时尚,懂得享受。歹徒还"顺"走进口录音磁带,连放磁带的塑料架也没放过,说明其家里有录音机。

"这个案子一定要尽快侦破!"洪沛霖副省长下令。洪老长期在公安战线担任领导,具有极其丰富的办案经验。无锡镇巷"7·18"大案发生后,洪老先后5次对侦破工作作出指示。他专程到无锡听取案件侦办情况汇报,充分肯定了警方对歹徒的相关刻画与分析。他认为,"此案不是流窜犯搞的,不是农村人搞的。两次去唐家讲的是普通话,取款时一口流利的上海话,不是上海人就是无锡城里的人"。他要求划定一个侦查范围,从熟悉唐家的人排查起。

侦查范围、方向明确后,历时近11个月的持久战拉开了帷幕。

(三)

在江苏省公安厅的直接指挥下,无锡市公安局全警动员,组成阵容强大的专案班子,下设7个组,即现场鉴定组、调查访问组、重点线索查证组、面上排查组、上海工作组、浙江诸暨小霞家乡工作组、情况分析组,共119名刑侦、治安、技术民警集中办案。侦查工作坚持专门工作与群众路线相结合,战场全面铺开。

各地、市、县公安处、局,本局各分局、派出所:

1982年7月18日,我市镇巷×号发生一起重大抢劫杀人案件。根据现场勘查、调查访问,发现歹徒杀人后劫走大量现金及物品、证件,请各地公安机关对车站、码头和旅馆、招待所等场所严加控制,并在查处的现行人犯中注意发现与歹徒面貌相似,以及携带大量现金或持有被劫物品、证件的对象。一旦发现,即行扣留,并速告我局刑警大队。电话:23927。

1982年7月23日
无锡市公安局

锡公刑〔1982〕42号协查通报发往全省各级公安机关,协查通报附录现场被劫物品清单、歹徒面貌特征,还有被劫外烟、证件照片。

同年8月9日,江苏省公安厅向上海、安徽、浙江、广东、福建省(市)公安厅(局)、上海、南京铁路公安,本省各地、市、县公安机关和各劳改、劳教单位发出协查通报。各刑侦协作单位积极响应,紧急行动。

同时,专案组请来的高手凭数名目击者的记忆口述,制作出犯罪嫌疑人的模拟画像,随协查通报发往各地,本市公安民警则人手一张。

根据犯罪嫌疑人的衣着长相,全市民警和治保干部展开地毯式的排查。排查工作面广量大,无异于大海捞针。各厂企单位、各街道地区,如筛沙一般,先把身高1.75米以上、年龄在25岁至35岁的青壮年男子排查出来,作为基础,继而从中排查出面貌特征相似,具有初、高中文化程度,会讲上海话,哪怕会几句"洋泾浜"的,作为案件的一般线索,列入查证见底范围。最后,根据案发时的动向、案发后的反应等凸现重点对象。这些说起来简单,真正做起来却不容易。民警们走东家、串西家,翻资料、查档案,日夜扑在案件上。

针对歹徒对唐家比较熟悉,直接或间接了解唐家的情况,以及唐家生活在锡、沪两地的特点,专案组立足无锡、上海,理出多组关系,重点排查,逐一见底。一是唐家含保姆在内的所有关系人;二是曾经进出唐家的人员,如修缮房屋、搬运、安装等人员;三是抄收水电费、送牛奶、送邮件、人口普查等与唐家有接触的人员;四是镇巷×号大院现住户和原住户及其关系人,包括亲戚朋友、来往人员等。保姆的交往关系和接触人员被列为重中之重。

小霞的前任保姆吴英,老家在无锡乡下八士桥,在唐家干了十几年。吴英老实本分,手脚干净,随主人上海、无锡来回跑,寡言少语,埋头干活,与周边众人鲜有交集,家里人也都是本本分分在田里刨食的人。1981年9月,吴英因家中遇到一些事,离开唐家回了乡下。经过查证见底,没有发现可疑线索。

小霞的家乡诸暨位于浙江省中北部,东接绍兴,南临义乌,历史悠久,人文荟萃,是越国古地,西施故里。小霞的家坐落在离诸暨十几里地的陈宅村,群山环抱,山清水秀。前去调查的民警无心欣赏美景,他们心情沉重地走进小霞家。

"唉呦,无锡来的客人,快坐,喝茶。"客人上门,小霞的父母一开始非常兴奋,后见来者是警察且脸色凝重,脑子转过弯来,忙问:"小霞是不是在无锡出事了?"

"囡啊,你死得好惨啊!"听到小霞遇害的消息,夫妻俩抱头痛哭。村人闻讯赶来,无不扼腕叹息:"小霞这姑娘可惜了。"

"因家里条件不好,去年10月,小霞由熟人介绍到上海去做保姆,做了一个月就跟主人去了无锡。小霞很懂事,每月主人发了工钱都寄回家,偶有信来,称唐家人和善,待她好,让我们别惦念……"小霞的父母强忍悲痛,陈述了小霞当保姆的情况。因为路途遥远、交通不便,小霞的父母、兄弟姊妹从未到过无锡,更别说亲戚朋友了。

"小霞信中说过年要回家的。"小霞的父母抹着眼泪说,"你们一定要早日把凶手抓到,否则小霞死不瞑目啊!"

诸暨之行同样没有找到可疑线索。

唐家养有一缸金鱼,平时都由小霞照料。她经常到西河头集贸市场去买红虫喂鱼。她接触过的小商小贩,民警一个不落全都调查见底。这些摊主摇头称连小霞是哪家的保姆都不知道。这些人的年龄、长相、文化程度也都对不上。

歹徒一口流利的上海话,不排除其是从上海窜来无锡作案。专案组派出工作组赴沪上寻踪。

上海公安把这起大案作为自己的案件来办。1982年7月28日,他们向全市公安机关发出第一份"重要协查"。50天后,又根据前期排查情况发出第二份"补充重要协查",进一步公布案情,详陈歹徒面貌特征和相关情况,向各公安分局、派出所提出排队、控制要求。

侦查工作有条不紊展开,但进行得很艰难,几个月过去,"副产品"不少,其他案件破了一大批,重点嫌疑对象一长串,但契合"7·18"大案的尚未凸现。

1982年9月,一个重要对象进入视线,让专案组上上下下兴奋了好一阵。

同年7月16日,即案发前两天,无锡某建筑站发生入室盗窃案,盗贼作案手法与"7·18"大案相似,但盗贼对建筑站里的录音机等贵重物品没兴趣,只是窃走了眼镜、粮票等物,还在现场吃东西。经过近两个月的侦查,一个叫"李复"的人浮出水面。

这个李复绝非良善之辈,其原籍浙江鄞县,住上海长宁区新华路。1958年,李复因违法犯罪送苏北上海农场川东分场劳教,解教后留场。1972年7月因盗窃罪等判刑10年,送安徽军天湖农场劳改。1980年6月21日,李复越狱逃跑,化名李信、李生、李夏生、李汉生等,活动于浙江、广东、安徽等省。1982年4月,李复来过无锡。

李复即使不是"7·18"大案的元凶,留在社会上也是一大祸害。江苏警方联手上海等地警方,布下天罗地网。几个月后,李复落网,一比对,"7·18"大案不是他所为。

一晃半年过去,"7·18"大案侦破仍未取得突破性进展。案件不破,市民拭目,事主着急,警察心里更着急!

1983年1月21日下午,镇巷×号大案现场,来了上海刑警"803"刑侦总队掌门人端木宏峪。端木时任上海市公安局刑侦处处长,系新中国一代名探,他让许多罪犯望而却步,使许多疑难案件侦破工作起死回生。20世纪50年代,他从一副算命扑克牌入手,破获了当时轰动上海滩的"咸肉碎尸案"。80年代初期,他又破获了锦江涉外凶杀案、于双戈持枪抢劫杀人案等一系列震惊中外的大要案。

只见端木处长眉头紧锁,表情严肃,楼上楼下整整看了2个多小时,才开口说话。他说,有一点可以肯定的是,此案不是流窜犯作案。立足点是作案歹徒有"四个知道":知道唐妻在沪住院开刀治病;知道唐家住无锡镇巷×号;知道住房在东面三层;知道家中只有保姆一人。故胆大妄为,在现场逗留时间较长。

端木处长认为,无锡方面前期的侦查范围、方向不错,沪、锡警方要更加紧密协作,以现场为基础,紧紧抓住唐家关系人和被劫物品展开工作。

侦查工作进入胶着状态。排查、控制工作不敢有丝毫放松。截至1983年6月上旬,上海、无锡两地共排查出重点人员1005名,其中955名经反复查证后被否定,尚有50名不能排除,需要进一步见底。无锡通运路地区排出的一个叫"王建"的人,引起专案组的重点关注。

王建,男,29岁,初中文化,住通运路明德里,国棉一厂职工,身高1.77米,会讲上海话,有偷窃、赌博、流氓前科。其1982年7月18日厂休,动向不明。此人能说会道,民警几次与其接触,他巧舌如簧,能言善答,一时找不到破绽。专案组一边对其专线侦查,一边加强方方面面的控制。

网越收越紧。1983年6月11日,王建自己钻进了网中。

这天凌晨4时30分,无锡火车站,广州开往无锡的火车进站,一男青年拎了只旅行箱现身车站广场。

"我们是市税务局检查站工作人员,请你打开随身箱包接受检查。"税务局的老陈和同事在广场执行缉私任务,拦住了这名男青年。他正是王建,刚从广州进货回来。

"检查?"王建一愣,想跑,见好几个人围着他,只得无可奈何拉开箱子拉链。旅行箱里装满了走私电子表,还有一堆证件、印章之类。

"这是什么?"老陈仔细检查这些证件、印章,发现居然都是老唐的,还有一张活期存折,也是老唐的。这些东西不正是公安局布控的吗?老陈立即报告公安局。很快,民警赶到,带走了王建。

"你怎么会有这些东西?"市公安局组织了强有力的审讯班子。王建家中的搜查和技术鉴定等工作也同步展开。

"捡的,去年7月的一个星期天,下午5点多,我在10路公共汽车上捡到一只红色仿革皮包,里面有存折、工作证、会员证私章、录音磁带,还有进口眼镜和香烟等。"王建非常镇定,故事编得煞有介事。

"为什么不交给公安机关?"

"原来我是想交到公安局的,怕说不清,所以一直放在身上。"

"有人证明吗?"

"没人证明。"

"你没有人证明,我们有证据。"民警在王建家的搜查中又获得一批赃物。

目击者也指证,王建正是1982年7月17日和18日到镇巷×号敲唐家门和到银行取款的男青年。

"我说了吧,镇巷的案件是我干的。"与民警僵持6个小时后,王建交代了抢劫杀人的犯罪过程。

凶手落网,市民奔走相告。民警及时把消息通报了唐家,发还了相关物品。小霞的父母也在第一时间得到消息,老夫妻相互搀扶着前往墓地,告慰九泉之下的小霞。

(四)

王建是如何走上抢劫杀人犯罪道路的?在看守所,他写下一份洋洋万言的自白书,详细讲述了个中的演变过程。

1954年,王建出生在锡城一个普通家庭,父母都是棉纺厂的,他是家中的老二,上有一个姐姐,下有一个弟弟。王建初中毕业参加工作,在市建筑机械施工公司从事打桩工作,1983年9月调入国棉一厂。

在巷弄里长大的王建因过早踏上社会,沾染不良风气,偷窃、赌博、流氓、违法的事一桩接一桩。他不满足于自己的生活现状:一天忙到晚,挣不了几张钞票，不敢进饭店、电影院，更别说进大商场购高档货了。他常常羡慕别人有一个好家庭，工作体面，父母有钱，随心所欲，呼风唤雨。而自己的家庭，简陋、贫穷，父母木讷，刨死食，一辈子都不能给他带来荣华富贵。他做梦都想着发财，跻身上等人的行列。

　　1980年12月上旬至1981年1月中旬，王建被施工队派往"百花园公寓"建筑工地打桩。一天下午，一对中年夫妇来到工地，察看工程进度和质量。这对夫妇气质不凡，打扮时尚，衣料挺括，一口正宗上海话，一下吸引了王建的眼球，他心知这就是有钱人了。事后，他了解到，这对夫妻，男的姓唐，是总经理，家里非常有钱。王建异想天开，如果能靠上这个关系就好了。

　　就在这一年，王建有了女朋友，单位同事小燕在他的狂轰滥炸面前，与他建立了恋爱关系。1982年春节到了，他置办了烟酒、水果、点心，拎着大包小包上门去拜见"准岳父岳母"。谁知对方不接受他，礼品退回，抛出一句难听的话："像你这样有违法行为的人，是不可能成为我们家庭中一员的！"小燕父母的此番话，犹如数九寒天一盆冷水，把王建从头到脚浇了个透心凉。有那么几分钟，他好像听到自己结了冰的心碎了一地的声音。他忍了又忍，强迫自己冷静下来。他对着那扇关上的屋门咬牙切齿地发誓："我要让你们后悔，我要让你们哭着、求着把女儿嫁给我。"

　　恋爱遭遇滑铁卢，王建一度失落、消沉、迷茫，甚至想一死了之、一了百了，但他又不甘心，想要报复。他在日记中写道："现在摆在我面前两条路，一是自杀，二是杀人，我要不顾一切地报复，要杀人，要放火，要偷，要抢！要弄到一笔钱！"

　　"要报复必须有钱，有了钱，什么事就都好办了。"到哪儿去搞钱？王建想到了老唐。如果傍上这座大靠山，谁还会看不起他？他甚至梦见自己成了唐家的干儿子，给了他一套房子、一大堆钱，他辞了工作，过着吟诗作画、风花雪月的逍遥日子。

　　王建日思夜想，都快疯了。可他连老唐住在哪儿都不知道，仅仅是1981年春节，他在公司工地上与老唐有过一面之交。

为了弄清唐家的住址,1982年春节后,王建有事无事总往公司跑,跑了十几趟,终于"偶遇"老唐。那是4月的一个下午。有人向老唐介绍:"这是机械施工公司打桩的小王。"王建编了一套谎话千方百计与老唐搭讪,然后调动所有关系,打听到唐家住在镇巷×号大院内。之后,王建两次去镇巷×号探路,虽未遇上唐家人,但对镇巷×号的格局和唐家的住处了解得一清二楚。

"唐家的钱怎么弄到手?"两次去唐家未找到老唐,王建想,即使找到了,怎么开口?说要当"干儿子",人家凭什么收你当干儿子,把钱捧给你?"当干儿子不成,那么只有偷、抢!"王建预谋作案。7月初,他得悉老唐夫妇在上海,感到作案时机来了。

1982年7月17日,王建到镇巷×号踩点,故意用普通话与目击者搭讪,并以"与唐经理一个单位"为由,搭识保姆小霞,证实唐家只有小霞留守。

7月18日中午,天下着大雨,王建将裁缝剪刀、绳子装进人造革手提包,穿上雨衣,来到镇巷。路上行人寥寥,原本幽静的镇巷此时更是人迹稀少。王建以"唐经理托我父亲买的东西送来了"为托词,骗得小霞信任,进入唐家会客室,然后凶相毕露,采用卡喉咙手法杀死小霞,关掉电铃,找到老虎钳、起子,楼上楼下撬扭劫财。

逃离现场前,王建扒光小霞的衣裤,将尸体塞进三人沙发下,制造奸杀假象。准备潜逃时,听到屋外传来人声,即在现场喝啤酒、吃火腿肠逗留。

下午5时半,王建持活期存折来到某银行人民路储蓄所,冒充"唐耀"取现1 000元。

王建一口流利的上海话蒙了不少人。据王建落网后交代,他喜欢大上海,平时爱与上海人搭讪,经常收听上海台沪语节目,跟着收音机里的"上海说唱"学,久而久之学会了上海话,一般人还真听不出是"洋泾浜"。

王建藏好赃物,窥测警方动静。接着,他向公司告了一个月病假。从1983年初,他就吵吵着要调到国棉一厂去,之后与原单位的人断了来往。

王建交代,那几天,他晚上只要一闭上眼睛,就看到小霞站在面前,哭着说:"我与你无冤无仇,你为什么要弄死我?"那以后,他听到邻居、同事都在议论镇巷案件,心里非常紧张,马上避开。他一天到晚心惊肉跳,疑神疑鬼。一次,他在路上看到一个疑似小霞的姑娘,以为小霞活过来了,顿时吓得魂飞魄散,落荒而逃。

"当时,只感到自己有本事,作案不露马脚,公安局抓不到我,群众发现不了我。"王建在自白中这样说。可他忘了一句俗话:"若要人不知,除非己莫为。"

"我心里清楚得很,杀人要抵命,我命该如此。"王建这样结束他的自白。

1983年6月29日,案犯王建被判处死刑,剥夺政治权利终身。

「宝贝，回家！」

（一）

30余年过去了，1982年出生的李嘉，如今在首都北京闯荡，每年几次回锡探望父母双亲。每当看到意气风发、膝前尽孝的儿子，李建伟、沈芳夫妇总会想起儿子1岁多时的遭遇。他们说，多亏人民警察，才使他们一家如此幸福美满。

李建伟、沈芳是令人羡慕的一对，都在无锡油泵油嘴厂（现为无锡威孚高科技股份有限公司）工作。这是一家闻名全国的国营厂，建厂于1958年，并于当年生产出国内第一副喷油嘴偶件。李建伟担任装配车间副主任，沈芳是检验科的检验员。两人在工作中常有接触，擦出爱情火花，结为夫妻。1982年10月29日，两人的爱情结晶李嘉出生了。这是个非常讨喜的小男孩，小名嘉嘉，是李建伟夫妇和长辈们掌心里的宝。

装配车间工作繁重，任务一来，忙起来没日没夜，相对来说，检验科的工作要轻松些。休完产假，沈芳要上班了。双方父母都没时间照看孩子，夫妻俩商量着把孩子送进厂里的托儿所，接送嘉嘉的任务自然落到了沈芳身上。

1984年3月21日，星期三，一大早，夫妻俩一个弄早饭，一个给孩子穿衣洗漱。早饭后，双双骑自行车往厂里赶，把孩子送进托儿所，各自忙去了。下午4时，下班时间到了，沈芳收拾完办公桌上的东西，匆匆去托儿所接儿子。

"嘉嘉，妈妈接你来啦！"来到托儿所门口，沈芳像往常一样大声呼唤儿子，她等着儿子喊着"妈妈"扑向她的怀抱。16个月大的孩子,已经开步,而且走得蛮像样了。

"嘉嘉妈,嘉嘉被他舅舅接走了。"沈芳没有得到儿子的回应,保育员徐阿姨迎了出来。

"什么,嘉嘉被舅舅接走了?嘉嘉哪有什么舅舅?这是什么时候的事?"沈芳大惊失色,徐阿姨也慌了。其他保育员围了过来。

"上午10点多,有一个二十六七岁的男子来接的嘉嘉。"徐阿姨大致描绘了当时的情况,另一个保育员鲍阿姨证实了她的说法。

"假的,肯定是假的,我的嘉嘉被陌生人拐走了!"保育员们嘴里叙述的男青年,沈芳从来没有见过。"你们赔我嘉嘉!"沈芳眼前一黑,脚下一软,瘫倒在地。李建伟闻讯赶来,"我们的孩子没了!"夫妻俩抱头痛哭。

"孩子大白天在厂里托儿所被人抱走了!"消息像风一样刮遍全厂。有孩子入托的家长百米冲刺般冲向托儿所,把自己的孩子紧紧搂在怀里,唯恐一眨眼孩子就没了。厂领导和保卫科工作人员一边报警,一边迅速组织员工四处寻找。

无锡市公安局接到报案,当机立断采取了以下四项措施:一是组织全市公安民警地毯式拉网寻找嘉嘉;二是全面堵控城市出入口、汽车站、火车站、轮船码头;三是深入调查访问,特别是托儿所当班保育员,一个不落,每一个细节都要穷究到底;四是向全市各级公安机关、厂企保卫科发出紧急通知,立即对厂企和地区幼教场所作一次全面检查,堵塞治安漏洞,建立健全幼儿领送、门卫进出人员登记等制度。

这注定是一个不眠之夜。孩子在工厂托儿所被陌生人抱走,性质、危害均极其严重,为多年来罕见。

"一定要尽快找到孩子。"接到紧急指令的民警们纷纷奔向各自的岗位。街道、村巷、车站、码头、空屋、旅馆、治安卡口、交通要道,到处都留下民警的身影。天明汇集情况,却一无所获!

对李家来说,同样是一个不眠之夜。孩子被拐,如同晴天霹雳,长辈、亲朋好友、同事都赶来安抚、帮助寻找。一夜过去，依然是失望，失望，还是失望。活蹦乱跳的嘉嘉就这样"蒸发"了，沈芳无法接受这样的事实，眼泪已经哭干，喉咙嘶哑得讲不出话来，她抱着嘉嘉的照片呆呆坐了一夜。儿子是她身上掉下来的肉，说不见就不见了，心里的痛任何安慰都显得那么苍白、无力。李建伟的内心也经受着炼狱般的煎熬。

"建伟，天亮了，快烧早饭，嘉嘉吃了要去托儿所了。"精神恍惚的沈芳突然一把抓住丈夫的胳膊，吓坏了一屋子亲友。

"芳芳，你要挺住啊！嘉嘉会回来的，警察一定会找到他。"李建伟紧紧抱住妻子，流着泪劝慰。

仅仅十几个小时，"油泵油嘴厂抱走小孩"的事在锡城传开，引起了人们的惶恐。孩子不仅是祖国的花朵，更是父母的宝，尤其是"只生一个"的计划生育政策实施后，孩子们的安全比以往任何时候都显得重要。此案的发生，触动了人们敏感的神经，那几天，警方连续接报儿童失踪案，一查，有的迷路了，有的与大人躲猫猫。一些家长甚至不敢把孩子送到幼儿园、托儿所去。警方在严加防范、安抚人们情绪的同时，投以重兵全力以赴侦破案件。

首先是判明案件性质。据托儿所保育员反映，抱走嘉嘉的是一个青年男子，年龄在25岁至30岁之间，身高1.75米左右，肤色较黑，上穿豆沙色工兵装，下穿淡灰色腈纶裤子，脚上穿咖啡色小头皮鞋。该男子标准的无锡口音，挺能说的。其到托儿所时，孩子们正在睡觉，他没有说出孩子的姓名，只说："孩子1岁多了，父母都是厂里的。"还说："亲戚想孩子了，抱回去给亲戚看看。"然后径直进了幼儿睡觉的房间。根据其说的孩子情况，有个保育员顺口说了句："是不是嘉嘉？"此人连忙称："是的，是嘉嘉。"随即，他抱起正在睡觉的嘉嘉，另一个保育员又随口说了句："阿是小孩的舅舅？"该男子再次顺竿爬，说自己正是嘉嘉的娘舅。

李建伟夫妇则称，不认识此男子，也未委托他人到托儿所接孩子。

嘉嘉被居心不良的陌生男子抱走是不争的事实，是报复还是拐卖？抑或绑架勒索？据走访调查，李建伟夫妇为人正派，工友、同事间相处和睦，从未与人发生过矛盾，人缘颇好，报复性作案可排除。孩子失踪后，无论是李家，还是厂方，均未接到过索要钱财的电话或信件，绑架勒索也可排除。那么，只有一个可能，孩子被拐卖了。

顺着拐卖儿童这个思路，警方分析全国各地情况，认为孩子被拐卖到河南、山东、安徽、浙江、福建等省份的可能较大，这些省份一些农村地区重男轻女思想严重，有的人家头胎生了女孩，便想方设法买个男孩，以传承香火。

针对犯罪嫌疑人"无锡口音"的特点，警方立足本地深入排查，并在《中国农民报》以及江苏、山东、河南、浙江、福建等地省报刊登寻找嘉嘉的启事，还会同油泵油嘴厂印刷了2万余份寻人启事在各地张贴。

（二）

李嘉，男，1982年10月29日出生，方圆脸，单眼皮，肤色较白，鼻梁中有一小红疤印，上身穿深天蓝色大衣，1984年3月21日失踪，有知情者速与×××联系，电话0510-×××××……

1984年4月4日，《河南日报》刊登了这则寻人启事。就在那几天，《中国农民报》《山东日报》《福建日报》也刊登了同样内容的寻人启事。

4月4日的报纸，4月5日到了村头烟酒店。

"这男孩像我家阳阳嘛！"村民赵明每天都到烟酒店看报纸，这天，他看到了这则寻人启事。他反复端详照片上的小男孩，不禁一怔，差点喊出声来。

"报纸借我用用。"赵明攥着报纸一溜小跑回家。赵明时年三十出头，住河南省新乡市北站区南张门大队一队。他当过兵，在部队入了党，几年前退伍回乡结了婚。妻子贤惠，家庭和睦，唯一的心病是夫妻结婚数年没有生育。为这事，夫妻俩医院没少跑，药没少吃，可就是怀不上。在农村，没有孩子就是"绝户"，村里人指指点点，夫妻间也时有龃龉。

赵明想孩子都想疯了，他与妻子商量着实在怀不上，瞅机会领养一个，只要真心待孩子，长大后不输亲生的。机会说来就来，忽然有一天，姐姐赵花上门来,说有一个男孩,是人家生二胎,双胞胎,交罚款,经济困难,要卖掉一个。

"我们要。"赵明夫妇喜出望外。就这样,他们花1 800元领养到一个1岁多的男孩。小男孩长得虎头虎脑,皮肤白净,打扮时尚,一看就是个城里孩子。赵明给他取名"阳阳",意为照亮赵家的"阳光"。孩子刚进门,好一阵哭闹,哄了几天,乖了,现在是见人就笑,夫妻俩怎么也爱不够。

"青青,快看,这孩子像不像我们家阳阳?"一进家门,赵明大声招呼正在陪孩子玩耍的妻子郝青看照片。夫妻俩看看照片,再端详阳阳,又看看照片,一个个特征比对,"阳阳"不正是报纸上要找的"嘉嘉"吗?

"青青,这孩子可能是偷来的,要不人家怎么会登报纸找呢?"赵明毕竟见过世面,说出了心中的疑虑。

"管他呢,反正阳阳是我的。"虽然才抚养了十来天,郝青对孩子已有了深厚的感情。自从有了阳阳,家中有了生气,有了阳光和欢笑。

"人家父母一定急坏了,人心都是肉长的,我们不能做缺德的事,把孩子还人家吧。"赵明也心有不舍,但做人的良知促使他作出这样的决定。郝青紧紧抱住阳阳,脸上满是泪花,赵明不由也湿了眼眶。

当天,赵明找到姐姐赵花,追问孩子的来历。赵花嫁在邻近的大块公社陈堡大队。她如实相告,3月中旬的时候,她听同村的王某说"无锡有小孩好抱",想起弟弟要个孩子,便通过其姑父郭某介绍,与一个叫"俞鸿"的无锡人碰了头,商谈为弟弟赵明抱养孩子事宜。双方商定买小孩1 500元,路费200元,共计1 700元,预付500元。同时,约定3月22日在新乡火车站碰头,一手交钱,一手交孩子。

"原本说这孩子是人家违反计划生育生的,现在看来是偷来的,人家在找呢!"赵明把报纸递给姐姐。赵花一看吓了一跳,她给弟弟出主意:"你去找那个姓俞的问问吧!"

4月6日和7日,赵明两次去陈堡,通过姑夫郭某寻找俞鸿。打探下来,说是俞去了河南原阳,未遇。郭某提供,在陈堡废塑收购站工作的洪建是俞的干姐夫。赵明去找洪建,却被告知他回无锡了。

赵明此时还心存侥幸,他希望孩子不是"偷来的",也不是报纸上要找的那个"李嘉"。所以,他没有贸然拨打寻人启事上的联系电话。他要找到俞鸿或洪建问个究竟再作决断。

就在赵明着急寻找洪建之际,4月24日,洪建主动上门来了,说是来看看孩子。

"这孩子可能是俞鸿偷来的,我要与无锡方面联系。"赵明开门见山。

"不忙,我找小俞(指俞鸿)先问个明白再联系不迟。"洪建阻拦说。

"我刚从洛阳城里回来,在电线杆上看到寻人启事,照片上的男孩很像你家阳阳。"24日傍晚,一个邻居从洛阳回村,找赵明说了这事。至此,赵明不再犹豫,暗暗作了决定。

"无锡油泵油嘴厂吗?一个月前,我通过无锡人俞鸿抱养了一个男孩,特征与报纸上找的'李嘉'相同,你们赶快来人。"纠结多日的赵明鼓起勇气拨出电话。

"嘉嘉有下落了!"油泵油嘴厂迅速把消息报告公安。这边,办案民警正在掘地三尺排查犯罪嫌疑人,多条渠道寻找嘉嘉下落;那边,厂方派出数路人马到全国几十个城市张贴寻人启事。此刻,终于有了重大线索,虽然不能确定赵明抱养的男孩就是嘉嘉,大家还是看到了希望和曙光。

俞鸿的情况很快查清。1955年出生的俞鸿可谓劣迹斑斑,前科累累。其1972年初中毕业后进了无锡船舶修造厂,1977年因偷开汽车被劳动教养2年,1982年4月结伙盗窃被判刑4年,因病保外就医。保外就医期间,其再次盗窃作案,1982年12月被判刑7年,合并执行10年,投监后因肾结石保外就医。

抓捕民警在俞家扑了空,据初步调查,1984年3月5日,俞鸿去了河南原阳,3月20日曾从河南新乡坐火车来锡,21日早上到的无锡,有作案时间。

办案民警兵分两路,一路由市公安局刑警大队、崇安公安分局、油泵油嘴厂保卫科人员组成专案小组,赴河南新乡侦查追捕,解救嘉嘉;一路立足本地,调查俞鸿的相应情况,寻觅其踪迹。

（三）

1984年4月27日，专案小组一行七人抵达河南新乡。因不能确定赵明抱养的小孩就是"嘉嘉"，李家人没有随行。

在新乡警方的配合下，办案民警迅速来到赵明家。方圆脸，单眼皮……眼前的"阳阳"分明就是嘉嘉。

"嘉嘉，来，伯伯抱抱。"听到熟悉的无锡话，嘉嘉脸上露出甜甜的笑容，挣脱了"妈妈"的怀抱，张开双手向民警怀里扑来。郝青取出"阳阳"来家时穿的天蓝色大衣，正是3月21日那天嘉嘉穿的衣服。

"阳阳"就是嘉嘉无疑！

赵明交给民警一张纸条，上面写着："其出生于1983年2月2日，因生双胞胎（第二胎）违反计划生育规定被经济处理了，现在将小孩托于他人抚养，请尽力帮助，万分感谢！代笔人：俞鸿。1984年3月22日。"纸条反面写有"1 800元收"字样。

这张纸条为锁定犯罪嫌疑人提供了强有力的证据。

"嘉嘉找到了！"消息传到李家，笼罩了这个家庭一个多月的阴霾顿时一扫而光。在孩子失踪的日子里，李家真是度日如年。不仅公安、厂方在找，他们也在找。八九个亲戚为此专门请了假。其间，他们还专程到全国妇联、总工会、公安部和江苏省公安厅反映情况，请求找人。

5月1日，李建伟赶到新乡，见到了儿子。沈芳原本要同行，但一连三四十天的煎熬，她虚弱得一阵风就能吹倒，被家人劝下了。

"对不起，兄弟，让你们受惊了。"赵明紧紧握住李建伟的手，再三致歉。

"谢谢你，赵哥，多亏你深明大义，才让我们全家得以团圆。"李建伟也是条通情达理的汉子，不仅付了抚养费，还给赵明夫妇留下一张嘉嘉的周岁照。

"宝贝，回家！"李建伟抱着嘉嘉回锡与家人团聚了。民警们则马不停蹄投入追捕俞鸿的战斗。

自从俞鸿拐卖李嘉后，就在新乡失去行踪。追捕工作从理清俞鸿的关系人入手。新乡、无锡两地同步展开调查。

新乡的调查工作进展得还算顺利。俞鸿与新乡搭上关系，不得不说到洪建。洪建原是无锡油泵油嘴厂的技校生，因诈骗被判刑，刑满释放后，经人介绍到河南新乡县大块公社陈堡废塑收购站工作。洪建的丈母娘是俞鸿的干妈，洪建便是俞鸿的干姐夫。新乡、无锡距离甚远，洪与俞二人只见过寥寥几面，联系不多。1984年3月6日，俞鸿突然现身新乡，找到干姐夫，说是没饭吃了，来找个饭碗。洪建知道这个小舅子手脚不干净，经常闯祸，但碍于亲戚情面，只得收留他。

洪建教会俞鸿废塑加工技术，介绍其去河南原阳县包厂公社综合厂做工。3月16日两人先去原阳接洽，17日回的陈堡。去原阳前，俞鸿经常与收购站工人闲聊，多次提到"无锡有小孩好抱"。他说，无锡有个朋友，第一胎生了个女孩，为了要个儿子，怀了第二胎，没想到是双胞胎，生了两个男孩，被罚款2 800元，现在经济困难，要卖掉一个男孩。这个信息传到赵花那儿，于是就有了这桩买卖交易。

据赵花等人提供，赵明决定要孩子后，3月20日预付了500元，俞鸿得款后让人转告赵花，两天后即22日到新乡火车站接孩子。22日上午7时多，俞鸿果真抱着个男孩下了火车。当天，赵花把1 200元付给了俞鸿，俞鸿临时提出加100元，赵花如数给付。

证据表明，俞鸿就是拐卖嘉嘉的罪魁。俞鸿作案后在新乡销声匿迹，去向不明。面对前去调查的民警，干姐夫洪建态度似乎不老实。他说，以前他对俞鸿的底细也不是很清楚，俞鸿到新乡后，他专门回锡了解了一下，发现这个小舅子不地道，做了不少坏事，回到新乡后就把他赶走了。至于拐卖孩子一事，他坚称一开始不知情，是赵明找到他，才知道有这事的。但事实是，洪建在知道俞鸿拐卖了嘉嘉后，不仅资助了现金和粮票，还提供了陈堡废塑收购站的介绍信。对俞鸿可能潜逃的去向，洪建只含糊地说可能去了北面。当然，他最后也没能逃脱法律的惩处。

进一步调查中，有知情者提供，俞鸿可能去了河南原阳县包厂公社综合厂，此前洪建曾介绍俞鸿到那里工作，洪建有一个朋友在厂里。追捕民警赶到原阳包厂。说起俞鸿，洪建的朋友和厂方均十分气愤。他们说，俞鸿是3月下旬到的厂里，工作吊儿郎当，一张嘴巴倒是能说会道，说得天花乱坠，不几天就搭上同厂一个有夫之妇。4月19日，其居然带着那个叫贺娣的女工不辞而别，从此杳无音讯。女工家里天天到厂里来要人，烦不胜烦。

原阳追捕落空，追捕民警返回新乡，反复走访俞鸿在新乡接触过的人员，从中梳理线索。

同时，无锡一头的调查工作也丝毫没有放松。俞鸿年龄不大，经历复杂，当过工人，吃过官司，跑过多个码头，自己在无锡城里，妻儿在宜兴乡下。办案民警日夜奔波，走访联系他的家人、曾经的工友、劳教时的"场友"、坐牢时的"牢友"。

俞鸿的母亲称，养了这么个不争气的儿子，眼泪不知抹了多少，不仅整天不着家，还一直在外面闯祸。她说，只知道儿子去了河南，再也没有其他音讯。

俞鸿的妻子则称，她已经四五个月没见到丈夫了，也未收到过一分钱。她说，这样的丈夫还不如没有。

俞鸿的各路"朋友"也均称已好久不联系了。无论是工友眼中，还是"场友""牢友"口中，俞鸿都是人品不好，口碑极差。

民警们赴苏北、上海、马鞍山等地寻踪觅迹，均无果。

眼看侦查工作即将进入死胡同，赴河南工作的民警以法以情感化了与俞鸿走得较近的一个知情人。

这个知情人说，他曾经给过俞鸿一个江西朋友的地址，那个朋友姓杨，在江西南昌靖安。他还反映，俞鸿可能已化名"刘华"。

以上信息传到无锡，专案组一边派员赶赴南昌，一边给江西省公安厅刑侦部门发去紧急协查函。一个星期后，江西方面反馈情况。1984年4月29日，一个叫"刘华"的男子，手持河南新乡大块公社陈堡废塑收购站的介绍信，来到靖安县仁首公社综合厂，找到杨某，洽谈合作办塑料厂事宜。同行的还有一贺姓女子。"刘华"自称江苏泰县人,贺姓女子则说自己是河南新乡人。杨某发现两人关系不太正常,说话吞吞吐吐,说一手留一手,心里起了疑,悄悄报了派出所。仁首派出所扣下了他们的介绍信,拟待情况查明后发还。5月3日上午,两人不辞而别。逃了!

仁首派出所民警和杨某描述的"刘华"的面貌特征,正与俞鸿吻合。

(四)

1984年3月21日,江苏无锡油泵油嘴厂托儿所一名男孩被拐骗,现男孩已在河南新乡查到并顺利解救,疑犯俞鸿潜逃。俞鸿,别名俞根生,化名刘华,29岁,无锡市人,身高1.78米,长脸,肤色较黑,上门牙装有两颗瓷牙,手臂、胸口纹身,无锡口音,会讲宜兴、山东话……

1984年5月10日,江苏省公安厅发出该年度第44号通缉令,在全国范围内通缉俞鸿。无锡市公安局向全市公安机关和周边地区同行发出通缉通报,严密布控俞鸿的所有关系人和落脚点。

狐狸再狡猾也总有露出尾巴的时候。7月9日,一封由江西峡江县公证处发给无锡市公证处的公函,透露了俞鸿的行迹。

原来,俞鸿在江西靖安差点被人识破,落荒而逃,带着情妇贺娣四处流窜,寻找落脚隐身之处。7月初,两人溜到江西吉安地区的峡江县,晚上借宿小旅馆,白天寻找"合作目标"。一番"考察",俞鸿瞄上峡江县砚溪公社的种粮大户胡某。胡某老实、憨厚,是种田的好把式,他承包了一大片土地,是当地有名的种粮专业户。手头有了钱,胡某正找人合作,想办个小工厂。俞鸿觉得这是个好机会,主动上门找到胡某,自我吹嘘不仅有办塑料厂的技术,还有经销渠道,可以合作办个塑料厂。胡某老实但不失精明,听了俞鸿的话半信半疑,既怕丢失好机会,又怕上当受骗,他坚持要与俞鸿到峡江县公证处做个公证。

在峡江县公证处,俞鸿用的是自己的真实姓名。他没想到自己编造的家在无锡,当过数年供销等,以及他迫不及待的神情,引起了公证处办事人员的怀疑。

"这个公证不是马上就能办的,你们先回吧,过几天再来。"办事人员不动声色地说。俞鸿信以为真,回小旅馆等候消息。随即,峡江县公证处向无锡市公证处发去公函,要求调查俞鸿的相关情况。7月9日上午,公证处把函转到了公安局。这真是"踏破铁鞋无觅处,得来全不费功夫"。

无锡市公安局立即给江西省公安厅发去传真电报,要求协助捕捉俞鸿,同时派出吕学义、顾胜祥、黄懿斌三位富有办案经验的刑警前往峡江执行任务。

接到江西省公安厅的指令,峡江县公安局立即布控。经外围调查,7月9日上午,俞鸿去胡家商量办厂事宜,当夜留宿胡家。为确保万无一失,抓捕行动安排在深夜。

"请开门,检查暂住人员。"9日深夜12时,十几名民警把守住胡家前后门,敲开了屋门。正在睡梦中的俞鸿束手就擒。

吕学义一行7月9日下午从无锡出发,11日凌晨抵达吉安地区,天蒙蒙亮时到了峡江县城。顾不上休息,他们马上到看守所提审俞鸿。听到熟悉的无锡口音,俞鸿知道这次又栽了。他交代,3月21日早上,他乘火车到达无锡,上午10时窜到无锡油泵油嘴厂托儿所拐走嘉嘉,直奔火车站,于22日早上返回新乡,以1800元的价格卖出。作案所得,已挥霍殆尽。

俞鸿自知罪孽深重,他不想再重回高墙铁窗的日子,在押解回锡途中,他使尽诡计欲逃脱法律制裁,又是装病逃跑,又是上吊自杀,均被高度警惕的民警识破。

1984年9月8日,案犯俞鸿被判处死刑,剥夺政治权利终身。

「爱」的绑架

（一）

依云死了。死在她热恋男友后祁后街的家中。她的身上中了十几刀，一个个窟窿向外冒着鲜血。她在美好年华里香消玉殒，生命定格在 24 岁。与依云一起遇害的，是她的男友王东。而杀害依云的，正是那个口口声声说爱她爱得死去活来的"眼镜"邱明。

这一天是 1986 年 3 月 8 日，是"三八"国际妇女节，全世界妇女的节日。这个节日却不再属于依云。

因为邱明的残暴，一对恋人充满美好憧憬的生命之弦戛然断在组建新家庭的前夕，这个事实令人无法接受。

"眼镜"收起尖刀，转身出门，往一里街方向而去。

一里街地处无锡北栅口附近，是一条人们耳熟能详的百年老街。史料记载，清朝时，梨花庄的延圣殿香火甚旺，很多市民前往烧香拜佛。从北栅口到延圣殿，约一里路程，又因梨花庄的农民都在此出售农产品而形成集市，故取名一里街。旧时的一里街，从早到晚人气旺盛，热闹非凡。

后来，一里街及周边区域成了一片乱坟岗，慢慢地，有外地人到无锡来讨生活，在这里搭起一个个小窝棚，再后来，就形成了街区。住户来自五湖四海，老居民操着各自的方言，新一代倒是道地的无锡话。

一里街地势低洼，居民大都住的是二十世纪五六十年代建造的低矮房屋，巷弄狭窄，谁家有个动静，一条街都知道。住在这里的居民大都是普通劳动者。

依云姓李，李家坐落在离一里街一步之遥的正德里。依云上面有大姐、二姐。李家三姐妹，个个长得眉清目秀，是一里街上的一道风景。

在一里街上，李家两开间三层楼鹤立鸡群，颇为显眼。李家男主人离休在家，享受不菲待遇。女主人提前从工厂退休，让二女儿顶替进厂，自己发挥余热，找了份协管员的工作。大女儿、二女儿都有稳定的工作，且各自名花有主。大女儿招婿上门，1985年生了个男孩，取名冬冬。大女婿在部队里当兵，还是四个口袋的军官。二女儿住在厂里，也有了心仪的男朋友。三女儿就是依云，高中毕业后进了厂，与父母、大姐一家住在一起。

李家男主人老实寡言，性格温和；女主人能说会道，精明能干，家里大小诸事，都是女主人说了算。依云从小到大被捧在手心里，父母宠爱，姐姐呵护。依云天生丽质，到了十五六岁，更是出落得水灵漂亮，一副魔鬼身材，两条黑油油的长辫子，令一里街上的男孩们情愫暗生。依云性格内向，少言，简单却率性。

依云与"眼镜"发生交集，是在她16岁那年。

那是1979年春天，李家原址翻建房子，拆掉平房准备改建三层楼，先建一层。那时候造房子不像时下，找个施工队便一切搞定。搬砖头、拌水泥、磨地面……都要自己干，这些力气活女孩子干不来。就在李家犯愁时，腰粗膀圆的邱明带着七八个小兄弟上门来了。粗活、累活全被这些小伙子抢着干了，特别是一片磨矽石地面磨得锃亮，李家女主人好不开心，完工那天，专门做了一桌子好菜招待大家。

邱明住在一里街上，离李家仅七八十米，虽然面熟，但从无来往。这次造房子让两家有了交往。李家以为就是邻居间相互帮个忙的事，没想到邱明醉翁之意不在酒，他暗暗喜欢上了李家小妹依云。

之后，邱明成了李家的常客。那时候，16岁的依云刚上高一，每天傍晚她前脚刚回家，邱明便后脚跟着进门。一开始，看看报纸，东拉西扯，后来专挑依云喜欢的话题聊，拍照啦，唱歌啦，还特地买来笛子教依云吹。16岁的女孩还不懂爱情，依云只是觉得"眼镜"对她好。

当年夏天的一次意外，让依云与"眼镜"走得更近。依云不小心打翻热水瓶，烫到了脚，导致行走不便。那段时间，"眼镜"天天早晚守在路口，骑自行车送依云上学、放学，这让依云感到很温暖。时间长了，她习惯了"眼镜"的殷勤、照顾。"眼镜"带着她去锡惠公园、梅园到处玩，拍了不少照片。这一切，都让依云觉得好玩、新奇。

在依云与"眼镜"频繁来往的一年多里，李家人始终被蒙在鼓里，直到1980年10月，依云的老师找上门来，李家才知道小妹被"眼镜"盯上了。老师说，依云原来成绩很好，在尖子班，从1979年下半年开始，成绩直线下滑，最近还旷课。同学反映，她与一个绰号叫"眼镜"的人去苏州了。依云父母大惊，一查问，此事不假。

依云跟"眼镜"好，这事太离谱了，一定是"眼镜"使手腕诱惑了小妹。李家不能接受。且不论李家、邱家的家庭悬殊以及"眼镜"比依云整整年长10岁，单凭"眼镜"的人品，也绝不能让依云跟这种人来往。"眼镜"曾经奸污幼女被强制劳动，还有小偷小摸、手脚不干净的毛病。依云还在求学，绝不能毁在"眼镜"手里。

一家人轮番上阵，好言好语劝说，大道理小道理讲透，年龄、经历、前途道遍……依云保证不再与"眼镜"来往。

从此，李家的门不好进了。父母、大姐每天轮流接送依云上下学，假期则把依云送去外地避风头。依云在路上遇到"眼镜"，也是扭头就走。"眼镜"沉浸在自己的世界里，他发誓一定要把依云追到手。遇到如此阻挠，他很恼火。他没有其他办法，只能对依云死缠穷追。他多次到李家滋事，扬言要"杀人报复，在无锡制造特大惨案"。为此，还惊动了公安机关。派出所数次调解，民警不厌其烦教育训诫。那段时间,户籍警张贵生几乎天天上门,教育内容、措施记了厚厚两个笔记本。邱明表面上答应不再纠缠,心里却始终没有放下。

1981年秋天,依云高中毕业,进了毛纺厂,有了新的天地。"眼镜""痴心"不改,依然经常跟踪拦截。当发现依云交了男朋友,他将人暴打一顿,吓得对方退缩了。为了摆脱"眼镜",1984年5月,依云托人想办法调了工厂,不久认识了同厂工人王东。又是一年多过去,两人的恋爱得到双方家庭的认可,且已发展到谈婚论嫁。

就在一对恋人即将开始幸福美好新生活时,邱明的疯狂杀戮断送了两条年轻的生命,撕裂了两个家庭。

"眼镜,你好狠心!"依云来不及说出这句话,身上的血已经流尽。她的眼睛圆睁着,死不瞑目!她更无从知道杀红了眼的"眼镜",还把屠刀挥向了天真可爱的外甥冬冬、年迈的父亲和至亲的姐姐。

(二)

此时,距后祁后街不到千米距离的正德里李家,男主人李义坐在窗口悠闲地看着报纸,大姐依萍在厨房喂10个月大的儿子冬冬吃早饭,其他人上班去了。

"你怎么进来的?"依萍猛一抬头,见"眼镜"邱明杀气腾腾站在面前。大门关得好好的,他是怎么进来的?

"爸,快来!"依萍大骇,一边叫喊父亲,一边护住儿子。

"你怎么来了?快出去!"李义一个箭步冲到厨房,拦在邱明面前。这几年邱明多次扬言杀人,李家人看到其身影就闪,没想到这次邱明闯到家里来了。

"我想找你们谈谈。"邱明边说边从随身携带的黑包里抽出一把斧子砍向依萍,眼明手快的李义上前一把夺下。邱明即从腰部拔出匕首,对李义、依萍面部、颈部猛戳。

"杀人啦,救命啊！救命啊！"依萍用双手护住头部,鲜血顺着指缝往下淌。她忍痛逃出家门呼救。

"我要让你们断子绝孙！"丧心病狂的邱明对着婴儿车里的冬冬一阵乱捅,随后带着一身血腥夺路逃离了现场。

"快救救我孙儿！"依萍倒卧在弄堂口,李义顾不上流血的伤口,抱起冬冬奔向附近的第三人民医院。

惨剧发生在瞬间,街坊邻居尚未来得及反应,凶手已跑得无影无踪。

"一里街、正德里发生凶杀案！"1986年3月8日上午8时45分,顾桥派出所接到锡澄路居委干部老李的报告。派出所领导一边向分局、市局报告,一边带领民警急赴现场。

一里街与正德里虽然紧挨着,但分属两个居委。以一里街菜场为界,正德里属锡澄路居委,时任户籍警彭建伟;一里街属新市场居委,时任户籍警张贵生。据张贵生回忆,案发时,他正在外面工作,接到所里指令,他立马往现场赶。在接下来的四昼夜里,他与全市公安民警一起废寝忘食,日夜奔波,投入调查、寻踪、围捕等工作,直至邱明落网,才狠狠地睡了一觉。

仅仅两三分钟,派出所民警就赶到现场。民警们分成两拨,一拨保护现场,一拨护送伤者到医院抢救。李义和依萍均系头部受伤,幸生命无虞。小冬冬颈部血管断裂,送到医院已无生命体征。一个可爱的小男孩,尚未看清这个世界,就被凶魔残忍地剥夺了生命。重伤加上失子之痛,依萍经受不住这样的打击,晕了过去。

市公安局、北塘公安分局领导率侦技人员相继抵达现场,迅速组织开展现场勘查和现场调查。

李义、依萍向警方指认,行凶者是住在一里街上的"眼镜"邱明。目击者的证言印证了他们的说法。李家数名邻居反映,听到依萍呼喊"救命"时,他们立即出门察看,只见"眼镜"手里拿着一把沾血的尖刀,急匆匆向铁路方向逃跑。

在现场,警方提取到一把斧头和一只黑色手提包。租住邱家的3名外来人员证实,8日上午8时20分左右,看到邱明腋下夹了只黑色手提包匆匆外出。经辨认,现场的那只黑包与邱明随身携带的一致。

综合以上情况,警方判断这起血案的制造者正是邱明。

现场调查访问情况很快汇集,邱明一厢情愿追求李家的三女儿依云,这几年一直纠缠不放,多次上门闹事并扬言杀人。依云有了男朋友王东,正在筹办婚事,王东住后祁后街。

顾桥派出所提供,邱明骚扰李家已久,曾作过多次调解,户籍警张贵生重点对其帮教。3月7日,即案发前一天,张贵生还上过门。但邱明性格暴戾,独断孤行,报复性极强。

"迅速采取措施保护依云、王东!"在现场组织勘查、访问工作的市公安局领导发出第一道指令。一队民警直扑后祁后街。

"你儿子呢?"刚到后祁后街弄口,民警们遇到买菜归来的王父。

"今天厂休,和他女朋友在楼上房间里呢。"警察立即往楼上冲。"这是怎么啦?"王父不知道发生了什么事,跟着上楼。

"哎呀,我的儿啊!"王父被眼前的情景吓呆了。儿子王东倒卧在血泊中,依云蜷缩在沙发里,手里还紧紧攥着一件正在织的毛衣。

"后祁后街××号,王东、依云被杀。"信息反馈到一里街现场。

"全市公安机关紧急行动,加强堵截,查控邱明行踪,尽快抓捕归案!"市公安局领导发出第二道指令。

根据现场勘查和访问情况分析,正德里和后祁后街两起血案系邱明一人所为,案件性质系报复杀人。

报复行凶,杀死3人,杀伤2人,案发现场地处人来人往的一里街。这起无锡历史上罕见的特大杀人案,震惊锡城,风传沪宁线南京、苏州、上海数个城市。

"无锡杀了一条街!"一时谣言四起,人心惶惶,严重扰乱社会治安。无锡市委、市政府领导和江苏省公安厅领导相继批示,要求尽快抓获疑凶,还百姓安宁。

一场围捕疑凶的人民战争打响!

(三)

邱明,男,33岁,绰号"眼镜",住北塘区一里街××号,无锡市港务管理处一区工人,身高1.70米,眼睛1000度近视,其涉嫌3月8日一里街杀人案,现潜逃。希望广大群众踊跃向公安机关提供线索……

警方广泛张贴通缉令,公布邱明的面貌特征,宣传发动工作做到全市每个角落。各公安分局、派出所、刑警队、交警队、治安卡口、市局机关各部门紧急动员,人人参战;厂企单位保卫部门、街道、居委会全部发动到位。通缉令还发到沪宁铁路沿线城市及邱明亲戚朋友所在地。

针对此案的因果关系,警方分析邱明有可能再次行凶报复。民警们迅速查明被害者所有关系人,对可能遭受袭击人员一一落实保护措施。据邱明落网后交代,他确实欲伺机再下杀手,慑于强大的追捕声势,未敢妄动。

在广泛发动群众、架设天罗地网的同时,警方设置了四层包围圈:第一层包围圈以案发的顾桥地区为中心向周边延伸,集中力量对铁路沿线、桥孔涵洞、公园山林、建筑工地、空关房屋、河道船只以及疑凶可能落脚藏身的地方进行仔细搜索。第二层包围圈把机动车巡逻和徒步巡逻相结合,全市公安民警、治安联防人员,昼夜巡逻在大街小巷、公共场所。邱明的照片发到每个巡逻人员手中,发到各厂企、街道、居委会。第三层包围圈在各城市出入口水陆交通要道、车站码头设卡盘查,伏击守候。第四层包围圈延伸至江阴、宜兴,落实堵控围截措施,并向周边地区公安机关发出协查通报。

针对邱明案发前后的动向、交往关系的专线调查工作也在紧张进行。

工友反映,邱明多次流露,要离开无锡去探险。1985年,他曾旷工一个月去了神农架。邱明的母亲证实了这一说法。警方派出由民警和邱明的工友组成的追缉组赴湖北神农架寻踪。另派出4个追缉小组到邱明的原籍盐城等地追捕。

在邱明的卧室,找到一份遗书,遗书写于1986年3月7日夜,看来其做好了鱼死网破的准备。

3月8日,距无锡20余公里的武进雪堰桥一偏僻河塘浮起一男尸。男尸年龄30岁出头,身高等特征与邱明相似。前往处置的当地民警联想到无锡警方的通缉令,立马拨通无锡刑警队的电话。

深夜,正在居民家中走访的张贵生接到"辨认"指令,马上与刑警队的同志风风火火赶去。一看,不是。后来查明,该男子是附近一村庄的居民,因家庭琐事想不开,投河自杀。

邱家人回忆起一个细节,3月6日早晨,邱明对他的弟弟说了一番莫名其妙的话,大体意思是"以后父亲的坟上要他多关照了"。邱明的父亲因工伤去世多年,安葬在惠山二茅峰与三茅峰之间的山坡上。

"邱明会不会藏身惠山山林?"一条警犬被带到邱家。警犬在邱明房间嗅了又嗅,然后倏地窜出门,循着气息,一路寻踪到邱父的墓地。香灰、纸屑……墓地有新鲜的祭奠痕迹。

坐落于无锡西郊的惠山,属于浙江天目山由东向西绵延的支脉。惠山九峰中最著名的有三个山峰,即头茅峰、二茅峰、三茅峰,周围约20平方公里,树林稠密,植被丰富,别说躲进一个人,千军万马藏进去,一时也难于觅踪。

"就是掘地三尺也要把邱明挖出来!"3月10日,一支由公安民警、武警、解放军指战员、治安保卫人员、群众积极分子,共6 000余人组成的搜山队伍,忙乎一天,把惠山九峰搜了个遍。深夜收队,没有发现邱明的人影。据邱明落网后交代,案发前一天,即3月7日,他确到惠山祭奠过父亲,按他的说法,去向父亲告个别。

三昼夜过去，围捕未果。警方坚信，邱明没有机会逃出包围圈。邱明的相貌特征已深入每一个民警和众多市民的脑海。3月12日，这场持续了四昼夜的围捕战终于迎来决胜仗。

距一里街血案现场1公里处是北塘民丰路第五毛纺厂。3月12日上午9时，老张登上工厂一隅的水塔查看水位。老张是厂里的水泵工，每隔5天，他就要登上40米高的水塔查看水位。

"你是谁，你怎么在这里？"老张顺着狭窄的梯子小心翼翼爬上塔顶，探头一看，只见几十米深的水箱里，蜷缩着一个人，头上顶着只蛇皮袋，不由吃了一惊。对方抬起头，脸露惊慌，这是一名30岁出头的男子，鼻梁上架着一副高度近视眼镜。

"这不是警察要抓的那个邱明吗？"老张连滚带爬下了水塔，冲进厂保卫科。保卫科忙开了，有的拨打报警电话，有的骑车赶往顾桥派出所。

这一天，无锡市市公安局预审科民警屠鹤、何红穗驾三轮摩托车外出执行公务，行至民丰路时，车子突然熄火。

"警察同志，快，快，邱明躲在我们厂的水塔里！"报信的老丁见到警察，连忙下车。

"车借我用用！"何红穗拦下迎面而来的骑车路人，飞车赶往第五毛纺厂。屠鹤则坐上老丁的自行车后座直奔厂里。

水塔旁，早已围满手持木棍、铁铲、扫帚的工人。屠鹤、何红穗和厂保卫科科长攀上水塔。

"邱明，你被包围了。"面对威武的警察和工人们筑成的人墙，邱明吓得面如土色，束手就擒。

邱明落网后，交代了杀死3人、杀伤2人的犯罪过程及逃亡藏匿线路。

"一里街杀人案破了，邱明抓到了。"消息经媒体报道，锡城沸腾了。人们悬了几天的心放了下来。时值市"两会"召开，人大代表、政协委员对公安机关的作战能力和人民群众的配合支持给予了充分肯定和高度评价。

（四）

在看守所，民警问了邱明几个问题。

民警：你是一个什么样的人？

邱明：比较封闭、内向，又有点自卑吧。

民警：你什么时候开始有杀人念头的？

邱明：四五年前吧，从追求依云遭到一次次拒绝，感到无望，对生活比较绝望吧。

民警：为什么绝望？

邱明：五年多了，什么都没有得到，我无法承受。

民警：你这样死皮赖脸追求对方，强迫对方，对方喜欢你吗？

邱明：她喜欢不喜欢我，我不管，反正我爱她。

民警：既然你爱她，怎么把她杀了呢？

邱明：我是这样想的，依云不找男朋友，我就还有希望，就不杀她。她寻男朋友，就是她的死日。得不到的葡萄，我宁愿捏碎它。

通过以上这段对话，我们不难看出邱明的自私、狭隘、暴戾、凶残，以及严重失衡的心理。

心理学中有一个常用的说法：压倒骆驼的最后一根稻草。意思是说，许多微不足道的问题叠加在一起，最终可以击垮人的心理防线，导致出现严重心理问题，就像稻草堆积起来可以压倒骆驼一样。

警方经过多次审讯，将邱明杀人的原因归结为三个方面：一是感情原因。他以自我为中心，具有强烈的占有欲，把自己所谓的"爱情"强加于对方，一旦得不到，便要毁了对方。二是性格、心理障碍。邱明心胸狭隘，性格暴躁、孤僻，占有欲强、野蛮、自闭，一意孤行，报复性极强。三是冷漠的家庭关系。邱明家兄弟姊妹六个,他上有三个姐姐,下有一个弟弟、一个妹妹,但平时基本无往来,他与弟弟长期在同一个屋檐下生活,从无交流沟通。没有一个人能走进他的内心,更没有人能劝说得了他。

正是以上因素叠加在一起影响了邱明,当他的人生际遇发生变化时,心理就出现了严重的问题。有一位刑侦专家深刻剖析了邱明的犯罪心理过程:情感危机——孤独孤僻——心理扭曲——报复杀人。

前面说到,一里街上住的大都是普通人,这些家庭的孩子不少处于放养状态。邱明的母亲是文盲,在羊毛衫厂工作,父亲是装卸工,常年干重体力活。父母的工资要养活一家八口,常常捉襟见肘。大人为生活操心,无暇管教子女,更遑论教育引导。邱明打小一棵苗就没长正,书读不进,却迷上练功、探险。为了提高野外生存能力,他不仅天天扔石锁、拉吊环,还尝试食生肉生菜,血淋淋的生牛肉吞下肚,连眉头都不皱一下。他甚至一口气吃下120只小笼包,令人目瞪口呆。

邱明初中一年级时,邱父工伤去世,家里顶梁柱塌了。邱明辍学回家,不久子承父业,进了港务管理处一区当了装卸工。凭着一身蛮力,他曾创下一天搬运6吨货物的记录。在众人惊诧的目光中,他有些洋洋自得,而身上的不良需求、邪恶也在不断滋长。1973年9月,20岁的他向6岁幼女伸出魔爪,事发后被送到北渚农场强制劳动一年。转年9月解除强劳,原单位本着教育挽救的原则接收了他。之后,他除了有时小偷小摸手脚不干净,倒也安稳了几年。

真正压倒邱明的那根稻草,就是他的情感危机。他与李家三姐妹虽然住在一条街上,但在他眼里,人家是"白天鹅",他就是只"癞蛤蟆"。特别是李家小妹依云,这丫头真是越长越漂亮、越迷人,让人看过一眼就无法忘记。非分之想只能藏在心里。不过,他从未放弃任何接近依云的机会。

1979年春天,李家造房子缺少劳动力,邱明乘机走进李家,与依云有了近距离接触。在接下来的近两年时间里,他以一个成熟男子的社会经历,把感情世界一片空白的高中女生诓得无心学业。其实,邱明心里也明白,自己长依云10岁,长得又不怎么样,再加上那说不出口的前科劣迹,李家是断断不会把女儿嫁给他的。纸总是包不住火的,事情败露,李家的态度在他意料之中,但他没想到如此激烈,如此不可逆转。

矛盾的发展越来越无法调和。在邱明心里,依云这辈子就是他的人了,别人再阻拦也没用。他一条道走到黑,他恨每一个阻碍他追求"爱情"的人。当依云听从家人劝阻,不再与其有任何来往后,他更是一意孤行,无数次旷工,采用盯梢、拦截等方式骚扰依云,并多次闹上门声称要杀人报复。派出所、户籍警、单位、居委工作不知做了多少,他表面上答应不走极端,背地里仍我行我素。

就这样,三四年过去了,邱明对依云始终没有死心。依云对他的死缠烂打讨厌透了,见到他就绕道走,这让他内心很失望。有一段时间,他情绪低落,灰心丧气。他对审讯他的民警说,他曾经想到神农架去当野人算了,为此还留了很长的胡子。

1986年初,邱明听说依云谈了男朋友,"五一"节要结婚了,失望顿时变成绝望。挫折感越过临界点,邪恶在心里疯长。他要毁灭依云、毁掉李家。

邱明开始预谋报复。3月7日,他先去父亲墓地"告别",回家后找出一把自制匕首。这把匕首他已准备了很长时间,打磨得无比锋利。深夜,他写下遗书,对自己名下的房子、自行车、衣衫、家具作了分配。

3月8日,星期六上午。邱明将匕首插进腰间,先到正德里看依云的自行车在不在,没见到车,随即骑车赶往后祁后街。此前,他多次跟踪到此。到了王东家楼下,邱明趁王父外出买菜的空隙,冲上楼推开房门,拔出匕首实施了疯狂的杀戮。

杀死一对恋人后,邱明返回家中,将刚买的斧头装进黑色拎包,窜至正德里李家,撬门入室,制造了另一起血案。

作案后,邱明拎着血淋淋的匕首一路狂奔,翻围墙进入铁路边一家工厂的水泵房。他想自杀,拉掉闸刀,双手捏住通电的电线,可弹了个大跟斗,未死成。在水泵房藏了一夜,第二天,他外出觅食,见到处是抓他的人,慌忙躲进第五毛纺厂,藏身水塔,在里面待了3天3夜,再也没敢出来,直至落网。在水塔里,他把衬衫撕成条,上吊自杀,可摔了下来,仍未死成。

鉴于邱明一案的恶劣社会影响,司法部门从重从快判决。案件审理清楚后,无锡市中级人民法院以故意杀人罪判处邱明死刑,剥夺政治权利终身。在规定时限里,邱明没有上诉。

几天后,锡城西郊传出一声枪响,杀人恶魔邱明下了地狱。

紫砂大盗

（一）

宜兴古称"荆邑"，素有"陶的古都，洞的世界，茶的绿洲，竹的海洋"之称，宜兴丁蜀镇是紫砂壶的原产地。

宜兴陶瓷陈列馆，静静地坐落在宜兴丁蜀镇宁杭公路西侧。陈列馆创建于1978年，1982年正式对外开放，馆内藏有2万余件（套）新石器时代至近现代的陶瓷产品和陶瓷艺术珍品，以被誉为"五朵金花"的紫砂陶、均陶、青瓷、精陶和美彩陶最具代表性。

1990年，人们的脚步刚跨进3月，一起特大盗窃案就发生了，案发地正是陈列馆，失窃的是该馆最珍贵的现代展品——顾景舟、蒋蓉的紫砂作品。

被盗现场第一目击人是陈列馆讲解员王桂花。为迎接五湖四海来参加第二届"陶艺节"的朋友，1990年3月1日起，陈列馆开始闭馆修葺。曾经游人络绎不绝的各个展厅冷清下来，馆内工作人员分头忙碌着手头的事情。

"咦，大师的壶呢，大师的壶怎么不见了？"3月2日下午4时多，讲解员王桂花到二楼紫砂陶厅巡查，一踏进展厅，她惊得大叫。厅内摆放顾景舟、蒋蓉紫砂作品的两只陈列柜内空空如也。

"不好了，进贼了！"王桂花一路喊着狂奔下楼，惊动了陈列馆上上下下。展厅负责人老陈立马拨打了在外办事的陈列馆高书记的电话。高书记一听，头"嗡"地一下大了,他一边紧急向丁山派出所报案,一边心急火燎地往馆里赶。

"顾景舟、蒋蓉两位大师的陈列品被偷了,快快来人!"接到高书记电话的是丁山派出所所长吴甫华,此时是3月2日下午4时15分。此事非同小可,吴所长操起电话向丁蜀公安分局领导汇报后,扔下电话,立即带领民警冲出派出所赶往现场。

"宜兴陶瓷陈列馆紫砂陶厅发生特大窃案,'紫砂泰斗'顾景舟和工艺美术大师蒋蓉两个专柜陈列品洗劫一空!"案情重大,逐级上报。宜兴市公安局局长徐南江率侦技人员火速赶到,无锡市公安局刑侦人员也驱车飞驰而来。

被盗物品非寻常之物,堪称"国宝"。顾景舟是紫砂界公认的泰斗宗师,1988年4月,他被国家授予"中国工艺美术大师"称号,为紫砂界第一人。他创作的一大批亦朴亦雅、亦古亦今的作品,均为传世精品,为海内外各大博物馆、文物馆收藏。随着艺术品市场的兴盛,顾景舟的作品从20世纪80年代起就引领着紫砂艺术品市场的发展。到了21世纪,更是在国际市场上拍出了单件作品千万元的天价。此是后话。

蒋蓉则是紫砂界著名的"七大老艺人"之一,也是其中唯一的女性。她擅长花货,曾为周总理出访东南亚等国家时制作礼品,其创作的荸荠壶更被英国维多利亚博物馆收藏。

经现场清点,失窃顾景舟紫砂工艺珍品12套42件(把),蒋蓉紫砂工艺珍品12套33件(把),大都为稀世之作。其中,有顾景舟获得国家金奖的鹧鸪壶、国家银奖的僧帽壶、井栏壶,还有其代表作汉云壶、石瓢壶等;以及蒋蓉的代表作荷花壶、南瓜壶、莲藕酒具等。根据当时出口外汇价,失窃物品总价值为人民币43.96万元。

闻听作品被盗,顾景舟、蒋蓉两位大师非常痛心,这是他们一生的心血啊!他们期望警方早日抓获盗贼,在心中默默祈祷,作品千万不能有任何损坏。

陈列馆自对外开放以来,从未发生过窃案,此次发生如此大案,且失窃的都是大师精品,犹如在紫砂界丢下一枚炸弹,激起强烈社会反响。各方目光聚焦公安,期待尽快破案,抓获大盗,追回国宝。

此时又正值第二届"陶艺节"开幕前夕。为扩大宜兴知名度,宜兴市人民政府以陶为媒,以艺会友,1988年5月起举办第一届"陶艺节",每两年举办一届。第二届"陶艺节"定在1990年4月9日开幕。届时数千海内外友人、客商将云集丁蜀镇。顾景舟、蒋蓉的作品是"陶艺节"的重头戏,若不能及时破案追回,政治影响、社会影响难以估量。

"一定要在'陶艺节'之前破案,追回国宝!"宜兴警方制订了缜密的侦查方案,抽调精干力量组成专案组,无锡市公安局派出侦破小组驻点宜兴,指导破案。

(二)

现场勘查从2日晚6时30分始,至第二天上午10时结束。负责勘查的民警顾不上休息,又马不停蹄参加了专案组的案情分析会。

陈列馆大门朝东,四周是围墙,南围墙外是化工新村,西围墙外是山坡,北围墙紧挨居民住宅区。陈列馆结构呈"王"字形,中间部分是主楼,共三层,两侧是二层楼。失窃现场位于主楼二楼。二楼共五个展厅,由南向北分别为均陶厅、紫砂陶厅、精陶厅、青瓷厅和美彩陶厅。中心现场系紫砂陶厅,紫砂陶厅共有19只玻璃结构陈列柜,顾景舟作品的陈列柜摆放在厅中央,陈列柜木框有明显的撬、削痕迹,地面有木屑,玻璃板被抽出靠放在其他陈列柜上。厅西侧是摆放蒋蓉作品的陈列柜,柜框同样被撬坏,侧面玻璃板被抽出。

紧邻紫砂陶厅的均陶厅内,南侧两扇窗户洞开,窗玻璃破损,窗台上留有玻璃碎片,还有带泥土残渣的踩痕。窗外是天井、围墙,围墙上有一个洞,容一人进出。顺迹追踪,民警提取到一串痕迹,汇集现场情况并经相关专家论证,这些痕迹系盗贼所留。盗贼从陈列馆西侧钻围墙进入馆内,爬上二楼,钻均陶厅窗户入室,然后窜进紫砂陶厅实施盗窃。

盗贼目标精确,胆大妄为,贪婪异常,大师的作品一件不留,究竟是何人作案?专案组在前期调查访问和现场勘查的基础上,召开了案情分析会,详细刻画盗贼脸谱。大家你一言我一语,纷纷发表看法,最后形成以下五点共同意见:第一,根据现场痕迹和失窃物品数量,2人以上结伙作案可能较大,盗贼具有攀爬能力,携带撬削、照明、运输等作案工具。第二,据陈列馆方面反映,3月1日傍晚在例行的巡查中尚未发现失窃,至第二天下午案发,其间20多个小时没有人进过紫砂陶厅,盗贼白天作案的可能不大。由此判断,作案时间在3月1日深夜至2日凌晨,作案时间持续两三个小时。第三,盗贼有计划、有准备、有预谋,熟悉陈列馆内外环境和中心现场布局,了解紫砂市场行情,瞄准大师作品,手法老练利索,排除流窜作案,本地人作案可能极大。第四,作案者可能有盗窃前科,从事非法倒卖紫砂壶具勾当,目前经济窘迫,急需用钱。第五,盗贼为男性,其中一人着仿"劳克斯"运动鞋,年龄在21岁至25岁之间,体格健壮。

盗贼"脸谱"清晰,看似就在眼前,但要在人海中把他揪出来谈何容易。陈列馆对外开放,进出人员多且杂,"劳克斯"运动鞋是时下流行,当地青壮年男性基本上每人都有一两双,真品稀罕,仿品比比皆是。与此同时,随着紫砂茶具在工艺品市场上地位的提高,特别是东南亚、港澳台"玩客"的青睐,从事紫砂茶贝倒卖的队伍越来越庞大,这些茶具大都销往境外。据粗略统计,丁蜀镇及周边地区从事此行当的就有好几千人。如果赃物已易主他人,转往境外,一时能否追回尚无法预料。

专案组没有被困难吓倒,大家认为,不管什么人作案,只要侦查措施到位,都将收入网中。从接到报案起,警方就控制了买卖渠道,料想盗贼出手不会这么快,只要其销赃,就会露出马脚。而盗贼在现场留下的蛛丝马迹,也为认定犯罪嫌疑人提供了证据。还有一个有利条件是:这几年,警方连续不断整顿紫砂市场,积累了海量信息,只要盗贼尚在网中,不信其能逃掉。

专案组分四条战线展开工作,侦查工作多层次、全方位、立体式铺开。

战线一:严密查控,防止赃物流向境外。"1990年3月1日深夜,宜兴市陶瓷陈列馆发生特大盗窃案,为及时侦查破案,请各地接此通报后,立即在海关码头、边防边境、黑市交易等场所严密布控,并在走私贩私等相关人员中加强布控、协查,一经发现立即予以扣留,并速告我局刑警大队。电话0510-223×××。"3月9日,一纸附有失物清单的紧急协查通报从无锡市公安局发出,飞向江、浙、沪14个城市刑侦协作区公安机关和无锡各级公安机关。此前,江苏省公安厅已向本省及全国的公安、海关、机场、港口等部门发出协查通报。专案组派出多个工作小组分赴上海、广州、福州、厦门、泉州、汕头等重点沿海城市。

战线二:逐个走访陈列馆工作人员,全面调查个人情况、交往关系,包括亲朋好友、时间节点内的动态等等,理出疑人疑事。对在陈列馆施工的建筑、油漆、绿化人员逐一梳理,水清见底。

战线三:立足本地,发动群众,展开地毯式排查。以丁蜀镇为中心,包括周边的湖㳇、川埠、大浦、张渚等乡,组织厂企、居委、村治保干部展开全面排查。排出因经济拮据有可能铤而走险的人员,发动群众举报线索。

战线四:针对倒卖紫砂茶具人员展开专线调查,逐一见面谈话,扩大线索来源;全面清查旅馆、招待所,摸清外地来宜从事紫砂生意人员。

(三)

专案组的侦查方向精准,判断正确。这起特大盗窃案的始作俑者正是本地人,而且从事紫砂茶具的贩卖。此刻,他正躲在一旁瞧热闹。

"别白忙乎了,你们找不到的。"看着一辆辆警车进出陈列馆,一个个警察走街串巷,进村入户,他自以为手段高明,神不知鬼不觉,不会怀疑到他头上。

而那些能给他带来巨大财富的"宝壶",此时正静静地躺在同伙家的阁楼上。风头一过,钞票就会"哗哗"地来了……想到此,他不禁笑出了声。不过,虽然周围无人,他还是赶紧捂住嘴巴。"不能得意太早",他告诫自己。

他叫周江,男,宜兴人,1965年出生,住丁蜀镇精陶新村。靠山吃山,靠水吃水,镇上的人大都从事与陶瓷、紫砂相关的职业。他的父亲是镇上精陶厂的老工人。周江是家中的老大,下有一个妹妹、一个弟弟。他从小读书到初中毕业,1984年9月顶替身体不好的父亲进了精陶厂,做技术含量不高的洗成工。

周江刚进厂的时候,社会还处于比较封闭的状态,在丁蜀镇,紫砂啊、陶啊,遍地堆放,没有那么值钱。周江每天过着工厂、家两点一线的生活,比起那些在农田山林间忙碌的同伴,他常有一种满足感,觉得自己是个工人,挺吃香的。他蛮满意自己的工作,苦一点、累一点算不了什么,他有的是力气。

一晃四五年过去,改革开放的春风吹拂陶都,新鲜事物不断出现,艺术品市场初潮迭起,紫砂壶成了"香饽饽",而且势头越来越好。周边不少人做起了紫砂生意,厂里还有人丢掉铁饭碗下海"吃螃蟹"去了。镇上来了许多新面孔,南腔北调,都是冲着紫砂壶来的。慢慢地,周江有些眼红心动,他像其他年轻人一样,向往过上美好生活,追求时尚,无奈家里生活困难,母亲没有工作,父亲拖着病体,常年吃药,根本不可能对他有什么帮助。他的工资也就几十块钱,常常到手几天便没了。他想挣大钱改变现状。

1989年五六月,周江尝试贩壶。工作不能说不要就不要,他班照样上,时不时与镇上早他涉足此行业的伙伴去厦门做买卖。一把普通的壶拿到那边,就能赚上二三十元。一开始,他打打擦边球,周末下午走,周一早上赶回厂里。后来旷个半天一天工。当年7月,他借钱收了一批壶运到厦门,一去就是十几天,这一次没有那么走运,时值紫砂市场整顿,盘缠没了,带去的壶一把没卖出,全被没收了,还要罚款6 000元。周江傻眼了,把家当全卖了,也凑不出这个数啊。

罚不起还躲不起啊。周江脚底抹油外出避风头,到离家几十里的舅舅家躲了三四个月。他也没闲着，仍往返于宜兴、厦门两地，倒腾些小物件，所赚仅够路费和吃住开销。当年11月，他回到丁蜀，厚着脸皮去上班。工厂不是自由市场，想来就来想走就走，他被开除了。铁饭碗丢了，父母大为恼火。他不愿在家听唠叨，更不愿干农活，东借西挪凑了几百元钱到厦门买卖瓷器。没想到收货人犯了事，瓷器出不了手。他和同去的戴某困在小旅馆里一筹莫展，住宿、吃饭都是向老板娘赊的账。

"寻死不如闯祸！"眼瞅着就要流落街头，周江和戴某不约而同想到了抢，目标是与他们做过生意的邱姓台湾老板，住在厦门一个别墅区。两人预谋，假装上门推销瓷器，趁对方付钱时实施抢劫。为确保成功，他们拉了一个同乡入伙，购买了水果刀、羊角榔头等作案工具。接下来几天，他们天天去找邱老板，对方大门紧闭，人影不见。第五天上门按门铃时，终于有了应答。邱老板没让进门，在猫眼里瞄了瞄他们，回了一句"不做生意了"，再也不加理睬。这个抢不成，他们又密谋抢劫另一名收货人，仍未遂。

1989年12月底，欠下一屁股债的周江垂头丧气地回到宜兴。父亲的病越来越重了，到市里医院救治了一段时间，又回到丁蜀医院挨日子，急需治疗费，可他一个子儿也掏不出。他成天想着如何找批货赚一票，以摆脱困境，最后把脑筋动到了陈列馆。

作案前，周江两次到陈列馆踩点，察看周边地形，然后以"出了事他一人承担，作案所得两人平分"引诱曾经的工友刘林共同作案。

1990年3月1日深夜，周江伙同刘林从西围墙进入陈列馆，翻窗入室，直奔紫砂陶厅。第二天凌晨3时，两人各背一只鼓鼓囊囊的蛇皮袋溜出陈列馆。事后，周江扔掉作案工具，烧毁作案时穿的仿"劳克斯"，并关照刘林销毁所有罪证。他把赃物藏在刘家阁楼上，准备风头一过便出手。

为避人耳目，3月3日，周江专门跑到精陶厂找领导求情，请求给口饭吃。领导见他态度诚恳，让他进厂当了临时工。上班后，他工作卖力，遵章守纪。陈列馆盗窃大案传得沸沸扬扬，工友们谁也没想到，大盗就在身边。

周江大隐隐于市,沉浸在发财美梦中。然而人算不如天算,随着警方侦查范围一步步缩小,无形的网正向他罩来。

(四)

分线作战成果明显。专案组很快理清"三本人头账":一是排出倒卖紫砂壶人员3 227名,其中外地307名,境外80名;二是陈列馆工作人员反映出可疑人员11名;三是社会面排查出嫌疑对象132名。

专案组挂图作战,对重点人员逐一见底,深挖细查。一时,线索源源而来。

一名热心群众提供线索:3月1日,他家邻居夜半才回,一到家便与妻子发生激烈争吵,最后听他对妻子说了声:"我对不起你。"第二天一早便租车去了厦门,留下哭哭啼啼的家人。此人相关特征与盗贼"脸谱"接近。信息迅速反馈到厦门工作小组。办案民警历经周折,找到"嫌疑人",搜获一堆假壶。原来,他贩壶蚀了本,引发家庭战争,欲以假乱真赚一票。办案民警空欢喜一场。

3月13日,有位群众向专案组提供,3月2日即案发那天凌晨,刚从牢里出来的弟弟被一个女的叫走。那女的神神秘秘,说有笔大生意做,手头有一批价值百万余元的壶。其弟兴冲冲地跟人走了,至今未回。怕弟弟再走邪路"二进宫",这位群众大义灭亲举报了自己的弟弟。办案民警眼前一亮,穷追不舍,一查下来大失所望。实情是那女的收了70余把仿冒名家的茶壶,准备运到厦门倒卖,怕路途不测,请个男的当保镖,凌晨租了辆小车转道浙江宁国,乘火车去厦门。

一条条线索见底,一个个疑点排除,一个个嫌疑对象被否定,十几个日夜过去了,案件进展不大。"陶艺节"在即,领导关注、群众拭目。专案组上上下下拧紧发条,高速运转,把案件的突破口放到"贩壶"上。

办案民警兵分几路,正面接触壶贩子,耐下心来一个个"磨",非要从他们嘴里掏出些什么。这一"磨",还真"磨"出了名堂。

周江也被叫到专案组问话。他心里忐忑,表面镇定,有问必答,来往关系交代得清清楚楚,毫无破绽。

兴奋点出现在3月20日。这天上午,一名壶贩子反映了重大情况,称自己曾在厦门听周江讲过"找机会去搞陈列馆",听说周江还到陈列馆后面的小山坡去过。

这条线索太重大了,是真还是假?办案民警随即找到与周江一起做生意的戴某。戴某交代,1989年11月底,其与周江等人贩壶失利,弄得连回家的路费都没有,两次结伙抢劫,均未遂。后周江去大连收老茶壶,也亏空而回。周江曾提出要其一起去偷陈列馆,说顾景舟、蒋蓉的壶"价钱好佬"。戴某称,其因害怕,没敢去,听说卞某与周江到小山坡看过地形。

周江作案的疑点骤然上升!专案组绷紧神经,加大对其的秘密控制,顺藤摸瓜,抓紧调查见底。

3月23日晚,卞某被叫到丁山派出所。他深知此案重大,唯恐牵连其中,怎么也不肯开口。办案民警反复宣传法律政策,晓以利害,卞某终于如实供述:早在1989年11月底,周江就多次找他密谋盗窃陈列馆,周江还说,一旦得手,一年以后才能出手,而且在这一年之内表现要特别好,言行举止要特别谨慎,再苦再累也要熬过去。一天深夜,两人带了作案工具来到陈列馆后面的小山坡伺机作案。是晚,陈列馆值班室的灯光一宿未熄,院内不时有人巡查,两人未敢下手。卞某还提供,周江有一双仿"劳克斯"运动鞋。

有关周江的情况第一时间汇集到专案组:周江,男,宜兴人,1965年5月生,身高1.64米,体态中等,原宜兴精陶厂工人,1989年11月因旷工被厂方开除,从事紫砂茶具贩卖,因无经商经验,屡贩屡亏,欠下几千元债务。家中父亲病重,急需用钱。其为了攫取金钱,与人两次结伙在大白天公然实施抢劫,因抢劫未遂,把下手目标转向陈列馆。

从表面看,案发后,周江没有任何异常,其3月12日返厂当了临时工,除了上班,就是待在家里,不像以前那样东游西荡,邀朋呼友。周江一下变老实了,连家里人也觉得奇怪。透过现象看本质,太正常就是反常,同时也说明其心理素质好,有一定的反侦查能力。专案组制订了周密的侦查计划。

3月24日上午,专案组依法对周江监视居住。

"我这人老老实实、本本分分的,从来没有做过违法的事。"刚在民警面前坐下,周江就急赤白脸辩解。

"是吗?"办案民警不置可否。

"前几年偷过一把壶,去年11月在厦门卖壶,骗过一个丁山人几把商品壶。贩壶没赚到钱,现在我不做这事了,回厂里上班了。"见警察不理他的茬,周江"主动"交代"鸡毛蒜皮"的小事以试探,他自信没有露出什么破绽,警察这是在例行调查。

"就这些?"与周江面对面的是3名有丰富办案经验的老刑警,沉稳老练,不愠不火,那犀利的眼神让周江心里发毛。

"……"周江不吭声了。他知道,那件事不能讲,那是天大的事,讲了,这辈子就完了。

周江不开口,民警也不逼他。讯问室里静悄悄的,凝固的空气给周江带来无形的压力。

"其他如果有人有什么事牵扯到我,我愿意按法律办……"僵持了几个小时,周江憋不住了,再次放话试探。

"别人的事用不着你承担责任,谈自己的事。3月1日夜里去哪里了,你经常穿的运动鞋呢?……"见周江的心理防线出现松动,民警加了把火,一连串追问如一颗颗子弹。

"这……既然都知道了,我就说了吧。"周江知道那件事露馅了,瞒不住了,无可奈何交代了犯罪事实,并供出同案人刘林和赃物藏匿地点。

3月24日深夜,抓捕民警直扑丁蜀镇南山居委精陶新村二组,将睡梦中的刘林擒获。

"东西在哪里？"

"上面。"刘林指指阁楼。两只蛇皮袋藏在一堆杂物中，民警打开一看，75件珍品一件不少，完好无损。一旁的刘妻吓得直抖，她还不知道丈夫犯下了大罪。

已连续工作了二十四昼夜的民警们疲惫的脸上露出了笑容。

天明，顾景舟闻听破案消息，且人赃俱获，连声说："太好了，太好了！"

国宝回归，1990年4月9日，中国宜兴第二届"陶艺节"如期举行，美国、日本、加拿大、新加坡、马来西亚等国家和港澳台地区数千名客商云集丁蜀。陈列馆修葺一新，笑迎八方来客。"陶都"美名更加远扬。

1990年6月13日，案犯周江被判处死刑，剥夺政治权利终身；案犯刘林被判处无期徒刑，剥夺政治权利终身。

逃也枉然

（一）

时令已是春季，冬的寒意尚未褪尽。紧邻东海的浙江省慈溪市附海镇郑家浦村，站在村头往前看，一望无际的海涂（滩涂），分割成大片大片的菜地。一畦畦青菜、豆苗、大蒜、韭菜，经历冬的考验，透着嫩绿，焕发勃勃生机。菜田中，零星散落着低矮的土屋，那是种菜人的栖身之地。

2005年3月3日，午后，春天的阳光洒在人身上，暖洋洋的，空旷、冷清的滩涂上来了一群衣着光鲜、气度不凡的不速之客。这群人，有的扛着摄像机，有的拎着照相机，这里照照，那里拍拍，还在纸上画啊、算啊，七嘴八舌议论着。正给蔬菜施肥浇水的菜农们好奇地竖起耳朵。噢，原来有人看中了这片滩涂，要来承包投资。"看来，明年要换地儿种菜了。"菜农们自忖。

在一片五十来亩地的菜田中央，蹲着2间小屋，发黄的土墙，漏雨的屋顶，落满灰尘的窗户。屋前十几平米的土场，几根竹竿，一溜儿几十块尿布在风中飘舞。看来，这户人家新添丁不久。来客对这片菜田特别感兴趣，围着转悠了几圈，一行人来到小屋前。"汪汪汪"，守门的大黄狗一阵狂吠，唤出一个中年男子。

"你们是什么人？"中年男子又黑又瘦，安徽口音，眯缝眼，40岁出头，身材矮小，神情有点紧张。

"我们想来承包种菜，了解一下行情，一亩地的承包费是多少？"来客在心中默念：徐友，1966年出生，安徽灵璧人，身高1.66米，小眼睛。几个人交换了一个会意的眼神，悄悄移动到中年男子左右。

"是这样,一亩地每年上交100元承包费,钱不多,这里土质不好,沙子太多,改良成本高。"看得出中年男子松了口气,脸部表情松弛下来。

"没错,就是他!"一名年轻人对围在中年男子身旁的人肯定地点了点头。一左一右突然发力,将中年男子按倒在地。

"叫什么名字?"

"徐国斌。"

"抓的就是你!"来客押着中年男子快速撤离,坐进一辆停在路边的汽车,绝尘而去。目睹这一幕的菜农先是愕然,继而醒悟:这是警察抓坏人来了。没想到这个本本分分、不声不响的安徽人居然是个逃犯。

"爸爸,爸爸!"一个赤着脚的三四岁小男孩哭喊着追在车后。中年男子紧闭双眼,潸然泪下,喃喃自语:"我作孽啊!早知会有这一天的。"

这个中年男子叫徐友,又名徐国斌,是江苏省公安厅督捕的命案逃犯。抓捕他的是无锡警察。11年前,徐友在无锡街头行凶,致1死3伤。

(二)

警车离无锡越近,徐友害怕越甚。在漫长的潜藏、逃匿的日子里,他试图忘却自己的过去和罪恶,忘却作下的一桩桩大案。越想忘,偏忘不掉。一切犹如发生在昨天,一幕幕场景放电影般顽固地呈现在眼前。

徐友1966年出生于安徽省灵璧县。灵璧县盛产中国四大观赏石之一的灵璧石,韦集镇代家村的徐家并没有因灵璧石而致富,相反因孩子多而导致贫困不堪。徐友小学毕业即辍学,拜师学艺。他学的是泥瓦工,活又苦又脏,熬了3年出师,16岁离家去淮南市讨生活。独自在外,少了管教,多了自由,他沾染了不良习气。24岁那年,徐友犯下第一桩罪恶:盗窃。出师不利,一伸手就被捉,被判入狱两年。

两年的劳动改造没能收住他那颗躁动的心。刑满释放,他连户口都懒得到派出所恢复,就直奔淮南市,那个贫穷落后的代家村他是一天也不想待。他在淮南市区摆地摊,卖卖儿童玩具、袜子什么的,小本生意,挣不了几个钱。其间,父母借债给他成了家,徐友娶了本地女子胡云为妻。婚姻同样拴不住他,安稳了没几天,他抛下新婚妻子去了新疆。

在新疆,徐友犯下第二桩罪恶:绑架勒索。那是1993年的事。当时,徐友在新疆鄯善县一个砖窑打工,认识一个姓王的安徽老乡。王某有台挖土机,手头挺宽裕。王某与老婆、两个儿子一家四口全在新疆。不久,徐友又认识一个绰号"大用子"的灵璧老乡。"大用子"无业,穷困潦倒,他多次与徐友密谋绑架勒索之事。徐友也需要钱,提出去绑老乡王某的孩子。

根据事先设计的作案计划,徐友顺利地将王某两个尚不谙世事的幼儿骗离鄯善县,绑架到乌鲁木齐。"大用子"留在鄯善,寄出敲诈信,勒索现金1万元。王某没有上当,立马报了警。新疆警方快速反应,第二天就破了这起绑架勒索案,抓获了"大用子","大用子"供出了同伙。

晚上,徐友躲在亲戚家正做着发财梦,突然从窗户中看见远远地一群警察押着"大用子"朝亲戚家走来。他慌得连行李都没拿,跳后窗连夜逃离新疆,溜回老家。他在心中暗自庆幸,幸亏没把家庭住址和真实姓名告诉王某和"大用子",否则就玩完了。

侥幸漏网,逃回灵璧的徐友仍不安分,成天无所事事,惹是生非。1994年春节,他聚众斗殴,打伤了人,还顺手牵走人家的牛。灵璧县人民检察院批准对其逮捕,他闻风而逃,躲到福州。灵璧警方对他进行全国通缉。

当年初夏,徐友与同在福州打工的安徽同乡汪勇兄弟、苏友等人来到无锡,先是三轮车载客,后到夜排档打工。一个月后,他跑到常州去踏三轮车。7月13日下午,他腰插一把20厘米长的匕首,乘火车到无锡,找一个叫"亮子"的老乡讨债。徐友曾借给"亮子"200元钱。一下火车,他直奔原来的租住地,查看有无遗留物品,见地上有一张"苏友"的居民身份证,便捡起来揣进口袋。他的身份证丢了,这张正好派上用场。晚上,他满世界找"亮子",没找着。

钱没要到,徐友心有不甘,幽灵般游荡在无锡西门人民桥一带。14日凌晨1时,徐友的可疑形迹引起巡逻至此的复兴路地区联防人员的注意。

"站住!"3名联防人员上前要其接受检查。

要是落在警察手里,新疆和老家的案子全都暴露了,免不了牢狱之灾。徐友拔腿就跑,联防人员紧追不舍,并吹响哨子。正在附近巡逻的老卞等2名联防队员赶来增援。徐友狗急跳墙,拔出匕首乱捅。老卞冲上前紧紧抱住他,徐友持匕首对其胸口猛地捅下去,对方手一松,徐友乘机脱身,窜进一条小巷子逃跑了。"苏友"的身份证从口袋里掉出来,落在现场。

(三)

徐友的祸闯大了,一刀下去,正刺中心脏。时年40岁的老卞经医院抢救无效,英勇牺牲,身后留下体弱的妻子和有精神障碍的女儿。3名联防队员被捅伤,幸生命无虞。

现场勘查中,那张"苏友"的身份证没有逃过警察的眼睛。苏友,男,1967年生,安徽六安市人。顺藤摸瓜,民警们找到"苏友"在锡城的租住地。一进门,苏友正在为身份证丢失的事烦恼。他提供,他的身份证可能被"徐国斌"拿走了。"徐国斌"是他的合租人,原在无锡打工,一个月前去了常州。经受伤联防队员辨认,苏友不是行凶者。进一步工作查明,徐国斌又名徐友,男,1966年生,身高1.66米,安徽灵璧县韦家镇代家村人。

在无锡、常州两地严密布控的同时,无锡警方派出追捕组赴皖展开追捕。

7月14日深夜,追捕民警趁着夜深人静,悄悄摸进代家村。村头几间破屋,正是徐友的家。前后门堵住,敲开门,屋内只有一对老夫妻和一名刚满周岁的女婴,他们是徐友的父母和女儿。听说来者是无锡警察,儿子在无锡杀了人,老夫妻俩脸露惊慌,称儿子没有回家,连儿媳妇也无端不见了。村干部和邻居证实,已有几年不见徐友了,灵璧警察也在抓他。

徐友虽不在家,他的社会关系还在灵璧。追捕民警在灵璧待了1个多月,虽没发现徐友的行踪,但获取了他的照片,查明其所有亲朋关系住址,一一落实了布控措施。不久,徐友被江苏省公安厅列为挂牌督捕对象。

徐友这一逃,竟逃了11年。11年里,可苦了无锡警察。先后数十次赴新疆、福建、广东等十几个省、区、市、县寻踪觅迹。徐友的社会交往人员、亲朋关系那里,无锡警察成了"常客"。代家村徐家,更是布下长期"眼线",每逢过年,民警们都要上门看看,每次都是无功而返。徐友的父母也是一脸无奈,民警留下话,希望他们劝儿子投案自首,就是逃到天涯海角,无锡警方也不会放过他。

(四)

再说徐友,1994年7月14日凌晨在无锡捅死1人、捅伤3人后,他的右腿也被打伤。他一瘸一拐负疼逃到一无人看守的工地,在工棚里偷得一身衣服,换下血衣,连夜坐火车逃跑。15日清晨他一到常州火车站,马上换乘去安徽淮南的火车。逃到淮南姑妈家包扎伤口后,徐友躲了一天,夜里窜到固镇县刘集镇一个姓张的牢友家。刚到张家,其老婆胡云不知怎地赶来了。徐友对老婆称闯大祸了,在无锡杀了人。他老婆原以为非偷即抢,没想到要了人性命,当场吓呆了。

徐友怕走漏风声,不敢让老婆回家,要其随他逃离安徽。

"那女儿咋办?"胡云不太情愿。

"女儿有我父母,你不想我活了?"徐友眼睛一瞪,胡云吓得噤了声,暗自抹泪。

在张家藏了一个星期,腿上的伤基本痊愈,徐友化名"陶瑞银",一瘸一拐逃离了安徽,潜到浙江宁波。尽管百般不舍嗷嗷待哺的女儿,胡云还是心一横,随丈夫踏上了漫漫逃亡路。

在宁波,徐友经人介绍到慈溪市下属的匡堰镇砖瓦厂打工,三四年后辗转到邻近的附海镇郑家浦村,承包50亩滩涂种菜,在东海边隐匿下来。

徐友承包的菜田远离村庄,一起种菜的都是安徽老乡,大家叫他"小陶"。他沉默寡言,守口如瓶,鲜与人来往,也不准老婆外出,一心一意种菜卖菜。村里人和老乡都没有对他的假身份发生过怀疑。

这11年,徐友始终是在惊恐中度过的,他一怕看到警车,每次听到那刺耳的警笛声,就以为是冲着自己来的;二怕警察,进而发展到看见"大盖帽"就不由自主发抖;三怕外出到人多的地方去,11年里他几乎没涉足公共场所。按他的说法,唯一的娱乐生活就是与老婆的"那点事"。因此,他接二连三添了4个儿子,徐友落网时,他最小的儿子出生仅5天。

在安徽灵璧,徐友因蛮横、霸气、胆大而臭名远扬;逃亡中的徐友,性情大逆转,胆小如鼠,谨小慎微,不敢与人吵架争斗,更不敢做违法犯罪的事,唯恐露出蛛丝马迹。一次,邻居家两只鸡不见了,硬说跑到徐友家来了,上门大吵大闹。按往常,他早就拳脚上去了,这次,为息事宁人,他忍了又忍,主动捉了两只鸡给人家。几天后,鸡找到了,他也不敢去邻家要回自家的鸡。

徐友用"颠沛流离"来形容自己的逃亡生涯。曾经倒头就睡的他患上失眠症,即使入睡,有时半夜会突然醒来,因为在梦里自己被抓了。无眠长夜里,他无数次地回忆自己犯下的桩桩罪恶和作案细节,无数次地设想被警方抓获的场景。

人在异乡,身边虽有老婆和儿子,父母双亲的面容、女儿的眼睛、家乡的一草一木,时常在徐友的梦境中出现。女儿自打出世,就没机会叫一声"爸爸"。徐友从来没有如此强烈地想家。他一次次试图潜回家看看,哪怕看一眼。但一想到回家所要付出的代价,他退却了。胡云更想家,想女儿,数次吵着要回安徽,都被徐友阻止了。

时光在度日如年中慢慢流逝。刚进入 2005 年,徐友便有一种预感:自己的末日就在年内。他决定无论如何也要回家看看。2005 年 1 月,他带着 8 岁的二儿子毛毛悄悄潜到韦家镇,坐的是晚上的班车。刚一下车,便遇到一个村邻,这可把他吓坏了,再也不敢去代家村。在妻姐家度过惊恐一夜,第二天徐友便仓惶逃回慈溪。

失眠的夜晚,他躺在床上,盯着门,觉得那门会突然打开,冲进一群人给他戴上手铐。等啊等,他等来了无锡警察。

(五)

挂账 11 年的"7·14 杀人案",始终是无锡警察心上的一块石头。2004 年,无锡警方派出 3 名民警再赴安徽,对徐友夫妻所有 12 个亲戚关系再次排摸见底。这些关系分布在安徽合肥、淮南和广东深圳、福建福州、浙江温州等地。追捕民警踏破铁鞋,一家家寻访,一条条线索见底。调查工作整整持续了一年。

徐友的担心不无道理,其 2005 年 1 月的冒险之行露出行踪。村人回村一说,大家多了个心眼,细细一查访,获得重大信息:徐友藏在浙江慈溪的关海湾镇种蔬菜,住地附近有一砖窑。

2月22日,信息通过灵璧警方传到无锡,追捕民警揣着徐友的照片火速赶往慈溪。慈溪乡下小砖窑众多,关海湾镇和邻近的乡镇到处砖窑林立,民警们一个个砖窑察访,7天过去,跑断了腿,也没捞着徐友的影子。徐友会不会藏在邻近的附海镇?那里也有砖窑,而且滩涂上种蔬菜的安徽人特别多。

慈溪位于东海之滨,蕴藏着丰富的海涂资源,围垦开发的滩涂近10万亩。3月2日,时任无锡崇安公安分局副局长王犇率追捕组来到附海镇。一查,在海边滩涂上种蔬菜的安徽籍人员竟有2 000多名。王犇他们逐村访问户口协管员、治保主任。3月7日上午,在郑家浦村走访时,户口协管员指着"徐友"的照片惊奇地说:"这不是种菜的小陶吗?"据其反映,这个叫"小陶"的安徽人40岁左右,6年前来郑家浦村种菜,先租住他邻居家,后在菜田里盖了两间土屋。这名协管员肯定地说,照片上的"徐友"虽然看上去很年轻,但与"小陶"的面部轮廓、眉眼一模一样,没错!

如何抓捕徐友,民警们颇费脑筋。那片滩涂一望无际,除菜农外,人烟稀少,几乎与外界隔绝,一有风吹草动,很可能打草惊蛇。王犇他们设计了"商人投资、实地考察"的围捕方案,准备了摄像机、照相机、地图等道具。于是,出现了本文开头的一幕。

徐友到案后,顾虑重重,他知道,杀人是要偿命的,丢下老婆和一群孩子怎么办。经民警耐心教育,沉默一昼夜后,他开口交代了在无锡、新疆、灵璧犯下的一桩桩罪行。

徐友在无锡市看守所写下一封信和一份忏悔书。信是写给老婆胡云的。他在信中详细交代了"后事",让胡云带着孩子回灵璧,代他侍候父母,与家人一起好好过日子。在忏悔书中,他称自己毁了几个家庭,十多年来东躲西藏,惶恐不安,良心受到极大谴责。在忏悔书最后,他哀叹:"我自己种下的苦果,我知道终须偿还。"

是的,这个双手沾满鲜血的凶魔,不得不面对他逃避了11年的过去。

2005年11月10日,案犯徐友被判处死刑,剥夺政治权利终身。

多事之秋

喋血孙巷，3 死 1 伤惊锡城

苏南特大系列抢劫杀人案的第一起案件，发生在江苏无锡城郊接合部的孙巷，被害者是两对夫妻，3 死 1 伤。案发秋天，具体时间是 1995 年 9 月 29 日。

"哎哟，起晚了，妈妈怎么没叫我呢？"听到小伙伴的呼唤，孙荣从床上一跃而起，眼睛往床头柜上的闹钟一瞥，已是清晨 5 时。18 岁的孙荣是无锡一家职业高中的学生，与许多年轻人一样，喜欢运动、健身，每个星期总有一两天早上要去离家不远的惠山爬山锻炼。这天，他与两个发小有约，没想到睡过头了。奇怪的是，一向"叫早"的老妈今天居然误了事。

"妈，妈……"孙荣连叫几声，无人应答。想必是爸妈昨晚商量祭奠外公的事，睡晚了。孙荣边穿衣边冲下楼，拉开后门，奔老屋而去。孙荣住的是家里新造的楼房，刚落成不久，一家人住进来时间不长，做饭、洗漱还在老屋。

秋天的清晨，微风夹着些许凉意，孙荣打了个冷战，裹紧衣衫。晨曦徐徐拉开了帷幕，村子上空飘起缕缕炊烟。老屋坐落在离新楼不远处的孙巷，一拐弯，几步路就到了。

"咦，门怎么没关，灯还亮着？"孙荣推开虚掩的大门。"妈妈这么早就起床烧早饭了？"

"煤气味这么浓，漏气了吗？"家里用的是煤气钢瓶，皮管老化，有时会泄漏。堂屋里弥漫着浓烈的煤气味,连在屋外等候的两个发小也闻到了。

蹊跷事一桩连一桩。孙荣一脸狐疑,走进堂屋后面的厨房。煤气味更浓了,孙荣拉亮日光灯,仔细一看,只见煤气瓶阀门开着,煤气灶开关也开着,正咝咝往外冒气。他往后一退,脚下一绊,是个人。

"哟,爸,你怎么躺这里了。"孙荣大惊,这是他的父亲荣宝,四肢被捆绑,倒卧在厨房地上,身体已僵硬冰凉。紧随其后的发小吓坏了,双手捂住嘴巴不敢出声。

"怎么会这样,妈呢,妈妈在哪?"18岁的男孩,怎经得起如此惊吓。他梦游般穿过天井,来到后间,人未进屋,血腥味扑鼻而来。里屋的情景更可怕,昏黄的灯光下,地上横七竖八躺着3个人。

"冷,我冷,荣儿。"屋角传来呻吟声,孙荣上前一看,正是他的妈妈孙英。他赶紧找来剪刀把捆绑妈妈双手的绳子剪断,将她扶到凳子上,找来一件旧衣服给她披上。再看另两人,那是他的阿姨、姨夫,也是手脚被捆绑,早已没了生命气息。

"快,孩子,快报警!"孙英神智尚清,只是失血太多,冷得发抖。

"110,杀人了,郊区黄巷乡红五月村孙巷。救人哪!"9月30日清晨5时9分,无锡市公安局"110"报警中心(现称报警服务台)电话铃声响起,报警人口气急促、颤抖,透着哭音。接警员没有任何犹豫,果断指令街头的"110"接处警车和黄巷派出所民警"速速赶往现场"。随即,依次指令刑警、郊区公安分局出警。几乎同时,"110"值班领导抄起电话向时任无锡市公安局局长邵斌华报告。

无锡"110"报警中心于1994年4月正式建成启用,从接报警到指挥调度,加上街头流动接处警车,形成了上下联动、快速敏捷的接处警体系。特别是突发重大警情,"110"更是就在人们身边。

"110"速度果真是快,警车驶至惠农桥时,孙荣的发小已等候在桥头。警车直驶现场,黄巷派出所的民警同时抵达。民警将伤者抬上车,一路急驶,火速送往101医院。现场被严密封锁起来。

这个早晨注定不平静,村里发生大案,正在睡回笼觉的村民清梦被搅碎。

"不得了,杀掉3个,还有1个重伤,不知能不能救过来。"村民们一传十、十传百,里三层、外三层,把现场围得水泄不通。一个村上,乡里乡亲,不是亲戚就是族里人。亲人遇害,个个悲愤伤心,情绪激动,有的硬要往里冲,还与现场民警起了争执。然而现场一旦破坏,将给侦破工作带来极大难度。黄巷派出所的民警在前后门筑起人墙,耐心解释,忙得满头大汗、口干舌燥。

"请大家配合协助,让开一条道。"一辆辆警车驶来。

"公安局大小领导都来了,还有一大群刑警、法医,这案子大了去了,不要添乱了。"有志愿者主动维护秩序,人群让出一条路。

局长邵斌华、分管刑侦的副局长张产和、刑警支队长陆如祥、法医、技术人员、侦查员……都在这个早上聚集孙巷。他们有的从睡梦中惊醒,顾不上洗漱就赶来了;有的从早锻炼场所赶来;还有的刚在江阴青阳镇一起杀人案现场忙碌了一夜,带着熬红的双眼,一脸菜色赶到孙巷。

邵斌华行伍出身,转业到公安,干过治安,当过分局长,分管过刑侦,见过大案现场无数,但这么惨烈、血腥的现场,他还是第一次经历。

"各警种紧急行动,全面清查车站、码头、宾馆旅社、租住地及其他公共场所,寻找可疑人员,身上有血迹伤痕者要重点检查;仔细勘查现场,不放过任何蛛丝马迹;迅速展开现场调查访问工作。"邵斌华在现场看了又看,眉头越皱越紧。被害者两男两女,正值壮年,现场居然没有任何搏斗过的迹象。能把两对中年男女捆绑起来,肆意施暴的,究竟是怎样一伙歹徒,是生人还是熟人,是本地人还是流窜犯?

刑警支队把技术一头的班底全都搬来了。现场勘验从早上6时20分持续到傍晚。

现场位于无锡郊区黄巷乡红五月村孙巷,紧邻交通主干道通惠路。中心现场孙巷××号大门朝东,是苏南农村常见的一间门面两进二层楼房,与邻家的老屋紧挨着。屋内设施陈旧,墙壁斑驳,阴暗潮湿,冬不御寒,夏不防暑。老屋的原主人是村里一位口碑颇好的孙姓老支书。老支书终身未生育,20世纪50年代初领养了两个女儿,大女儿孙娣和小女儿孙英。时光荏苒,老支书含辛茹苦将两个女儿养大,大女儿嫁了出去,小女儿招婿上门,各自都有了家庭和孩子。1992年国庆节那天,老支书因病去世,两个女儿不是亲生胜似亲生,哭得肝肠寸断,体体面面为父亲办了后事。每年忌日,姐妹俩都不忘祭奠纪念。

从20世纪80年代起,苏南农村经济发展迅猛,全国闻名,特别是乡镇企业的崛起,引领农民走上康庄大道。孙巷地处城郊接合部,凭着地理优势,发展更快。富裕起来的村民纷纷择地造房,搬进宽敞明亮的新楼房。老房子是一份记忆,一份念想,舍不得拆,就留在那儿了。老支书去世,房子留给了孙英一家。和村民们一样,孙家有了新楼,旧房便成了厨房和什物间。

××号老屋前造房子分隔成堂屋和厨房,客堂中央一张方桌,俗称八仙桌。桌上有一张手写菜单,上面写有牛肉、鸡、鸭、鱼、虾等字样,还有一包香烟、一只打火机。厨房内,孙英的丈夫俯卧在水泥地上,双手被反绑,捆绑用绳子系三根旅游鞋带编织而成,头部透明胶封嘴,赤脚。厨房地上散乱着手提包、女式皮夹、带血的内衣等。技术人员用镊子将这些物件小心夹起,装进透明塑料袋,还提取到"劳克斯"旅游鞋鞋印、血掌纹等,这些说不定能在破案中派上大用场。

穿过天井通往后屋,孙娣与丈夫卫华一个俯卧、一个仰卧在里屋水泥地上,嘴均被胶带纸封住,双手被旅游鞋鞋带捆住,孙娣颈部还绕有白色电线。地上有一摊呕吐物,证实为伤者孙英所吐。

里屋有楼梯通往二楼。楼上房间电灯开着,箱子、衣橱、抽屉洞开,衣服、被子、什物满地。

经法医检验,荣宝尸表无创口,颈部有明显索股沟痕迹,系机械性窒息死亡。卫华颈部有一道醒目的大型创口,从左到右长13厘米,显然是锐器多次刺戳形成,颈动脉断裂;身上有大大小小10余处创口,系单面刃锐器形成。孙娣颈部有10余处创口且有勒痕,颈动脉断裂。夫妇俩均死于失血性休克。

送往医院的孙英经全力抢救,挽回生命,她的身上有多处刀戳伤口。

现场访问工作同步进行。厄运毫无征兆地降临,一下子失去3位长辈,母亲又重伤在身,加之目击血腥现场,孙荣精神受到重创,一时语言混乱。在民警的耐心安抚下,他断断续续叙说了30日清晨的情况,他的两位发小作了补充。

病床上的孙英死里逃生,神情恍惚,痛哭不已。她实在不愿回忆那恐怖的一幕。但为了帮助警方尽快抓获那千刀万剐的凶徒,她断断续续叙述了案发那一幕。

1995年9月29日晚上,孙英一家三口在孙巷××号老屋吃过晚饭,儿子孙荣即去新屋看电视。夫妻俩收拾完,正欲离开,孙娣夫妻俩来了,他们是来商量10月1日祭祀父亲去世三周年事宜的。两对夫妻4个人围着八仙桌坐下,荣宝从包里取出笔和纸,记下祭祀当天午饭和晚餐需要采办的食材,密密麻麻写了一张纸,准备第二天一早进城购买。墙上,镜框里的老爷子正笑眯眯地看着他们。

这一扯,就扯到晚上9时多,商议得差不多了,倦意袭来,姐夫卫华一个哈欠,传染一屋人。4人正准备回家休息,虚掩的屋门突然被推开,冲进4个男子,最后一个进门的顺手把门闩上了。

"你们是什么人,干什么?"来不及呼救,孙英4人的脖子已分别被尖刀抵住。"不准喊,谁喊就杀掉谁!"

"哪个是老本主?"用刀顶住荣宝的歹徒问。

"我是本主。"荣宝战战兢兢地回答。

"你们不要反抗,没用的,我们刚从'山上'(指监狱)下来,只要钱,不要你们的命。"一名瘦高个歹徒说。正是轻信了歹徒这番话,这两对夫妻缄了口,既不呼救,也不反抗。要知道,孙巷是居民集中居住区,当时斜对门还有人在堂屋里搓麻将。

瘦高个歹徒把荣宝逼到厨房,另3名歹徒把孙英和她姐姐、姐夫"押"到里屋,捆绑手脚。歹徒冲上楼翻箱倒柜,只找到130元现金、一件崭新的"银湖牌"男衬衣。衬衣是孙英刚给丈夫买的,尚未拆封。

"存折在哪,钱在哪?"歹徒边问边动手搜。荣宝拎包里白天刚发的2 700元奖金被搜走,凶狠的歹徒一把扯下孙英颈部的水波纹金项链,勒下她手上的金戒指,搜走其口袋里的190元现金。

眼见再无油水,这伙丧尽天良的歹徒用透明胶带封住他们的嘴巴,刀捅绳勒,实施了疯狂的杀戮。逃离前,还不忘拧开煤气阀。

4条带着血腥气的黑影循着小巷一溜小跑,迅速窜上主干道,淹没在夜色中。

逝者已逝,活着的孙英不知度过了怎样惶恐、血腥、无助、疼痛的一夜。

由于孙英仍处在恍惚、惶恐中,在描述作案者的面貌特征时,有些模糊不清,只说都是年轻人,30岁左右,其中一个个子较高。作案过程中只有2个歹徒开口说话,总共说了不满10句话,其他2人始终没开口。根据"谁是老本主"这句问话,孙英认为来者是无锡本地人。"老本主"是地道的无锡方言,指主人。

根据现场勘查和访问情况,无锡警方初步认定这是一起有预谋的入室抢劫杀人案,不排除带有报复性。作案者为4人结伙或4人以上,门外或有望风者。可能为本地人作案,鉴于孙英心理状况不稳定,判断或许有误,不排除流窜人员作案。

无锡市公安局连夜成立专案组,各路精英骨干参战,邵斌华局长坐镇指挥。是夜,黄巷派出所楼上楼下灯光亮了一夜。夜10时,召开市区各分局刑事局长、刑警队长及现场周边黄巷、盛岸、惠龙、惠山、吴桥、西新等派出所所长会议,通报案情,布置排查堵控。凌晨,一道道指令发出,直达各派出所、治安卡口、交警岗位,乃至一线民警。全城警察彻夜无眠。

"省刑警总队:无锡市郊区黄巷乡孙巷发生特大凶杀案,3死1伤,市局领导率支队刑侦人员赶赴现场,情况续报。无锡市公安局刑警支队。"1995年9月30日清晨,收到第一份报告,江苏省公安厅刑警总队总队长周继业、副总队长罗文进急驰来锡。很快,全省协查通报发出。

江苏省委、省政府、省公安厅领导相继批示:"尽快破案,为民除害!"

此案给无锡公安带来的压力前所未有,一边是百姓的眼睛盯着,一边是各级领导、社会各界高度关注。公安队伍的作战能力、技术水平如何？拭目以待！

制造这一惨案的歹徒是何方人氏,藏身何处？谜团待解。

恶由钱生,歌舞厅里酿罪恶

让我们把时间退回到1995年9月25日。

江苏盐城郊区潘黄镇,这里地处盐城南郊,距市中心5公里。抗战时期,这里为盐都县第一区,潘克、黄炜两位区委书记在抗击日寇的斗争中相继壮烈牺牲,为纪念这两位烈士,1946年将第一区改为潘黄区,沿革至今为潘黄镇。

1995年,潘黄镇依托近郊优势,发展非常迅速,沿街到处商家店铺,饭馆酒肆,还有歌舞厅、游戏房。一处门面不显眼的歌舞厅包厢里,灯光幽暗,气氛鬼魅,3个脑袋挨在一起,正在密谋一起惊天大案。

中间那个一脸阴鸷的瘦长脸、尖下巴、梳分头的男子是主谋,他叫商伟,潘黄镇跃进村人。左侧那人叫高明,潘黄镇吴杨村人,是商伟的高中同学。右侧那个叫孙建,住盐城郊区工业园福才村,是高明的初中同学。3人同龄,均为1973年出生,时年22岁。孙建、高明对商伟一口一个"老大",虽然孙建还比商伟大8个月,但叫得那个实在,听得人舒服且心安理得。

"最近手头紧,要想办法到外面去搞点。"商伟点燃一支香烟,慢悠悠开了口。

"是啊,进舞厅、耍女朋友都掏不出钱了。"孙建、高明连声附和。

"家里催我结婚,我爹病成那样,处处要钱,真是愁死人了。"一向腹黑的商伟此刻眉头紧皱,愁肠百结。

"老大,我们愿意跟你干,去偷,去抢！可到哪儿偷抢呢？"孙建、高明二人表起了忠心。

"我从报纸、电视上看到,苏南发展很快,遍地黄金,苏南人有钱,我们去那儿抢,抢了就逃,他们想不到是苏北的人过江去干的。"看来,商伟谋划已久。

"好啊,好啊,去抢苏南人,我最恨上海人、苏南人了,又精明,又傲气。"孙建像打了鸡血,莫名兴奋。

"不过,下手要狠一点,要用绳子、胶带绑人封嘴,免得坏了事,必要时就灭口。"商伟两眼射出凶光,两边的人一凛。

"老大,这不好吧?杀人要偿命的。"高明有些害怕。

"无毒不丈夫,不狠干不了大事。"商伟脸板如铁。

"老大说得对,除了绳子、胶带,还要刀,我去买。"孙建连忙顺杆子爬。

"等每人搞到1万元,就开饮食店做生意。我们要发大财啰!"商伟举起啤酒空瓶狠狠砸下去,包厢里一地玻璃碴。

要说,商伟以前也没做过什么违法乱纪的事,连小偷小摸都没有。村里人说不出他好,也说不出他不好。唯一的缺点就是花心,女朋友今天这个,明天那个。

为什么他会想到去抢,而且计谋如此阴毒、暴力?让我们来探究一下他的人生轨迹。

1973年12月5日,商伟出生在新疆。新疆冬天那个冷啊,零下几十度,鹅毛大雪,寒风怒号,滴水成冰。在他出生前,家里已经有两个哥哥、两个姐姐。

他的父母都不是新疆人。母亲阿珍是上海人,上山下乡到江苏南通,后辗转到新疆,遇到从盐城进疆打工的商明。同为异乡人,两人相互关照,结伴取暖。不久,阿珍嫁给了长她5岁的商明,生下一群孩子。商伟之后,还有一个妹妹。一家人靠给人种棉花维持生计。商伟从小就体味到生活的艰辛、贫困。

因长期劳作,加之水土不服,父亲患上重病,迁延不愈,一家人回了盐城老家。商伟从小身体瘦弱,性格内向,经常被人欺负,从不还手。他特别喜欢与强壮的男孩做伴,有好吃的、好玩的,都让着人。再有人欺负他,同伴就成了"保护神"。看到"仇敌"鼻青脸肿在烂泥里滚,他脸上流露的是那个年龄不该有的快意与阴鸷。有人曾对其家人说:"快把这个孩子送人吧,否则,将来要出大事。"家人不信,臭骂了对方一顿。

1981年秋天,商伟跨进学校,一路读书,个子蹿高了,还是瘦弱,照样有人欺负他,也照样有人围在他身边,替他伸出拳头"报仇"。他更加沉闷,而且迷上暴力。放学回家,就钻进房间捧起砖头样的书,看的是希特勒、墨索里尼之类人物传,要不就是《间谍战》。要么就是一头扎进录像厅,专挑杀人放火、涉暴涉黄的片子看,一部《天生杀手》,他连着看了3天。有人看到血就晕,他看到血就兴奋,文弱的外表下,藏着不仁、阴毒、暴戾、残忍。

在商家6个兄弟姐妹中,商伟脑瓜最聪明,书读得最好。父母宠着他,指望他考上大学,找份好工作,让商家翻身露脸;哥哥姐姐让着他,希望他出人头地,他们脸上也有光。无奈商伟担不起这个"重任",到了高二,他同时与几个女生谈恋爱,荒废了学业,成绩一落千丈,老师批评几句,他赌气退了学。父母叹着气接受了这个现实,筹钱让他学了驾驶技术,帮堂姐夫开出租车。1995年3月,堂姐夫把车卖了,商伟无所事事,成了镇上歌舞厅、游戏房的常客。

父母怕这个小儿子在外闯祸,催他结婚成家,可以收收心。高中就在一起的女友小霞死心塌地跟着他,不嫌他穷,不怨他三心二意,愿意跟他结婚过日子。可家中一无所有,只有年迈的母亲和重病的父亲,他想要风风光光把小霞娶进门。这些都需要钱。钱、钱、钱……钱从哪里来?录像片中一个个烧杀抢掠的情景交替出现在眼前,他决定铤而走险,亲身尝试一下。

同谋孙建,原在上海杨浦区一个酒店当配菜工,月薪只有800元,却还经常拖欠。他嫌工资低,1995年7月26日辞工回了盐城。另一同谋高明原在商伟亲戚开的游戏房打工,为琐事与店主闹翻而辞工。3人成了潘黄镇上的混混,身后还跟着一批。商伟因诡计多、心思密,被称为"老大"。商伟在家是老巴子,现在有人叫他"老大",虚荣心得到极大满足。

为选择作案地,商伟购买了一本江苏地图册,专门研究苏南各城市情况。孙建则去买了鞋带、胶带纸等。28日上午,4人窜到盐城长途汽车站,增加的一人,是孙建的弟弟,时年19岁的孙彪。到了车站,正遇开往无锡的班车发车,4人登上车,开始了万劫不复的罪恶之旅。

当夜，4人投宿无锡火车站附近。29日傍晚，4人携作案工具，乘公交车在蓉湖庄下了车，盲目寻找作案目标。一转悠，窜到孙巷。他们挑中一幢门面气派、装潢考究的新楼房，心想，这家肯定有钱。这户人家正在请客，4人隐进路边树丛，观察了1个多小时，进进出出的人络绎不绝，看来一时半会儿散不了，只得另择目标。

4人又窜到孙巷幽暗的老巷子，一排低矮的平房，大都黑洞洞的，寥寥几户亮着灯，××号门虚掩着。商伟一努嘴"就这了"，几条黑影倏地进门。

特大惨案发生了！

4人转道江阴，连夜逃到上海。害了4条人命（他们以为孙英也死了），仅抢得3 000多元钱，留下路费，吃大餐、喝洋酒，全部挥霍殆尽。金项链、金戒指归了商伟。在上海躲了几天，4人潜回盐城。神不知，鬼不觉。

无锡这边，警察正在掘地三尺寻找这伙凶徒。

全面开展调查访问，专案组重点走访现场周围居民群众、出租车司机和夜间书报亭、电话亭、烟酒店、夜宵摊店主，以及歌舞厅、酒店、饭馆、旅社、招待所，仅半个月就走访3 000余人，发现一批线索。一名群众反映，9月29日晚，他从盛岸新村出来去火车站，8时50分经过案发现场路口时，见有一辆红色夏利出租车停在那儿，一男性驾驶员坐在车内驾驶座上，旁边车门上伏着个男青年，似在等人。线索重大！专案组全城搜索，找到那辆车和驾驶员。一查，与案件无关。

专案组在全市范围排查，先后排出嫌疑对象2 690人，其中重点人员230人。一见底，均被排除。

10月11日，无锡电视台、《无锡日报》、《江南晚报》相继刊播"9·29"大案简要情况及嫌疑人员年龄等特征，吁请群众提供线索，协助破案。举报电话接了不少，但都对不上号。

专案组对被害者的交往关系也展开了全方位调查。孙英、孙娣均住孙巷，在村邻中人缘颇好，未发现有明显矛盾纠纷。孙英是厂里的保管员，工作环境相对封闭，交往关系简单，工友相处和睦；其夫荣宝原在乡办厂上班，后承包了工厂,起早摸黑蹲在厂里,工厂效益不错,不存在工资拖欠等现象。孙娣也在厂里上班,本本分分,与人无仇无冤;其夫卫华则是公务员,单位虽热门,他的岗位却是"冷点"。因"仇"引发的报复泄愤被排除。

在省公安厅的支持下,专案组向全省各市、县公安机关以及邻近省(市)公安机关发出协查通报,串并同类案件。通报发出,浙江、安徽、江西、湖南等省反馈,近期发生相似案件。专案组派出多路警力,赴杭州、合肥、衡阳、金华、九江等案发城市。专案组开始把目光转向流窜犯罪。

就在侦查工作步步深入之际,1995年10月19日,陶都宜兴发生特大入室抢劫杀人案,再夺四命。

真是个多事之秋啊!

血溅阳羡,灭门惨案百姓慌

汪琴如今已退休多年,这20年来,她心中的"结"始终解不开,陷在深深自责中:怎么会为一件小事与丈夫钱军争吵,枉送了丈夫一条命。

1995年10月20日早上7时,时任宜兴市人民医院传染科护士长的汪琴刚上班,就先后接到2个电话,都是来找人的。第一个电话是医院小儿科打来的,她的表妹邹红是那里的护士。

"汪护士长,邹红怎么回事,昨晚五点半的中班,人没来,也不请个假,人转不过来了。"来电的是儿科病房的护士长。

"汪护士长,蒋琦到现在没来,急诊那儿乱成一锅粥了,家里有事吗?快找找。"第二个电话是院长的。

"这咋回事呢?"汪琴自言着下楼来到停车棚,推出自行车。邹红是她的表妹,蒋琦是表妹夫。夫妇俩原在官林医院工作,妹夫还是那儿的院长。10个月前,夫妻双双调到宜兴市人民医院,邹红分到儿科,蒋琦则担任急救中心负责人。

汪琴骑上自行车赶往位于宜城镇西大街的大同新村,表妹一家三口住在那里。那里原来是她的家,一室一厅。汪琴的丈夫钱军早年在部队服役,她一人带着一双儿女住在这儿,房子虽小,离医院近。1989年10月,钱军转业回家,先在开发区工作,后担任某局局长。丈夫单位分了新房,在蔡局巷,三居室。大同新村的房子空了出来,表妹一家刚进城,没地住,就让他们暂时住着。

"老钱的自行车怎么在这儿?"熟门熟路来到大同新村某幢,汪琴惊诧地发现丈夫的自行车停在楼下。不知怎的,以前丈夫在部队里的时候,她一个人把家硬撑下来了,倒也无甚怨言。丈夫回来了,她反倒心理不平衡,常支着他干这干那的。昨天中午,为了旧洗衣机放在哪个位置,夫妻俩吵了一架,她把钱军着实数落了一顿。下午1时多丈夫离家前,丢下一句"我下班后去大同新村量量旧洗衣机的尺寸"。这倒好,一夜未归。

汪琴心中充满疑惑,三步并作两步,气喘吁吁爬上三楼。防盗门开着,第二道木门虚掩,推门进去,一股浓烈的煤气味混杂着酒味扑鼻而来。客厅里空无一人,桌椅东倒西歪,电视机开着,声音大得震耳。汪琴有种不祥的感觉,她忐忑地推开卧室门,只见表妹夫妇和7岁的女儿玲玲倒在床上,身子已僵硬。汪琴硬着头皮推开房间内卫生间的门,丈夫钱军侧卧在浴缸里,嘴巴被胶带纸封住。她上前将胶带纸撕掉,丈夫再也不会讲话了。

"救命啊!出人命了!"汪琴跌跌撞撞跑下楼,大声呼救。邻居听到,以为煤气中毒,立马向宜兴"110"报警。

"大同新村某幢××室有人煤气中毒,迅速前往处警!"上午8时3分,正在街头巡逻的宜兴公安巡逻大队大队长刘顺坤带人火速赶往大同新村。楼下已聚集不少居民,正在安抚痛不欲生的汪琴。刘顺坤拨开人群,飞奔上楼。

"开窗,关煤气阀,守住门,保护现场!"经验丰富的刘顺坤一看屋内情景,不像煤气中毒,倒像是凶杀。没有片刻犹豫,他操起对讲机向局领导报告现场情况。

一案四命,案情层层上报。宜兴市公安局领导率侦技人员赶到,40分钟后,邵斌华局长的汽车箭一样驶进大同新村,省公安厅刑警总队再次被惊动,周继业、罗文进两位总队长一前一后抵达。

短短 20 天,居然连续发生 2 起特大杀人案,夺走 7 条人命。现场的人们,无论是领导,还是民警,表情都很严肃。当天下午,无锡市四套班子领导集中听取了孙巷、宜兴 2 起大案的案情汇报,要求公安机关"快速侦破,还民平安"。

现场勘验和法医鉴定确认,这是一起有预谋、有准备的特大入室抢劫杀人案,4 人均为颈部受勒,机械性窒息死亡,死亡时间均在末次进餐 4 小时后。歹徒杀人后大面积翻动,寻找钱财,作案时间较长,并将煤气罐移入卧室内拧开阀门。现场泼洒大量白酒,制造假象,破坏现场。这是一伙穷凶极恶且非常狡猾的犯罪分子。

邹红 19 日下午 5 时 30 分应上班而未上班。玲玲是下午 4 时 20 分被爸爸在学校门口用自行车接走的,到家也就五六分钟。钱军单位同事反映,钱局长开会至下午 4 时 40 分,散会后骑车直接去的大同新村。他说了一句:"去量下旧洗衣机的尺寸。"根据上述情况和法医鉴定,血案应该发生在 19 日下午 4 时至 7 时之间。

因现场无一活口,被劫财物不详。邹红夫妇的亲朋反映,死者一家经济并不宽裕,大约有 6 000 元存款,为买房子还有债务。蒋琦有一只"福"字方戒、一块英纳格手表;邹红平时戴有一根金项链;家中有 3 只 80 厘米×60 厘米的旅行箱,分别为紫红色、黑色、米黄色。可能还有一些香烟、白酒。汪琴则称,钱军随身携带的黑包中,常常有一两千元现金。现场勘查中,只找到一张"蒋琦"名下的 6 000 元存单,一只 80 厘米×60 厘米的黑色旅行箱,其余财物不翼而飞。

大同新村共 470 户住房,包括附近的西大街及宁杭国道沿线住房、商家,民警逐家逐户走访。

住烈士塔路的女居民汤某说,19 日晚 7 时,她外出散步闲逛,转了约 20 分钟返回,看到出事那幢楼的西南角墙边站着个男青年,手里拎着只旅行箱。行至烈士塔路弄口,又看到另一男青年坐在一只旅行箱上,很可疑。便问:"你们在干啥?"那人回答:"在等人。"对方讲的是普通话,外地口音。

汤某回家后,将此事告诉了父亲老汤。老汤随即拿了手电出门查看,见那两人已走到案发大楼前花坛的电线杆处，另一人说着话走近他们，外地口音，隐约听到说的是"到什么地方等"。然后，拎箱子的 2 人往东南方向走，另一人往南，都朝大街方向而去。汤家父女说，拎箱子的 2 人身高 1.60 米至 1.65 米，较瘦，其中一人穿外套，另一人穿长袖衬衣。往南走的那人穿黑色西装，身高 1.70 米以上，偏瘦。

住大同新村底楼的金老太反映，19 日晚 7 时左右，看到一男青年拎一只旅行箱走过，不一会儿，又有一男青年拎同样大小的旅行箱经过。老太描述的 2 名男青年的特征以及旅行箱的大小，与老汤父女目击的一致。民警拿出现场仅剩的那只箱子，3 人异口同声："就这么大小。"

一名"摩的"司机反映，19 日晚 8 时不到，他在宜兴汽车站东南角候客时，看到 2 人各拎一只旅行箱走来，便上前询问"要不要送送？"对方回答不要，2 人径直去了汽车站。司机描述，2 人都比较瘦，箱子一只是红色的，一只是灰白色的。

宜兴市公安局抽调精干力量组成强有力的专案班子。是夜，案情分析会在宜兴市公安局召开。

周继业、罗文进参加案情分析会。白天撒出去的各路人马汇报情况，然后你一言，我一语，各抒己见，渐渐形成一致意见。

作案顺序：歹徒尾随或闯门入室，采用捆绑、封嘴的手法控制邹红一家三口，用绳子勒颈致死，然后搜刮钱物。正在作案或准备离开时，遇钱军上门，即再次施暴。

对象刻画：外地口音，年龄在 20 岁至 30 岁之间，3 至 4 人结伙，手法老练残忍，不留活口，流窜作案可能较大。

与会人员认为，老汤父女、金老太和"摩的"司机目击的 3 名男青年有重大嫌疑。

案情分析会明确了五条侦查措施：第一，进一步开展现场访问，对小区居民、全市出租车司机、"摩的"司机、现场沿线及到汽车站的摊点、商铺，定点、定位、定时访问；第二，宜兴全市大清查，重点查旅馆、招待所、私房出租户及私人旅社,案发前3天,即16日至18日,有无3人以上、符合嫌犯特征者住宿的;第三,加快对现场痕迹鉴定、甄别,注意在与孙巷"9·29"大案及周边地区同类型案件中找出相同点;第四,通过省刑警总队向全省各市及上海、浙江、安徽、江西等省(市)公安机关通报案件,互通信息,协查布控;第五,发动群众举报线索,加强安全防范,防止发生同类大案。

指令发出,各路警力各就各位。有的拖着病体,夜以继日,连续工作;有的丢下一家老小,一心扑在案件上。宜兴发案,他们顾了那头,又要忙这头,身心压力无法言说。

恶魔出没,大案连发,把老百姓吓得够呛。孙巷及周边村巷往常晚间外出串门的串门,耍牌的耍牌,如今一到天黑就家家户户关门落锁,整个村巷寂静无声,被恐惧笼罩。宜城更甚,乡下亲朋白天没空,晚上上门送新米,住户吓得居然不敢开门,来者不明就里,把米放在门口,掉头走了;买来的鲜鱼在厨房水池里扑腾一夜,一对小夫妻吓得一宿未眠……一桩桩、一件件,看似笑话,却像一块块大石头压在民警心头。歹徒连作两案,7死1伤,却没抢到多少钱,完全有可能再度作恶。

侦查工作紧锣密鼓进行。2起大案是否同一伙人所为?技术民警将2起案件现场的相关痕迹逐一比对,为这一设想提供了初步支撑。专案组提出了串并侦查的设想。

10月18日发生在镇江的一起入室抢劫案,更为串并侦查提供了依据。案情是19日凌晨报到省公安厅总值班室的。

镇江劫案的事主是住在该市润州区的一对新婚夫妻。这天下午4时25分,两人手挽手去市场买菜回到居住的501室,一个在客厅看电视,一个到厨房做饭。4名男子以找人为名敲开门,用尖刀将二人逼到沙发上,称"不许喊,把钱拿出来"。歹徒搜了身,满屋子翻箱倒柜,抢走现金230元及金项链一条、金戒指2只、金耳环一副。

"看你们刚结婚,今天不杀你们。"为首的瘦高个歹徒说。歹徒从随身携带的牛仔包里取出白色纱带捆绑住事主手脚,用透明胶带纸封嘴。"不许报案!"

歹徒逃离了现场。

事主描述了4名歹徒的详细面貌特征、衣着。4人讲的都是生硬的普通话,而且声称"刚从监狱里出来"。他们下楼买菜时,曾看到其中那个瘦高个坐在楼下鞋匠摊那儿。

又是捆绑、封嘴,且4人结伙,年龄也差不多。接到省厅通报,无锡警方刑侦技术人员连忙赶到镇江,现场提取到一批物证。省公安厅刑侦专家吴大有复勘了3起案件现场。

经过反复鉴定、甄别、推敲,孙巷、宜兴、镇江三案,无论是在作案手法、作案人数、作案地点选择,还是现场痕迹等方面,都有共同之处。

串并侦查,苏南刑警共织网

1995年10月27日,无锡、苏州、常州、镇江、南京,苏南五市"抢劫杀人系列案"串并侦查工作会议在渔庄饭店二楼会议室召开。省公安厅刑警总队长周继业主持会议,五市分管刑侦的局领导、刑警支队长、技术人员、涉案地刑警大队长参加。

听完无锡、宜兴、镇江的案情介绍,看了现场录像资料,各路刑侦高手纷纷发表看法见解,从不同的角度和侧面分析论证:3起案件系同一伙流窜犯罪分子所为,具备串并案条件。

会议从早上开到天黑,大家达成共识,三案可以串并侦查,主要依据有五点:

从作案时间看,具有特定性。3起案件,歹徒实施作案时间均比较早,镇江是下午4时25分,宜兴是下午4时30分前后,无锡孙巷案虽发生在晚上,但相对来说也较早,这与入室抢劫杀人案大都发生在深夜或凌晨这一较为普遍的规律比较,具有明显特点。

从发案地点看,3起案件均发生在闹中取静、较为偏僻的城郊接合部,离汽车站都较近。其中宜兴案离汽车站500米左右,镇江案仅百米,孙巷案则紧邻公交站点。

从作案人数看,3起案件有2起留下"活口",均反映是4人结伙作案。宜兴案4名受害人虽无一幸存,但现场痕迹和现场访问情况表明,犯罪分子至少3人或3人以上。

从作案手段看,有"五个基本相同":一是入室手段相同,3处现场门锁均无撬压痕迹,歹徒采用推门、跟踪或某种借口强行闯入。二是胁迫手段相同,进门后即用刀架脖子威胁"刚从监狱放出来",且软硬兼施"只要钱,不要命",诱骗受害人放弃反抗。三是捆绑、封嘴手法相同,歹徒留在无锡、镇江现场的胶带纸相同。四是杀人手段相同。均是绳索勒颈,有的刀戳、勒颈并用。五是有破坏现场的行为,无锡、宜兴案均拧开煤气阀。

从痕迹物证看,歹徒留在镇江、无锡现场的鞋印一致,宜兴现场也有类似鞋印。

"全面撒网,展开排查。苏南五市各派出所、每个民警都要了解案情,明确排查要求;全面清查旅社、招待所、出租户、民工宿舍、建筑工地,重点查3人以上一起投宿、符合对象特征人员;加强赃物布控;全面加强防控,火车站、汽车站等重点部位要投以重兵,力争抓捕现行,并防止同类恶性案件。"周继业对串并侦查提出要求,明确这串系列案由无锡市公安局主侦,其他四市全力以赴。

串并侦查的方向没错,这串系列抢劫杀人案正是商伟一伙所为。

9月29日在无锡作恶后,4人潜回老家蛰伏,苏南警察果然未找上门来,商伟有些得意。双手沾满鲜血,他一点没有罪恶感,反而非常亢奋。一不做,二不休,既然已是杀人犯,便不再有所顾忌。

10月17日上午,他把孙氏兄弟召到常去的那家歌舞厅,再次密谋作案。高明不肯来了,在无锡杀掉4个人,他很害怕。"胆小鬼,没出息。"商伟骂了句。孙建把朋友杨某带了来。当天下午,4人乘汽车于晚上7时到镇江,在火车站候车室待了一夜。18日白天,4人到处寻找作案目标,下午4时多,来到汽车站旁润州区的光明小区×号楼。商伟先上楼踩点,选中501室。然后商伟以找人为名敲开门,4人手持尖刀闯了进去……

18日下午5时多,4人乘上开往宜兴的汽车,晚10时到了宜兴。第二天早上,杨某也当了"逃兵",找借口走了。下午4时多,商伟与孙建兄弟携尖刀、胶带纸等作案工具,窜到大同新村,敲开306室的门。女主人一人在家,被他们用刀架住,吓得浑身颤抖不止。"家里几个人?"商伟逼问。"丈夫和女儿马上到家。"孙建掏出白纱带将其手脚捆绑住,扯下其脖子上的金项链,将其推到卫生间。3人饿狼般在室内四处翻找,将香烟、白酒、照相机、皮夹克装进事主家的2只旅行箱。这时,男主人携女儿推门进屋,3人扑上去捂嘴勒颈,抢走男主人口袋里1 000余元现金和手腕上的英纳格手表。

"把他们杀掉!"商伟恶狠狠地说。3个恶魔一人对付一个,把一家三口推进卧室,用绳子将他们勒死了。可怜才7岁的玲玲,至死都圆睁着双眼。

这伙恶魔正欲逃离现场,门敲响了。来者正是钱军。商伟守在门后,猛一开门,顺势把对方拖了进来,用尖刀将其逼进卫生间,捆绑、封嘴、勒死在浴缸,抢走包内"大哥大"及1 000余元现金。商伟把厨房里的煤气罐搬到卧室,拧开阀门,又打开几瓶白酒四处乱洒。这些,都是他从录像片里看来的。

当晚,3人乘车逃到南京,20日返回盐城。为了逃避侦查,商伟和孙氏兄弟在盐城市区租房藏匿。

无锡、镇江、宜兴不能再去了,警察肯定在满世界找人,下一站:苏州。3名恶魔谋划新的罪恶。

苏南五市串并案侦查工作会议刚结束,1995年10月27日傍晚,商伟、孙氏兄弟持刀闯入苏州市沧浪区解放新村一幢楼的101室,抢劫一对中年夫妻,劫得金项链、金手镯等、现金500元、债券5 000元,还有皮夹克、西装等,塞了满满一旅行箱。旅行箱还是就地取材。这次,他们没要这对夫妻的命,只是在男主人反抗时,放了点血,给点颜色看看。

他们连夜逃到上海,在孙建的女朋友那里藏了一夜。

几次作案,收获都不大,抢的现金仅够路费吃用,商伟心有不甘。"抢这么点钱,什么时候够生意本啊?"商伟一夜没睡安稳,一会儿梦见小霞嫁了别人,一会儿梦见自己被警察抓了,惊出一身冷汗。

"我认识一个人,在镇江贩鸡蛋,肯定有钱,不如去抢他吧。"商伟咬了咬牙。

"老大,还有这样的主啊,怎么不早说,在哪儿呢?"孙氏兄弟立马来了兴趣。

"在丹阳云阳镇,我以前开车时给他送过货,好像是个安徽人。这次干完了,就不干了,回家去。"

"对,回家开店去!那么,今天就走,坐长途?"

"不,坐火车,说不定警察正在找我们呢。"

10月29日上午11时,商伟和孙氏兄弟坐上去丹阳的火车。火车走走停停,每站都停,下午4时才到丹阳。

那个贩鸡蛋的姓陈,安徽天长人,时年33岁,租住在云阳镇赵家涵。陈某从事这生意数年,他从苏北农家收来草鸡蛋,转手卖到无锡、苏州、常州等城市。城里人爱吃原生态的东西,生意不赖,手头经常有数万元流转资金。这一天,盐城又有人送货来了,他忙了一下午,晚上还在灯下算账。送货的黄某已睡下,明天得让他把货款带回去。

"陈老板住这儿吗?"夜渐渐深了,已10时多。"谁啊?我住这里,谁这么晚上门?"

"是我,不认识了?"3个男青年闯进门来,为首的是个瘦高个,面熟。

"哦,伟伟(商伟小名),好久不见,什么时候来的呀?"陈某认出来者,热情招呼,一一递烟,他指着床上睡觉的人说:"你们老乡。"

"我从上海来,想来看看鸡蛋行情,我们合作吧。"商伟边说边往陈某身后移步。

"进上海很难的。"善良的陈老板真以为商伟是来谈生意的,他怎么也没想到,面前的3个人是来谋财害命的。

"我们搞批发……"商伟在陈某身后给孙氏兄弟递了个眼神,兄弟俩同时出手,2把刀架到了陈某的脖子上。

"对不起,兄弟们没钱用了,借点钱。"商伟凶相毕露。

"好说,钱我给,别这样,怪吓人的。"陈某哪里见过这阵势,他强装镇定。

因为是熟人,这伙恶魔是做好了杀人准备来的。他们把陈某逼进角落,绑手的绑手,封嘴的封嘴,连勒带捅,可怜陈某来不及挣扎,便去了另一个世界。送货的黄某也未逃脱厄运,在睡梦中被恶魔结束了生命。

一番搜刮,劫得现金2.6万元。离开现场时,商伟没忘拧开煤气瓶阀门。这次,他们转道上海,29日晚潜回盐城,躲进了盐城市区的租住地。

剑指盐城,蛛丝马迹露行踪

发生在苏南的一起起入室抢劫杀人大案,搅得公安机关上上下下寝食难安。凶魔不除,百姓何来安居?全省公安各警种均处于高速运转状态,无锡公安更是枕戈待旦,昼夜奔波。

经过反复甄别、论证,苏州案件和丹阳赵家涵血案均被串进苏南系列抢劫杀人案。根据渔庄会议确定的方向,无锡专案组进一步刻画疑凶特征及作案特点。

疑凶共4名,均为男性,操生硬普通话。甲:身高1.78米左右,较瘦,小眼睛,高颧骨,头发较长。二十三四岁,上身穿深色夹克,内穿深灰色T恤,下穿黑色裤子,白色旅游鞋。乙:身高1.70米左右,方脸,较胖,二十三四岁,上穿白色衬衫,脚穿系带棕红色皮鞋。丙:身高1.70米左右,圆脸,脸上有粉刺,二十岁左右。丁:身高1.76米左右,方脸,二十三四岁,上身穿深黄色西装,内穿深色T恤,脚穿黑色皮鞋。

印有疑凶面貌特征,被窃物品种类、特征和作案手法的工作要求,警察人手一份,特别是刑警、社区民警、巡逻民警、交警等警种,更是对此烂熟于心。大家坚信,只要网织得密、撒得广,收获是必须的。

天道酬勤,多日的辛苦终于有了回报。

1995年10月31日晚,无锡火车站,列车进站、出站,人群川流不息,广场上不时有着装整齐、警容严整的巡逻民警经过,便衣民警鹰一样的眼睛注视着广场的角角落落。晚8时多,2个可疑男青年进入"便衣"视线。

执行便衣巡查的是刑警支队六大队的民警,专门负责车站、码头的阵地控制和"反扒",他们什么样的人没见过。眼前的两男青年,年龄十八九岁,拎着鼓鼓囊囊的黑包,在广场久久徘徊,东张西望,似在等什么人,见到巡逻民警经过,便迅速闪到一边。

"警察,依法盘查。"便衣靠上去,亮明身份。

"我们……我们没干坏事。"两人直往后退。

"把包打开!"

"包里没什么,就几件衣服。"男青年低语,眼有惊慌。

"打开!"

"真的没什么。"男青年拉拉链的手在发抖。

包打开了,里面躺着4把闪着寒光的菜刀,一捆运动鞋鞋带,还有一卷透明胶带纸。2名男青年随即被控制。

"火车站查获2名可疑人员,随身携带菜刀、鞋带、胶带纸。"信息传到专案组,好不兴奋。忙了一个月,这可能是最最与系列案沾边的一条线索。"快、快!马上讯问,查清底细。"

2名嫌疑人,一个叫黄宏,一个叫陈华,均为18岁,盐城市下属射阳县临海镇人。两人果真有案在身,但与苏南系列抢劫杀人案无关。经苏州沧浪区劫案事主夫妻辨认,确认他们不是抢劫他家的歹徒。

据交代,10月中旬,黄宏、陈华在老家与阜宁的侍东、朱林预谋抢劫。10月27日,4人携菜刀、鞋带、胶带纸等窜来无锡,先在火车站跟踪行人图谋拦路抢劫,因人流量大作罢。后到梅园、马山、新区等地踩点,企图入室抢劫,未遂。29日,4人窜到梅园一工厂窃得价值2 500元的工业原辅材料,销赃得款用于食宿等。31日晚,4人分成两拨,外出寻找作案目标。

民警闪电出击,将侍东、朱林抓获。

这伙人携带的作案工具和作案手法,与苏南系列抢劫杀人案类同,其中蕴含着什么?有无关联呢?专案组一追到底。

"菜刀、鞋带、胶带纸派什么用?"

"鞋带用来捆绑手脚,防止反抗。胶带纸封嘴,这样就喊不出来了。菜刀么……"

"这手法是怎么来的,是电视上看的,还是学书上写的?"

"都不是,是听人说的。"

"谁说的?"

"高山。"

"哪里人?"

"盐城人,住盐城交通技校附近兰新河旁。"

"高山在哪里说的?"

"一次,在歌舞厅,高山酒喝高了,吹牛,说是与人一起曾到苏南抢钱,刀一指,用鞋带捆住手脚、胶带纸封嘴的手法,抢了2万多元现金。"

高山在苏南抢劫一事真假不明,有待查证,但黄宏等模仿的作案手法可能带有地域性。专案组连夜向省公安厅刑警总队报告。据此线索,结合案件的现场调查访问情况,确定苏北特别是盐城地区应作为串并侦查工作的重点区域。

黄宏一伙的作案手法效仿盐城的"高山",而这一手法与苏南特大系列抢劫杀人案作案手法相似;苏州案事主反映,3名歹徒虽然讲的是普通话,但带有明显的苏北口音;丹阳赵家涵访问情况表明,歹徒作案后,在丹阳租中巴车逃至镇江,在镇江租车前往苏北方向的江边码头。

迹象表明,歹徒与苏北地区,尤其是盐城有某种因果关系。就在此时,宜兴市公安局提供的一条重大线索更佐证了这一推断:大同新村案件被劫"大哥大"信号在盐城地区出现。

11月2日下午4时,七八辆汽车飞驰苏北。无锡专案组20余人移师盐城,一场艰巨的擒凶战在省公安厅直接指挥下打响。

夜10时,一干人马抵达盐城市公安局,省刑警总队吴大有政委和盐城同行正等候在会议室。简单沟通情况后,各路人马各就各位。盐城公安按照渔庄会议确定的重点连夜展开排查,无锡专案组重点查证"大哥大""高山"。

11月3日上午,盐城郊区公安分局反映了一个重要情况,4天前,即10月30日晚,该分局榆洋派出所2名联防队员在洋东新村检查私房出租户时,发现2名男青年十分可疑,自称是潘黄镇的,既不肯出示身份证,也不愿讲姓名。联防队员在屋内检查中,发现床上有只密码箱,床下藏有2只旅行箱。其中一个瘦高个眼疾手快,将几把刀扔出窗外。增援力量及时赶到后,将2名可疑人员及箱子等物带到派出所,扔出去的刀也找了回来。

密码箱里是2.4万元人民币,旅行箱里是茅台、郎酒、中华、红塔山等高档烟酒,还有一叠连号的苏州企业债券共5 000元,一张农行的金穗卡。派出所将2人隔开,分别询问。

"姓名?"

"商伟。"

"孙彪。"

"这些物品哪儿来的?"

"我们是做生意的,这是送人的礼品。"

"什么生意?"

"商行,来往的都是有钱人。"

"这些刀派什么用?"

"买来玩的,也可防身。"

"钱是怎么回事?"

"1万元是借的,还有1万多元是自己的,是做生意的流动资金。"

关于那些债券,商伟一口咬定是苏州亲戚帮忙买的。自始至终两人神色无异,讲话滴水不漏。第二天一早,榆洋派出所与潘黄镇派出所联系,商、孙确系潘黄镇人,无犯罪前科。东西扣下待查,两人暂时放回。

接此线索,专案组如获至宝,旋风般扑向榆洋派出所。见到那箱子、那物品,大家眼前一亮。经核对,债券是苏州案件被劫之物,烟酒、旅行箱是宜兴大同新村灭门案赃物,那一捆捆10元人民币与丹阳赵家涵血案被劫现金一致,还有那张农行金穗卡,经查核,是常熟一起杀人抢劫强奸案的事主的。1995年10月4日,常熟招商城21岁女子田某被杀,并遭强奸。苏南特大系列抢劫杀人案又多一案。

苏南特大系列抢劫杀人案重大疑犯浮出水面,商伟、孙彪有重大作案嫌疑!

在刑警总队的指挥下,专案组制订了严密的抓捕方案。虽不分昼夜,连轴转忙了一个月,但决战在即,熬夜留下的疲态一扫而光。专案组群情振奋,个个摩拳擦掌。

终结罪恶,嗜血狂徒终落网

因另2名同伙面目不清,为避免打草惊蛇,专案组决定密捕商伟、孙彪。

抓捕行动远非想象的那么顺利。当民警赶到洋东新村商伟、孙彪的租住地时,这里早已人去屋空。房东称,人已搬走三四天了。在潘黄镇执行监控任务的民警反馈,商伟未回家。

房东反映,房子是10月18日租出去的,前来租房的人出示了身份证,上面的姓名是孙建,1973年出生。双方约定月租金100元,对方拿出一张百元大钞,预付了1个月租金。房子租下10余天里,偶尔有人来住,有时2人,有时3人,还有个女的来过,20岁左右,个子不高,又黑又胖。

冒出一个孙建,一查,是孙彪的哥哥。虽然抓捕落空,但第三个嫌疑人凸现,也是收获。

孙氏兄弟家在盐城工业园福才村,村里难见人影。孙建曾在上海杨浦区一家酒店打工,有个女朋友,四川人,在同一酒店打工。孙彪则一直在盐城市区和潘黄镇上混。

专案组急派追捕组赴沪,同时会同盐城同行到潘黄镇寻踪觅迹。

离镇上不远的跃进新村商家,情况如常。病魔缠身多年,商父躺在床上动弹不得。面对上门去的民警,他说已好久不见小儿子,倒是准儿媳小霞时常上门送药端水。小霞住在邻近的北蒋乡,她也好久没有男友的消息了,更遑论见面。

入夜,潘黄镇霓虹闪烁,热闹非凡,不到1公里的老街上,林林总总有20余家歌舞厅,商伟和孙氏兄弟经常混迹于这些场所。此刻,他们还不知道自己在苏南犯下的一桩桩大案惊动了警方高层,无锡警察已追捕到盐城。恢恢法网正向他们罩来,他们仍在灯红酒绿、笙歌曼舞中醉生梦死。

抓捕孙氏兄弟的场景颇具戏剧性。民警一家家歌舞厅探遍,没有发现其行踪。出了歌舞厅,他们在街头巷尾寻找。昏黄路灯下,迎面走来的3男1女中,似有熟悉的身影。

"孙彪。"民警机智地大喊一声,有一男子身子一抖,2名民警扑过去一左一右将其紧紧夹住。还有一男子撒腿就往镇外村落里窜,民警紧追不舍,在一片稻田里将其擒获。此时,是1995年11月3日晚9时。

落网的2人正是孙建、孙彪兄弟。孙建脚上那双"劳克斯"旅游鞋,曾在苏南多个现场留下罪证。

"说吧。"潘黄镇派出所,审讯工作紧张进行。听说面前的警察来自无锡,孙氏兄弟自知无可抵赖,相继交代苏南6起杀人抢劫案正是他们所为,并交代出同伙商伟等。"小高参与了无锡孙巷案件,小杨参与镇江润州区的案件,我们兄弟俩和商伟参与了全部案件。"

"小高叫什么,哪里人?"民警马上想到"高山"。

"高明,也是盐城人,具体哪里人不清楚。"此"高"不是彼"高"。后来,"高山"的线索查否了,其纯粹是酒后胡言。

盐城有十几个"高明",调出照片一看,住潘黄镇关杨村的高明年龄、特征相符。孙氏兄弟指着照片:"就是他!"

11月4日凌晨,高明在马沟乡其舅舅家落网。

5日傍晚,孙氏兄弟、高明押解到无锡。警方把他们押到"9·29"孙巷案件现场,安抚百姓,告慰死者。就在此时,盐城方面再传捷报:"抓到商伟了!"

"爸爸,阿姨,姨夫,坏人抓到了,你们安息吧。"第二天一早,孙荣来到父亲、阿姨、姨夫的坟前,点香上供,告知了这一消息。

抓捕商伟的战斗历经曲折,他的行踪一时扑朔迷离。

洋东新村的房东反映,租住的几个男青年10月31日下午搬离时,雇了个三轮车夫,把床、被子等装上三轮车运走的。经对盐城所有三轮车夫调查走访,警方终于找到31日下午到洋东新村运货的车夫。其反映,雇他搬家的人姓高,路上听有人喊他"高明"。与高明一起的人戴副墨镜,瘦高个,面容看不清。东西运到潘黄镇一处私房出租户。无疑,那个戴墨镜的就是商伟。

在随后的地毯式排查中,有人称11月3日下午还在潘黄镇上见过商伟。晚上,有人目击其骑一辆幸福牌250摩托车,后座上一黑胖年轻女子。车是往盐城市区方向开的。

"商伟,男,22岁,盐城市郊区潘黄镇人,身高1.78米至1.80米,体态偏瘦,瘦长脸,尖下巴,分头,肤色一般。其涉嫌苏南系列抢劫杀人案,11月3日晚7时骑幸福250红色无牌摩托车逃跑。各地接此通报,立即调集警力在所属卡口及交通沿线查缉布控。同时,对其可能落脚藏身的旅社、车站、码头等部位和场所连夜组织清查……"11月3日夜,江苏省公安厅根据追捕进展情况,接连向所属各市公安局发出3份附有商伟照片的紧急协查。

全省公安紧急行动,盐城及周边城市设立了百余个查控点。专案组在盐城公安的配合下,彻查商伟的社会关系,共排出各类关系80余个,其中60多个在盐城本地,由盐城方面负责;本省外市(县)、外省(市)20多个,由省公安厅刑警总队连夜电传各地布控。

11月4日下午,商伟女友之一娟娟,也就是幸福250摩托车后座上的那名女子被抓获。原来,商伟已知罪行败露,警察正在到处找他,要娟娟单独往南京方向的龙岗镇探路,并约定在那里碰头。商伟没把在苏南作的恶告诉娟娟,只说偷了人家的钱,警察要抓他。娟娟在龙岗等了好久,没等到商伟,却等来了警察。

商伟的关系人一个个浮出水面。南通通州唐洪乡银杏村,商伟的二姐和妹妹嫁在同一个村。其二姐叫商琴,二姐夫叫翟新。半个月前,其妹妹商霞生

多事之秋 | 087

孩子，商母邱珍也来到银杏村，侍候产妇。

11月5日上午，南通刑警派员进村暗访，证实商伟4日晚到过翟家，而且与其母亲见过面。5日一早，商伟与二姐商琴坐中巴车走了。

循着这一线索，南通刑警穷追不舍，查明商伟大嫂的哥哥邱军住如东曹埠乡古岸村。一名通州的"摩的"司机向警方举报，5日上午10时，有一男一女要去如东曹埠，形迹可疑。如东市公安局立马组织警力赴古岸村。5日傍晚，藏匿邱家的商伟归案。

消息传开，百姓称快，参战民警更是个个热泪盈眶。

商伟落网后交代，他欲逃往新疆，去二姐家是筹路费的，并向母亲讨得新疆亲友的地址。后其母亲、二姐、二姐夫因知情不报，包庇犯罪，分别被判处有期徒刑。

"一、被告人商伟犯故意杀人罪，判处死刑，剥夺政治权利终身；犯抢劫罪，判处死刑，剥夺政治权利终身；犯强奸罪，判处死刑，剥夺政治权利终身。决定执行死刑，剥夺政治权利终身。

二、被告人孙建犯故意杀人罪，判处死刑……"

1995年11月13日，无锡市中级人民法院作出刑事判决，判处商伟、孙建、孙彪、高明死刑（杨某另案处理）。商伟、孙氏兄弟认罪服判，高明提起上诉。11月17日，江苏省高级人民法院驳回上诉，维持原判。

1995年11月18日，宜兴郊外，正义的枪声响起，4名恶魔结束了罪恶的生命。

「中校」劫匪

（一）

发案的无锡市郊广益勤丰村废品收购站,是一个不起眼的三产企业。在苏南地区,这样的收购站比比皆是。1995 年 11 月,小小收购站来了"大客户"——一名中校军官,开口就是几十万的生意。

这家收购站是勤丰村老龄委办的三产企业,法人代表张才,时年 66 岁,原是村里的支书,6 年前退休后到了老龄委,为筹集活动经费,办了这家收购站。承包收购站的叫朱清,是邻近锡山张泾人,刚满 40 岁。收购站聘请了 2 名会计,都是广益人,40 岁的李珍担任出纳会计,59 岁的陆红英是主办会计。还有司磅员叶华、勤杂工张明等几个员工,分别来自苏北泰州和盐城等地。

广益地处无锡东郊,312 国道横穿境内,交通非常便利,勤丰村收购站设在距国道仅 500 米的一幢二层楼内。收购站二楼是生活区,底层依次是财会室、经理室、业务洽谈室。偌大的院子里,乱七八糟堆着废铜烂铁、纸箱塑料。因同行竞争激烈,收购站的生意时好时坏,利润不高,略有盈利,做的都是几百、几千的生意,上万的很少,几十万的更是罕见。

1995 年 11 月 17 日上午,张才和朱清正在办公室商量拓展业务事宜,收购站来了不速之客:一名 40 岁模样的中年男子,一身笔挺的军官制服,肩上挂着中校军衔。

"同志,您有事吗?"收购站来了中校军官,真是蓬荜生辉,张才、朱清连忙让座沏茶。

"我姓王,是某军区驻锡某部仓库的,最近部队清仓,有一批黄铜废炮弹壳要处理,你们收么?""王中校"坐下,跷起二郎腿,喝了口茶,慢悠悠开了口。

"收,收……"一听黄铜废炮弹壳,朱清眼睛一亮,殷勤地递上一支"云烟"。

"量很大的,大约有20吨,每吨12 800元,你们有这么多资金吗?""王中校"口气果然大,与普通百姓不一样,一口标准、地道的普通话听着让人很舒服。

"有,有,我们抓紧筹。"造炮弹的黄铜都是上等货,收购价一吨12 800元,转手就能赚好几千。20吨收购价是25.6万元,虽然一时手头没有这么多现金,但可以借啊,绝不能把生意放跑。再者,千载难逢的机会,这次搭上关系,说不定以后生意会源源而来。

"看你们人挺老实的,我也不找别的买家了,就你们了。不过,有一个条件,我必须见到货款才能运货过来。""王中校"的态度不容置疑。

"那是,那是。"张才、朱清连连点头。这么大一笔生意,人家说得在理。

"我过几天再来看看。""王中校"骑一辆锈迹斑驳的旧自行车走了,有点别扭。

20吨黄铜炮弹壳,真是天上掉馅饼。朱清乐得忘了东南西北。连一向精明、见多识广、人脉畅通的张才也没想到去找人求证一下有无这批货、来源正常否、能不能收等问题,便爽快地确定了收购意向。"王中校"走后,两人赶紧发动大家想方设法筹集货款。

20世纪90年代中期,即使是在先富起来的苏南,一下子筹二三十万现金,也绝非一件易事。张才、朱清到处求人,东借西挪,家里的积蓄也拿了来,还差一大截。其间,11月24日、12月1日,"王中校"两次上门催问货款准备事宜。张才、朱清好烟好茶招待,连称"没问题,没问题"。

"我过几天再来,那时再没钱,我另找买家了。""王中校"丢下话。

半个月过去,仅仅筹到7万元,还差近20万元,实在是没办法了。怎么办?不能让煮熟的鸭子飞掉。朱清鬼点子多,他与李珍、陆红英商量,用报纸把香烟包起来,冒充5万一捆的人民币,临时应付过去,促成生意。生米煮成熟饭,货到手,卖出去后再付余款。说干就干,几个人齐动手,包了4捆"人民币",装进出纳会计李珍的抽屉,面上铺了那7万元真钞。

"货款筹齐了吗?"12月4日上午10时,"王中校"来电询问。

"准备好了,你把货运来吧。"朱清回答。他迫切地想看到那些能给他带来利润的炮弹壳,只要货进了院子,瞒天过海算什么。

约15分钟,"王中校"骑着自行车来了。朱清早就等在院子门口迎候,见只有"王中校"一人,以为货车跟在后面。他踮着脚尖往门外水泥路上瞧,却没有货车的影子。

"货呢?"朱清惊诧。

"不看到钱,我是不会运货的,上了你们的当怎么办?""王中校"没好气地说。

"请,请,办公室坐。"朱清不好意思地摸了摸头,把"王中校"往经理办公室让。

李珍、陆红英早就去买来了鸡鸭鱼肉、白酒香烟,拉开办公桌,摆上碗筷酒杯,"隆重"招待"王中校"。张才闻讯赶来作陪。

觥筹交错,一瓶酒很快见底,朱清又打开一瓶。张才家中有事,先走了,他让朱清陪"财神"喝开心。他还把朱清拉到门外关照:"给此人看货款时要小心,提防被抢。"接着,他又叮嘱叶华、张明守在院子里,以防意外。

这一场酒直喝到下午3时。

"该看货款了。"酒足饭饱,"王中校"醉眼蒙眬,摇晃着站起来。

"好,好,好。"朱清起身,陪着他往隔壁的财会室去。

"李珍,快打开抽屉,让王中校查验。"朱清吩咐。

"这么多钱,明天我一定运货。""王中校"满眼贪婪。

"李珍,先把钱解到银行,明天炮弹壳运到再提款。"想到老支书的提醒,朱清多了个心眼。

"不准动!这些钱我要了!""王中校"突然变脸,一脚踢上门,从裤袋里掏出手枪,一枪便将朱清爆了头。"救命啊!"李珍、陆红英呼救声未落,"砰,砰"两枪,2人倒地身亡。

"不好,出事了!"守在院子里的张明见财会室门突然关上,接着传来"砰,砰"枪声和女会计的惊叫声,心知不妙,立即跑过去紧紧拉住财会室的门把手,顶住屋门,不让歹徒逃跑。歹徒用力撞门未果,隔着玻璃窗朝张明头部射击,张明应声倒地,歹徒夺门而出,骑上自行车逃跑了。一起在院子内守护的叶华听到枪声,立马逃出收购站,拨打了"110"报警电话。

(二)

是日,1995年12月4日;是时,下午3时10分。无锡市人民大会堂,无锡市委、市政府正在隆重举行"苏南特大系列抢劫杀人案庆功大会",主持人刚宣布完表彰决定,公安局局长邵斌华、副局长张产和、刑警支队队长陆如祥等人的BP机不约而同地发出振动。

"市郊广益勤丰村废品收购站发生持枪抢劫杀人案!"市公安局值班室报告。一干人马冲出会场,数辆警车飞驰现场。

对无锡公安来说,1995年注定是不寻常的一年,眼看已近年尾,这边特大系列抢劫杀人案的阴霾刚刚散去,那厢又响起枪声。又是3条人命啊!而且还是大白天。这到底是怎么了?

收购站底层财会室门口走廊上,一摊触目惊心的鲜血,正是重伤的张明所留。十几平方米的财会室内,朱清、李珍、陆红英或俯卧或仰躺于办公桌旁的地面上,3人面部血肉模糊,均是子弹穿透头颅而死,惨不忍睹。办公室南侧一扇铝合金移窗玻璃被击碎。出纳会计李珍办公桌抽屉洞开,里面空空如也,7万元现金和4捆报纸包裹的"人民币"不翼而飞。

侦技人员在室内提取到4枚子弹壳,1枚弹头,检验认定系"五四式"手枪弹壳和弹头。法医鉴定,3名死者均系头部中弹致死。伤者张明颧骨被子弹击碎,颅内有金属遗留物,经抢救脱离生命危险,但右眼失明,落下终身残疾。

老支书张才听说收购站发生枪杀大案,大惊失色。他踉踉跄跄赶到收购站,几小时前还有说有笑、一起吃饭喝酒的几个人已是阴阳两隔,不禁老泪纵横。

"警察同志,那人穿着军装,举止也像个军人。我们就没把他往坏里想,没料到是个杀人魔王啊。"张才向警方叙述了"王中校"上门推销炮弹壳和查验货款的经过,并详细描绘了"王中校"的面貌特征。张明、叶华反映的情况与张才说的一致。

根据现场勘查和初步访问情况,这是一起以劫财为目的持枪抢劫杀人案,作案者为1人,流窜作案可能较大。歹徒作案手段毒辣,手法老练,枪法精准,是一名受过专业训练、穷凶极恶的犯罪分子。

侦查工作快速有序铺开。警方调集特警、治安警、交警沿线地毯式搜索,各省、市际卡口堵控查缉。

案情迅速上报江苏省公安厅。晚6时,附有疑凶特征的紧急查缉通报电传到全省各市。

各警种连夜深入市区各旅馆、招待所、出租屋开展清查走访,寻找疑凶落脚点。同时,进一步开展现场调查访问,收购站职工以及312国道沿线废品站点,其他摊、店逐一上门访问。数个收购站点反映,十几天前,曾有一个骑着辆破自行车,穿着军装的人上门销售20吨黄铜废炮弹壳,他们或觉得这事有些不靠谱,或是没这么多资金,生意未谈成。目击此人的收购站人员反映的面貌特征,与张才描绘的"王中校"无异。无疑,这是一起有预谋的暴力性犯罪案件。

在驻锡某部的配合下,针对"军人"身份的排查也紧张进行着。当夜排出2名可疑人员,经张才等人辨认照片,给予否定,时间节点也对不上。

是夜,全省警察不眠,各治安卡口重兵把守,严阵以待。紧邻无锡的苏州市公安局调集刑警、巡警、交警、武警联合设卡。子夜,吴县通安镇华山治安卡口,一名骑自行车的中年男子进入守卡民警的视线。此人西装革履,骑一辆锈迹斑斑的自行车,后座上夹着只鼓鼓囊囊的大包,怪怪的。民警联想到省公安厅的堵控通报,一个激灵,立即呈扇形包围上去,将其拦下盘查:"姓名?""王国栋。""年龄?""40岁。""去哪里?""到苏州找朋友。"

此人对答虽流利,脸上却略有惊慌,眼睛不时往自行车后座的行李瞥,右手欲伸往腰间。

"上!"几个民警一对眼神,扑上去将其摁倒在地。此人困兽犹斗,双脚乱踢,拼命挣扎,直到被戴上手铐才老实下来。

逮到"大鱼"了。在其身上,查获"五四式"手枪一支。好险!弹夹装满,子弹已上膛。其随身行李包里也大有内容:人民币7万余元、沾有血迹的中校军服、军帽、74发子弹、手铐一副,还有伪造的军官证、身份证等。

经苏州警方初步审查确认,此人正是12月4日下午在无锡杀死3人、杀伤1人、劫取巨款的疑凶王山。

"疑凶在苏州落网了!"消息传到无锡,市公安局领导带队前去。5日凌晨,王山被押回无锡。

3条人命,7万元现金,9个小时,钱还未焐热,人就落网了。王山有点沮丧。

(三)

王山到案后,如实交代了经过预谋,12月4日在广益勤丰村废品收购站持枪抢劫杀人的犯罪事实。同时,他还交代了1995年3月20日在四川枪杀一名解放军战士,抢得"五四式"手枪一支,同年9月19日在陕西西安持枪抢劫的犯罪事实。经与涉案地联系,两案属实。

王山曾有过辉煌的人生,他是如何沦为持枪抢劫的恶魔?

王山原籍河南项城县孙店乡,1973年,18岁的他应征入伍,来到四川成都某部服役。从农村到部队,王山非常珍惜来之不易的机会。他刻苦学习,自修大专文凭,积极表现,加入了党组织。凭着一张能说会道的嘴巴和一个聪明的脑袋,王山仕途平坦,从连队普通战士到师警卫连文书、教导队书记,再到副营级的团保卫股长,一路可谓顺风顺水。

1988年,王山转业到地方,因妻子是四川眉山人,他成了眉山供销社工作人员。从部队到地方的种种不适应,加之工资收入低,工作单调、刻板、枯燥,王山开始不安分,曾经的进取心不再,慢慢变得玩世不恭,自嘲"看透人生"。1994年,他毅然决然抛弃铁饭碗,停薪留职了。他自以为门路多,人脉广,无论做点什么生意都比挣死工资强。

梦想如彩云般绚丽多姿,现实却如阴影般残酷无情。钱不是那么好挣的,一无经营理念,二无资金实力,王山在商海里扑腾没几下,就连连呛水,落得个同事嘲笑、家人埋怨。心高气傲的王山何以能忍受凤凰变乌鸦的凄惨,他发誓总有一天要做出惊天动地的大事,让人不刮目相看都不行。

也许恶的种子早已深深埋下,也许受各种犯罪电影或犯罪案例影响太深,王山的野心、贪婪、邪恶、凶残逐渐膨胀。利用善良的人们对军人的尊重、敬爱,他萌生了"冒充军官"骗钱、抢钱的歹念。

他费尽心机弄到一套军官制服,又以"朋友崇拜军人,想拍军装照"为幌子,从战友处骗到一副中校军衔。然后,他到地摊上雕刻了一枚假印章,伪造了"王国栋"的军官证。接着,"王国栋"的身份证、驾驶证也相继出笼。

身份有了,缺的是作案工具,能有支手枪更好。1995年3月17日,王山结识了某部靶场的军械员郁某。那几天,他天天与郁某套近乎,喝茶吃饭,郊游踏青。小恩小惠面前,年仅19岁的"新兵蛋子"郁某放松了警惕,3月20日下午,在王山"五六年没摸过枪了,想试一下枪法"的说辞下,郁某把其带到靶场实弹射击。趁郁某不备,王山调转枪口朝其头部开了枪,随即携"五四式"手枪逃离现场,潜回家取得私藏的手枪子弹70多发,连夜逃离四川,流窜各地,亡命天涯。

一条年轻的生命就这样倏然而去,因现场无目击者和相关痕迹,侦破工作陷入僵局,此案一时成为悬案。

王山先后化名王力、汪泽军、王国栋、黄国栋,流窜云南、湖南以及河南、安徽等地。1995年5月,他窜到陕西西安,租房隐居,预谋抢劫。当年9月上旬,他身穿中校制服来到西安市一家公司,谎称部队有剩余物资可以与公司合作,骗得公司经理的信任。9月19日,他身藏"五四式"手枪,以"看物资"为由,诱骗公司经理、司机一起驾车至其租住地十里铺堡子村,持枪威逼,捆绑手脚,劫得现金240余元,银行定期存单20余张,共计99万元,价值7 000元的摩托罗拉手机1部。

西安不能待了。1995年9月25日,王山来到六朝古都南京。他原想在南京蛰伏下来,选择目标伺机作案。一住下来,感觉不对,南京正在筹备全国第三届城运会,风声很紧,街头不时有民警巡逻队经过,旅馆、出租房控制很严,久留必露出马脚。

下一站去哪儿?王山觉得无锡不错。无锡是个旅游城市,人流量大,外来人员多,混迹其间不易被人发现。无锡乡镇企业名声在外,经济繁荣,百姓富裕,搞钱容易。揣着发财梦,10月3日,王山窜来无锡,在城郊接合部偏僻处住下,然后买了辆二手自行车四处游荡,熟悉地形,踩点观察,伺机作案。

经过一段时间观察,王山发现无锡并非想象中的"富得流油,遍地黄金",搞钱并不容易。于是,他把目标转向一些私人承包的集体企业,先后到几十家收旧、建材、装潢商店踩点。其最终选择废品收购站为目标,是看中这个行业现金结算多,只要生意上门,短时间内能筹到数额较大的现金。

从11月上旬起,王山接触了312国道沿线的数十家废品收购站,以有"20吨黄铜废炮弹壳出售"为诱饵,设下骗局,图谋作案,但业主或因资金不足,或觉得离奇,均未得逞。

11月中旬,王山来到广益勤丰村收购站"出售黄铜废炮弹壳",发财心切的朱清当即表示了收购意向。此后,其于11月24日、12月1日再次到收购站,催促筹款事宜。12月4日,王山得悉"款已筹齐",便把子弹上膛的手枪装进裤袋,骑自行车到了收购站,酒足饭饱,他迫切要求查看准备金。当出纳会计李珍把抽屉打开,看到那一沓沓现金时,王山眼都红了。他拔出手枪,连连击发,残忍地枪杀了朱清、李珍、陆红英,把抽屉里的钱全部装进拎包,顺手掳走3条红塔山香烟。接着,打伤前来阻拦的张明,夺路而逃。

王山仓惶窜回住地,换上西装,将 7 万元赃款和沾满血迹的中校制服装进包内。是夜 10 时半,他骑自行车离开无锡,沿 312 国道向东逃窜,直至在苏州吴县通安镇治安卡口落网。

王山到案后交代,他原本想乘火车或汽车逃离,考虑到自己作的这案子动静太大了,警方肯定是层层设卡,四处追缉,倒不如骑自行车逃,不显山不露水的,即使遇到警察检查,可以用"做小生意的或打工的"来应付、搪塞,说不定能蒙混过关。然而,他的如意算盘打错了。

四川、陕西警方相继派员来锡,证实王山正是在成都枪杀郁某、在西安抢劫作案的元凶。王山自己亦供认不讳。

1995 年 12 月 17 日,无锡市中级人民法院以王山犯有故意杀人罪、抢劫罪、抢夺枪支罪、私藏弹药罪作出判决,数罪并罚,决定执行死刑,剥夺政治权利终身。

生命将逝,王山这个杀人不眨眼的恶魔感到了害怕、恐惧,明知无望,他还是想捞一根救命稻草。他以"在广益勤丰村收购站作案,是为了搞钱,不是有意杀人"为由提出上诉,要求从宽处理。江苏省高级人民法院依法组成合议庭,对本案进行了审理,认为事实清楚,证据确实,足资认定;一审定罪准确,量刑适当,上诉人用枪对被害人的要害部位实施射击,其故意杀人的动机和目的无可置疑。1995 年 12 月 21 日,江苏省高级人民法院作出〔1995〕苏刑终字第 681 号刑事裁定:驳回上诉,维持原判。

1995 年 12 月 28 日,王山罪恶的生命终结。

孽緣情仇

危急！一顿早饭放倒 24 名采茶工

　　江苏宜兴,古称"荆邑""阳羡",素有"陶的古都,洞的世界,茶的绿洲,竹的海洋"之美称。著名的石灰岩溶奇洞——善卷洞,坐落在离宜城 25 公里外的张渚镇螺岩山。善卷洞系国家 4A 级景区,每年吸引着成千上万的中外游客前来观光旅游。善卷洞周边的山坡、山坳里,是成片成片的茶园,每年采茶时节,总有一批批外来民工涌入宜兴,散落于各茶场。

　　1997 年 7 月 13 日,正是采摘夏茶时节,一起特大投毒案发生在宜兴玉山茶场,震惊苏、皖两省。

　　玉山茶场地处张渚镇芙蓉村,是 1996 年 11 月刚注册成立的新茶场,茶场固定职工不多,主要从事制茶、包装、销售等事务,费工费时的茶叶采摘主要由季节工承担。玉山茶场原本绝对是一片清静之地,绵延的山脉,从山坳延伸到半山腰的青青茶园,清澈的泉水,烂漫的山花,挺拔的松树,宛如世外桃源。

　　1997 年 5 月中旬,春茶采摘结束,七八十个采茶工揣着工钱,候鸟般喜滋滋返回家乡。经过一个多月的松土、施肥、养护,绿油油的茶园愈发生机勃勃。转眼间,该采夏茶了。6 月 12 日,31 名来自安徽蒙城的男男女女进驻茶场。

　　这群男女年长的也就三十四五,小的尚未成年。他们结伴而来,有的是夫妻档,有的是一个镇上的,还有的同村同组。朱翠、朱萍、董燕就是一个村上的

"姐妹花",她们仨从小一起玩耍,从小学到初中都是同校读书,这次相邀一起来宜兴采茶。这是她们人生中第一次远离父母、远离家乡。

16岁,花的季节,无忧无虑,充满梦想。乍到江南,朱翠她们什么都新鲜、都好奇。每天,她们在嘹亮的鸡鸣声中醒来,披着晨雾去茶园。灵巧的双手敏捷地从茶树上摘下一片片嫩叶,银铃般的笑声给茶园带来无比欢乐。"看这几个丫头乐的!"年长的同乡笑嗔。偶尔,几个丫头也到张渚镇上逛逛,盘算着拿到工钱后要买漂亮的连衣裙、高跟鞋,还要给父母、长辈捎些百合、笋干等宜兴土特产。

陆梅是和丈夫贾勇双双来到茶场的。陆梅是炊事员,负责31人的一日三餐。民工们饭菜简单,相比采茶,烧饭自由、轻松多了。采茶是个细活,不是很适合男人干。但贾勇疑心病重,对陆梅外出颇不放心,工头到蒙城招人时,他不让陆梅来,夫妻大吵一场。最后拗不过妻子,他干脆跟了来,同行的还有他的妹妹贾兰。

一天、两天、三天……日子不紧不慢过去,一切似乎很平静。不知何故,陆梅、贾勇夫妻经常暗地里吵架,甚至动手动脚。陆梅脸上时常有泪痕,有好事者悄悄询问缘由,她总是以一句"没什么"搪塞,对小姑子贾兰也是讳莫如深。贾勇成天吊着张脸,跟谁都爱理不理的。7月11日那天一早,夫妻俩又大吵一架,这次动静很大。下午,贾勇阴着脸气冲冲回安徽老家去了。

"兰兰,快起来帮嫂子做饭,我头痛得受不了。"13日凌晨3时30分,大地尚在沉睡,工棚里,工友们梦正酣,陆梅便摸黑起床前往不远处的厨房。说是厨房,其实就是一个简易棚。厨房门关着,推开门,里面黑乎乎的。往常,厨房里的电灯通宵亮着,门也敞着。想起丈夫临走时丢下的一句话,陆梅愕然失色。她拉亮灯,灶台上整整齐齐码着几十只铝饭盒。隔夜,工友们已把米淘好,加满水。饭盒上刻有各自的姓名。陆梅把饭盒放进蒸锅,升上火。然后,洗土豆、切片。心里有事,刀锋一偏,她差点切到手指。想到有可能出现的可怕一幕,陆梅不想也不忍面对,她叫醒了贾兰。

"人家睡得正香呢。"贾兰嘟哝着,磨蹭好一会儿才不情愿地起床,到厨房做下饭菜：盐水煮土豆。

天渐渐破晓，淡青色的天空镶嵌着几颗残星，山坳朦朦胧胧，笼罩着淡淡的薄雾。雾慢慢散了，东方泛起鱼肚白，一片片茶园醒来，嫩叶在枝头绽开。

"朱翠、朱萍、董燕……起床了。"贾兰挨个叫早。夏天天气炎热，趁着早上凉快好采茶。

刷牙、洗脸……拾掇完毕，开饭了。工友们三五成群，或蹲或站，大米饭就盐水土豆，饭菜虽然简单，大家仍吃得津津有味。朱翠她们3个照例聚在一起，边吃边叽叽喳喳说着什么，饭菜也堵不住她们的嘴。平常的一天开始了。

"哎呀，好难受，我想吐。"正大口吃饭的席健一阵胸闷、恶心袭来，蹲下身子剧烈呕吐，随即倒地抽搐。

"我的舌头发麻，头好疼，肚子也疼！"朱翠扔掉饭盒，双手捂住腹部，刚吃下去的饭菜喷射而出。朱萍、董燕正欲去扶，不想出现同样症状，相继倒地。"爸、妈，快来救我们！"3个姑娘口吐白沫失去了知觉。

令人不可思议的是，凡吃早饭的民工均出现口舌发麻、胸闷、恶心、呕吐、腹痛、全身抽搐等症状。瞬间，20多人东倒西歪躺在山坡上，到处是痛苦的呻吟声，遍地是呕吐物。哭声、叫声交织在一起，有的人已陷入昏迷。

陆梅闻声出门，看到最不愿看到的一幕，脸上呈现出难以名状的神情。

"不好，中毒了，快找医生！"民工们醒悟过来。万新、彭龙两人年轻力壮，平时老虎都打得死，此刻难受得满头大汗。两人强忍着说不出的难受，挣扎起身，往二三里外的茶场场部冲去。跑着，跑着，彭龙因毒性发作昏倒在半路。万新强撑着，跟跟跄跄跑到场部医务室门口，只来得及喊出"快去一工区救人！"便天旋地转，眼前一黑，什么也不知道了。

细查！谁把毒鼠强投进了饭盒？

人命关天！场部医生驾摩托车飞驰现场。眼前的惨象惊得他目瞪口呆，好在他还是有点经验的，从症状、呕吐物初步判断为食物中毒，他一边让几个没吃早饭的民工帮着采取催吐、抠出嘴中呕吐物等紧急救护措施,一边报告场部领导。

"玉山茶场一工区民工食物中毒!"场部领导和卫生防疫站的医生赶来了,张渚公安分局和善卷派出所的民警赶来了,一辆辆急救车鸣笛而来。根据症状轻重,24名中毒民工分别被送往宜兴市第一人民医院和张渚、善卷医院。

宜兴市公安局刑侦人员提取了土豆、米饭、水和盐的样本,急送无锡市公安局刑警支队化验室进行毒物化验。检验结果很快出来了,民工们吃的米饭中有"毒鼠强"成分!

毒鼠强是一种剧毒性鼠药,民间俗称"三步倒""闻到死",从外观上看,是一种普通的白色粉末状物体,无嗅无味,毒性很强,作用极快,一粒小米大小的药量就足以毒死50只老鼠,10毫克便能毒死一个成年人。因其毒性奇强,国家早已明令禁止生产、销售,但一些地区的小商小贩见利忘义,仍在偷偷销售。人一旦误食,中毒症状为口舌发麻、头晕、恶心、呕吐、抽搐,呈癫痫发作样表现,严重者神志改变,意识丧失,多脏器损害致死。上述症状与中毒民工的症状一致,毒鼠强中毒无疑。

宜兴市委、市政府领导分别到3家医院组织指挥抢救,民工的家属闻讯纷纷从蒙城赶来。朱翠、朱萍、董燕的妈妈在抢救室门口抱成一团,痛哭不已。宜兴市公安局派大批警力维护秩序,医院全力以赴。这天正是周日,在家轮休的医生相继赶到医院。催吐、洗胃、血液净化、高压氧气……一系列措施对症而下。因抢救及时,有21名民工转危为安,其中5名重度中毒者生命无虞但记忆暂时受阻。令人痛惜的是,朱翠、朱萍、董燕因中毒太深,抢救无效,结伴去了天堂。

"宝贝啊,你们让爸妈怎么活啊,爸妈不该让你们来采茶呀……"死者家属凄厉的哭声回荡在医院大厅,目睹者无不伤心落泪。

民工们吃的大米都是自己从家里背来的,如果说仅一两人中毒,尚属偶然,24人齐刷刷无一幸免,那肯定是有人蓄意为之。更何况有人当天蒸了饭未吃的,米饭里也检出有毒鼠强成分。是谁跟民工们有如此仇恨,竟下得了这样的毒手!

此案震惊苏、皖两省,被命名为"7·13"特大投毒案。江苏省公安厅领导批示:"这起投毒案手段辣、影响大、后果严重,一定要尽快破案!"刑侦局派员赴宜指导。时任无锡市公安局局长邵斌华赶到现场组织、指挥案侦。

7月14日,"7·13"特大投毒案专案组正式成立,成员有无锡、宜兴两地刑警及涉案地善卷派出所民警。根据案发地特殊的地理位置,专案组初步确定为内部人员作案。调查访问工作立足玉山茶场展开。

玉山茶场共有800多亩茶园,分三个工区,分别由3个人承包。案发地为一工区,由宜兴人曹某承包,工头是来自蒙城的万某。1997年6月中旬,曹某通过万某招收了31名工人前来采茶,这些工人均为安徽蒙城人,其中男性6人,女性25人。曹某不常到工区来,管理、计酬等事宜均由万某负责。三十刚出头的万某活络精明,时尚跟风,人脉广泛,但是生性轻浮,爱拈花惹草。

玉山茶场地理位置偏僻、清静,除采茶工人,鲜有外人,流窜人员作案的可能不大。从投毒部位看,作案者对现场情况非常熟悉,了解民工的生活起居,至于投毒的目的、动机,有可能因某种矛盾激化,蓄意泄愤报复。

专案组判定:这是一起由内部人员作案的报复投毒案!侦查范围确定,办案民警围绕一工区所有人员展开调查。

一工区人员共31名,加上承包者曹某,共32人,7月13日早上蒸了30盒饭,有6人未吃。工头万某的饭盒原封未动,他自述,因患有肺结核,必须先吃药才能进食,13日那天早上,他倒了杯凉开水,正欲吃药,毒案便发生了。民工们证实万某有这个习惯。

炊事员陆梅反常地没吃早饭,面对前来调查的民警,她有一丝慌乱,稍纵即逝。她解释了不吃早饭的原因,那天凌晨,她一起床就感觉不舒服,强撑着把饭盒放进蒸箱,切好土豆,捅开炉子准备煮菜时,突然头痛欲裂,便叫醒小姑贾兰帮忙。贾兰证实了其嫂子的说法。

"你丈夫呢,怎么突然回安徽了?"民警追问。

"他跟我吵架,赌气回家了。"

"为什么事吵？"

"夫妻间的琐事呗。"陆梅应答自如。

贾兰也没吃早饭，她的说法是不饿，想待会儿吃。还有一对夫妻夜里吵了架，早上僵持着均未起床。还有一人胃痛，不想吃。

民工与民工之间，民工与工头、承包人之间，民工与周围村民之间，没有发现有明显的积怨和矛盾纠纷。专案组认真汇总调查情况，仔细梳理人员关系，逐个甄别过堂，还是找到两个可疑人员。

案发前两三天，万某到邻近的芙蓉茶场玩耍，与一个姓张的人因言语不和有过争执，后万某纠集同乡将张某痛打一顿，张某落荒而逃，丢下一句话："你等着瞧！"会不会是张某报复投毒？张某也是外来人员。办案民警历尽周折，找到回了老家的张某。张某对玉山茶场的事浑然不知，一脸茫然。多人证明其7月12日、13日待在家没外出。

还有一个叫王兴民的，疑点似乎更突出。王兴民也是蒙城人，本来与万某一起被曹某聘为工头，谁知此人不靠谱，以为工头就是管别人的。6月17日把工人带到茶场后，他成天叼着根香烟东游西荡不干活，动不动训斥人，引起工人们不满。6月底，下午高温时，有10余名工人给茶树喷洒农药时出现中毒迹象，王兴民不管不问，照常玩乐。此举彻底激怒工人，集体罢工两天。众怒难犯，王兴民不得不卷铺盖走人。临走，他咬牙切齿扬言："总有一天要出这口气。"

王兴民有作案动机！7月16日，办案民警冒着骄阳酷暑，驱车直奔蒙城。

面对突如其来的无锡警察，王兴民并不惊慌，神情自然。他详尽陈述了7月12日至13日的活动范围、地点。经查证，王兴民嫌疑排除。

案侦工作似乎陷入僵局。但排除也是一种收获，峰回路转也许就寓于一次次排除中。

外界不存在投毒因素，那么，重点还在内部。民警回头再理线头，再次对民工定点定位。

真相：孽缘引发特大投毒案

特大投毒案发生在善卷洞地区，善卷派出所所长许晓春深感责任重大，天天忙得脚不沾地。入夜，许晓春人躺在床上，身心疲惫，就是睡不着觉。作恶者不落网，他无法入眠。此刻，他的大脑异常活跃。万某、王兴民、陆梅……一个个人物放电影般清晰地闪现在脑海里。突然，有个人顽固地占据了屏幕，怎么也绕不过去。这个人就是贾勇，陆梅的丈夫。

走访中，许晓春了解到，贾勇夫妻同来宜兴，刚来时夫妻恩爱，双进双出。没几天，夫妻关系急转直下，几乎天天吵架。同乡们劝过几次，并探问缘由，没有问出究竟。7月11日，两人又大吵，随后，贾勇匆匆离开茶场，回老家了。7月13日下午，他悄悄返回茶场，茶场、医院、场部，到处乱窜，打探消息，异乎寻常的活跃。

陆梅的表现也不正常，她与丈夫相反，对整个事件漠不关心，常常独处发呆。凑巧的是，7月13日，陆梅、贾兰均未吃早饭，这中间是否有猫腻？更蹊跷的是，民警找陆梅了解相关情况时，说着说着，其竟无端晕厥，不一会儿便神奇恢复，看着有点假。难道心中有鬼？

一个个问号待解。许晓春立马起床往专案组驻地赶。夜已很深，专案组几个领导正在商讨案情，听了许晓春的汇报，顿觉有戏。

这对夫妻肯定隐藏着不可示人的秘密，贾勇或陆梅有作案可能！专案组派员二赴蒙城，详查案发前后贾勇的动态。

在当地派出所的配合下，办案民警来到蒙城双涧镇贾井村贾勇的家。其父母称，7月11日下午，贾勇独自回家，在家住了2个晚上，说是太累，想歇歇。13日早饭后乘车返回宜兴。左邻右舍证实其父母的话不假。贾勇在家的两个晚上，都和村人一起耍牌。13日早上，有人亲眼见其离家。

贾井村距玉山茶场几百公里之遥，往返一次少说也要20多个小时，贾勇纵有插翅本领，也难以夜晚翻山越岭到宜兴作案，早晨飞回蒙城家里睡觉。看来,贾勇确实没有作案时间。

没有作案时间不等于可以排除嫌疑。办案民警没有轻易撤兵,他们耐心走访村民,了解其性格特点和为人处事。贾勇在村里的口碑不好,村民们这样刻画他:"一根针眼穿不过,两寸鸡肠堵九分。"其为人狡诈,心胸狭窄,吝啬小气,吃不得哪怕一点点小亏,报复性极强。有例为证:一次,他与邻居为一件鸡毛蒜皮的小事大吵,为了出气,他暗中使坏,投毒将邻居家的鸡、鸭、猪一夜之间全部毒死。所用毒药正是毒鼠强。

贾勇的作案嫌疑不能排除!办案民警马不停蹄,深挖细究,寻找蛛丝马迹,凡是与贾勇有关的事和人,死咬不放,都必须查个清清楚楚,明明白白。

转机出现在7月31日下午。一名采茶女工向民警反映,贾勇自返回茶场,对中毒一事特别关心,到处打听案情,还关照"不该讲的不要瞎讲"。接着,其他民工也纷纷反映贾勇原本人不理狗不睬的,投毒案发生以来,其性情大变,见人就主动打招呼,递香烟,说说话就绕到案子上,打听警察来问些什么,还时有威胁性语言。

贾勇为什么对投毒案如此感兴趣,而且威胁他人,是不是做贼心虚?疑团在办案民警脑海中越滚越大。

8月4日,专案组依法传唤贾勇、陆梅夫妇,富有办案经验的刑警分头与他们正面接触。

面对警察,陆梅缄口不谈案件,只是一味低头哭泣,似有难言之隐。

"哭是解决不了问题的,有什么事说出来,躲是躲不过去的。"民警倒来开水,递上手纸,耐心教育,讲明利害。

"我与工头万某关系不正常,被贾勇撞见了。"经过一番激烈的思想斗争,陆梅终于开口,一副羞愧难当的样子。万某在招工时认识了陆梅,当下便对长相秀气、身材苗条的陆梅有了非分之想。到了茶场,他安排陆梅当炊事员,活轻松,而且避人耳目。凡无人之际,总拿言语挑逗,逗得陆梅心猿意马,不久便投入其怀抱。万某对妻子的特别关照,敏感的贾勇早心生疑窦,苦于无证据,只得暗中逼问妻子,引发了无数次"世界大战"。

7月8日下午,贾勇和工友们出工去了。陆梅在工棚休息,万某到茶园转悠一圈,不见了人影。贾勇似有预感,丢下手头的活赶回工棚,将一对男女捉奸在床。万某仓惶逃跑,躲开一顿暴打。贾勇、陆梅夫妻间战争升级,激烈程度前所未有。狂怒中的贾勇拳头几次砸在墙上,放出狠话:"决不会给万某好日子过!"给丈夫戴了"绿帽子"的陆梅在一旁胆战心惊,她清楚丈夫的脾性,真的会说到做到。

"王兴民要报复大家,如果哪一天早晨厨房的长明灯不亮,门被关上,那么一定出大事了!"7月11日那天早上,贾勇说要回蒙城,并对陆梅说了上述一番话。13日凌晨,她起床烧早饭,发现厨房门被锁上,里面黑灯瞎火,心知不妙。她不敢面对即将发生的事实,以"头疼"推托,躲进工棚。她没想到所有饭盒都被下了毒。惨案一发生,陆梅便怀疑可能是丈夫所为,20余天来一直处在惶恐中。此刻,面对民警,她竹筒倒豆子,说出了一切。

另一场较量在公安审讯室里展开。

"中毒的事与我无关,案发时我人在蒙城。再说,我跟工友们无冤无仇,不会干这种伤天害理的事。"贾勇浑然一个局外人,给人"此地无银三百两"的感觉。

"谁说投毒的事跟你有关系了?"民警冷冷地看他表演。

"你为何事与老婆吵架,你怎么知道王兴民要报复大家?"看贾勇表演够了,安静下来了,民警突然发问。

"这……"贾勇一时语塞。

"什么叫该讲的讲,不该讲的不要瞎讲……"民警连珠炮般的追问,轰得贾勇晕头转向,乱了方寸。尽管他想作最后顽抗,但一个谎言要用另一个谎言去掩盖,终究无法自圆其说。8月6日下午,贾勇终于交代了伙同老乡万兵合谋投毒报复的犯罪事实。

当晚,万兵在宜兴芙蓉茶场落网。

随着2名作恶者的归案,这起特大投毒案的内幕昭然若揭。

原来,万某与陆梅一勾搭上,贾勇这个做丈夫的就察觉到了。他怎能忍得下这口恶气，心中一直盘算着如何报复万某，只是没有想到好办法。一次，他去芙蓉茶场玩耍，遇到同镇不同村的老乡万兵，巧的是万兵与万某不仅同村，其还是万某的本家叔叔。言语中，贾勇发现万兵对万某似有刻骨仇恨，禁不住心生好奇，追根究底。一声长叹，万兵吐露了心中隐痛。

万兵老家在蒙城双涧镇随寨村，其妻周某原与万某谈过恋爱，且已到了谈婚论嫁的阶段，因辈分不对，遭到族人强烈反对。一阵无情棒，打得一对恋人分了手。阴差阳错，周某嫁给了万兵，成了万某的婶子。住在一个村上，抬头不见低头见。万某旧情难忘，与周某眉来眼去，于是，本家侄子与婶子好上了。桃色新闻一向为人们津津乐道，更何况不顾辈分的乱伦。为这事，万兵心尖犹如被扎进一根硬刺。

两个血气方刚的大男人，老婆被同一个第三者占有，两人同仇敌忾，虽初次相识，很快结成同盟。

1997年7月8日，贾勇当场撞破老婆与万某的奸情，心中的怒气再也无法遏制。第二天上午，他来到芙蓉茶场与万兵合谋。他吐露预谋已久的想法："毒死万某。"万兵正有此意。7月9日、10日，连续两天，贾勇、万兵两人就如何实施犯罪进行了详细策划，并商量由万兵动手，作案时间定在7月13日凌晨。因与万某有隙，万兵从不去玉山茶场，一旦案发，没人会怀疑到他的头上。

贾勇把装有"三步倒"的小纸包给了万兵，这是他从蒙城带来的，原准备找机会毒杀村民家的狗。贾勇关照万兵，为确保作案成功，必须每个饭盒都放药，作案后拉灭灯、关上门。贾勇这是给陆梅和妹妹贾兰留后路，临回家时才给陆梅留下那番话。

为掩人耳目，撇清关系，7月11日，狡猾的贾勇回了蒙城。离开茶场时，他故意与多人打招呼。12日晚上，万兵潜至玉山茶场一工区厨房踩点，察看厨房内外情况及周边地形。13日凌晨1时许，他再次窜进厨房，把白色粉末投进了一只只饭盒。只是怎么也没想到，他们恨之入骨的投毒目标万某有"先吃药后吃饭"的习惯，侥幸躲过一劫，倒是伤害了一大批无辜同乡。如今，在双涧镇说起这两个已服刑近20年的恶魔，村民们仍是咬牙切齿。

经过公安民警 25 个昼夜的奔波,"7·13"特大投毒案画上了句号。1997 年 10 月 31 日,案犯贾勇、万兵被判处死刑,剥夺政治权利终身。

但凡男子汉,被人戴"绿帽子"总是件窝囊事,贾勇、万兵也绕不过这个坎。但是,他们没有采取正常的途径来解决此事,而是为泄愤报复,丧尽天良,犯下弥天大罪。他们在滥杀无辜的同时,也叩开了自我毁灭之门。

陆梅对丈夫伙同他人投毒之事虽不知情,但造成这个恶果,她是直接引发者。她与万某不清不白的婚外情,直接促使了事件的恶性发展。

这起悲剧中还有一个很不光彩、令人憎恶的角色,就是工头万某。他的拈花惹草、放荡不羁、道德败坏,事实上是点燃这一事件的导火索,最终引发了这起特大投毒案。

人是情感动物,但情感只有接受法律、道德、理智的约束,才不会恣意放纵。

仇从何来

（一）

1997年9月21日凌晨，宜兴滆湖南新村柳家传出凄厉的哭喊声。柳家的独生女阿芬和3岁的孙女云云横尸卧室，卧室墙上，一个用鲜血写成的"仇"字触目惊心。

美丽富饶的滆湖，滋润着两岸人家。先富起来的柳仁，曾经是南新村的名人。柳家祖辈务农，与泥土打交道，到了柳仁这一代，碰上改革开放政策好，头脑活络的柳仁靠小作坊起家，仅数年时间便完成原始资本积累，小作坊发展成颇具规模的冶炼厂，厂里员工好几百。一时间，柳家那幢琉璃瓦屋顶的二层楼房，成为南新村一道亮丽的风景。

口袋里有了钱，柳仁的腰杆挺得直直的。他为人正派公道，眼睛里容不得沙子；他性格固执，说一不二。

柳家的独生女阿芬，是方圆数里有名的美女，柳仁夫妇视若掌上明珠。柳家没有儿子，阿芬是延续香火、承接万贯家财的不二人选。1995年元月，阿芬刚21岁，柳仁就急吼吼招婿上门，20岁的阿建成了柳家的乘龙快婿。转年，柳家有了第三代——孙女云云。

柳仁天天忙厂里的事，阿建在另一家工厂当车间主任，也整天泡在单位里。阿芬在家带女儿，帮衬母亲打理家务，日子过得富足平静。

惨案的降临没有半点预兆。1997年9月20日晚,柳家五口吃过晚饭,柳仁逗了一会儿云云,便去了厂里,工人们正在上夜班,得盯着点。阿建单位值班,饭碗一放也走了。母亲彩芸忙完家务,在阿芬房内看电视聊天到晚9时30分,柳仁从厂里回来,老夫妻回房睡觉了。

第二天凌晨4时50分,天色未明,彩芸起床烧早饭,惊诧地发现女儿的房门开着。"阿芬,阿芬,你怎么开着门睡觉?"她边喊边开灯查看。这一看,吓得她一个趔趄:阿芬躺在一片血泊中,早已没了气息,她宝贝的孙女再也不会喊爷爷、奶奶了。

"出人命啦!"彩芸凄厉的哭喊声惊醒了柳仁,他从床上一跃而起,直扑女儿房间。望着眼前的惨状,这个倔强的汉子双手捂脸蹲在地上,泪水顺着指缝狂泻。

是谁跟柳家过不去,下手这么狠毒?

"南新村发生血案,一对母女被杀!"9月21日清晨5时,宜兴市公安局值班室接到报案电话。

一辆辆警车呼啸着冲进南新村,划破滆湖清晨的宁静。一案两命,案发地又是显赫的柳家,四方乡邻无不震惊,围观者上千,无不指责歹徒的残忍。

宜兴市公安局领导率侦技人员到达现场不久,无锡市公安局分管刑侦的局长和刑警支队的技术人员也随即赶到。现场勘查和访问工作相继展开。

(二)

仇杀?情杀?财杀?案情扑朔迷离。一个个谜团摆在警方面前。地毯式的排查进行了4个多月,调查访问村民2万余名、企业千余家。元凶始终没有浮出水面。

柳家的二层楼坐北朝南,大门开在底层东屋,外为铁栅栏防盗门,内为未上锁的铝合金门。防盗门拉开30多厘米,挂锁锁在门内拉手上,内拉手上端与门连接处有印压痕迹。显然,防盗门是被强扭开的。

中心现场在二楼东边阿芬卧室。阿芬仰躺地上,颅骨骨折,脑组织外溢,头顶有挫裂伤;云云的尸体裹在一条夏被中,颅骨骨折,脑浆迸裂,她的一双小眼睛睁得圆圆的,似在向苍天发问:是谁残忍地剥夺了我幼小的生命?勘验现场的刑警眼眶湿了。

阿芬母女均为头部遭受钝器击打,导致脑组织挫伤致死,死亡时间离末次进餐约4个小时,也就是9月20日晚10时左右,彩芸离开阿芬母女不一会儿,血案便发生了。

这是一起惨绝人寰的凶杀案!无锡市公安局刑警支队和宜兴市公安局抽调精干力量成立专案组。

专案组围绕作案工具、作案人数、作案时间、疑凶刻画和案件性质展开了畅所欲言的讨论。大家一致认为,这是一起有预谋、有准备的入室杀人案。经技术鉴定,凶手的作案工具为300型管子钳,长度30厘米。凶手用管子钳撬开防盗门,上楼进入阿芬母女卧室,持管子钳行凶杀人,实施作案的时间为9月20日深夜10时左右。根据犯罪分子遗留在现场有限的痕迹分析,系一人进入中心现场作案,凶手身高在1.65米至1.75米之间,年龄20岁至35岁,体态中等偏胖。作案者对现场比较熟悉,清楚死者及其家人的生活规律,基本排除流窜作案,本地人作案可能较大。

对于作案时间、作案工具和犯罪人数、疑凶脸谱,专案组达成共识,但在认定案件性质时,争论颇大。大家认为,仇杀、情杀、财杀,这3个因果关系都不能排除。

现场迹象表明,行凶者对死者似有深仇大恨,卧室护墙板上方有一个用鲜血书写的"仇"字,透着令人毛骨悚然的血腥味。现场惨不忍睹,墙上、地上、床上……到处是喷溅状血迹、脑浆,可见凶手下手之狠。

据调查,阿芬作风正派,性格内向,不事张扬,从不与人争高低,与村人、左邻右舍关系都不错,与丈夫、父母间的关系,表面上看也比较和睦。会不会是她的父亲柳仁得罪了什么人,有人报复?专案组对柳仁单位的经营管理、经济交往等方面展开全方位调查,发现其1995年曾因厂里供电事宜与村民发生过矛盾,为催讨货款与人上过法庭。这几年,厂里还陆陆续续辞退了3名职工。经逐一调查见底,没有发现涉案线索。柳仁怎么也想不起与何人结过仇。仇杀依据似乎不足。

阿芬一个女伴提供:案发当天下午,她与阿芬结伴到宜兴城里逛商场,买了衣服、皮鞋等物品。阿芬母亲说,那天女儿带了1 000多元钱,回家说用了四五百元。余下的钱不见了踪影,现场有大面积翻动迹象。令人疑惑的是,写字桌抽屉拉开,里面两条金项链、一只装有1 000元现金的信封和9张存折原封未动。歹徒似乎不是为财而来。

阿芬身上的睡衣掀至胸前,下身裸露,且有少量血迹。经法医鉴定,阿芬没有受到性侵害。以阿芬平时的作风和为人,情杀之说好像也不成立。

办案民警把扑朔迷离的案情总结成三句话:见财不起意,见色不动心,无怨却写仇。

案件的因果关系一时难以明确,面上的侦查和专案工作按照划定的地域和范围紧张进行着。

金家村,王母村、中巷村……专案组对案发地周边的9个自然村定人、定位、定时,开展地毯式排查。重点排查4类人员:熟悉柳家、与柳家有矛盾者;婚恋受挫或破裂、精神受刺激人员;有盗窃、流氓等前科劣迹,年龄、身高符合,有可能接触使用管子钳人员;案发后去向不明者。

地毯式排查历时4个多月。其间,办案民警走访村民2万余人次,企业千余家,排出20岁至35岁年龄段人员13 654名,符合疑犯刻画特征的可疑人员83名,重点嫌疑人员15名。经甄别见底,大多被否定,仅少数几人因受条件限制,无法见底,不能排除嫌疑。

凶手十分狡猾,现场仅留一个"仇"字,几乎没有其他痕迹。"仇"字为左手书写,笔画重复,伪装明显。专案组请来江、浙、沪三地有名望的文检专家,送检 200 多名重点人员的检材,经一一会诊、筛选,否定了近 200 人。有 24 人的检材既不能否定,也不能认定。警方围绕这 24 人全方位展开调查,收获不大,放弃不甘心,只能挂在那里。

(三)

专案组认为熟人作案的方向不错。办案民警吃住在南新村,挨家挨户走访调查,挖掘线索。警方的辛勤努力与辛苦奔波,柳家都看在眼里。柳仁思忖再三,亮出家丑:女儿与女婿关系不睦,女婿阿建有外遇,阿建的情人是其同厂女工小红。

阿建与阿芬于 1992 年相识并相恋,两年后,阿芬未婚先孕。柳仁既传统保守又好面子,得悉此事大发雷霆,不顾一对恋人及家人的再三恳求,强令女儿去医院做了人流。阿建心中因此结下疙瘩,特别是婚后生下女儿,重男轻女的阿建更是大为不满,从此沉溺麻将台,冷落阿芬母女。小夫妻关系出现了裂痕,老夫妻急也无法,碍于脸面,只得打落牙齿往肚里咽。三代同堂,在外人眼里,柳家仍是一个幸福和睦的家庭。

柳仁招婿上门原想得一臂之力,没想到阿建不争气,于是常常冷脸相对,不理不睬。在柳家,阿建根本没有说话的份。女儿出生,他擅自将阿芬和云云的户口落到和桥自己家,并为女儿将来读书考虑,准备在和桥镇上买房,遭到柳仁强烈反对,翁婿间积怨更深。1995 年冬天,阿建与同厂女工小红一见钟情,越过雷池,萌生与阿芬离婚之念,因其母亲反对作罢。

会不会是阿建仇视柳仁,特别是出轨后达不到离婚目的,萌生杀害妻女的念头?

面对前来调查的民警,阿建神情倒坦然。他说,案发当晚,他在单位值班,小红证实了他的说法。小红是他的情人,如其杀妻,目的是为小红,故小红的证词不能作为排除其嫌疑的依据。阿建当过钣金工,现工作的车间有条件接触管子钳。阿芬母女遇害后,阿建行为反常,案发那天清晨,柳仁多次呼阿建 BP 机,始终未回,即让村人去厂里找。听到阿芬母女遇害的消息,他既不惊讶,也不悲伤,神情漠然。血案发生后,他与小红频繁见面,在民警询问时他却矢口否认。而小红倒对案件异乎寻常的"关心",到处打探公安局侦破情况。

阿建作案的嫌疑陡然上升!

1997 年 11 月 6 日,办案民警再次与阿建面对面接触。阿建红着脸交代了实情:9 月 20 日晚,他擅离值班岗位,与小红外出溜冰,深夜回厂,两人同宿招待所客房。小红对当晚活动细节与阿建陈述的一致。阿建作案的嫌疑暂时排除。

针对凶手作案使用的是管子钳,专案组串并周边乡镇发生的以管子钳为工具的盗窃、抢劫案。案件破了不少,却没有一起与"9·20"血案相关。"9·20"血案发生当晚,邻近高塍镇的丁家村、雷庄村相继发生使用管子钳撬门入室的盗窃案,经分析比对现场,作案手法有很大差异。专案组把案件串并到本省常熟、张家港和邻近的安徽、浙江等省份,均未果。

专案组多次邀请省内外破案专家到宜兴"会诊"。1997 年 10 月,江苏省刑侦专家在南新村听取案侦工作汇报,复勘现场,认为专案组侦查方向不错。同年,专门研究步伐的刑侦专家施之福来宜,有关痕迹被送到公安部研究所,无奈残缺太多,无法鉴定。省内外文检专家多次对"仇"字作专题研究,亦是无法定论。

寒暑交替,岁月匆匆。时光在办案民警忙碌的脚步中毫不留情地流逝,1年、2年、3年……7年过去了。其间,区划调整,南新镇并入和桥镇,南新村也与邻村合并,更名为西锄村。阿芬母女的坟头芳草萋萋,案发地的村民对那桩血案似乎已经淡忘,只有柳仁永远无法忘记割肉之痛,每逢年节,总要给公安局打电话询问案侦情况。

宜兴警方始终没有放弃对"9·20"血案的侦破。7 年来,此案的侦查案卷订了整整 9 大本,共 4 000 多页。"9·20"血案不破,办案民警心头始终压着一块大石头,沉甸甸的,无以告慰阿芬母女,无以面对死者家人。

(四)

两封敲诈信,再次扰乱柳家的生活。一条无形的链条,把敲诈案疑犯与"9·20"血案疑凶串了起来。可关键时刻,狡猾的狐狸又隐身了。案侦再度受挫。

侦破"9·20"血案,对办案民警来说,是炼狱般的心理考验,与对手比耐心、比耐力、比韧劲。这场看不见的对峙,谁坚持到最后,谁就是胜者。在 7 年的案侦过程中,办案民警经历了多次心理测试,最难熬的是兴奋点从沸点降至冰点的大起大落。2001 年,他们就经历了两次这样的起落。

2001 年 4 月,专案组获得一条重大线索,镇江丹徒警方抓获一名盗抢摩托车的疑犯。疑犯一口宜兴方言,年龄二十六七岁,到案后,不肯交代真实姓名。为什么不交代真实姓名?是否有重大隐案在身?会不会与"9·20"血案有关?带着一串问号,办案民警赶到丹徒。见来了宜兴口音的警察,盗车疑犯当即缴械,交代了真实姓名和犯罪事实。此人叫周伟,家住和桥镇王母村,先后在武进、镇江等地盗抢摩托车 30 余辆。王母村与南新村相邻。周伟与柳仁相识,且此人报复性极强,曾为一件小事与人发生争吵,竟在夜半拎了桶汽油去烧人家的屋门。

"9·20"血案会不会与周伟有关联?办案民警敏感的神经顿时亢奋起来,兴冲冲再赴丹徒。再讯问,冷了,周伟与南新村血案无关,之所以不肯说出真实姓名,是怕暴露在武进做下的那一串案件,加重罪名。民警们好不沮丧。

2001 年 11 月,办案民警的神经再度兴奋。柳仁报案,他收到两封敲诈信,内容与阿芬母女遇害有关。

阿芬母女被害,对柳仁夫妇的打击几乎是毁灭性的。睹物思人,夫妻俩经受不住这样的折磨,搬出了那幢二层楼,先把宅子租给外来打工人员,后以极低价格出售了。2001年年初,柳家搬到和桥镇。柳仁强迫自己用连轴转的工作来忘却悲伤,他一心扑在创业上,企业越办越红火。夜晚,他仍是噩梦连连,常常梦见屈死的阿芬母女血淋淋地站在他面前诉说着什么,醒来泪湿枕席。时至2001年11月,两封敲诈信更是扰得他寝食不安。

2001年11月10日,柳仁接到第一封敲诈信,来信人称掌握阿芬母女被害真相,并有录音带为证,交换条件是70万元现金。谁这样无耻,竟然来揭伤疤敲诈巨款。柳仁十分气愤,但他没有报案。一周后,11月18日,第二封同样内容的敲诈信又来了,柳仁坐不住了,向宜兴警方报了案。

敲诈歹徒在信中要柳仁在宜兴电视台和和桥菜场等公共场所以招工为名,公布联系方式。柳仁按警方的要求去电视台刊播招工广告,公布了联系电话,并在和桥菜场、汽车站等地张贴招工启事,引蛇出洞。歹徒来电话了。刑警老韩假扮柳仁与对方周旋,敲诈歹徒讲的是武进方言,声音听上去很年轻。老韩故意与其讨价还价,仅两个回合,敲诈数从70万降至50万。可对方似乎嗅到什么,打过几次电话后销声匿迹了。

办案民警隐约有这样的感觉,写敲诈信的歹徒可能就是杀害阿芬母女的元凶。"9·20"血案已经过去4年多,如不是亲历或目睹此案,哪会如此关心。其时,媒体报道了发生在武汉的一个案例。一企业老总的女儿被害,8年后,凶手居然写信给老总,称掌握其女儿遇害真相。案件很快破获,写信人正是杀人凶手。柳仁被敲诈一案与武汉这一案例似乎有异曲同工之处。如果"9·20"血案与敲诈案系同一犯罪分子所为,那么,此人可能真是与柳仁有仇。但从1997年阿芬母女被害以来,柳仁始终没想起谁与自己有如此深仇大恨。

专案组再次请来文检专家,与"仇"字一样,敲诈信系左手书写,伪装明显。苦于血案现场字迹太少,仍不能作出同一认定。

案侦工作再度受挫,办案民警的心犹如沉入无底洞,又深又空。

（五）

2004年新年伊始，公安部组织的命案侦破专项行动在全国范围内打响。无锡市公安局梳理出历年来未破命案挂牌督办，宜兴南新村1997年"9·20"命案赫然在册。宜兴警方成立了命案侦破指挥部，将"9·20"血案列为主攻案件。专案组立下军令状：不破不休！

专案组放电影似地回顾了6年多的侦破过程，埋首案卷，一卷卷、一页页分析梳理过滤每个调查访问对象的笔录。阿芬母女被杀现场已不存在，2001年初，村里架设高压线，那幢二层楼拆了。

办案民警反复观看现场录像和照片等资料，对案件的性质和犯罪特征的刻画再认识，依旧把"9·20"血案和2001年的敲诈案联系起来分析。经过反复分析，专案组认为，原来的侦查思路、侦查方向和范围是正确的，并确定立足本地，以寻找敲诈案中疑犯使用的手机为突破口。

敲诈案疑犯使用的手机号在实施作案不久便停机了。经过几个月的艰苦努力，2004年5月，办案民警惊喜地发现，那个涉案手机号重新激活了，使用者是一个叫阿芹的女子。

阿芹时年31岁，户籍在和桥镇，离异，单身独居。办案民警在其住地扑了空。邻居反映，阿芹自离异，似无根的浮萍到处漂浮，数月不见其人是常事。阿芹娘家在宜兴屺亭镇，同样已好久不见其人影。

哪怕上天入地，也要把阿芹找出来！这一找，又是3个多月。

2004年8月16日，省公安厅组织的刑侦专家再赴宜兴，时任无锡市公安局分管刑侦的副局长杜荣良会同宜兴警方把脉"9·20"血案。这次"会诊"明确了案件性质，即排除情杀、财杀，锁定仇杀；肯定了专案组立足本地、熟人作案，凶杀案、敲诈案串并的侦查方向。

经过无数次的扑空，9月14日，办案民警在屺亭镇一出租屋找到阿芹。

阿芹称手机和手机卡是南新村的刘老汉送给她的。刘老汉想了好半天，回忆出手机是 2001 年冬天同村的赵新卖给他的，不久便送了阿芹。

赵新与柳仁同住一村，两家相距不足百米。赵新，男，1963 年出生，身高、体态与专案组刻画的基本一致，是专案组当年确定的重点嫌疑人之一。赵新当过电焊工，有条件接触管子钳。

据外围调查，赵新 2002 年与妻子离异。办案民警调来他离婚时留在法院的笔迹资料，经检验比对，与敲诈信件笔迹近似。

赵新作案的嫌疑陡然上升。如何把赵新"请"进公安机关，办案民警动足了脑筋。

2004 年 9 月 16 日下午 3 时，西锄村村口的小烟酒店内乌烟瘴气，一群村民正围着一张桌子玩"小猫钓鱼"（一种赌博形式）。人群中，一名中年男子大呼小叫，赌兴正浓，此人正是赵新。

"我们是派出所的，赌博是违法的，跟我们走！"参赌人员一个个耷拉着脑袋，跟着民警去了派出所。

讯问，做笔录，治安处罚，一切依法进行，只有赵新多了一样"作业"——抄字，不仅用右手抄，还要用左手写，左右开弓，当然，抄的字是有范围的。

"不就是玩个'小猫钓鱼'吗，怎么还要抄字？"赵新磨磨蹭蹭抄着，心里像有十五只吊桶打水，七上八下的。当晚，民警向他宣布了行政拘留 15 天的治安处罚决定。其他参赌人员或罚款或教育，都回了家。这下赵新更慌了，额头冒出冷汗。

9 月 17 日上午，赵新左右手抄的字、敲诈信和"仇"字一并送到无锡市公安局文检工程师手里。"就是他！"文字检验结果出来了，认定赵新就是写敲诈信的人，而"9·20"血案现场那个"仇"字，也系赵新所书。消息传到刑警支队，当年参与血案侦破的刑侦人员边打电话告知这一令人欢欣的消息，边驱车直奔宜兴。

专案组制订了周密细致的审讯方案，决定在不暴露意图的前提下，投以重兵进行审讯,给赵新来一个下马威,造成心理压力。

2004年9月20日下午,阿芬母女7周年祭日那天,宜兴市公安局局长陈国强、副局长黄红光、刑警大队大队长卢伟民、无锡市公安局刑警支队副支队长陆宁、重案大队大队长张文强对阵赵新。赵新哪里见过这么大的阵势,头皮一阵发麻,表面上强撑着假装镇定,两腿不由自主抖个不停。僵持3小时,赵新扛不住了,开了口。他说:这个人害了我一辈子,毁了我的前途,当不成兵,入不了党,我要让他断子绝孙,所以杀了他的女儿、孙女。

赵新说的"这个人",正是柳仁。赵新还交代,7年前那个夜晚作案时,是同村的刘林给他望的风。

9月20日深夜,刘林归案。

(六)

家境贫困的赵新从小沾染偷摸恶习,为村人所不齿。童年时的一桩突发事件,一顶可怕的"帽子"戴了几十年,他把仇恨集中在心目中的"仇人"柳仁身上。柳仁越发达,他越想泄愤。他杀害阿芬母女,就是为了报复柳仁。

在南新村,柳家富得出名,而赵家则是穷得叮当。赵新打小手脚不干净,为村民们所不齿。在孤独的环境中长大的赵新养成了孤僻、乖戾、仇视的性格。尤其是他上小学二年级时发生的一件事,更在他心里刻下仇恨的烙印。

那年,村头的墙上出现一条反动标语,不到10岁的赵新被叫到大队部查问,被人戴上一顶"小反革命"的帽子。从此,"小反革命"几乎成了他的姓名。这顶可怕的"帽子"一戴就是几十年。随着年龄的增长,他确切地理解了"反革命"这个词的含义,明白自己已被打入另册。

赵新发誓,总有一天要报仇。找不到明确的泄恨目标,他毫无缘由地把"仇"转移到了柳仁身上。其实,"反动标语"事件发生时,柳仁正在部队当兵,次年才复员回村当上大队干部。也许正是因为柳仁特殊的身份,赵新把柳仁视作心目中的"仇人",钻进报复的死胡同。

初中二年级,赵新辍学回家,东游西荡找不到事干。他想去当兵,因品行不好,文化不够,未能如愿。20岁那年,他在文化站找到一份临时工,后到信息纸厂上班,因好吃懒做,不求上进,到哪儿都遭人嫌。他不从自身找原因,不检点自己的品行,反而无端怪罪于柳仁。每遭遇一次不如意,他对柳仁的仇恨就加深一层。阿芬结婚生下女儿云云,看到柳家三代同堂,尽享天伦之乐,赵新心里针刺般地难受。他突然冒出一个丧尽天良的念头:杀死阿芬和云云,断柳家的后,让柳仁痛苦一辈子。

1997年9月20日晚,赵新掌握了阿芬的丈夫阿建上夜班的信息,决定当晚动手。晚上10时多,他悄悄潜至柳家门口,让同去的刘林"看着点",自己用管子钳扭开防盗门上的挂锁,蹑手蹑脚上了二楼,潜进阿芬的卧室。

大晚上的,卧室闯进一个男人,阿芬大惊,猛地从床上坐起来,尚未叫喊出声,头部遭到猛击。阿芬一声未吭,倒卧在地。赵新又残忍地举起管子钳朝3岁的小云云狠狠砸下去。接着,用左手手指蘸着阿芬的鲜血在墙上写下了那个"仇"字。

作案当天深夜,赵新把管子钳扔进邻村河里,烧掉了作案时穿的衣服鞋子。第二天,他神色自然地出现在现场看热闹的人群中。当公安人员上门调查时,他对20日晚上的时间动向叙述得头头是道,滴水不漏,还提供了证人刘林,不由人不信。

刘林自知罪责难逃,当年蒙混过关,对赵新犯下的血案,多年来一直守口如瓶。

阿芬是自己看着长大的,小云云聪明活泼,杀了她们母女,赵新并没有想象中"复仇"的痛快,刚实施报复时的快感如潮水般很快退去,取而代之的是莫名的郁闷、纠结。阿芬母女埋在村头一座小桥旁。那几年,每次路过小桥,赵新总要在桥头坐一会儿,默默向阿芬忏悔:我对不起你们娘俩,有一天我到了阴间,我会向你们赔罪的。

赵新交代:"失去家人,柳仁夫妇俩并没有像自己想的那样垮掉,反倒是自己想起阿芬母女时,心乱如麻,经常梦到血淋淋的母女俩。别人看我很潇洒,整天跳舞、玩耍、赌博,其实是麻醉自己。"他更加自暴自弃,出了舞厅上赌台,犹如行尸走肉,无心养家更无心管教儿女。妻子决绝地与他离了婚,留下14岁的女儿,带着儿子走了。原来想毁了别人的家,最终却拆了自己的家。赵新又把这笔账算到柳仁头上。他想过自首或自杀,他清楚两者的结局都是一个"死"字,他不想死,他要活着看柳仁痛苦的模样。当他看到柳仁挺了过来,把家搬到镇上住进别墅,仇恨又上心头。2001年11月,他两次写信敲诈,目的是揭伤疤,让柳仁精神受刺激,满足他那变态的心理。他说:"我并不是要钱,我就是恨他,不希望他好。"

2005年,案犯赵新被判处死刑,其不服,提起上诉,2010年7月31日判处死刑,缓期执行,剥夺政治权利终身。

觅踪怒江

向往山外精彩世界,两妇女无辜被拐

出昆明,过大理,沿着怒江峡谷直往深山里去。在云南省西北角,云南与西藏的交界,我国与缅甸的边界处,有一个叫"贡山"的地方。高黎贡山山脉横贯全县,4 500 多平方公里的范围内,海拔 3 000 米高的大山一座连着一座,绵延不绝,雄伟壮观,原始森林遮天蔽日,一年四季给人沁心凉意。

怒江逶迤奔流,江边狭小的河滩台地和半山腰,居住着古老神秘的傈僳族百姓。傈僳族历史悠久,先民原居住在金沙江西岸,16 世纪以后开始迁入怒江等地。千百年来,傈僳族人以农业为主,目前在全国约有 80 万人,其中 28 万余人聚居在怒江地区。居住在贡山的傈僳族人与怒族、彝族等 16 个民族 3 万多人口散居在大山深处。

大山阻塞,景色秀美,农耕渔猎,鸡犬相闻,这不正是陶渊明笔下的世外桃源吗?但是,奇绝风光,常在崇山峻岭险远之地,每年有大半年时间大雪封山,寒冷多雨,玉米、荞麦低产,傈僳族人生活困难,靠天吃饭,有时连温饱都解决不了。

傈僳族妇女李兰兰是贡山独龙族怒族自治县捧当乡永拉嘎村人。她有两个女儿,加上丈夫,全家四口人。尽管过着刀耕火种式的近似原始社会的生活,李兰兰感到很满足、很充实。山里人最大的乐趣是一星期一次的赶集,李

兰兰逢集必赶。她的哥哥在集上开了家录像室。一台普通的 VCD，吸引了众多山里人，李兰兰是最热心的观众。VCD 极大丰富了李兰兰的精神生活，她看到了山外的神奇世界：鳞次栉比的高楼大厦，色彩斑斓的各式服装，现代文明的都市世界，这一切，在李兰兰眼里，是那么美好，那么遥远。38 岁的李兰兰萌生一个梦想，有朝一日能去看看山外的精彩世界，真切感受一下山外的生活，也不枉来人世走一遭。

山里与平原不同。平原上一个自然村，户挨户，屋连屋，村头一声吼，全村听得到。山区抬头见山，平坦地很少，巴掌大的地一块块分布在半山腰。山里人大都独门独户，一个永拉嘎村，方圆近百里。余秀秀家离李兰兰家三四里路，是李家最近的邻居。余秀秀也是傈僳族人，三十岁出头，家中丈夫、女儿三口人。前几年，在乡里计生干部的动员下，余秀秀做了绝育手术。

邻居间串串门，给山里人的枯燥生活增添了一些乐趣。李兰兰与余秀秀是好朋友，两人经常结伴赶集，余秀秀也是录像室的常客。她与李兰兰怀有同样的向往。活了三十几年，连贡山县城也没去过，余秀秀觉得有点"冤"。

去山外看看——李兰兰、余秀秀的这个愿望终于在 1999 年 6 月成为现实。然而，这山外一遭，不仅没有见到世面，还差点送了命，留下终生难忘的屈辱、羞愤。

李兰兰、余秀秀出山，源于子雨加兄弟。

子雨加的老家在云南永胜县顺州乡阳禾村，彝族人。子家兄弟五个，子雨加 26 岁，排行老四。在村人眼里，子家五兄弟，老四最聪明，最有出息。他读过书，当过兵，退伍回来，辗转来到贡山丙中洛乡腊早锡矿打工。当地一户村民看中他身强力壮，招他当了上门女婿。子雨加的三哥子雨国，会一手木工活，也在贡山的大山里觅活。贡山地广人稀，兄弟俩一年半载难得碰个头。

1999 年春节，子雨国回永胜过年，年一过完回到贡山，便急乎乎找到子雨加，问有桩赚钱的买卖干不干。

原来,子家兄弟有个表妹叫陈兰,前几年嫁到江苏盐城乡下,春节回永胜娘家前,村上有个老汉托她在云南为他的痴呆儿子买个儿媳妇,他愿出1万元钱。见到子雨国,陈兰说起这事。

1万元,在子雨国眼里不是一笔小数目,他在山里苦活几年,也没有挣到这么多钱。他想做这桩买卖,但缺乏胆量,欲与弟弟一起干。刚听说,子雨加没动心,他知道拐卖妇女是犯罪行为。5月,锡矿停工了,一家老小的生活一下子没了着落,子雨加傻眼了。想到三哥子雨国说的事,他决定干这桩买卖。

山里女子轻易不跟陌生人走,子雨加便找了个熟人当"托"。他看中的这个熟人叫丰华。丰华与子雨加的岳父有转弯抹角的亲戚关系,两人经常在一起喝酒聊天。子雨加见多识广,丰华对他言听计从。当子雨加告诉他要找个女子卖到江苏时,他满口应允,当即邀请子雨加到其捧当乡的家中住下来,慢慢想办法。

5月28日,丰华带着子雨加一大早翻山越岭来到李兰兰家。丰华是李兰兰的表弟。客人上门,李兰兰以山里人特有的热情款待他们。子雨加自称是四川人,到过上海、南京、杭州等大城市。他天花乱坠描绘着山外天堂般的生活,见李兰兰听得如痴如醉,突然话锋一转:大姐,我看你这人特别善良、热情,兄弟我带你出去玩玩。丰华在旁不失时机怂恿:表姐,去吧,出去见见大世面。

出山玩玩,这不正是自己的梦吗?李兰兰刚想答应,又一想,她与眼前的男子素不相识,哪来这等好事?这几年,时有姐妹被拐卖,不会遇到了人贩子吧?于是,她敷衍两人,要与丈夫商量商量再定。诱骗不成,子雨加沮丧地回到丰家。丰华说:明天附近的马西当村托扣有集市,李兰兰说不定会去,再去试试。

5月29日,托扣集市人来人往。李兰兰果真赶集来了,同行的还有余秀秀。集市上以物换物,两人怀里各抱一只老母鸡,地里的庄稼要施肥,她们想换点化肥。子雨加笑嘻嘻迎上去,再次动用他那三寸不烂之舌鼓动。李兰兰终于动心了,她邀余秀秀同行。两人低声嘀咕一会儿,对子雨加说,只去贡山县城,其他地方一概不去。"只要跟着走就有戏!"子雨加忙不迭答应。

说走就走。李兰兰、余秀秀顾不上跟家人打招呼,拔脚跟子雨加走了。

覆盖了一个冬天的雪已经融化,出山的路途很顺利,当天中午便到达贡山县城。县城里人来人往,一切都很新鲜。李兰兰、余秀秀东张西望,一双眼睛不够用了。子雨加关照她们留在吃饭的小餐馆,不要乱跑,走散了就回不去了,自己要出去办点事。子雨加雇了一辆车,找到在县城打工的三哥子雨国。下午,兄弟俩带着李兰兰、余秀秀乘上大巴,离开贡山县城往昆明去。丰华则揣着子雨加给的70元"劳务费"返回山里。

车子驶出贡山县城,李兰兰、余秀秀觉得不对头,子雨加不像是带她们去玩。"我们要回家!"两人大声嚷嚷。原本和颜悦色的子雨加换了一副凶神恶煞的面孔。他说,带你们去江苏玩,乖乖跟着走,谁不听话就整死谁。李兰兰、余秀秀吓得噤了声。

当天晚上,丧尽天良的子家兄弟强奸了李兰兰、余秀秀。随后的日子里,她们如任人宰割的羔羊,受尽蹂躏。

在昆明开往上海的火车上,李兰兰与余秀秀偷偷商议,看来此行凶多吉少,不如把两人身上的钱集中保存,伺机逃跑。钱不多,总共120元。李兰兰把这些钱藏进内衣。

6月5日,子家兄弟胁迫李兰兰、余秀秀来到江苏盐城盐都县便仓乡,住进表姐陈兰家。晚上,买主吴老汉踏进陈家。山里妇女本就显老,李兰兰、余秀秀早已生儿育女,更见老。吴老汉左看右看,连连摇头。

"山里人风吹日晒,老相,但都是黄花闺女,如假包换。"子家兄弟你一言我一语。傻儿子在当地找对象确实有困难,吴老汉思忖再三,买下余秀秀,身价降到6 000元。

儿子呆,老子却精明。吴老汉买媳妇是为了传宗接代。第二天,他领着余秀秀去了医院,结果不言而喻。上了当的吴老汉大怒,买卖妇女是违法的,他不敢报案,纠集村人冲进陈兰家,将子家兄弟好一顿打。到手的6 000元钱还未捂热,乖乖退回吴老汉。兄弟俩带着李兰兰、余秀秀落荒而逃,这一逃,逃过长江,来到江阴境内。

一路上吃用、车费花去1 000多元,本想赚一笔,未料偷鸡不成蚀把米。子雨加、子雨国兄弟越想越懊恼。

身上已没钱,6月9日傍晚,他们蜷缩在江阴长江边一间拾荒人遗弃的小破屋栖身。李兰兰、余秀秀不再是摇钱树,反而成了累赘、包袱。带回云南,既无盘缠,又怕报案。两人密谋杀人灭口。

10日凌晨,雷电交加,风雨大作,连日在惊吓、恐惧中度过的李兰兰、余秀秀陷入昏睡。时机已到,子雨加、子雨国操起石块对两人头部狠狠砸下去,小屋顿时充满血腥。李兰兰、余秀秀在剧痛中惊醒,只来得及看清两张狰狞的面孔,便昏死了过去。兄弟俩以为这一顿猛砸两人必死无疑,搜走李兰兰身上的120元现金,逃离了现场。瓢泼大雨掩盖了罪恶的踪迹。

在贡山县城,兄弟俩分手时约定:无论谁被警察捉住,都必须保住另一人,决不食言。

江阴警方倾力救助,两妇女死里逃生

如果不是从四川来澄打工的小黎耳尖心细,李兰兰、余秀秀必死无疑。小黎大名黎万全,在江边一个码头打工。6月10日下午1时许,离上班还有半个小时,黎万全待在宿舍百无聊赖,思念起千里之外的父母。一个冲动,他出门寻找公用电话。途经那间熟悉得不能再熟悉的破屋时,隐约听到呻吟声。

"谁在里面?"黎万全进屋查看,眼前情景令他倒吸一口冷气:两名女子裸

露上身,倒卧在一片血泊中,嘴里发出微弱的呻吟。顾不上给父母打电话,小黎拨通了江阴市公安局"110"电话。

"110"一边调遣警力,一边通报与之联动的市人民医院急救中心。不到10分钟,警车与救护车同时到达。从警车上下来的是时任江阴市公安局局长吴崇翟、副局长李宏、澄江分局局长李洪光、刑警大队长施冬冬等。辖区北外派出所民警也火速赶来。

经法医检验,两名妇女头部系遭砖块类敲砸。医护人员初步检查,两人生命症状微弱。现场没有发现任何可以证明两人身份的证件。两人衣衫褴褛,浑身上下肮脏不堪,人们联想到乞丐、拾荒者……

她们是什么人?为何受此重伤?是自残还是遭歹徒袭击?……一个个疑问摆在江阴警方面前。只有先救活人,真相才能大白。

现场医护人员估算,救这两人,医药费少说上万元,还不知能不能救得过来。"这两人看模样不是要饭的,就是拾垃圾的,伤成这样,还有抢救价值吗,医药费谁出呢?"现场有人嘀咕着。

"要救!不管什么人都不能放弃抢救。把人救活了,才能查明原因,如是歹徒作孽,不管追到天涯海角,也要把他捉拿归案。"吴崇翟局长斩钉截铁地下令。

救护车载着2名伤者一路飞驰,刚驶进医院大门,江阴市分管政法的市领导电话便追到院长办公室:"不惜一切代价全力抢救,一定要救活!"院长担任抢救小组组长,脑科、外科、内科……医生、护士全力以赴投入抢救。

CT、X光检查不容乐观,两名伤者均为严重脑挫伤,颅底骨折,颅内有血肿,头部仅外伤就有数十处。两人神志不清,大小便失禁,出现严重呕吐等危重症状。上最好的医生,用最好的药,抢救工作紧张进行着。

医院全力以赴,警方也没有丝毫懈怠,查证伤者身份的工作全面铺开。有这样一个小插曲,两名妇女被抬下救护车时,医院有个护工随口说了句:"这两人好像是拾荒的,前不久还见过她们。"就这样,江阴城乡的百余个拾荒点、拾荒船在两天内被民警们查了个底朝天。劳而无获，众多拾荒者中没人见过这两个人。再查全市和周边地区的失踪、走失案，也没有能对得上号的。民警们一边深入调查走访，一边祈祷两名伤者早日醒来。澄江公安分局和北外派出所的民警日夜守在医院抢救室外，他们在等待奇迹发生。

得益于现代医学科技和医生精湛的医术，奇迹发生了。一个星期后，李兰兰醒过来了；又一个星期，余秀秀也睁开了眼睛。医生、护士如释重负，心中一块石头落了地。半个月，抢救费用花去2万多。

人醒了，一个个谜团即将迎刃而解。可随之出现的一幕却给大家兜头一盆冷水。

面对民警热情亲切的问话，李兰兰、余秀秀眼神茫然，反应漠然，嘴里发出"依里哇拉"之声，在场的人听来似是外星人语言。"难道是聋哑人？"请来聋哑学校的老师，否定了聋哑人的推测：口型对不上，手势比画亦无用。

她们到底是哪里人？

"查，世上无难事，只怕有心人。就是外星人，也要查个水落石出。"吴崇翟局长再次下令。

"会不会是少数民族？"民警们拓宽思路。如果是少数民族的，又是哪个民族呢？大家集思广益。有人说，"在江阴打工的外地人数万，肯定有少数民族的，找他们帮帮忙不就得了"。

好主意！上网查，仅一个小时，就找到了来自十几个民族的80余名打工者的姓名、打工地。民警们分头带着李兰兰、余秀秀的讲话录音，拎着录音机，进车间，上工地。

听不懂，还是听不懂。一次次失望，一次次不放弃。功夫不负有心人，在一家彩印厂，来自云南昆明的小周听出些名堂。

小周是彝族人，从小生活在多民族地区，一些民族语言虽听不懂但耳熟。她肯定地对民警说，这两人讲的是云南某个少数民族的语言。小周被请到病房，昼夜陪伴李兰兰、余秀秀。几天下来，聪明的小周从她们反复的话语中听出了一个"山"字。

峨山、巍山……云南叫山的地名不要太多噢！民警们头顶头趴在云南省的地图上,移动着放大镜一座山、一座山地找,找云南同行一个个核实。录音机放在电话机旁,开到最大音量。两天过去,尽管同行态度很热情,无奈他们从未听过这种语言。

"快看,这儿还有座山,贡山,在云南西北角。"一个刑警惊喜地发现。这个"山"如再不是,民警们可真彻底失望了。怀着忐忑不安的心情,民警们拨通贡山县公安局唯一的电话:0886-351××××。接电话的是刑警大队民警高忠宝。听过录音,高忠宝十分肯定地告诉江阴同行:这是我们这里的傈僳族方言。

这一天,是1999年7月7日。

近一个月的寻觅有了眉目,民警们高兴地跳了起来。他们在电话里与高忠宝约定,第二天上午让两名妇女与其直接对话。

翌日,民警们小心翼翼地把李兰兰、余秀秀从医院接到澄江公安分局刑警队办公室。听到家乡民警亲切熟悉的声音,两人顿时热泪盈眶。高忠宝告诉江阴民警:"她们是贡山人,年长的叫李兰兰,38岁,另一个叫余秀秀,30岁。"经调查,5月底,捧当乡永拉嘎村确有2名妇女失踪,但其家人均未报案,具体情况不详。

找到李兰兰、余秀秀的原籍,但语言不通,两人受伤的性质仍无法确定。案发地在江阴,如果是凶杀案,放纵了犯罪,民警们觉得无法向民族姊妹交代。江阴警方决定派出精干警力护送李兰兰、余秀秀返滇,在当地警方协助下迅速查明真相。

澄江分局副局长顾荣、北外派出所副所长王原、刑警大队探长赵俊华承担了这一重任。他们这一去就是18天,由此揭开了一起震惊苏、滇两地的抢劫杀人、拐卖、强奸大案的内幕。

被拐妇女重回家乡,苏滇警方共缉凶

从小到大生活在平原上的顾荣、王原、赵俊华3位警官,这次可算真正领略了大山的"风采"。破旧的公交车在一边悬崖峭壁、一边滚滚怒江的狭窄山路上行驶,令人胆战心惊。弯弯曲曲的公路盘山而上,颠得人头晕脑涨加腹痛。进入贡山县,更是山天山地,让人见了大山就发怵。为了抓获作恶的人贩子雨加,他们在陡峭、狭窄的山路辗转数天,时而一场大雨,淋得他们落汤鸡似的;时而山上滚下几块大石头,幸好命大,没有砸着谁,可想起来就后怕。连日劳累,加之水土不服,顾荣的血压高压升到180,低压120,连连服药效果也不明显;王原,一个敦实的小伙子,几天下来圆脸变成了长脸;赵俊华则连日腹泻不止。他们一个都没有退却,在当地警方的配合下,将藏匿在原始森林深处的子雨加揪了出来。

且说3位警官7月16日上午出发,一路辛苦,5天后护送李兰兰、余秀秀安全抵达怒江傈僳族自治州公安局。在傈僳族翻译的帮助下,顾荣他们弄清了对李兰兰、余秀秀来说是那么令人不堪回首的一幕。在场的公安民警听了个个义愤填膺,一致表示一定要把元凶抓获归案。但是,李兰兰不知道拐骗他们的两个人贩子姓啥名甚,两地警方决定从丰华入手,顺藤摸瓜,挖出凶手。

7月20日下午,怒江州公安局的汽车载着3位警官和李兰兰、余秀秀前往贡山县城。事先获得消息的贡山县县委书记早已带着近千各族群众守候在街道两侧。当警车在夜幕中驶进县城时,大街上响起鞭炮声和雷鸣般的掌声。憨厚的山民向顾荣、王原、赵俊华一一敬献独龙毯,这是独龙族、傈僳族欢迎客人的最高礼仪。3位警官豪饮了同心酒。

贡山县委书记握着警官的手连连称谢。他说,因为贫困,当地妇女被拐卖出山的现象十分普遍。有一个乡,15岁至45岁的妇女竟然有近千名被拐卖。当地山民对妻女被拐卖或"失踪"习以为常,从不报案。就说李兰兰、余秀秀失踪后,陪同出山的丰华回去后大气都没吭一声,两家的家人也没想到要去派出所说说这个事。直至贡山警方接到江阴的电话,追问到捧当乡,才知道永拉嘎村失踪两名妇女。书记话锋一转,他说,近年也有妇女在外地被营救,但都要家属前去认领。像江阴警方这样不惜花巨资抢救不明身份的被拐卖妇女,千方百计帮她们找到家,并花警力、财力送她们返乡,这是绝无仅有的。江阴人、江阴警察真是有情有义。书记指示在场的贡山县公安局局长全力协助擒凶。

李兰兰、余秀秀回归家门,夫妻、母女相见,恍如隔世。江阴警察的大恩大德永远铭记在两家人心中。

护送李兰兰、余秀秀到家,顾荣他们只完成了任务的一半,更艰巨的任务在等着他们。稍作调整,他们与贡山刑警翻山越岭,穿越原始森林,寻找丰华,调查核实案件。22日下午,李兰兰的哥哥提供了丰华的下落。

听说眼前站的是江苏来的警察,丰华心知表姐李兰兰被拐之事败露,如实交代了事情全过程,并提供子雨加仍在腊早锡矿干活。丰华不知道另一名人贩子是谁。

子雨加做梦也没想到江阴警察会找到这人迹罕至的大山深处来。他认为哥俩下手狠,李兰兰、余秀秀必死无疑。他压根儿没有打算逃跑藏匿,每天照常上班、下班。23日,几个警察找到矿上,他一愣。

子雨加对诱骗李兰兰、余秀秀出山,一路上多次强奸、猥亵,到江苏后因拐卖不成,"甩包袱"抢劫杀人的犯罪事实供认不讳。他还交代,同案叫张忠,大理人。顾荣他们随即赶往大理,踏破铁鞋,也未查到张忠其人。显然,子雨加在说谎。

子家兄弟在盐城盐都县活动过,肯定会留下蛛丝马迹。8月2日,顾荣一行押着子雨加回到江阴。

民警与子雨加的较量依然没有结果。子雨加一口咬定另一名人贩子叫张忠。不过,他补充交代的一个情况引起了民警们的高度重视。子雨加称,张忠的表妹陈兰是这起拐卖案的中间人。

在盐城市盐都县便仓乡,民警们找到陈兰。陈兰说,她是子雨加的表妹。6月初,子雨加和其哥子雨国带着两个傈僳族妇女来找过她,因买卖未成,兄弟俩带着人走了。无疑,子雨国是另一名元凶。

见到陈兰,硬顶着不肯吐露实情的子雨加像泄了气的皮球,交代同案确为其哥子雨国。他说,哥俩在贡山县城分手后,再无见面,不知子雨国的去向。

1999年8月27日,子雨国被列为公安部重点督捕对象。很快,子雨国上了全国公安追逃互联网,江阴、贡山警方携手追捕。当年9月2日,子雨国被抓获归案。

2000年1月7日,子雨国被判处死刑,缓期执行,剥夺政治权利终身;2000年3月13日,子雨加被判处死刑,剥夺政治权利终身。

跨省缉凶

（一）

1999年9月28日开通的锡澄高速公路,是连接苏南苏北的交通运输要道,全长36公里。高速公路两侧,是深深的排水沟渠。

1999年12月1日上午8时30分,租住江阴马镇的江西人徐军遵妻子之嘱,骑车上街去买菜。

当自行车骑过横跨锡澄高速公路的高架桥时,徐军无意中往桥下一瞥,惊叫一声,差点从车上栽下来:公路东侧的排水渠里赫然躺着一具尸体。他急忙掉转车头返回租住地,用邻居家的电话向"110"报了警。

"锡澄高速公路排水沟发现尸体!""110"把信息迅速反馈到江阴市公安局和无锡市公安局。两级公安机关刑侦人员火速赶到。

死者为一青年男性,仰卧水渠。上身穿淡黄色夹克衫,下穿黑色长裤,上衣口袋里有一叠现金,共4 425元,裤子口袋里有5张10元票面的人民币。死者头部有多次钝器伤,颅骨粉碎性骨折,脑组织外露。在尸体不远处,有一柄"钻石"牌榔头。公路护栏上有大量血迹。

法医鉴定,被害人死亡的原因为头部遭钝器打击导致开放性颅脑损伤,大出血性休克死亡。死亡时间30小时左右,约在29日深夜11时。

他是谁?被何人所害?刑警们扩大了现场搜索范围。在距尸身150米处,找到一张机动车驾驶证和一张行驶证。这两张证件均为河北省沧州市公安局车管所颁发。驾驶证上驾驶员的姓名为邱辉,23岁,河北省泊头市人。

驾驶证上的照片与死者面貌十分相似。行驶证是属于一辆牌号为冀J-26×××的解放牌半挂卡车的,车主是泊头市堤口乡运输队的张华。

死者是不是邱辉?刑警在现场与泊头市堤口乡运输队取得联系。对方告知,冀J-26×××是张华的车子,邱辉是张雇的驾驶员。张华现在浙江绍兴搞运输。对方提供了张华的联系电话。

张华在电话里对民警说,11月29日下午3时30分,冀J-26×××由邱辉驾驶,在浙江装货后运往河北沧州、香河、唐山等地。车上装有263件布匹,价值130余万元,同车的还有一名驾驶员孙超,也是河北省泊头市人。根据张华描绘的邱辉的衣着和面貌特征,以及驾驶证上的照片,可以确定,死者正是邱辉。而另一名驾驶员去向不明。

这是一起发生在高速公路上的以货物为袭击目标的抢劫杀人大案,犯罪分子数人结伙,心狠手辣,杀人灭口。警方迅速对此案作出定性。同时,分析作案的歹徒为外地人,具备驾驶技术。

无锡和江阴两级公安机关抽出最得力的骨干组成专案班子,由周建东副支队长、李宏副局长负责专案侦查。

这是无锡地区自高速公路贯通以来首起抢劫杀人案。侦查工作沿冀J-26×××的运行轨迹延伸。专案组兵分三路:一路赴浙江绍兴柯桥,通过张华查明汽车及驾驶员的详细情况,循11月29日那天运行线路,沿途排查,发现疑点;一路速奔河北省泊头市,调查孙超的有关情况;一路以江阴长江大桥靖江收费站为起点,逆线而上,追踪有关冀J-26×××的线索。

12月1日深夜,无锡市公安局刑警支队二大队民警王俊、江阴市局刑警大队民警张磊、马镇派出所民警薛建国等一行四人赶到绍兴柯桥轻纺城。

柯桥轻纺城,是闻名全国的服装布料市场。市场总面积208万平方米,经营者万余户,经营面料3万余种,日客流量10万余人次,产品销往百余个国家和地区,是全国规模最大、经营品种最全的纺织品集散中心。市场周边是大大小小的托运部,为南来北往的生意人提供服务。红旗托运部是其中一家。该托运部隶属柯桥镇红旗村,共有35辆货车,车主均为个体户。张华有6辆车为托运部搞运输,其中冀J-26×××是他1997年花17万元买的新车,有3

辆是他与他的两个小舅子合伙的,两个小舅子还各有1辆。张华与两个小舅子轮流到红旗托运部接洽业务。

焦灼不安的张华见警车驶来,急忙迎了上去。一车货物不说,两条人命哪!张华一脸忧愁。

张华告诉王俊他们,冀J-26×××有邱辉和张炳两个固定驾驶员。邱辉与他同村,是一个老实、本分的小伙子,不抽烟、不喝酒,从没有偷鸡摸狗、拈花惹草的事,已随他搞了两年多运输。邱辉当年6月才结的婚,因长期在路上,与新媳妇聚少离多,没想遭此厄运,这让人怎么过啊。说到这里,张华抹起了眼泪,王俊他们心里也酸酸的。另一个司机张炳,河北省吴桥县人,这次因家中有事,没有跟车来绍兴。在河北照应生意的家人临时找了孙超帮忙,讲好运一次货给600元工钱。孙超40多岁,爱喝酒抽烟,但人挺正派,不像心术不正的人。邱辉和孙超是11月26日到的柯桥。

王俊他们详细了解了11月29日那天下午的情况和冀J-26×××的行驶路线。

张华反映,11月29日上午,冀J-26×××开始装货,直至下午3时才结束,共装了80余个客户的263件布料。下午3时30分,货车驶出托运部,情况一切如常。临行,张华还托邱辉将1万多元运输费带回老家。

托运部负责人阿康和装卸工证实了张华的说法。按惯例,货车将从萧山上沪甬高速公路至嘉兴,沿320国道到苏州,之后从苏州至无锡东上沪宁转锡澄高速公路,到达江阴长江大桥靖江收费站的时间应为29日深夜11时30分左右。然后沿途经江苏淮阴至山东郯城、济南再至河北沧州、香河,最后一站是唐山。

赴河北省泊头市的刑警王向阳、赵伟民、刘祖良等人也很快反馈调查信息。孙超是泊头市市区人,自11月28日与家中通过一次电话后就音讯全无,妻儿正焦急等他回家。邻居和同行反映,孙超品行端正,性格开朗,从无劣迹。王向阳他们排除了河北方面"黑吃黑"和报复泄愤的可能。

孙超会不会也遭遇了不测?办案民警心中打了个结。

专案组指挥两路人马抓紧沿线调查访问,不放过任何蛛丝马迹。

拉网排查长距离展开,民警们把犀利的目光投向沿途的收费站、治安卡口、查报站和饭店。

柯桥这一路,王俊他们带着张华出发了。一处处出入口查,一个个收费站问。苏州西郊尹山一个卡口交警提供的情况让民警们眼前一亮。

守卡人员反映,11月29日下午5时40分,一辆10吨货车途经卡口时,有一辆红色面包车紧随其后。那辆车完全可以超过货车先行,但司机磨磨蹭蹭,故意放慢速度,这才引起守卡人员的注意。

据目击者回忆,这辆红色面包车山东牌照,"R"字打头,后面一排数字好像是23×××,又似乎是13×××。守卡人描述的货车的特征,张华证实正是他的车。王俊立即将这一发现报告了专案组领导。

另一路人马也传来消息,沿途有数处收费站反映看到一辆红色面包车跟在一辆大货车后面,不紧不慢跑着。江阴大桥靖江收费处则反映,11月30日凌晨0时20分,有两辆车同时进入收费处,红色面包车在前,大货车在后。因深夜车辆稀少,收费员印象颇深。

案发地点在锡澄高速公路中段,按大货车正常行驶速度估算,应在11月29日夜11时50分至30日0时过江阴大桥,那辆面包车也应在这个时间段内过桥,为何同时推迟近半个小时?据调查,这一天沿线高速未发生塞车现象。

专案组聚焦一个点:红色面包车。这辆面包车在柯桥附近就盯上了冀J-26×××,沿途尾随伺机作案,深夜,尾随至锡澄高速公路,乘夜深车稀,拦截货车,实施杀人抢劫犯罪。

"立即赴山东查找红色面包车!"专案组把侦查重点放到山东。

(二)

"鲁R"打头的车属于山东菏泽地区。12月4日晚,王俊、张磊、薛建国驱车漏夜奔菏泽。他们的任务是对鲁R-23×××或鲁R-13×××面包车见底,以及该车11月29日前后的行驶情况。

在河北执行任务的王向阳一行接到专案组的指令,移师菏泽开展工作。

王向阳、王俊他们在菏泽奔波2天1夜,那辆红色面包车初露端倪。该市车管所档案显示,23×××是个空号,13×××是一辆出租车的牌号。那是一辆松花江牌8人座红色面包车,车主姓吴,26岁,原在一家宾馆当保安,1999年8月买了此车,之后向宾馆告长假搞出租。

信息传到锡城,专案组更坚定了在菏泽突破此案的信心。12月6日晚,周建东副支队长、李宏副局长奉命赴菏泽指挥擒凶攻坚战,同行的还有刑警支队大队长丁旭东等人。

山东菏泽警方全力配合无锡专案组。7日晚,听完无锡同行介绍案情,立即抽调两名老刑警协同作战。

当夜9时许,面包车车主吴某被施巧计"请"到民警面前。

乍见这么多无锡警察围着他,吴某心里直发毛,不知自己犯了什么事。当得知无锡警察只是了解面包车11月29日前后的运行情况,他暗地里松了一口气。因为那几天车子借给同学王文了,与他无干。

吴某陈述:他的同学王文又叫李贵宾、张贵宾或张中月,是15年前在技校读书时认识的,当时叫李贵宾。李贵宾仅读了2个月,就不读了,说是去学开汽车了。后碰到其,李说改姓张,叫张贵宾了。

约六七年前,吴某碰到张贵宾,对方又改名张中月,变化真快。不久前,听说改成王文了,搞得人稀里糊涂。

吴某说,1999年11月22日那天,久无联系的王文突然打电话给他,称要租面包车运空调,讲定租费每天130元,租用10天,租金1400元。时下生意难做,吴某一听有这么好的机会,当即答应了。当天,王文便开走了车子。

12月1日下午,王文归还面包车时,未付租金。吴某清理车厢,在副驾驶座位下发现一只小黑包,包内有2粒小口径步枪子弹和1根钢针。他有些狐疑,但没放心上。

12月3日,王文上门给了500元租车费,称其余900元过几天再给。王文问吴某,花都服装市场有无熟人,他手中有一批布料。吴某想了想后告诉他,有个亲戚在那里,可帮着问问。当追问布的来源时,王文未置可否,只含糊地说有好几万米,是人家抵债的。那天,王文又要借车,吴某没同意。

12月5日,吴某再次碰到王文,当吴某再次催要900元租车费时,王文回答货出手再说,以后就没见过。

外围调查证实,吴某性格内向,作风正派,颇受单位同事和邻居好评。吴某反映的情况可信度较高,这个神秘的"王文"有重大作案嫌疑!

很遗憾,吴某从未去过王文家,只知道王文老家在离菏泽30公里外的东明县六圈镇,其租住在菏泽市区,常常在市第三人民医院附近出现。

"杳!只要王文在菏泽,就一定要把他揪出来!"专案组下令,十几号人马分头行动。

丁旭东带人坐着吴某的面包车在三院附近守株待兔,其余人员则分头赴车管所、驾校、技校、派出所追寻李贵宾、张贵宾、张中月或王文的前世今生。

在那家技校,有位老师回忆,15年前班上确有一个叫李贵宾的,因品行不好,仅2个月就被除名了。他还说,这个学生是冒"李贵宾"名来的,真正的李贵宾没有到校注册。很可惜,技校提供不出档案。其他方面的情况,也令大家失望。一天忙碌,各路人马几无所获。周建东、李宏决定连夜派人去东明。

坐在面包车内的丁旭东等人在三院周围空转悠一天,实在是心有不甘。天色已晚,一天仅进食两包方便面的肚子饿得咕咕直叫,他们仍不肯离开。突然,吴某一踩刹车,指着20米外一个骑自行车的人喊:"王文!"

"哗"一声,丁旭东他们拉开车门冲过去,但王文已隐进附近农贸市场的人流中,不见了。紧邻农贸市场是个住宅区,叫西关小区。

好懊丧!忍着饿和冷,民警守住小区进出口,可哪里还有王文的影子。8日深夜12时,守候小组撤回住地。

在六圈派出所,王向阳他们查了数十年的户籍档案资料,没有找到有关王文的任何信息。有个派出所领导讲起这样一件事,1999年9月初,河南省西华县的刑警曾到六圈抓捕过王文,说王文在河南劫车杀人,也未找到人。他还想起,王文的父亲叫"大福子",住在六圈镇六圈村。

六圈村村支书反映,王家一众人口,除"大福子"老两口尚在村里,1个儿子、3个女儿户口全迁走了,据说都迁到了菏泽。他还说"大福子"的儿子叫王文。当地派出所迁移户口不留底册,底册让迁出人带走了。不虚此行的是,六圈村确有一个叫李贵宾的人,一直在家好好待着。无疑,菏泽城里的李贵宾就是王文。至于张贵宾或张中月,都是王文。

专案组住地的灯光彻夜未熄。民警们毫无睡意,他们有一种预感,元凶即将露出水面。大家一致认为,王文没有被惊动,仍在菏泽活动,其住地最大可能就在西关小区。

专案组决定清晨再次布网,静待目标出现。

是晚,一条信息从南京传到菏泽,失踪的冀J-26×××在南京浦口发现,车窗上有弹洞,车内有大量血迹。

"这是一伙穷凶极恶的亡命之徒,手中有枪,一定要慎之又慎。"专案组两位领导再三关照。

9日早上6时,晨曦初露,民警们精神抖擞迎接新一天的战斗。西关小区的地形已烂熟于心,三人一组,分兵把守,任务一一落实。李宏副局长带一组前往。围捕方案是16个字:绝对把握,突如其来,秘密捕捉,万无一失。

天大亮,小区热闹起来。民警们两眼盯得发酸,既要隐蔽自己,又不能错过目标。一个上午过去,王文没出现。各伏击点静观其变。

等待终于有了结果。中午11时40分,一个穿皮夹克、戴眼镜的男青年晃悠着出现在小区道路上。"那就是王文。"隐蔽在小区大门口车内的吴某告诉丁旭东。丁旭东和张磊、当地刑警刘时代3人下车,形成扇形包抄过去,待近身,丁旭东一个箭步上去猛地抱住王文。王文尚未还过神来,另2名刑警已用手铐锁住了他的双手。

见到自己曾租用过的面包车,又听说眼前的警察来自江苏无锡,王文知道什么都完了。他开口第一句话就是:"想不到你们这么快就找到了我,货还没出手呢。"在他口袋里,民警搜到一张"张中月"的身份证,上面的照片正是王文。

王文对在锡澄高速公路劫货杀人的犯罪事实供认不讳,并交代出同伙车翰、李秋。车翰是山东郓城郭屯乡车楼村人,有驾车技术,暂住菏泽,有时住父母处,有时住姘妇处,具体住址不清。李秋是车翰叫来的,只知是单县人,其他不详。

王文称,他们抢得的布料存放在租借的一间库房内,位置在结核病医院旁,李秋在看仓库。

初战告捷,士气陡然高昂。民警们不顾连日奔波劳累,铆足劲投入抓捕车翰、李秋的战斗。

专案组分兵作战,沿车翰、李秋二人可能出入的场所搜索。车翰、李秋的体貌特征,民警们已深深印在大脑里。车翰父母的住处,丁旭东带人守着;八一街南平路,车翰姘妇的住地则由王俊、薛建国、周斌良密切观察动静。王向阳等人赶到结核病院旁边的仓库,将正在呼呼睡大觉的李秋从床上揪了出来,押上警车。在车上,李秋交代:车翰8日晚到过仓库,拿走一些布料,今晚还要来。

"一定要万无一失,确保同伙全部落网。"周建东关照丁旭东、王俊,没有把握绝不轻易动手。

夜幕降临,守候在八一街的王俊他们又冷又饿,加之数天奔波,累得直想找个地方坐坐。但任务在身,他们硬扛着。晚6时10分,一辆出租车停下,车上下来一对青年男女,好像是车翰和姘妇。因无路灯,王俊他们不放心,没有贸然动手,悄悄跟了上去。

那对男女进了一个四合院,王俊他们欲跟进去,未料被那女的发现。"什么人?"那女的一声喊,男的冲出来挥拳就打。猝不及防的王俊头面连挨几拳,眼前金星直冒,薛建国则被打得鼻梁骨移位,吵闹声引来数十名群众围观。王俊忍住心中怒火,轻声关照同伴不能暴露身份,惊动歹徒。

"吵什么吵,到派出所去!"一辆"110"车适时赶来,载着他们就走,这才解了围。

一场风波过去,愚蠢的车翰以为自己赢了一仗,未料末日来临。吃过晚饭,他与姘妇乘出租车去仓库,一头撞进了专案组布下的罗网。

至此,锡澄高速公路血案的3名元凶全部落网。大家顾不上洗去征尘、洗去疲劳,连夜投入审讯、追赃。

13日傍晚,押着3名歹徒的警车和满载赃物的两辆大卡车驶进江阴市公安局大院。一阵雷鸣般的掌声响起,江阴市委、市政府领导和江阴市公安局局长等在此迎候民警们胜利归来。群众自发赶来庆贺,向卫士们表达由衷的敬意。

(三)

似乎知道自己时间不多了,在从山东菏泽押往江阴的途中,王文一路上滔滔不绝。他对抓捕民警说,他变得如此之坏,是近一两年的事。

王文是他的真实姓名。1962年,王文出生在山东省东明县六圈镇一个普通农家,上有三个姐姐,父母三十大几才生下这个儿子,溺爱、呵护、放任,养成了他自私、专横的性格,说一不二。读书到初中,高中没考上,连技校的分数也不够。村上有个李贵宾,考上技校没钱上,王文冒名去上了学,同学只知他叫李贵宾。一向自由散漫的王文在技校照样如此,不出2个月,因不守纪律,数次违规,他被技校除名。

父母花钱送王文去学驾驶技术,他把名字从李贵宾改成张贵宾。技术学成,王文在加油站开了一阵油罐车,觉得来钱不快,便举债数十万搞个体运输。其间,户口簿弄丢了,他花2 000元买了个户口,给自己取名"张中月",还办了身份证。几年辛苦,非但没赚,反而亏了个大窟窿。无奈,他变卖三辆货车还债,仍落下十几万饥荒。运输不成,便去养狐狸,一年下来,债务新增3万多。干啥啥不成,王文自认不是做生意的料,从此便游荡社会成了街混子。那么多的债是赖不掉的,王文坐卧不安,绞尽脑汁想弄钱。

正在王文走投无路之际,一个叫张清生的人闯进他的生活。张清生,菏泽市人,年纪五十出头,搞了十几年服装生意,天南海北跑过,还去俄罗斯当过倒爷。经历倒是丰富,钱没赚到。他与王文一样,屁股后面一串债。两人臭味相投,想的就是弄大钱。一天,张清生找到王文说,要弄就弄大的,不如去数千里外的浙江柯桥劫一辆装布的货车回来,人不知,鬼不觉,一次就能弄个几十万。王文一听,顿时两眼放光。

菏泽有个规模很大的花都服装布料市场,市场上的货大都来自柯桥,销赃不成问题。两人一拍即合。密谋时,王文提出去浙江,路途遥远,必须先弄辆车。两人商定去河南抢辆小车。他们先去郑州小百货市场买了一支发令枪，改制成具有杀伤力的土枪，还买了一张弩。

1999年8月，王文、张清生结伙窜到邻近菏泽的河南省西华县，租乘一辆桑塔纳轿车，说要去东明。途中，乘司机不备，王文用绳索套住司机的脖子，张清生持枪对司机头部连开几枪，尸体被他们抛进黄河。

王文把车开到东明藏匿。一个月后，见没有动静，两人开车长途奔袭去柯桥物色作案目标。9月3日，途经江苏省铜山县境内时，在一治安卡口被警惕的交警发现车辆有疑。张清生落网，王文脱逃。

逃回菏泽，王文蛰伏起来，不敢再使用张中月的姓名，恢复本名"王文"。

浙江之行受挫，王文不甘心。不久，他约车翰密谋去柯桥劫车越货。车翰时年25岁，吃喝嫖赌样样在行，也是债务一身，听说有弄钱的道，哪儿还管犯罪不犯罪，当即表示再带一个叫李秋的单县人同行。

为筹去浙江的路费，车翰卖掉了出租车。11月22日上午，王文向吴某租得面包车，伙同车翰、李秋3人在菏泽市内购买了1支发令枪、3身迷彩服、2把"钻石"牌榔头。当晚，3人将发令枪改成能发射钢珠弹的土枪。

11月23日上午，3人驾鲁R-13×××面包车踏上罪恶之路。24日中午到达目的地，找了一家旅馆住下。25日上午，他们给车子加足油，去停车场选择作案目标。3人的一致意见是找一辆10吨的满载大货车下手。中午，他们看中一辆山东省栖霞县正在装布匹的10吨半挂解放牌142货车，便坐在面包车内等候。下午5时，货车出发了，他们悄悄尾随，一路跟踪。从杭州走104国道到南京，至南京已是凌晨5时，没找到下手机会，只得打道回府，返回柯桥。他们又重新选了一辆正在装货的河北省泊头市的10吨半挂解放牌141货车。26日下午3时，一路跟踪到山东临沂，又因路上车辆多未遂。

三到柯桥，已是28日下午2时多，当天跟踪了一辆山东博兴的货车，车至湖州又放弃了。

三次作案未遂，口袋里的钱越来越少。3人决定，29日晚必须动手。29日这天中午，他们在红旗托运部瞄准了正在装货的冀J-26×××。下午3时30分，货车驶出托运部，面包车紧盯在屁股后头再不放松。

冀 J-26×××行驶的线路，正是车主张华所描述的，在苏州加油吃晚饭，走国道到了无锡。晚上 11 时左右，上了锡澄高速公路往江阴开。

夜深了，高速公路来往车辆稀少，3 人认为机会到了，拿出作案工具，换上迷彩服。王文一手开车，一手握住装了 6 粒子弹的土枪，车翰持枪，李秋操榔头。过了堰桥服务区 2 公里，面包车加速逼近货车。车翰用三节手电照住货车驾驶员，大喊"停车"。货车减速靠右停下来。

王文一加油门把车子横在货车前。3 人凶神恶煞地将驾驶员团团包围。凶残的车翰拔枪就朝驾驶室打，李秋持榔头对年长的驾驶员头部猛砸。年轻的司机即邱辉见情况不妙，打开驾驶室门翻过护栏，车翰持榔头追上去，把邱辉砸死在排水渠里。年长的孙超被王文、李秋打得遍体鳞伤，没了声息。3 人作恶后，把孙超横放在后座上，王文坐进货车驾驶室，车翰开面包车。

30 日凌晨 0 时 20 分，面包车在前，货车在后，相继过了江阴大桥靖江收费处。几分钟后，在泰兴市姚王镇的一座桥上，他们把孙超的尸体抛进河里。土枪、榔头、迷彩服一路扔掉。

狡猾的歹徒怕把货车开回菏泽引人怀疑，便把车停在安徽省明光县的一个停车场，留下李秋看守，王文、车翰则驾车于 30 日傍晚返回菏泽。

第二天晚上 10 时，王文雇了当地的两辆 5 吨货车赶到明光，连同在明光雇的一辆车，将冀 J-26×××上的货转载，运到在菏泽租下的仓库。当晚，王文和李秋将冀 J-26×××开到南京浦口抛弃。

1999 年 12 月 16 日中午，专案组在泰兴姚王镇方阡桥下的河里捞到了孙超的尸体。

2000 年 7 月 13 日，案犯王文、车翰、李秋因故意杀人罪、抢劫罪，均被判处死刑，剥夺政治权利终身。

从山东驾车到浙江寻找袭击目标，在江苏境内杀人越货，到安徽卸下赃物，然后把赃车抛到南京，另雇车将赃物运到山东销赃。尽管这一切表面上看起来丝丝入扣，最终仍未逃脱警方的追缉。这一起横跨数省的恶性大案警示人们：随着新世纪的到来，犯罪的暴力化、智能化程度也呈现出越来越高的态势。

「珍珠梦」碎

傍晚，港商 A 老板躺在血泊中

32 岁的香港商人 A 老板有预感，徐建迟早会报复他，但没想到来得这么快、这么猛。

至今，A 老板想起 2000 年 12 月 5 日傍晚的那一幕，仍心有余悸。

A 老板是"水城珍珠馆"的业主，珍珠馆坐落在无锡某风景区，生意主要靠旅游团队和一批老客户撑着。那天，他和几个前来进货的客户谈妥业务，热情地邀大家共进晚餐。时间尚早，几个人在店堂里掼起扑克牌。突然，三四个凶神恶煞的汉子旋风般冲进店堂，手里提着马刀、铁棍。

"你们是谁，干什么？有话好说。"A 老板扔掉手里的扑克牌，起身阻拦。

"别废话啰嗦，跟我们走！"一个歹徒持钢珠枪朝天"砰"地开了一枪，一人用马刀逼住其余人，还有两人一左一右挟持 A 老板往店外冲，将其推进门外一辆灰色子弹头面包车。

车子开了十来分钟，这伙歹徒将 A 老板从车上拖下来，一阵乱刀棍打。歹徒作恶后，钻进发动的车子。A 老板忍着钻心的疼痛，挣扎着用左手撑住地面，欲站立起来。歹徒见状，又返回现场，再次行凶，直至 A 老板昏死过去。

暮色沉沉，四下无人，歹徒驾车逃离现场，消失得无影无踪。

血腥的一幕发生在偏僻的小河边，旁边是竣工不久的标准花园小区。年逾花甲的李老太目击了这场杀戮。李老太家居无锡郊区蠡园乡，她住的平房与标准花园小区隔河相望。儿子要结婚了,她和老伴拿出毕生积蓄在河对面的小区买了套新房,正在装修。傍晚,她在厨房里忙着炒菜、做饭,准备给装修工人送晚饭。偶一抬头,她透过窗户看到了歹徒作恶的场景。

"作孽啊,可不能出人命啊!"李老太急忙出门,跑到标准花园小区,把看到的一切报告了小区保安。保安立马拨打"110"报警。

"110"接到报警,迅速指令溪南派出所出警。5分钟不到,民警赶到现场,将血肉模糊、昏迷不醒的A老板送到附近的第五人民医院。因抢救及时,A老板脱离了生命危险。

遍体鳞伤的A老板在病床上悠悠醒来,一条命捡回,一旁的妻子早哭成个泪人。经法医检验,A老板四肢多处被砍伤,肘关节脱位,全身多处骨折:右尺骨粉碎性骨折,双侧髌骨骨折,右侧胫骨上段不完全性骨折、下段粉碎性骨折,右腓骨下段骨折。骨折处都打上了石膏固定,动弹不得。

下手也太狠了!是谁对A老板下这样的毒手?A老板的妻子和店内职工指证:是一个绰号"乔老爷"的人带了一伙歹徒将A老板强行劫持的。

据调查,"乔老爷"真名乔辉,蠡园珍珠馆业主徐建的"跟班"。

"肯定是徐建指使人干的。"A老板对前来调查的民警说。因为生意上的事,徐建与他有过节。

A老板原系苏州人氏,随父母去香港定居多年,系香港永久居民。看好无锡的旅游业市场,1999年5月,他筹资来锡与表舅合伙开了家珍珠馆,取名"水城珍珠馆"。珍珠馆挂有旅游管理部门颁发的国际旅游定点商店铜牌。

水城珍珠馆坐落于无锡某风景区一隅,主要经营珍珠工艺品、紫砂壶、字画等。开张那天,一阵鞭炮响过,道贺的人群散去,一个留着小胡子、獐目鼠耳的中年男子倒背着双手踱进店堂。此人长相猥琐,透着阴鸷,满脸霸气。东瞧瞧,西望望一番,此人丢下半句话:"店不错,店名也好,做做东南亚客人的生意。井水不犯河水!否则……"未等A老板接口,那人钻进门外一辆"凌志"轿车,绝尘而去,剩下目瞪口呆的A老板。这是何方神圣,口气如此之大?

"这人叫徐建,是无锡珍珠工艺品市场的'老大',日本团队的生意都被他垄断了。此人心狠手辣,养了一大批'王八蛋'(无锡俗语,指恶势力人员),动不动就要废人手脚。咱们惹不起。"A老板的表舅曾在徐建手下当过差,清楚其为人。他提醒外甥要当心,以免招来祸灾。

"惹不起,还躲不起吗?"A老板把表舅的话听进去了,小心翼翼经营,日本团队的生意决不敢涉足。

珍珠馆,卖的就是太湖珍珠做的工艺品,利润也在这里。行内人都清楚,标价三五千元的珍珠项链,成本往往只要几百元。日本游客偏爱珍珠,出手大方,只要看中,从不砍价。而东南亚等地的客人则不然,有时候费半天口舌还做不成一笔生意。一年多过去,A老板的珍珠馆门庭冷落,生意清淡。一盘账,不仅没有盈利,还亏了。如不再拓展渠道,只有关门歇业了。这一年多里,徐建倒也真没上门闹事,大家相安无事。

"日本游客的生意,他能做,我为什么不能做,他凭什么吃独食?"A老板愤愤不平。从2000年8月起,他开始偷偷接待日本团队。

徐建虽没有再出现,但他的"耳目"无处不在,A老板的"越轨"行为很快被徐建知晓。"竟敢太岁头上动土,真是太自不量力了!"徐建大发雷霆,吩咐手下传话过去:"尽快歇手,否则等着瞧!"

为了盈利,A老板大着胆接待了日本客人,内心对徐建还是十分惧怕的。刚尝到甜头,又不愿就此放弃。他算了下账,自8月接待日本团队,至11月,营业额已攀升至100多万元,净赚好几十万。如此丰厚的利润,怎肯收手。

为缓解与徐建的关系,也为分得一杯羹,12月2日,A老板打电话向苏州一位朋友求援:"我得罪了徐建,你过来劝劝他吧,钱大家一起赚赚,不要弄得势不两立的。"

A老板的朋友姓张,也是行内人,在苏州做珍珠工艺品生意,与徐建私交不错。接到A老板的电话,当天下午,张某赶到无锡。

是晚,无锡市区某大酒店霓虹闪烁,徐建带着几个腰粗膀圆的"王八蛋"与张某在酒店包厢会面。张某非常关照徐建在苏州的生意,可徐建毫不领情。他不肯落座,气焰嚣张,态度蛮横,给出两个选择:要么A老板的珍珠馆马上关门,如一时人手不够,可派人去帮忙盘店清账。如果要继续开下去,只能做东南亚客人的生意,没有商量余地。

徐建口出狂言:"A胆子太大,到无锡来做生意,居然连个招呼都不跟我打。我要搞他,随便弄弄。"徐建要张某将两个条件马上告诉A老板,第二天双方会面谈判。说完,徐建在手下前呼后拥下扬长而去,丢下讪讪的张老板和满桌美味佳肴。

徐建的两个条件太苛刻了,A老板十分矛盾,翻来覆去想了一夜,仍觉得日本团队的生意不能丢。第二天,他失约了,谈判没有进行。

张某向前去调查的民警反映,12月5日下午2时,他接到徐建的电话,其在电话里大发雷霆:"A太过分了,已关照过他了。我们之间的事你不要再插手。"

晚上6时多,便传来A老板被挟持并被砍伤的消息。徐建与A老板有生意上的纠葛,前去挟持A老板的恰恰是徐建的心腹乔辉,幕后黑手正是徐建。

无锡警方把目标锁定徐建。

深夜,"黑老大"徐建中埋伏

清平世界,朗朗乾坤,岂容黑恶势力兴风作浪。

江苏省公安厅及无锡市委、市政府领导分别就A老板被故意伤害一案作出重要批示:"尽快抓获凶手,查清黑恶势力人员情况,铲除社会毒瘤。"

无锡市公安局迅速抽调刑警支队和郊区公安分局的精干力量组成专案组,市公安局局长潘国清担任专案组组长。他要求专案组在半个月内突破此案,并以侦破此案为契机,在全市形成"打黑除恶"的强大声势。

随着专案组细针密缕的调查,徐建霸占、垄断行业市场的"黑老大"面目初露端倪。

徐建何许人也?

"徐建打小就是个闯祸大王,偷鸡摸狗、打架斗殴样样坏事少不掉他。"徐建生活了41年的无锡梅园村杨巷的村邻这样评价。

"徐建常常带'王八蛋'上门威胁我们,如果不听话,就要'送轮椅'(意指废了手脚),'送花篮'(意为让其住医院)。这人心狠手辣,说到做到,我们害怕。"某旅行社工作人员反映。

"按理说,同行之间应公正竞争,相互照应。徐建欺行霸市,自称老大,谁得罪他,他就要给谁颜色看。大家心里都有怨气,敢怒不敢言。"一家旅游工艺品商店的业主愤怒地对民警说。

徐建的档案中这样记载着:1960年出生,籍贯无锡,初中文化。1980年至1983年,因流氓滋事、打架斗殴被劳动教养3年;1993年因参与赌博被治安处罚。

据查,1983年解除劳动教养后,徐建寻思,要在社会上称老大,必须先有一定的经济基础。他稍稍收敛张扬的个性,筹资到外地倒腾服装生意,积累了一笔资金。1991年,他返回家乡,经过一番市场调查,在鼋头渚公园里开店专门做珍珠工艺品生意。那时,珍珠工艺品市场刚兴起,利润空间比较大。没几年,徐建发了财。1995年,他经营蠡园珍珠馆,领到国际旅游定点商店铜牌。随后几年,他相继在大浮、马山开设分店,还把分店开到苏州。

人一旦成了金钱的奴隶,贪婪就成了无底的深渊。徐建的野心随着生意的扩大、钞票的累积而膨胀,当"老大"的欲望日益强烈,独霸无锡珍珠工艺市场的"雄心"崛起。

徐建信奉"坏要坏出水,横要横到人人怕"的人生哲学。他实现"老大"梦的第一步是豢养"马仔",随着其"声名鹊起",一些有前科劣迹的人苍蝇逐蛆,纷纷投到其门下,跟班混饭吃。这些渣滓既壮他的威,满足他当"老大"的心理,又死心塌地为他所用。

乔辉,绰号"乔老爷",某汽车修理厂承包经营者,曾是无锡南门地区小有名气的"王八蛋"。1990年,乔辉因流氓斗殴被判刑8年。在乔辉服刑期间,徐建经常到劳改农场探望,送钱送物,还承包了其妻儿的吃用开销。乔辉一出监狱,徐建便收留他做了跟班。性格暴戾、心狠手辣的乔辉对徐建感恩戴德,成了徐建的忠实"马仔"。生意场上有什么矛盾,都由"乔老爷"出面摆平。这次挟持伤害 A 老板,就是乔辉直接组织并雇佣的打手。

除了乔辉,徐建手下的"得力干将"还有林某、任某……

徐建的第二步棋是控制客源。他嚣张地对某旅行社日本部的工作人员宣布,日本团队的生意只能归他做,不许其他人涉足。旅行社有工作人员劝他:"一个蛋糕不能一人独吃,大家分分。"他脸一黑:"你当心点,只能跟我好,如果你好我不好,我就送你一辆轮椅。"

为了进一步达到目的,徐建三天两头带着"王八蛋"去旅行社,今天东门的"阿三",明天南门的"阿四",吓得旅行社无人敢吱声,背后都称他"老王"(意即老王八蛋)。一次,旅行社的一位副总稍有微辞,传到徐建的耳朵里,他带着一群打手冲进其办公室,一脚踢飞了座椅,这位副总吓得脸如土色,从此缄口。

当时,无锡市持有旅游管理部门颁发的国家旅游定点商店铜牌的仅 10 家,徐建就占了其中 3 家。旅行社这边摆平了,徐建的目光转向其他 7 家商店。有家新开张的工艺品商店因不知"规矩",开张初期接了几个日本团队,蹊跷的事情很快发生,店里连续几个月没有团队光顾,营业额几近零。有人指点迷津:"得罪徐建了。"慌得这名业主到处找人说情打招呼,并放出风声,保证不再接日本团队,生意才慢慢恢复正常。一天,他接到徐建的电话。徐建阴阳怪气地问:"听说你在做日本人的生意,钱好赚吧?"这名业主连称"不敢",当即买了一大堆礼品,赶到徐家赔礼。

就这样,从 1995 年起,徐建基本垄断了无锡的日本团队市场。仅据一家旅行社统计,1995 年、1996 年两年,该旅行社每年接待日本游客约 3 000 人,1998 年达到 5 000 人,1999 年 8 000 人左右,至 2000 年,已超过 1 万人。这些游客中,约有 80% 购买了价值不等的珍珠工艺品,绝大部分系徐建的客户。

正当徐建为老大地位日趋稳固而洋洋自得时,半路杀出个不听话的 A 老板,他怎能不恼羞成怒?

调查中,一名群众向警方举证:案发前,乔辉先挟持了 A 老板店内的 1 名职工,然后由徐建盘问 A 老板的下落。还有群众举报,案发后,乔辉打电话给徐建,称已经教训了 A 老板。徐建当即赶到现场附近与乔辉碰头,付了一笔钱。

"徐建涉嫌 A 老板被故意伤害一案无疑,立即实施抓捕行动!"潘国清局长下令。

徐建知道这次事情闹大了,早就躲得无影无踪,"乔老爷"也去向不明。专案组民警寻觅数天,终于觅得徐建的行踪。

12 月 16 日,深夜,郊区,通往溪北新村的柏油马路上,徐建一现身,守候多时的"便衣"猛虎扑食,前后夹击,把他塞进路边一辆汽车。

"你们是什么人?我可以给你们钱,50 万、100 万、200 万……只要放我,1 个小时内我就可以调来。"徐建自以为金钱可以买到一切。

"老实点,警察!"徐建绝望地闭上双眼,明白这次是彻底栽了。

凌晨,跟班"乔老爷"海南落网

邪不压正!这是一个亘古不变的道理。别看徐建一贯称王称霸,颐指气使,落到警察手里,立即现出原形,瘫成一堆烂泥。他如实交代了指使乔辉重金雇用打手,伤害 A 老板的犯罪事实,并供出乔辉潜逃海南的藏匿地。

12 月 18 日,抓捕小分队急赴海南。19 日凌晨,海口某宾馆,一旅游团队落脚于此。在宾馆方的配合下,民警找到领队,指认了乔辉住宿的房间。原来,乔辉逃到海南后,凭三寸不烂之舌,混入旅行团充当陪同。

"叮咚!"民警按响门铃。

"谁呀?深更半夜的。"好一会儿,才有人应答。

"领队,明天的行程有修改,商量一下。"

"有这么着急吗?"乔辉不情愿地拉开房门。几名民警扑过去将其按住。

随着徐建、乔辉的落网,A 老板被故意伤害一案真相大白。

自 A 老板涉足日本团队的生意,徐建心中有说不出的恼怒,拉掉些生意倒无所谓,关键是危及地位。开了这个头,其他店主效仿怎么办?"老大"地位建立起来不容易,怎能被动摇。他一直在谋划如何报复的事。

1999年11月30日,A老板的表舅竟然带人直接到旅行社去拉客,对徐建来说,是可忍,孰不可忍！A的表舅绰号"豆鬼",他们是发小,在一个村子里长大,相互底细都清楚,原来是他的"跟班"。此人因偷盗两度入狱,1996年刑满释放后,无所事事,投奔徐建混吃混喝。2000年初,"豆鬼"与徐建为一件小事闹翻,从此分道扬镳。当年5月,"豆鬼"的表外甥A从香港来锡投资,两人合伙开了水城珍珠馆,更与徐建势不两立。一山容不得二虎,他要吞掉水城珍珠馆,扫除绊脚石。于是,策划了2000年12月5日的故意伤害案。

且说2000年12月5日那天下午,徐建打电话给A老板的苏州朋友张某,发出最后通牒,随即指使乔辉实施报复。

乔辉找到安徽在锡无业人员夏新,要夏新雇几个人去教训A老板,每人酬金500元。乔辉借来子弹头面包车,换上外地牌照,与夏新等4个打手在某酒店会合。下午4时30分,面包车载着杀气腾腾的恶徒直驶水城珍珠馆。

在水城珍珠馆附近守候了十来分钟,A老板店内雇工曹某骑摩托车去接将要放学的女儿,乔辉驾车悄悄尾随。当行至一偏僻处时,这伙打手将摩托车逼至路边,冲下去将曹某劫持上车,带至一汽修厂内,徐建早已等候在此。

徐建逼着曹某讲出A老板的下落。曹某称老板在超市买东西,徐建要其以"有团队谈生意"为名将A老板"钓"至某大酒店,曹某不答应,乔辉即用老虎钳紧紧夹住曹某的手指头。慑于淫威,曹某用乔辉提供的手机拨通了A老板的电话,称某旅行社日本部的经理找其谈生意。A老板没想到有诈,答复生意的事由曹某处理。此计不成,这伙恶徒再次毒刑伺候,胁迫曹某如实"招供":A老板正在珍珠馆内与客户打牌。

乔辉一伙冲上面包车,带着曹某直扑珍珠馆。到了目的地,1名歹徒在车上看住曹某。乔辉、夏新和另2名打手携钢珠枪、马刀、铁棍窜进店堂,挟持A老板,押上面包车,用衣服蒙住头面部。

挟持A老板得手,乔辉立即向徐建报告。接着,将车开至标准花园一侧河边,将A老板拖下车施暴。他们一边行凶,一边叫嚷:"你也太风光了,不看看这是什么地方,今天就要教训教训你。"

行凶后,"乔老爷"带着一群打手回到他的修理厂,徐建拿出18 000元现金分发给他们。

色厉内荏的徐建虽教训了A老板,但预感自己的厄运也到了。当晚,他带着乔辉躲到亲戚家。他给了乔辉8 000元钱,让他去海南朋友处避风头。12月6日一早,乔辉逃离无锡。徐建则东躲西藏,惶惶如丧家之犬,最后一头撞进法网。

2000年12月26日,打手夏新在芦庄租住地被警方抓获,另2名打手也很快落网。

"珍珠梦"碎,徐建当"老大"不成反成阶下囚。警方循线侦查,还查明其参与刑释人员凌伟的涉黑犯罪活动,争霸一方,非法牟利,大肆进行故意伤害、聚众斗殴、绑架勒索、非法拘禁等犯罪活动。

2003年7月25日,无锡市中级人民法院敲响法槌,徐建犯有参加黑社会性质组织罪、故意伤害罪、聚众斗殴罪、非法拘禁罪,数罪并罚,决定执行有期徒刑18年。乔辉等分别被判处20年至2年不等有期徒刑。

曼谷解救

2001年11月3日早上7时25分,泰国飞往上海的东航MU548航班准点降落虹桥机场。国际到达闸口,一名瘦瘦的中年男子翘首踮脚,在出港的人群中寻找那个熟悉的身影。

"来了,来了!"一同前去接机的警官喊道。真的来了,神情憔悴的妻子在3位警官的簇拥下向他走来。

20多天的牵肠挂肚,心中一块石头终于落了地。陈全急切地迎上前去。

"蔡芳,上海比泰国冷,快添件衣服。"内向的陈全给妻子披上外套,以特有的方式表达着一个丈夫的情感。差点与丈夫阴阳相隔的蔡芳,轻轻依偎在丈夫身边。

回到祖国和亲人的怀抱,耳闻吴侬软语,劫后余生的蔡芳恍如隔世,23天前那不堪回首的一幕浮现在眼前。

朋友设下生日陷阱,弱女子羊入虎口

"阿芳,在家呢?过几天就是你的生日了,朋友们挺想你的,到泰国来聚聚吧!"2001年10月3日,正在家陪儿子玩耍的蔡芳突然接到朋友阿傅的电话,说是她的生日到了,几个朋友商议着要为她庆生,要她尽快赴泰。阿傅是她在泰国打工时认识的朋友,东北人,30岁出头。

蔡芳的生日是10月13日,自己都差点忘了,阿傅他们居然记得,蔡芳心中一阵感动。丈夫忙着炒股,自己常年不在儿子身边。望着儿子满含期待,希望她留下的目光,蔡芳犹豫了。她对阿傅说要再想想。

这阿傅还真上心,第二天连着来了几个电话,要蔡芳定下行程,他好去接机。

不愿拂了朋友的好意,与丈夫商量后,蔡芳订了10月9日上海飞泰国曼谷的机票。

陪国庆放假在家的儿子疯玩了几天,蔡芳收拾行装,怀揣3 000多泰铢,于10月9日晚10时登上飞机。陈全送她到机场。经过3个多小时的飞行,10日凌晨1点,抵达目的地曼谷。阿傅果真在机场等候,两人乘上了出租车。

路上,阿傅告诉蔡芳,他新租了住房,几个朋友在他住地等她。虽然一夜未眠,蔡芳毫无倦意,沉浸在兴奋中,连连催促司机"快点"。

阿傅新租的住处是一幢独门独院的别墅,上下二层,两扇大铁门,铁栅栏加窗。

"数日不见,阿傅发财了。"蔡芳想着,人已随阿傅进了客厅。阿傅的同乡、以前一起玩过的阿李坐在沙发上看电视,见到蔡芳,咧嘴笑了笑,未出声,神情有点诡谲。

"阿芳,快上楼参观我的房间。"楼上传来阿傅的喊声。

毫无戒备的蔡芳循着喊声来到楼上一个房间。

"出来!"阿傅猛地一声喝。

"你被绑架了!"衣橱门突然洞开,跳出两个凶神恶煞的大汉,两把明晃晃的尖刀直抵蔡芳胸口。

"过个生日,你们也不要开这样大的玩笑啊!"蔡芳懵了,她脑筋转不过弯来,以为是朋友搞笑耍乐子,只是太过惊险了。

"过生日?想得美,我们要你的钱!"歹徒抢过她的拎包,一阵乱翻,只搜得几千泰铢。蔡芳这才意识到,自己真的被绑架了。"救命啊!"她本能地张嘴呼救,一条脏毛巾塞进她的嘴巴,手脚被捆绑,眼睛也被一块黑布蒙住了。

"阿芳,我们也是无奈,前几天我们被上海人阿庄绑架,敲诈了20万美金,弄得身无分文。现在绑你,是要弄点钱买枪报复阿庄。你给6万美金,有就点点头。"阿李"开导"她。

蔡芳拼命摇头。6万美金,把家里的房子卖了也没有,她在泰国打工好几年,才存下1.9万美金。

"不给?不给就打!"绑匪找来一把菜刀,把蔡芳的双手平摊在刀砧板上,用刀背一个个手指敲过去,手指敲完敲脚趾。十指连心,蔡芳一次次昏死过去,一次次被冷水浇醒。

不给吃,不给喝,整整折磨两天,蔡芳已奄奄一息。绑匪怕竹篮打水一场空,把赎金降到3万美金。求生心切,蔡芳答应给丈夫打电话。

江西南昌交接赎金,绑匪初露马脚

"阿芳去泰国两天了,怎么也不打电话报个平安,以前出国,每次一下飞机,电话就来了。"10月11日晚6时多,陈全边吃晚饭边在心中埋怨。儿子去了奶奶家,他独自在家,孤灯单影。

"丁零零!"家里座机响了,是阿芳!陈全扑过去。

奇怪,刚拎起话筒,对方就"咔"地挂断了。也许打错了,陈全沮丧地放下电话。约2分钟,电话再次响起,电话里传来一个陌生的男声"讲嘛!讲嘛!"接着,又挂了。

"见鬼了!"陈全骂了一句。

不一会儿,电话铃又骤然响起。不接了,陈全自顾自吃晚饭。铃声顽固地响个不停,陈全恼火地拎起话筒。

"陈全,我被绑架了,快救我!"妻子虚弱的声音从遥远的地方传来,陈全一个激灵,两腿不由自主抖起来。

"阿芳,你人在哪里?慢慢讲。"陈全尽力镇定自己。

"我在泰国,10日凌晨一下飞机就被绑了。他们要美金,先说要6万,我说倾家荡产也拿不出,他们才降到3万,你赶快想办法救我吧!"蔡芳边哭边说。

"可家里没有那么多钱啊,立时三刻上哪儿去找啊?"陈全急得六神无主。

"家里存折上有1.9万美金,我的身份证他们会寄给你,其余……"话未讲完,听筒里传来绑匪恶狠狠的声音:"钱哪里来我不管,给你一天时间,把钱凑齐,明天还会打电话给你,不准报警,否则撕票!"电话无情地挂断了。

阿芳在泰国被绑了!握着话筒的陈全傻了。在朋友的指点下,当天深夜,他向无锡市公安局报了案。

接到陈全的报案,无锡警方震惊了。中国公民在国外被绑,在无锡市没有过,就是在江苏省历史上也是首例啊!虽然案发地不在无锡,无锡市公安局高度负责地受理了此案,当即成立了专案组。市局领导直接指挥破案,对专案组下达指令:不惜一切代价,在保证人质绝对安全的前提下,全力解救人质,捕罪犯。

第二天上午,案情上报到江苏省公安厅刑事侦查局。

此案对无锡警方来说,不能不说是一次严峻的考验,如能成功侦破,将会对无锡乃至江苏警方跨出国门办案提供有益的经验。案发泰国,涉及对外事务和中泰警方的合作,无锡公安刑侦史上没有先例可鉴。报案者陈全对妻子在泰国的交往关系一无所知,提供不出任何有价值的线索。绑匪是泰国本地人,还是中国人?能否成功解救人质、捕获绑匪?

面对重重困难,专案组立足无锡,采取两条措施:迅速查清蔡芳的有关情况,梳理关系人;密切关注绑匪动态,从中发现蛛丝马迹。

12日,办案民警各就各位,高速运转起来。

蔡芳的情况很快查明。蔡芳时年31岁,原是无锡一家棉纺厂的工人,1992年与同厂工人陈全结婚,生下儿子后辞了工作。1997年底以出境访友为名,取得前往塞舌尔的护照,辗转泰国曼谷打工,护照有效期是2002年12月18日。

邻里和家人反映,蔡芳与丈夫关系正常,陈全亦称夫妻感情尚可,只是双方都偏内向、讷言,平时沟通不多,都不太过问对方的事。蔡芳在国外打工,陈全在国内炒股,经济上AA制。蔡芳每年回国两三趟,在家陪陪儿子,外出会会以前的同事,没有发现在本市有复杂的交往关系,与他人也无明显矛盾。2001年,蔡芳是6月回的国,一切如常。虹桥机场10月9日登机情况证实,蔡芳当晚确实登上了去泰国的东航MU547航班。

绑匪的目的是钱,肯定不会中断与陈全的联系。专案组期望通过绑匪来电索要赎金时发现线索。办案民警与陈全约定,一旦绑匪来电,一定要虚与委蛇,既要答应想办法凑齐赎金,又要拖延时间。"一定,一定!"陈全连连点头。

10月12日,从早到晚,陈全守在电话机旁不敢离开半步。直至晚上8时多,才等来绑匪电话。这次,绑匪打的是他的手机。一接通,对方就迫不及待地问钱有无准备好,并说蔡芳的身份证明天寄到,邮件一定要陈全本人签收。

10月13日,星期六,下午2时许,陈全收到了装有蔡芳身份证的邮件,当即持存折去银行取回了1.9万美金。

蔡芳在泰国被绑架的消息惊呆了亲朋好友。救人要紧!大家纷纷凑钱,很快凑齐3万美金。晚上8时,绑匪来电话催促筹钱的事。为拖延时间,陈全推说身份证刚拿到,要等星期一股市开盘,将股票抛掉才凑得齐。一个多小时后,绑匪来电声称,必须马上凑齐钱,14日中午12时确定交款地点。绑匪威胁:"如凑不齐3万美金,就别凑了,等着收尸吧!"

调查证实,绑匪的电话确实是从泰国打来的。

10月14日中午12时,绑匪准时打来电话,要陈全16日赶到江西南昌八一广场,将3万美金分别装入3条云烟,放进透明拎包,到时会有一个年轻女子来接头。绑匪保证,拿到钱就放人。

人质安全第一!专案组决定如数交出赎金,摸清接头人身份,顺线追踪,获取线索和证据。

10月15日晚上11时,3名便衣民警与陈全同机到达南昌。江西省公安厅和南昌市公安局的同行早已等候在机场。两地警方制订了严密的监控方案。

远在泰国的绑匪仿佛长着一双无形的眼睛,用手机指挥着陈全的行动。

陈全刚出机场,就接到电话,指令其坐出租车到八一广场影剧院门口。刚下出租车,一个披肩长发,画着眉、涂着唇的妖娆女人靠了过来。

"烟给我吧!"那女子直截了当。

"人什么时候放?"陈全追问。

"什么人不人的,我不知道!"对方回答。

"那东西不能给你。"陈全转身就走。

须臾,陈全的手机响了,一接通,便传来蔡芳的惨叫声,绑匪一边折磨人质,一边恶狠狠地叫嚣:"再不给钱,给你老婆准备后事吧。"

"我给,我给!"陈全吓得忙不迭答应。

一会儿,一辆出租车在他身边停下,车上下来的正是那妖娆女子,一把抢过陈全手中的拎袋,出租车绝尘而去。车子是往吉安方向开的。

以上一幕,被跟踪民警尽收眼底。在吉安警方的配合下,查明那个前来取赎金的女子叫王贝,20岁,江西吉安市人。王贝当过"坐台女",目前无业。

进一步侦查,专案组获得一条有价值的线索,2001年9月24日,王贝通过一家旅行社办理了赴香港、澳门的通行证和赴泰国的旅游护照,还办理了10月24日随旅游团队到深圳,转道香港飞泰国的手续。

跨国追踪,国际刑警紧急出动

赎金交出去两天了,绑匪仍未放人。10月18日中午,绑匪打电话给陈全,说是钱虽然拿到了,要汇入账户打到泰国,"小弟"(指王贝)在南昌必须安全,一切办妥才能放人。

蔡芳能否安全归来,绑匪会不会杀人灭口?陈全心急如焚,专案组民警亦是忐忑。

无论王贝是知情还是不知情,其与绑匪有密切关联这一点毫无疑问。专案组认为,在人质下落不明,安全得不到保障的情况下,不宜在境内对她实施抓捕。

专案组果断拍板,在未救出人质前,放王贝出境,派出行动小组赴泰国,在泰国警方的配合支持下,对其进行跟踪,解救人质、抓获绑匪。

出国办案,不是说去就去,想去就去的,这涉及外交事务,也有关两国警方的合作。无锡市公安局向江苏省公安厅刑侦局提出了前往泰国办案的请求。

10月19日,省公安厅刑侦局向公安部作出赴泰国侦办绑架案的紧急请示。当天,公安部复函,同意江苏省公安厅刑侦局请示,成立国际刑警中国国家中心局赴泰工作组。公安部马上与中国驻泰大使馆联系同泰国警方合作的有关事宜。相关部门以超常规速度办好了工作组赴泰的一切手续。

10月23日下午5时30分,由3名中国刑警组成的赴泰工作组,登上上海飞往泰国曼谷国际机场的航班。

国际刑警中国国家中心局赴泰工作组3名成员都是资深老刑警,带队的陈金观深造于沈阳刑警学院,时任江苏省公安厅刑侦局暴力犯罪侦查科科长;陆如祥担任无锡市公安局刑警支队支队长数年,身经无数大要案;唐国忠副处长机智灵活,身怀绝技。

飞行在万米高空,陆如祥的心像有十五只吊桶打水,七上八下。自跨国绑架案发生,尽管知道迟早要出国办案,但当深红色的公务护照放到案头,仍感到一股无形的压力。干刑警几十年,大案要案破了不少,可出国办案还是大姑娘上轿——头一回。心里没底的是公安部的协查要求发出后,泰国警方至今没有信息反馈,不知情况怎样,人质是否安全?到泰国后人生地不熟,该如何开展工作?一个个问题在头脑里盘桓。

23日深夜,飞机平稳降落在曼谷机场,赴泰工作组一行三人踏上了泰国这片繁华而又陌生的土地,他们在心中暗暗下决心,不管有多难,有多苦,一定要安全解救人质,把案件办得漂漂亮亮,不能让外国同行小看咱中国警察。

刚出机场,中国驻泰大使馆武官处副武官李明亮大校和秘书就迎了上来。"辛苦了!"亲切的问候让人温暖。李明亮副武官说,大使馆已委托他全权负责陪同工作组办理此案,大家听了,心里踏实了许多。

24日上午,赴泰工作组前往中国驻泰大使馆,向赵有林武官、李明亮副武官报告案情,汇报了在国内研究制订的三套工作方案。第一套方案是与泰国警方联手侦查,争取发现绑匪踪迹。第二套方案是跟踪王贝,摸清人质关押地。按预定行程,王贝将于27日到达泰国,工作组可在泰国警方的配合下对其实施布控。万一此招失败,实施第三套方案,与相关关系人正面接触。这三套方案呈递进式,周密而丝丝入扣。赵有林武官同意实施三套方案并提出修改意见。

上午10时,李明亮副武官带领工作组来到泰国国家警察总署。警察总署征剿局长以及下属处室负责人早就在门口列队,等候工作组到来。工作组人员一下车,便受到隆重欢迎。在宽大明亮的会议室里,工作组代表中国警方与泰国警方正式会晤。在听取案情通报后,征剿局长对中国警方前期的侦查工作称赞不已,对中国警方高度重视此案,不远万里赴泰国解救人质的行为十分钦佩。同时表示,泰国警方将全力协助解救人质,抓获绑匪。局长当即指令由侦缉处协助破案。泰国警方对联合办案所持的真诚态度和重视程度,让3位赴泰工作组同志出国前的种种担心一扫而光。

泰国国家警察总署征剿局一如我国公安部的刑侦局,承担着暴力性犯罪等大要案的侦破任务,精英济济。会晤结束,征剿局所有处的处长、副处长、科长、副科长集中听取案情通报,共商破案方案。泰国警方为中国刑警办案的果断和快捷所折服,3位中国刑警则深深佩服泰国警察办案的沉稳、周到。中泰警方达成共识:解救人质第一,力争捕获绑匪。并且,双方定于当日上午按第一套方案开始行动。

中泰警方携手破案,主谋落网人质获救

泰国媒体报道了这起跨国绑架案,全泰国为之震惊。侦缉处派出素威猜、达猜等大捕快共同破案。赴泰工作组在异国他乡施展看家本领,当天下午,便查到一个叫"阿龙"的中国公民涉嫌这起绑架案。警察们立即赶到其租住地。泰国籍房主反映,确有一个叫"阿龙"的人住过,但房子是华人老沈租的。老沈

半个月前走了,阿龙付不起房租,前两天也走了。阿龙去了哪里,房主摇头不知,但他提供了阿龙的面貌特征。

调查工作进行之际,10 月 25 日下午,传来王贝可能提前到达泰国的信息。征剿局当即派员到曼谷机场,严控香港飞泰国的乘客。香港至泰国每天几十个航班,数千名乘客。查了一天半,没有发现王贝的踪迹。事后查证,王贝到香港后,曾提出要离开旅游团队先飞泰国,领队没同意,她只得按期随团 27 日飞泰国。

至 26 日傍晚,查找阿龙的工作仍无进展。几天紧张工作后,泰国境内的线索一一被否定。深夜,躺在富有弹性的席梦思床上,工作组 3 名刑警如躺针毡,辗转难眠。两手空空回国,如何交代？第二天凌晨,国内传来消息,王贝将于曼谷时间 27 日下午 4 时许从香港飞抵泰国。这个消息令大家精神一振。

如何控制王贝,做到万无一失？中泰警察共同设计了周密的行动计划。

27 日下午,刚刚还艳阳高照的天空顷刻乌云翻滚,下起瓢泼大雨。王贝乘坐的航班将于曼谷时间下午 4 时 30 分到达。侦缉处紧急行动,进入战斗状态。这次行动出动了 8 辆汽车、30 余名警察,悄无声息地在机场"恭候"。

李副武官和陆如祥、陈金观、唐国忠分头坐进汽车,等待王贝的"光临"。阵容虽大,由于布置周密,不留痕迹,接机的人们未发现有任何异常。乘客出港了,坐在指挥车里的工作组刑警指着人群中一名女子:她就是王贝。

出口处,1 名身材粗壮的中国男青年朝四周扫视一番,见无情况,随即迎上前亲热地与出站的王贝搂了搂肩,相拥着走出机场,朝一辆出租车走去。接机男青年的面貌特征与泰国籍房东提供的"阿龙"的特征相似。

出租车载着阿龙、王贝在暴雨中驶离机场。出租车一启动,8 辆汽车交叉紧随前后,死死咬住不放。

出租车在曼谷市中心的水门——钻石大酒店门口停下。这是一家上档次的酒店,共 30 多层。阿龙、王贝两人闪进门后便不见了。看来是阿龙预先订好了房间。在前台,警方查到阿龙预订了 1510 房间。

人质会不会也在钻石大酒店？不显山、不露水地搜索，没有人质踪影。两国警方决定暂不惊动王贝，静候时机，先抓阿龙。

晚上8时多，阿龙和王贝手拉手下楼出了酒店，去逛了一家大超市，买了几件衣服，阿龙以一碗面招待王贝，然后把王贝送回酒店。接着，阿龙进了路边一个超市。瞧其正专心打电话，几名便衣警察以迅雷不及掩耳之势上前将他扑倒在地。在他身上，搜获7 000美金。

阿龙是个老手，虽然进的是外国警察局，可他一点也不慌张。他交代，他叫"潘泽鸿"，福建省晋阳市麻沙镇人，父母双亡。2001年5月，他通过"蛇头"从西双版纳景洪经缅甸到老挝，然后偷渡泰国，无正当职业。当问及中泰警察为何要捉他时，他说是帮人"洗黑钱"。警察掼出王贝在南昌取赎金的事实，他百般抵赖，再三声称自己不知情，是"老大"阿潮叫他来取钱的。"潘泽鸿"死猪不怕开水烫，始终不肯交代人质关押地点。但有一点可以肯定，这家伙是案件的关键人物。

时间一分一秒流逝，人质依旧下落不明，多拖延一分钟，人质就多一分危险。如果同伙见他迟迟不归，会不会对人质下毒手？陆如祥想，"潘泽鸿"不开口，可以从王贝身上找突破口。这个主意对陈金观、唐国忠一说，一致认为这是唯一的办法。工作组通过翻译向泰国同行谈了上述想法，建议利用王贝和"潘泽鸿"的特殊关系，撬开"潘泽鸿"的嘴巴。一开始，泰方有些犹豫，经再三商榷，终于达成共识。泰国警察连夜赶到检察院签发了对王贝的拘捕令和搜查证。

28日凌晨3时，王贝被"请"进警察总署。陆如祥、唐国忠两人一个讯问，一个记录。王贝供认了受"潘泽鸿"指使在南昌与人接头、收取赎金的犯罪事实。她说，她是1999年7月在福州一家歌舞厅"坐台"时认识"潘泽鸿"的，之后就有了来往。这次从吉安到南昌接头取钱，一直是"潘泽鸿"遥控指挥她。来到泰国，王贝问"潘泽鸿"，为什么要住酒店，他回答不方便，人质还没放。此话证实"潘泽鸿"清楚人质关押地点。王贝也答应了配合做工作。

清晨，陆如祥他们带着王贝来到"潘泽鸿"面前，他一愣。王贝劝他："既然到了这一步,就说了吧。""潘泽鸿"的心理防线崩溃。他说:"我这人已经死过好几回了,也不怕这一回了。你们把王贝放掉,我交代关押人质的地点。"

"快!快!快!"一辆辆警车、摩托车呼啸着冲出泰国国家警察总署。工作组随征剿局副局长等几十名泰国警察赶往曼谷郊外一个别墅区。一幢门窗被封死的别墅被严严实实包围起来。泰国各大新闻媒体记者闻讯赶来现场直播。

征剿局局长接到报告,从外地乘直升机赶到解救现场组织指挥解救行动。两把大锁牢牢锁住别墅铁门,征剿局局长用大力钳子夹断锁环,全副武装的警员一拥而入。一楼空无一人,看管的几个绑匪早已逃之夭夭。二楼一个房间里,骨瘦如柴的蔡芳蜷缩一隅,已陷入昏迷。原来,绑匪给她灌了大剂量安眠药。等候在解救现场的救护车载着蔡芳飞驰医院。

经一番抢救,蔡芳悠悠醒来,睁眼看见警察,她得知自己得救了。当3位中国警官站在她面前,她流下滚滚热泪,特别是听到熟悉的无锡话,心里更是百感交集。

跨国绑架案真相大白,中泰警方结下深厚友谊

跨国绑架案告破,绑匪落网,人质获救,成为泰国的特大新闻,泰国各大媒体详尽报道了侦破过程。

随着对"潘泽鸿"、王贝审讯工作的深入,这起跨国绑架案终于真相大白。

"潘泽鸿"真名潘生,福建省建瓯市人,系公安部网上通缉的杀人逃犯。潘生在国内犯下血案,千方百计逃到泰国,策划实施了这起跨国绑架案。

2001年9月15日,潘生与同乡阿淼以及东北人"阿傅"、阿李密谋如何弄钱。4人都是偷渡到泰国的,无正当职业,口袋瘪瘪的。阿傅说他认识一个叫蔡芳的无锡女子,手里有点美金,不多,敲个三万五万没问题。潘生眼前一亮:就是她了!几人一拍即合,商量了作案手法、地点和分赃办法。预谋由阿傅出面,以"庆贺生日"为名把蔡芳骗到泰国,租用一独门独院的别墅关押人质,绑

架敲诈数额定在 3 万美金。与蔡芳丈夫交涉赎金数额和赎金交付地点，均由潘生一手策划。3 万美金的分配方案是：潘生、王贝分 1.3 万，阿傅、阿李、阿淼 3 人平分 1.7 万。

一起跨国绑架案在这伙人渣的导演下发生了。3 万美金顺利到手，潘生指使王贝把 1.2 万美金存到吉安一家银行，1 000 美金兑换人民币后买了两部手机。其余 1.7 万美金，7 000 美金带往泰国交给阿傅他们，1 万美金换成人民币后汇到了阿淼指定的一个私人账户。案件破获后，赃款赃物大部分被追回。

交代完犯罪过程，潘生沮丧地说，万万没有想到中国警察会跑到泰国来抓他。

案件破获以后，依据中国法律，赴泰工作组代表中国警方向泰国警方提出将潘生、王贝二犯押解回国的要求。泰国国家警察总署非常理解同行的心情，婉言告知，根据泰国法律，潘生、王贝二犯必须在泰国接受审判。在随后几天里，工作组和泰国警方一起参与了对潘生、王贝二犯的审查。蔡芳通过治疗慢慢恢复了健康。10 月 31 日，泰国法院公开审判潘生、王贝绑架中国公民一案，蔡芳出庭作证。11 月 2 日下午，陆如祥一行三人到征剿局录制了中国警方接报受理此案的证言。

11 月 2 日晚，赴泰工作组来到中国驻泰大使馆告别。大使馆称，这起绑架案的破获，是中泰警方合作、打击跨国犯罪最成功的一例。当晚，3 位中国刑警还会晤了泰国国家警察总署征剿局局长、副局长。共同战斗了十多个昼夜的中国刑警与泰国同行的手握得紧紧的，久久不愿松开。真挚的谢意、深深的友谊尽在这一握中。是啊，征剿局的几十名警察为了人质的安全，为了抓获作恶的绑匪，付出了很多很多，甚至生命。就在执行完解救人质任务的第二天凌晨，素威猜前往一家娱乐场所布控 3 名在逃绑匪时，被枪杀身亡。中国警方对此表示深切哀悼，对其家属进行慰问。

11 月 3 日早上，赴泰工作组满载泰国警方的深厚友情，以及并肩作战的美好回忆凯旋。当陆如祥、陈金观、唐国忠三位刑警携虎口余生的蔡芳回到祖国,见到接应的战友时,紧绷了十多天的神经才松了下来。

乘坐在回锡的汽车上,疲劳一阵阵袭来,几个人不禁沉入了梦乡。他们太累太累了。在泰国的日日夜夜里,哪一天不是工作到深夜或凌晨。抓捕潘生、王贝和解救人质的两场战斗接连打响,他们两天两夜没有合眼。他们克服人生地不熟、语言障碍等困难,紧紧依靠大使馆,与泰国警方密切配合,给泰国同行留下了深刻的印象。达猜等警官还与他们结为好朋友,再三欢迎他们再去泰国。当达猜得知三位中国同行以前从未到过泰国时,真诚地邀请下一次一定要带他们好好看看泰国风光。

为了工作,他们饱一顿、饥一顿,每天不是盒饭就是方便面。其间,陆如祥七十多岁的老父亲摔倒骨折,九十多岁的岳母中风,他只能在电话里关照妻子撑着。安全救回人质对他们来说,是天大的事;其他任何事,都是小事。

血色凌晨

(一)

67岁的贡阿婆,如今孤身一人居住在江阴华士镇陆新村的一处民宅中。这里原来隶属陆桥镇,因区划调整,并入了华士镇。女儿、女婿在邻镇工作,很孝顺,三天两头前来看望,并多次劝贡阿婆搬去与他们一起住。贡阿婆不肯,她要在这里守着儿子一家和老伴。

贡阿婆住的是二三十年前苏南农村随处可见的二层楼房,儿子一家三口的照片挂在楼梯间墙上,照片里,儿子英俊潇洒,儿媳笑靥如花,孙女天真可爱。一年又一年,容貌依旧,人却早已远去。6年前,墙上又添了老伴的照片。贡阿婆每天起床第一件事,就是擦拭照片,陪儿子、老伴说会儿话。这样的日子,将伴她终老。

13年,4 700多个日日夜夜,贡阿婆不愿回忆那残暴血腥的一幕,可那场景是如此顽固地印刻在记忆的底片上,越想忘却越想雪藏,却愈加活生生、血淋淋呈现在眼前。她曾一度把儿子一家的照片从墙上取下,可那几天,整个人犹如泄了气的气球,神情恍惚、失魂落魄。重新挂上,一颗心才安稳下来。

2002年3月12日,贡阿婆至死都不会忘记这一天,凶残的歹徒在这一天剥夺了儿子一家三口的生命,她则身受重伤,死里逃生。

儿子顾勇是贡阿婆夫妇的骄傲。顾家祖居江阴,世代务农。贡阿婆夫妇老实憨厚,常年在地里刨食,过着普通的农家生活,对儿女上学的事毫不含糊。一双儿女聪明好学又孝顺,村人谁不羡慕。特别是儿子顾勇,小学、中学、大学一直是学校的佼佼者,医学院研究生毕业后,被无锡城里的一家大医院看中,进了医院实验室搞科技攻关。顾勇非常珍惜来之不易的工作,为人谦和、钻研业务,深受领导器重,也颇得同事喜爱,很快成为骨干。2001年,医院鼓励他继续深造。顾勇以优异的成绩考上了苏州大学的在职医学博士。

2000年,顾勇成了家。妻子娜娜是无锡城里人,也有一份不错的工作。岳父母体贴亲家的不易,出资买了房,小夫妻的新家就安在东映山河小区某栋的702室。2000年年底,夫妻俩有了活泼可爱的女儿柠柠。

无锡到苏州坐火车虽只有半个小时的路程,为不影响学业,通常情况下,顾勇星期一至星期四住校,星期五晚赶回无锡与妻女团聚。顾勇不在家的时候,柠柠被送到乡下奶奶家,妻子则吃住在娘家。

血案发生在2002年3月12日凌晨,这天是星期二。想起这,贡阿婆至今懊悔得直捶脑袋。她怪自己怎么就不坚持着回乡下呢。3月10日,周六,贡阿婆乘公交车来城里接孙女,路上着了凉,一进门老毛病气管炎犯了。周日去儿子工作的医院挂了一天水。11日,星期一,本该是儿子回学校的日子,早上,贡阿婆仍喘得慌,头昏昏沉沉的。她催着儿子快去学校,可儿子不放心,一定要陪她再去医院查查。不忍拂儿子的孝心,贡阿婆没再坚持。

陪母亲看完病,顾勇去了单位实验室,一直忙到傍晚。他决定星期二一早赶去苏州。老天不公,星期二凌晨,凶魔毁了这个幸福之家。

3月11日那天晚上,贡阿婆吃过药在客厅地铺上早早睡下了。锡城的三月,春寒料峭,她连毛衣毛裤都没脱就钻进了被窝。儿子、儿媳带着柠柠上了阁楼。不知睡了多久,贡阿婆被一阵异常的响声惊醒。睁开眼睛,就着窗外透来的微光一看,不由灵魂出窍,3个黑影手持明晃晃的尖刀站在面前。"不好,进贼了,快告诉勇勇!"心里这样想着,贡阿婆喊出了声:"勇勇!"声音未落,一个歹徒扑过来对着她的脖子就刺,接着封嘴,捆绑手脚。随即,歹徒冲上阁楼。

鲜血从颈部汩汩流出,贡阿婆晕了过去。

不知何时,贡阿婆从血泊中醒来,屋内死静死静。歹徒不见了,儿子一家怎么样了?快找警察救命!贡阿婆拼命挣脱捆绑,爬到电话机旁,拨通了"110"。因气管割断,她讲不出话,但她相信"110"会来的。她挣扎着爬到门口,打开防盗门。

(二)

2002年3月12日凌晨3时25分,无锡市公安局"110"接到一个奇怪的报警电话,电话通了,对方却无应答。

"是不是遭抢劫了?"接警的小伙子挺机灵。

"嗯……嗯……"报警人喘着大气,说不出话来。

"新生路派出所,速派民警去东映山河小区某栋702室。"接警民警通过来电显示查明了报警人的地址,果断发出处警指令。

10分钟后,新生路派出所民警赶到东映山河小区,冲上7楼。只见防盗门洞开,血腥气扑鼻而来。倒卧在客厅门口的"血人"贡阿婆手指阁楼,民警冲上去一看,不由倒吸一口冷气,阁楼上横着2大1小3具尸体。

"东映山河小区发生特大血案,3死1伤!"信息通过电波传到无锡市公安局和崇安公安分局。

此时,天空飘起细急的雨丝,似在为屈死者哀泣。一辆辆警车划破黎明前的宁静,开进东映山河小区,小区居民被警笛声惊醒,纷纷披衣出门。听说小区发生了命案,人人惶恐,且为3条早逝的生命叹息。

无锡市局、分局领导率侦技人员赶到现场,组织现场勘查、调查访问,封锁全市交通要道。各治安查报站、卡口相继接到了布控指令。

案发的702室系顶层带阁楼单间。楼下改造成大客厅，贡阿婆进城就在客厅打地铺，阁楼分割成两间卧室。歹徒作案现场共3处，一处为贡阿婆睡的客厅，另两处为阁楼上的南北两间卧室。顾勇倒卧在南面地铺上，身上有多处创伤，系失血性休克死亡。顾妻及小柠柠的尸体横陈北间床上，均系利器刺戳致死。室内衣柜、抽屉、储藏室有被大面积翻动的痕迹。经清点，被劫现金数千元及手机、首饰等财物，总价值1.5万余元。技术人员在厨房窗台上发现有攀爬痕迹。

贡阿婆经抢救脱险，能断断续续说话了。她对民警说，入室歹徒共3人，均是陌生人，身高都在1.7米左右，偏瘦，年龄在20岁至30岁之间，作案过程中自始自终未开口说过话。

顾家楼下的邻居反映，凌晨3时左右，她听到楼上传来拖凳子的声音和杂乱的脚步声，不久传来"砰"的关门声。该幢楼设有电控防盗门，白天基本敞着，晚上有时关有时不关，不关的时候多。

顾勇夫妻在单位口碑都不错。东映山河是个新小区，居民们入住时间不长，顾勇和娜娜一周才在家住两三天，与人无冤无仇。报复杀人的可能被排除。

综合现场勘查和访问情况，警方确定这是一起以劫财为目的的入室抢劫杀人案。犯罪分子3人结伙，翻爬半阳台经厨房进入室内实施作案。从犯罪分子作案时的疯狂分析，这伙人作案具有随机性，外来人员流窜作案的可能较大。

是日，现场访问没有凸现重大线索，城市各出入口的堵控也无收获。

东映山河小区位于人口稠密的主城区解放东路，出入方便，四通八达。血案经媒体报道后震惊锡城！3月12日下午，时任江苏省公安厅副厅长黄明率刑侦局高手赴锡，实地踏勘现场，听取案情汇报，指导侦查工作。此案因社会影响恶劣，危害严重，被列为"2002年无锡一号大案"，并以案发时间命名为"3·12"特大抢劫杀人案。3月15日，省公安厅下达挂牌督办案件通知书，刑侦局领导驻锡指挥破案。无锡市公安局抽调刑警支队及崇安公安分局的精干警力组成强有力的专案组,还从机关抽调28名骨干民警,分成9个工作组下基层参与破案。

专案组采取了一系列强有力的侦查措施:

第一,立足无锡,深排细查。出租车司机是访问重点,主要是查访3月11日深夜、12日凌晨的载客情况;调查访问全市大中小旅馆,查找11、12日两天3名男性青年共同投宿的可疑人员;清理清查外来人口聚居地、私房出租户,排查案发后突然离锡的外来人员及有刀伤、抓伤人员。

走访中,一名"的哥"向民警反映,3月12日凌晨3时左右,有3名男青年在距现场不远的巷口搭车,在胜利门附近下了车,听口音是外地人。"的哥"反映的3名男乘客的相关特征,与贡阿婆所述基本吻合。

专案组画出疑凶模拟像,通报全国同行。3月14日,江苏省公安厅在锡召开全省13个地级市刑警支队长会议,布置联手侦查任务。专案组派出十几个侦破小组赴上海、浙江、安徽等省市串并案件,向全国县级以上公安机关及铁路、民航公安部门发出印有疑凶模拟像的协查通报2万余份。

第二,发动群众举报线索。3月18日,锡城各大媒体刊播了警方悬赏缉拿信息。警方简要公布案情,吁请目击者提供线索。凡举报重大线索者,奖励人民币1万元;帮助缉获疑凶者,奖励人民币5万元。一时间,市公安局"110"和刑警支队值班室电话铃声此起彼伏,线索源源而来,又一一被否定。

第三,梳理同类型、同手法案件,扩大线索来源。专案组对2001年至2002年3月发生的夜间攀爬半阳台入室作案的案件逐一梳理,串并同类案件。2002年3月1日发生在北塘欧风街柯兰公寓的一起入室抢劫案引起了专案组的高度重视。

这起入室抢劫案同样发生在顶楼。3月1日晚7时30分,柯兰公寓某栋702室女居民吴某开门扔垃圾时,2名早就守候在门外的歹徒强行进门,持刀将吴某及两个幼儿挟持至卧室,用胶带捆绑手脚,封嘴。一番搜刮,劫得数百元现金及手机一部。歹徒不甘心,守在吴家等候吴某的丈夫回家继续作案。3月2日凌晨,吴某丈夫归家,与劫匪遭遇。他性格刚烈,与入室歹徒殊死搏斗,两歹徒大败,赤脚逃离现场。吴某丈夫重伤,经抢救脱险。

吴某夫妇向警察详细描述了2名歹徒的体貌特征,其特征与"3·12"特大杀人抢劫案其中2名歹徒相似,且手法均为入室抢劫,手段残忍。

专门技术锁定2起案件系同一伙歹徒所为。专案组集中警力并案侦查。

(三)

就在2起大案紧锣密鼓侦查之际,2002年6月23日晚,主城区田基浜小区又发生特大血案。田基浜距东映山河仅数百米之遥,是晚,暴雨如注,月黑风高,2名歹徒窜进田基浜小区底楼一居民家,残忍杀害1男3女,疯狂劫财,焚尸灭迹。

市中心连发2起惊天命案,锡城市民议论纷纷,公交车上、商场店铺,谈论的话题都是"杀人"。警方压力重重。

"6·23"案和"3·12"案有相同之处,歹徒都为入室劫财,且手段残忍,杀死多人,但两起血案串不起来。警方在对"6·23"血案投入重兵的同时,毫不放松对"3·12"案件的侦破。2002年7月24日,"6·23"血案成功告破,2名凶手落网,大快人心!警方更加坚定了侦破"3·12"案的决心,锡城市民对警方的破案能力信心倍增。

狡猾的歹徒犹如"蒸发"了一般。专案组经历了春的寻觅、夏的焦灼、秋的失望、冬的考验,上天入地,南下北上,先后排查走访十几万人,足迹遍布除西藏、台湾、香港外的省(区、市),发掘线索千余条,排出重点嫌疑人员上千,副产品不少,却没有一条与"3·12"案沾边。办案民警的神经无数次兴奋,又无数次从沸点跌落到冰点。

"3·12"大案犹如一块巨石压在专案组民警心上,也压在时任无锡市公安局局长潘国清心头。但干过几十年刑警的潘局长有预感:此案必破,只是时间问题。他的依据是此案有侦破条件,只要紧盯不放,工作到位,再加上全国同行的协作支持,破案是早晚的事。他多次听取案侦情况汇报,提出侦查思路,时不时给办案民警打气鼓劲。终于,经历了15个月的煎熬,迎来了破案的曙光。

7月,夏日炎炎,热得人喘不过气来,破大案的刑警却偏爱7月。在他们眼里,7月是收获的月份,"6·23"大案就是2002年7月24日破的。真是巧,2003年刚进7月,令人振奋的消息就传来了。7月1日上午,刑警支队副支队长陆宁一上班就接到电话。

"陆支队长吗?'3·12'案嫌疑人员出现了,请速来连江。"来电者是福建省连江县的刑警。有一个叫陈武的男青年,当天到连江县公安局出入境窗口办理出国旅游手续,细心的民警发现其面貌特征与无锡发过去的"3·12"案疑凶模拟画像相似。陆宁按捺住激动的心情,拨通了专案组组长的电话。

"疑凶踪迹在福建连江出现!"专案组沸腾了。7月1日深夜,市公安局副局长许建平率追捕组驱车急赴福建连江,2日清晨抵达连江县公安局。

陈武,男,1980年7月2日生。7月2日既是陈武的生日,也是他的末日。他的家在福建连江县的一个小岛上。早些年,小岛孤零零耸在海中央,岛上居民鲜与外界交往,几乎与世隔绝。岛上与岸上联系靠的是小渔船,后因围海造田,才有堤岸与陆地相通。

陈武家祖祖辈辈打鱼为生,兄弟姊妹四人,他最小。两个姐姐、一个哥哥都是渔民。渐渐开放的小岛吸引了众多的外来人,改变了岛上人的生活,也改变了陈武的人生观。在陆上多彩生活的诱惑下,陈武初中未毕业便踏上社会,成了一个行踪飘忽、游手好闲的自由人。

外围调查表明,一年多来,陈武一改四处游荡的状态,一直乖乖待在家里。陈武居住的小渔村人不多,地形复杂,外人进村很显眼,对抓捕不利。两地警方制订了周密的诱捕计划。

7月2日上午9时多,连江县公安局办理出国事宜的民警一个电话打进陈家。陈武不在,其大姐接的电话。民警让她转告,陈武的办证照片不符合要求,被上面退了回来,需要马上重拍。一上午过去,陈武没有动静。下午1时,电话追过去,陈武接的电话。"这……"他对重拍照片一事似有疑虑。"你不来重拍是办不到护照的。"民警一句话扔过去,陈武答应马上进城。

小渔村到连江县城乘汽车最快也要2个小时,追捕组耐心等待。

"来了!"下午5时多,一个穿白汗衫的瘦个男青年晃进连江县公安局办事大厅,守候在隐蔽处的民警围了上去。陈武尚未醒过神来,手脚已动弹不得。在其随身携带的一黑包内,搜到一件灰色"雅戈尔"短袖衬衣,正是"3·12"大案现场被劫之物。

自在无锡犯下血案,一年多来,陈武一直处在惶恐不安中。他担心迟早有一天警察会上门来,决定一走了之。这次他办理的虽是去泰国旅游,实际是打算一去不归,浪迹天涯。当他得知眼前的是无锡警察时,方知天意不可违,杀人终究要偿命。再也没有什么好隐瞒的,他如实交代了在无锡东映山河小区作案的过程,交代出同伙黄财和黄茂。7月2日深夜,黄财归案,而黄茂则在3个月前外出打工,打工地址不详,抓捕未果。

陈武、黄财、黄茂三人系连江同乡。2002年2月下旬,陈武、黄茂结伴来锡找工作。一连几天工作无着,身上为数不多的钱用完了,于是萌生抢劫歹念。

3月1日晚,两人准备了作案工具:两把弹簧不锈钢尖刀、封箱胶带。然后,他们四处寻找作案目标。晚上7时30分,他们窜至柯兰公寓7楼吴某家,劫得少量现金,见墙角有只保险箱,便在吴家守候一夜,欲等男主人归来再行抢劫。未料男主人性格刚强,一进门就拼命反抗,两人落荒而逃。

柯兰公寓抢到的钱很快没了。两人与在苏州打工的黄财取得联系。3月11日,黄财从苏州赶到无锡密谋作案时,他们觉得还是找小区作案"保险",而且下手要狠。当晚,他们四处踩点,寻找交通便利的新建小区。晚8时多,他们来到东映山河小区,见某幢楼电控防盗门开着。就是这了! 没有电梯,3人一口气爬到顶层,翻半阳台进入空置的701室,伺机作案。12日凌晨,夜深人静,3人钻出空房子,黄财翻半阳台从702室后窗入室,打开屋门。

3人残忍地将顾某夫妇及女儿杀死,将贡老太杀伤,劫得现金7 000余元,手机2部,首饰及西装、衬衣等物。作案后,3人在巷口坐出租车到胜利门广场,连夜乘中巴车到上海,然后逃至福州市租房藏匿,一段时间后,潜回连江家中。

2003年7月4日下午,陈武、黄财被押解回锡,千余名市民守在无锡市公安局门口。贡阿婆终于盼到了这一天,她强撑着虚弱的身体,在老伴的搀扶下,从江阴赶来。下午4时10分,当贡阿婆见到两个凶魔被全副武装的特警押下车时,不知哪来的力气,冲破警戒线上前,揪住陈武的脖子怒斥:"畜生,真是要千刀万剐呀!"

当晚,贡阿婆在儿子一家三口遗像前点上一炷香,含泪告诉他们:警察已抓到2个杀人凶手,还有1个正在抓,总有一天会抓到的,你们安息吧!

2003年9月16日,陈武、黄财分别被判处死刑、无期徒刑。

(四)

还有1名疑凶未落网,"3·12"大案尚不能画上句号。专案组民警投入了艰巨的追逃战斗,这场较量持续了8年多。

黄茂,男,1980年出生,福建省连江县坑南园镇前屿村人。专案组派出精干的侦查小组进村排摸线索。陈武、黄财落网后,前屿村的人才知道3人在无锡杀了人,但无人知道黄茂的去向。

黄茂当时尚未成家,父母健在,有一姐一弟。黄父承包渔场,日子过得还可以。出了这样一个孽子,黄茂的父母整日唉声叹气,办案民警询问黄茂的去向时,一家人头都摇得拨浪鼓似的。黄父称,2002年下半年,黄茂老老实实在家待了一段时间，年底就不见了，离家时没说去哪儿，只是说从此就当没生他这个儿子，以后便杳无音信。邻居证实了这一说法。也有人反映，黄茂通过"蛇头"去了台湾。循着这条线索追下去，找不到确凿证据。抓捕工作一度搁浅。

接下来六七年里，专案组多次派出侦查小组赴连江，每次都无功而返。特别是逢年过节，民警跑得更勤。可黄茂再未在小渔村现身。

日子一天天、一年年过去，2009年，《海峡两岸共同打击犯罪及司法互助协议》签订，专案组信心大增，如果黄茂真的躲藏在台湾，落网指日可待。

2010年6月中旬，专案组派出追捕组再赴连江。进村一看，黄家早已物是人非。黄茂的姐姐出嫁了，弟弟成家另过，其父不再承包渔场，住在摇摇欲坠的几间平房里。面对执着的无锡警察，黄父坚称这么多年黄茂从未与家中联系过，生死不明。尽管他嘴上这么说，脸上露出的惊慌还是没有逃过民警的眼睛。黄父没想到这么多年了，无锡警察仍"惦记"着他的儿子。

明的不行，就来暗的。民警白天整理线索，夜晚悄悄到村民家中走访，虽然一些村民不愿多说，还是有有正义感的村民透露了重大信息：黄茂在台湾一家餐厅当大厨，而且在那里结婚生子了。

进一步工作查明，黄茂确实藏匿于台湾，在彰化一家餐厅当大厨，而且与一当地女子结了婚，有个五六岁的儿子。

追捕组离开前屿村时，留下埋伏。不久，信息传来，黄家来了台湾客人。追捕民警急赴连江，悄悄进村。黄家果真来了客人：一名年轻女子带着个五六岁的男孩。这是一对母子，是来探望黄茂父母的。那男孩"爷爷、奶奶"叫个不停，证实这对母子正是黄茂的妻儿。为避免打草惊蛇，追捕民警没有惊动任何人。

根据《海峡两岸共同打击犯罪及司法互助协议》，无锡警方在江苏省公安厅的支持下，与台湾警方密切协作，多次协商缉捕遣返黄茂事宜。

2010年9月15日，台湾警方根据无锡警方提供的线索，在彰化一家餐厅成功缉获黄茂。11月10日，无锡警方会同省公安厅派员从南京禄口机场飞台湾桃园机场。11月12日晚，押解组乘飞机返回，将黄茂押解到锡。

黄茂以为逃到台湾，无锡警察就再也找不到他了，没想到天网恢恢，逃到天涯也枉然。落网后，他对杀死顾勇一家的事实始终没有一句忏悔之言，直到执行死刑那天上午，警方允许其夫妻见一面。面对妻子，他终于忏悔："我对不起他们（指顾勇一家），对不起所有亲人，我后悔……"

自从儿子一家没了，贡阿婆的老伴抑郁成疾，2009年不幸去世了。"天杀的，终于抓到了。"贡阿婆来到儿子一家和老伴的坟上，告知了这一消息。

雨夜幽灵

（一）

乌云压城，电闪雷鸣。六月天，孩儿脸，正是江南梅雨季节，气候变化无常。2002年6月23日傍晚，一阵紧似一阵的狂风，一道道耀眼吓人的闪电，一阵阵滚滚而过的雷声，预示着一场大暴雨即将从天而降。结束了一天辛劳的人们步履匆匆，纷纷奔向家门。

无锡惠山脚下，惠钱路旁，有一个叫严家棚的村庄，低矮阴暗的民房一间连着一间。随着人们生活水平的提高，村民大都搬进了新房，旧房子里住着来自五湖四海的外地人。

月黑风高，两个面目狰狞、凶狠、狡诈的"幽灵"窜出租住地，隐进黑暗。两人刚从监狱出来，在狱中他们就已密谋杀人抢劫。眼看狂风暴雨将临，他们认为天赐良机，迫不及待外出寻找目标，犹如两条饿极觅食的野狗。两人幽灵似地游荡至惠山区钱桥镇。

暴雨前夕，气压极低，闷热异常，三三两两的人群正在家门口屋场纳凉。两人没找到空隙，沮丧地搭乘公交车来到火车站，沿马路游荡到一新村，窜上一幢居民楼的7楼。门铃响了许久，没人应答。新装的防盗门森严壁垒，无从下手，无奈而退。

晚8时，天大黑，狂风卷着雷声，街头车辆稀少，行人寥寥。市中心田基浜小区，家家户户屋门紧闭。该小区建造于20世纪90年代初期，位于人民路旁，步行到八佰伴、商业大厦仅需十来分钟，交通便利，四通八达。小区某幢底楼 102 室,住着李老汉、赵老太和他们的小女儿。李老汉患高血压多年,前段时间,脑血管破裂,经医院抢救才保住性命,留下手脚不便的后遗症。已出嫁的大女儿、二女儿轮番上门尽孝,照顾老父亲。

这天是星期日,晚饭后,轮到二女儿李亚上门。眼瞅着要下大雨了,7 时 50 分,李亚让丈夫带着女儿先回家,自己留下来帮母亲洗洗涮涮,服侍父亲上床睡觉。李家小女儿李文则在卧室里专心摆弄电脑。

给老伴抹好脸、洗完脚,赵老太拉开防盗门去屋外扔垃圾袋。刚出门,只觉得身后一阵凉风袭来,一件重物狠狠砸在脑门上,她哼都没来得及哼一声就倒下了。

"你们是谁,干什么?"两个恶魔窜进屋内,猝不及防的李亚惊呆了。恶魔一声不吭,劈头就砸,李亚倒在血泊中。两人分头窜进两个房间,李老汉、李文惨遭杀戮。

瞬间,一起震惊锡城的特大杀人抢劫案发生了!天空一声炸雷,狂风呜咽,暴雨倾盆,似在为屈死的李老汉一家悲泣。

幽灵隐进雨帘,逃遁了。

"田基浜小区发生火警!"晚 9 时 50 分,李老汉家楼上 201 室邻居唐某闻到一股烟火味,趿着拖鞋,开门到楼梯口查看,楼道里烟雾弥漫,只见 102 室卫生间、厨房窗户直往外冒黑烟,熏得人睁不开眼睛。"着火了!"唐某立即拨打"119""110"。

5 分钟后,消防车鸣着警在暴雨中冲进田基浜小区。消防支队特勤大队的官兵跳下车,奔向现场。102 室防盗门上锁,官兵剪断卫生间窗栅,入室扑救。

屋内浓烟滚滚,西南侧的卧室有明火,几支水枪集中喷射,火势很快控制。卧室地上,一堆衣被下,赫然躺着 1 男 3 女 4 具尸体,尸身均有伤口、血迹。消防官兵迅速向无锡市公安局值班室报告。

"发生什么事了?"是晚,对田基浜小区的居民们来说,注定是一个惶恐之夜。雨声中传来刺耳警报,居民们纷纷出门打探。小区里停满警车,警方的头头脑脑都来了,这阵势少见。原来小区发生大案了,一下就杀了 4 人。居民惶然、不安、惊恐。

现场是一套80式组房,三室一厅一卫,大门朝东。进出李家的防盗门和木门呈关闭状态,门锁完好无损。4名被害人分别为李老汉夫妇和女儿李亚、李文。尸身上堆有大量衣物、棉被,创口集中在头颈部,胸部有脚踩痕迹,胸、肋骨骨折。

经法医鉴定,被害人均系遭受锤类工具强力击砸导致颅脑损伤致死。参与现场勘查的都是老刑侦,勘查过无数现场,眼前这幕惨象很少见。刑警们暗暗攥紧拳头,下定决心要尽快查获凶手,告慰死者。

歹徒显然为财而来,室内有被大面积翻动的痕迹,所有橱门、抽屉洞开,大量物品散落地面。屋子里水漫金山,现场因灭火遭到破坏,仅在卫生间的洗衣机上提取到一把沾有血迹的木柄铁榔头。现场到底被劫多少钱财,一时无法理清。李家大女儿提供,小妹刚买了新手机,现场没有找到。

办案民警冒着瓢泼大雨,连夜对案发地周围的居民挨家挨户上门走访。

李家对门邻居家的保姆反映:晚上8时多,她听到对门传来"啊、啊、啊"的惊悚叫声,当时室外电闪雷鸣,叫声格外吓人,她心中害怕,没敢开门查看。

一名年轻女子提供,晚8时许,她去婆婆家接孩子,婆婆家在102室楼上。进入楼道,经过102室门前时,听到室内传来一男子恶狠狠的声音:"你不要动!"接着听到"啪"的一声以及女人"啊"的哭喊声,行至二楼,又听到女人的尖叫声。她以为是家庭纠纷,有人吵架,没有在意,更没想到报警。

晚8时多,对面楼里一居民从窗户里看到,有一男子站在102室东侧房间,似在打骂什么人。另一幢楼的一名中学生也在同一时间段听到对面楼里有惊叫声和哭喊声,持续了五六分钟。但是,没人目击歹徒。

从8时多听到哭喊声,到9时50分102室楼上邻居唐某闻到烟味并报警,警方判断,歹徒在102室至少待了1个多小时。不知何故,听到哭喊声、惊叫声的居民都没有想到报警,由此贻误了最佳破案时机。

闻听噩耗,李家大女儿一家和二女婿赶来,看到烧得黑乎乎的亲人,悲痛欲绝,小区居民也纷纷伤心落泪。李家一家人本本分分,和和善善,邻里友好,交往简单,生活平淡。警方排除了报复杀人的可能。

当晚,警方组织全城搜查、拦截。一家家旅馆,一个个外来人口集居地,一处处公共场所,都留下民警的脚印。出租车司机成为重点走访对象,各治安卡口查报站严查严控。忙了一夜,没有发现疑凶踪迹。

江苏省公安厅刑侦局政委吴大有率员连夜由宁抵锡,指导破案。案情分析会连夜召开。综合现场勘察和走访情况,警方认定,案件性质为入室抢劫杀人,歹徒采用乘隙或骗开门的"软进"手法,先杀人,后劫财,再焚尸。根据犯罪分子作案手法的残忍和作案后焚尸灭迹的情况,判断犯罪分子有作案前科,可能被司法机关打击处理过,胆大妄为,穷凶极恶。歹徒作案时间在6月23日晚7时50分至9时30分之间,作案人数为2人,不排除2人以上结伙。

警方对歹徒进行了详细画像:歹徒身高分别为1.70米和1.68米左右,年龄30岁上下,身体强壮,从劳改、劳教农场释放不久,目前经济拮据,急需钱财。

(二)

3月12日发生在东映山河小区的3死1伤案还在侦破,几百米外的田基浜小区又发大案,且一案夺四命,案件性质之恶劣,歹徒手段之残忍,都系锡城历史上罕见。此案惊动公安部,被列为江苏省公安厅挂牌案件,公安部刑侦局督办。时任公安部部长贾春旺,省、市领导分别作出重要批示,要求尽快破案,缉拿凶手。

6月26日,时任江苏省公安厅厅长裴锡章实地踏勘现场,听取案件情况。他要求无锡公安机关,上下一条心,尽快破案。时任江苏省公安厅副厅长黄明多次来锡,组织指挥破案。省公安厅刑侦局和无锡市公安局组成"6·23"专案指挥部,下设线索查证、赃物控制等7个专线工作组。

"6·23"血案引发公众高度关注,那段时间,公交车上、晨练场所、饭桌酒肆,人们谈案色变。一些群众来电来信,希望公安机关早日破案,抓获疑凶,还民安宁。尽管市民毫不怀疑警方的破案能力,但3个多月里中心商务区连续发生2起杀死多人的大案,大家心理上承受不起,对警方的智力、耐力和战斗力更是考验。

老刑警陆宁是当年参与侦破此案的骨干。自1972年当警察起,陆宁一直工作在侦破命案的岗位上,担任重案队队长,类似于"重案六组"。他说,这一年是最难熬的,"3·12"案件市民正盯着,又来个"6·23"血案。他和他的部下恨不得天天不睡觉,方便面吃了一箱又一箱,香烟抽了一支连一支。苦、累倒不怕,习惯了,怕的是人们狐疑的目光和"到底什么时候能破案啊?"的追问,"鸭梨"山大,饱受煎熬。

6月27日,无锡市公安局召开侦破"6·23"案件动员大会。要求全市公安民警冷静面对严峻挑战,变压力为动力,化被动为主动,敢打硬仗,善打硬仗,誓破凶案。

专案指挥部确定了立足本地、全面深入排查的总体侦查思路。全市公安民警紧急行动,诸警种联合作战,全力以赴投入查证工作。刑满释放、解除劳教人员;涉毒涉娼人员;有盗窃、抢劫等前科劣迹,目前经济拮据人员;无正当职业,无经济来源,有可能铤而走险人员……全部列入视线,逐个大起底。

梅雨过后,进入夏季。与人们的心情一样,老天似乎也焦灼不安,连日高温,三十八九度高烧不退,人们躲进空调房。民警们头顶如火骄阳,脚踩滚烫大地;踏破铁鞋,磨破嘴皮,到处洒下汗水,留下足迹。

一支支侦查小分队被派往全国、全省各地,采集信息,串并同类案件。专案指挥部对全省2002年1月至6月刑满释放、解除劳教的数千名人员一一过堂,对全市80余万暂住人口信息逐人分析。

线索源源而来,又一条条被否定;一个个重点对象浮出水面,又一个个被排除。经历一轮又一轮否定,侦查范围越缩越小。富有办案经验的老刑警都知道,范围越小,离破案的日子越近。

对歹徒作案工具与被劫手机的控制滴水不漏。

7月8日,被劫手机浮出水面,破案契机出现了。这天,崇安上马墩派出所来了个特殊"客人",交出一部手机。经鉴定,正是"6·23"血案被劫物品。这是案发以来唯一与案件相关的线索。

交来手机的人叫许兴,安徽来锡从事收旧多年。许兴说,7月8日上午,一名从事旧电器买卖的女老板来到其租住地,见到那部手机,一愣:这不是前几天民警上门布控的赃物吗?她当即返回家中,拿出民警发给她的印有"6·

23"血案被劫物品特征的纸条,返回许兴的租住地,一核对,一模一样。

"赶快交到公安局去!"女老板对许兴说。

"这行吗?我犯不犯法?"许兴顾虑重重,收赃是违法的。"你不交,事情更严重。"女老板头脑清醒,正义感强。在她的反复劝说下,7月8日,许兴鼓起勇气,走进派出所。

许兴详细叙述了收购手机的过程。7月6日上午,许兴骑自行车在溪北新村转悠,遇一蹊跷事,一男青年骑着一辆26寸的淡绿色自行车,不前不后尾随他好长时间。"一个收破烂的,有什么好盯的,神经病。"许兴暗自嘀咕,脚下用力,骑出新村。那人加速追了上来。见四周无人,那人主动上前搭讪,问收不收手机。一部九成新、价值千余元的手机,开价仅350元,合算!许兴收下后心里不踏实,便要对方身份证看。那人说身份证没有,可以留下姓名和电话。许兴递过纸和笔,那人从口袋里掏出本通讯录,翻了一会儿,留下姓名"陈东彪"和联系电话。那人接过钱后骑车往梁溪路方向去了。

许兴把写有"陈东彪"和电话号码的纸条交给了民警,描绘"陈东彪"年龄30岁上下,身高约1.68米,肤色较黑,北方口音。

民警立即拨打了那个电话号码,空号,这是早就预料到的。那么,"陈东彪"是真的吗?在网上查到全国有12个"陈东彪",均为男性,年龄大的50岁,小的刚上初中。其中一个"陈东彪"时年22岁,安徽枞阳人,1997年来锡,在惠山区玉祁镇打过工,1999年去了常熟。办案民警赶赴常熟,找到在此打工的陈东彪。6月23日,陈东彪上中班,没离开过工作场所,工友们一一作证。其他"陈东彪"不是年龄对不上,就是无作案时间或动机。

显然,嫌疑人冒用了他人的身份。销赃或办假证人员一度出没梁溪大桥周围。办案民警带着许兴在梁溪大桥及周边地区寻觅守候一个星期,未果。

"陈东彪"这个姓名不像凭空捏造,其与作案者之间肯定有必然的联系。专案指挥部组织人员昼夜不歇,查询全市暂住人口信息,特别对新增的信息资料细之又细。7月16日,"陈东彪"三个字跃然眼前。

资料显示,"陈东彪"租住山北镇严家棚村,令人称奇的是其相关信息与在常熟打工的"陈东彪"一模一样,不仅都是安徽枞阳人,而且同龄同村同组。难道"陈东彪"有分身术？不可能！那么，其中必定有一个是假的。谁真谁假？办案民警顺线追踪，查根究底。

假的就是假的，经不起深究。很快，办案民警查明暂住严家棚村的"陈东彪"是假冒的，其真名李代，四川渠县人，1971年出生。回头再对照刑释、解教人员名单，李代赫然在列。李代20世纪80年代初因盗窃被判刑5年，出狱不久重走老路，1997年8月因盗窃再次被判刑6年半，2002年3月17日提前释放。

2002年3月30日深夜，李代盗窃作案未遂，曾被山北派出所查获，留下照片等信息资料。经房东辨认，李代正是租住在他家老房子里的"陈东彪"。房东称，李代入住时，态度很好，自称叫"陈东彪"，并主动出示身份证。6月24日，下了一夜大雨，房东一早去查看出租屋有无漏雨，发现已人去屋空。李代不辞而别了，走时在房门上贴了张纸条，大意是房子漏雨，另找住房，所欠房租日后再结。

李代为什么假冒"陈东彪"？四川、安徽相距千里，"陈东彪"的身份证为什么会在李代的手里？李代又为什么案发后匆匆离开租住地？

专案指挥部双管齐下，一方面查证李代与"陈东彪"的关系，另一方面立足山北严家棚村深入排查。

翻开李代的刑事档案，当年其盗窃作案有2个同伙，一个姓张，无锡人，另一个姓钱，在常熟经营网吧。

民警找到李代的牢友之一张某。张某反映，3月17日，李代一出狱，就直奔无锡找他，两人一起去了常熟。另一牢友钱某给了李代400元生活费。李代提出，想租住无锡，能否找张别人的假身份证。钱某说有个叫"陈东彪"的安徽人，欠网吧30元钱，扣了张身份证下来，已半年多了，一直没有赎回。几天后，李代一人去了常熟，返锡后便有了"陈东彪"的身份证。真正的安徽人陈东彪证实，自己的身份证的确是被常熟一家网吧扣了。

进一步访问中，房东提供了更多情况：李代这个人神出鬼没，行动诡秘，经常夜不归宿。他说了这样一件事，李代刚住下那天，向其借"黄鱼车"去运生活用品。房东怕他一去不返，多了个心眼，让一名帮工随同前往。行至钱桥通往洛社的公路转盘处，他让帮工在原地等候，自己一个人不知去了何处。不一会儿,李代把床、被子等家什运回租住地。6 月 20 日这天,李代对房东讲,他要去火车站接一个外地来的朋友,还说朋友要坐 30 多个小时的火车。房东还反映,李代有 2 辆自行车,均是 26 寸的,1 辆邮电绿,1 辆淡绿色。

(三)

李代有重大作案嫌疑!李代离开严家棚村后去了哪里,会不会藏匿同乡处?

7 月 22 日,办案民警再次上网寻踪,令人喜出望外的是,果然有两个四川渠县与李代同镇同村的人租住在惠山钱桥地区。这两人一个姓李,系李代的堂兄,另一个姓张,是李代姐姐的儿子。张某的房东证实,张某的舅舅经常来外甥这里,7 月 21 日还见过他。办案民警出示了李代的照片,房东毫不犹豫:就是他!

李代的落脚点有了,专案指挥部制订了周密的抓捕方案。为确保万无一失,指挥部决定智取。

7 月 22 日深夜,20 余名办案民警身穿便衣,悄悄进驻钱桥镇,包围了李代的藏身地。当夜,没有发现李代的行踪。民警们死守死看,白天,头戴破草帽,穿着旧衣旧裤,扮成沿街做生意的和收旧拾荒人员;夜晚,埋伏守候在张某租住地前后。

暑热难耐,汗流成河,蚊虫、蠓虫叮咬,红肿痛痒,民警们硬是挺了下来。守候两昼夜,等来了猎物。

7 月 24 日凌晨,一个貌似李代的男青年与一对男女出了租住地,往前洲方向而去。伏击民警见过照片,照片上的李代白且胖,眼前此人面貌特征虽相似,却又黑又瘦。审查过他的山北派出所民警一时不敢确定。他们没有贸然动手,悄悄尾随 3 人至前洲镇一个建筑工地。中午,李代等 3 人进了镇上一家小饭店,落座时,李代猛一抬头,与随后进门的"便衣"打了个照面,眼中掠过一丝惊慌。民警眼明手快,猛虎下山般扑过去,将其死死摁住。

李代落网后的第一句话是:"我知道,警察迟早会找到我的。我全说了吧,那 4 个人是我与张民杀的。"

张民系河南省济源市人,是李代在苏州监狱服刑时结识的牢友。1990年张民因盗窃被判刑15年,服刑期间两次减刑2年11个月,2002年6月8日释放。

李代、张民臭味相投,结成死党,在狱中多次密谋出狱后要干一票,而且要"干一场大的"。6月8日,是张民刑满释放的日子,李代专门赶到苏州接其出狱,两人再次密谋作案,当时未明确袭击目标。之后,张民到吉林长春探望改嫁到那里的母亲,6月22日乘火车来锡与李代会合。23日白天,两人外出购买了榔头、美工刀等作案工具。傍晚,先是窜至钱桥镇,未找到下手机会,随即乘车到市区,在火车站附近一居民楼,作案未遂,又游荡到田基浜小区,欲尾随一妇女上楼作案,正遇102室的赵老太开门倒垃圾。丧心病狂的歹徒拔出榔头就敲,然后闯门入室,对另3名被害人行凶。两人在室内大肆搜刮,仅劫得现金300元,手机一部。逃离现场前,两人将4名被害人拖至卧室,盖上杂物,纵火焚烧,企图毁尸灭迹。

李代、张民各分得150元,手机归李代。张民第二天中午逃离无锡,李代则藏身外甥张某的租住地。

李代落网后,警方严密封锁消息,打响了追缉疑凶张民的战斗。7月24日晚,2个追捕小组分赴河南济源和吉林长春。

李代又交代,临分手,张民留给他一个南京牢友的地址。专案指挥部查实,张民在南京有7个牢友,经调查甄别,确定两个重点关系。7月26日晚,张民在南京的藏身地被锁定。深夜11时,追捕方案再三斟酌敲定。南京警方全力支持,派出精干善战的特警。怕天黑不保险,行动时间定在27日上午。

27日上午11时,南京玄武区一幢居民楼,张民正与一对男女在室内闲聊,屋门被猛地踢开。张民来不及挣扎反抗,便被冲进门的民警制服。

27日下午4时多,追捕小分队押着张民凯旋。2002年8月16日,案犯李代、张民被判处死刑,剥夺政治权利终身,2002年8月29日执行死刑。

"6·23"血案告破的消息经媒体公布,市民无不称这是一件大快人心事!为了侦破这起凶杀大案,一个多月里,无锡市公安机关从领导到普通民警,无不是衣不解带,日夜奔波在破案第一线。血案告破,他们又投入了新的战斗。

福兮祸兮

（一）

春天到了，阳光洒在身上，暖洋洋的。人们脱下厚厚的冬衣，换上春装。孟建做了一个冬天的羽绒服生意，要转向了。这天，他谈了一上午生意，中午在家门口的东来顺酒店宴请客户。生意谈得顺，主客双方老酒喝得很尽兴。下午1时多，一群人打着酒嗝涌出酒店。

"孟建！"三四个陌生人迎上前来，冲着走在前面的中年男子喊了一声。

"你们是谁，找我干什么？"孟建有一种不祥的预感。

"我们是江阴市公安局的，有宗案件要你配合调查。"陌生人亮出警官证。

在客户惊讶、愕然的眼光中，孟建没作任何申辩、反抗，乖乖随陌生人穿过熟悉的村巷，钻进停在村头的一辆汽车，他留恋地回望一眼生于斯、长于斯的村庄。"别了！"他闭上双眼，两行眼泪淌过脸庞，跌落在地。

这一天，是2003年3月23日；地点，山东临沂市兰山区西苗庄村。

3月25日下午，警车载着孟建驶上京沪高速公路，驶往江阴。孟建沉默不言，心中翻江倒海。半个多月前，也就是3月7日晚，他也是经京沪高速公路到的江阴。不过，那天他是自己驾车，来抛刘伟尸体的。

孟建本来没有想要刘伟的命，他只是想花钱买平安，用10万元钱把她打发回黑龙江老家，无奈那女子给了他一个两难选择：要么跟老婆离婚，跟她一起到外地过日子；要么给70万元现金，从此一刀两断。他无法作出选择。于是,他作出了第三种选择:杀死她。

孟建隐隐约约感到,刘伟最后一次携他们的私生女从黑龙江来临沂跟以前有点不同。以前刘伟母女的生活费都是孟建给的,半年给一次,也就五六千元,每次都是他主动给。自2002年10月起,刘伟隔三岔五就问他要钱,给少了还不行,大吵大闹的。每次总要给两三千才过得了门。一次次吵,一次次给,曾经的柔情蜜意仅剩下赤裸裸的金钱关系,他的心慢慢有点冷了。曾经那么留恋的藏娇地,变得越来越可怕。为了应付,他十天半个月去一趟,去了也就点个卯、应个景,不再留宿过夜。他推说生意忙,寻找种种理由搪塞,刘伟怨言甚多。

2003年元旦前夕,一次亲热过后,刘伟突然挑起话题,要他与老婆离婚。这是个禁区。他一怔,看来这婆娘要违背当初的承诺了。双方曾约定,路归路,桥归桥,两人交往不影响他的家庭。他怕她撒野,略顿片刻后使出缓兵之计:"好啊,再等两三年,把生意做大,多挣些钱,一来对老婆、孩子有个交代,二来我们一起生活需要钱。"此话合情合理,刘伟当下无话。自此,孟建更冷淡刘伟。

敏感的刘伟很快察觉孟建的冷漠,每天不停地拨打他的手机,有时还将电话打到家里,如他老婆接电话,她便一声不吭挂机,弄得老婆看他的眼神怪怪的。他不得不去见刘伟。刘伟冷冷地扔过一句话:"你不离婚,我一个人走,走之前我会把女儿送到你家。"为稳住刘伟,孟建信誓旦旦答应与她一起走,还写下保证书:"保证2003年2月30日和刘伟一起离开临沂。"孟建耍了个滑头,2月是没有30日的。

1月25日,刘伟要孟建春节前打10万元现金到其银行卡上,为离开临沂做准备。孟建不敢有违,筹了2.5万元现金送去。刘伟嫌少,他以过年后收到货款再给哄了过去。

农历大年夜,孟建在家与妻子、女儿过了个团圆年,心里却忐忑不安,怕刘伟来电扰了过年的气氛,幸好一夜无事。大年初一早晨,人还躺在床上,手机响了。刘伟等不及了,称要把女儿送来孟家。他慌了,赶忙穿衣起床,对老婆说要去给客户拜年,一溜烟跑到刘伟租住地。好说歹说哄了一天,才摆平此事。

整个春节,孟建心烦意乱,既要稳住刘伟,又要瞒住老婆,折腾得焦头烂额。元宵节,刘伟再次追问钱的事,她要他打50万到卡上,他以收货款为幌子,一走了之,去了威海。

信息社会,孟建到哪儿,刘伟的电话就追到哪儿,威胁不断升级。刘伟下了最后通牒:马上回来一起离开临沂,否则找人灭了其全家。此时,孟建还没有动杀人的念头,盘算着给她10万元钱,打发其回东北了事。

3月1日下午,孟建刚回临沂,电话追来了。刘伟关心的是收了多少货款,他实话实说,账户上有70万。

"把70万拿上,马上走。"刘伟的口气不容置疑。

"那不行,我得给家里20万。"他不示弱。刘伟让了一步,钱可以少拿一些,但他必须离婚。他不答应,刘伟要他立马跟她走。他敷衍说,阴历二月初四(3月6日)是他母亲去世10周年的祭日,办完这事再走。"最迟3月8日走。"刘伟说得斩钉截铁。

一天、两天……眼看3月6日逼近,孟建急得像热锅上的蚂蚁。他怕刘伟把孩子送到家里,更怕刘伟真叫人杀他全家,他不想毁掉家庭,还是想花10万元钱将刘伟哄回东北。孩子可以先留下,忙完手头的活再悄悄托人抚养。3月4日,孟建把另一个姘妇郭岩从日照召到临沂,帮忙照料孩子。他的如意算盘还没打完,刘伟一个电话令他杀心顿起。

"如果不跟我走,我就杀掉你,说到做到。"3月5日上午8时,刘伟在电话里对他说。

"要杀我?还不知谁杀了谁!"刘伟"杀"字不离口,倒让孟建有了主意。刘伟在临沂深居简出,几乎无人认识,把她干掉,也许是彻底解脱的好办法。

刘伟生孩子时落下妇科病,这几天正服用中药。孟建预谋把安眠药混到中药里,让其悄悄去见阎王。3月5日,他跑了临沂大小20多家药店、诊所,买回200多粒安定,碾成粉末藏进衣袋。

3月7日一早,孟建对老婆说了句"朋友的亲戚结婚要用车",驾自家的面包车来到刘伟母女住处。

孟建大清早上门,稀罕!刘伟躺在床上,懒懒地翻了个身,不理他。看着他为女儿穿衣服喂早饭,送去幼儿园,回来又在厨房进进出出,为她熬中药。刘伟以为"逼宫"成功,这个男人终于顺从了,不禁暗自高兴。当他端着一碗黑乎乎的中药汁让她喝时,她仰着脖子一口气喝了下去。渐渐地,困意袭来,她睡了过去。这一睡,再没醒来。唯恐其不死,孟建又用力卡其脖子。

孟建拖来一只大号旅行箱,把气绝的刘伟塞进箱子。这只旅行箱是几天前刘伟去市场上买的,准备回东北用的。孟建电话招来情妇郭岩,在其帮助下,把箱子拖下楼装进面包车。返身上楼,烧掉了照片、信用卡等一切留有刘伟痕迹的物件。

当天深夜,郭岩抱着孩子坐进面包车,孟建驾车,来到江阴,把装有尸体的箱子抛进河中,返回途中,又将女儿遗弃在泰州一农家门口。回到临沂,已是3月8日凌晨4时30分。他清理了刘伟租住地的所有物件,以刘伟朋友的名义与房东结清了租金。

他长长舒了一口气,从此可以睡安稳觉了。

(二)

江阴澄江镇区域内,有一条河叫新河港。新河港北通浩瀚长江,往南流经该镇石牌村,一道闸门控制河道水位。按惯例,新河港一年放一次水,一则维修闸门,二来清理河道淤泥。放水时间大都在年底。

2003年3月初,守闸人发现闸门不灵活,村里决定提前放水修闸。

3月8日下午2时,闸门打开,河水奔涌而泻,4个小时后河床露了出来。

第二天上午 9 时，一个拾荒老汉深一脚浅一脚踩着淤泥从河底爬上岸，语无伦次地向正在修理闸门的村民华某说：河里有只大箱子，里面装着个人，是个女的。

接到新河港发现女尸的报警，时任江阴市公安局局长须振宇率刑侦人员迅速赶到现场。涉案地长山派出所的民警忙着疏散围观群众，保护现场。无锡市公安局分管刑侦的副局长杜荣良、刑警支队领导、法医在第一时间赶来。

装有女尸的旅行箱位于河道中央，大半陷在淤泥中，民警好不容易拖上岸。尸体侧卧蜷缩箱中，从衣着打扮看，死者生前颇时髦，棕红色披肩发，纹眉，画眼影。上身黑色羊毛衫，左胸缀有 3 颗黑色毛绒装饰球，下身紫红色棉毛裤，光脚。左手环指一枚白色金属戒指。死者年龄 38 岁左右，有生育史，胃内黏液中有安眠药成分，颈部肌层、心肺表面等处有出血点。法医鉴定：死者在沉睡中颈部遭受外力压迫，导致机械性窒息死亡，死亡时间在 24 小时至 72 小时之间。

现场访问的民警获得两条线索：3 月 8 日下午 5 时 30 分，贵州省六盘水市在澄打工的侯某骑自行车带妻子沿新河港回租住地时，听后座上的妻子说，河里有只箱子。侯某跳下车查看，只见河中央一只旅行箱随河水起伏漂浮。当时河水尚未放完，箱子有一半浸在水中。第二天上午 9 时，夫妻俩再次路过时，箱子还在，已裸露在河床上。

3 月 7 日晚 10 时多，澄江镇长山村村民严某驾车经过新河港桥时，看到一辆白色面包车停在离桥 10 余米的河东岸。车子处于熄火状态，后盖掀开，车里车外未见有人。严某回忆，这辆车有点像"长安之星"面包车。

综合尸体检验情况和调查访问情况，警方认定，这是一起杀人抛尸案件，被害人在 3 月 7 日遇害的可能较大。3 月 7 日夜出现在现场的那辆白色面包车涉嫌抛尸。江阴市公安局抽调精兵强将成立了专案组。

专案组从死者身源着手，向周边地区发出协查通报，在无锡、苏州、南通、扬州、泰州等25个城市的报纸、电视台刊播死者的照片和相关情况。信息发布后,前来认尸的人不少,但一一摇头而去。

办案民警把希望寄托在物证查找上。装尸体的是一只特大号深藏青颜色的拉杆式帆布旅行箱,箱体表面有"BAOMAPAI"("宝马牌")的汉语拼音,侧面有汉语拼音"金狮"的铭牌,规格为72厘米×48厘米×30厘米。江阴市场上没有同类型的旅行箱。办案民警在对周边城市的调查中,发现南通一个箱包批发市场上有个摊主卖"宝马牌"的箱包,但没有同规格的。摊主反映,他的货是在南京金桥市场批发的,生产厂家可能在南昌。办案民警跑到南京金桥市场一看,这里有多种规格的"宝马牌"箱包,偏偏没有特大号的。但民警总算没有白跑,弄清了生产厂家——南昌湾里双马箱包厂。

双马箱包厂发货记录簿上记载着,2003年2月,发往山东临沂16只"宝马牌"拉杆式帆布旅行箱,规格为特大号,即72厘米×48厘米×30厘米,颜色有藏青、大红、深灰3种。

女尸身上那件黑色羊毛衫是"天腾牌"的,尺寸100厘米,质地系100%丝光澳毛。办案民警在江阴一家商厦查到同类品牌,但式样不同。商厦提供,"天腾"系上海某公司产品。

这是一家专门生产羊毛衫的公司,产品销往全国各地。见到那件缀有3个装饰球的羊毛衫,销售人员当即说:这种式样、颜色的羊毛衫是公司2002年出的样品,其中100厘米的仅生产11件,上海有家商厦进了2件,其余9件分别销往南通、哈尔滨、临沂、沈阳和山西。

又是临沂!

(三)

"所有事情都是有定数的。"进了江阴市看守所,忐忑了半个多月的孟建反而静下心来,悟出这个道理。

本来，他想在南京长江大桥把箱子抛入江中的。江水流速快，很快便无踪影了。一个疏忽，在京沪高速公路上，他错过了往南京方向的出口。他想，在江阴长江大桥上抛，效果是一样的。谁知，车至桥中央刚停下，一辆警车呼啸而至，吓得他屁滚尿流。"大桥上不允许停车。"民警教育几句走了。虽是一场虚惊，他再不敢轻举妄动，急忙驶离大桥，在江阴下了高速。驶过一个马路转盘，他发现了一条水流湍急的大河，就这儿了。没想到，第二天下午，这条河会开闸放水。这一切不是定数又是什么？人不能作恶，一旦作恶必受报应。

孟建的命运是遇上刘伟后改变的。其实，自与刘伟搭识，两人有了那种关系不久，他就有一种不祥的预感，自己和家庭都可能因此毁掉。可是，他管不住自己。

孟建有一个美满幸福的家庭，妻子贤惠，女儿聪明。他做服装生意，随行就市，灵活经营，赚了点钱。这几年冬天倒腾羽绒服，也赢利不少，生活丰衣足食。2002年8月，他还购置了一台昌河"北斗星"面包车。

有人说，男人有钱就变坏。这话不带普遍性，但也不无道理，至少对孟建来说是这样。外面的世界真精彩，天南海北跑多了，形形色色的女人让他眼花缭乱，他渴望寻找婚外刺激的欲望与日俱增。

1998年7月的一天，他到临沂金雀四路一家洗头房"享受"。给他做按摩的是个三十多岁的外地少妇，虽没有十八九岁姑娘的水灵，却不失妩媚韵味。她柔软的手指和勾人的眼神，令他想入非非。

这少妇就是刘伟。眉来眼去，碰撞出火花，当天两人就成了好事。孟建把呼机号留给刘伟，两人频频约会，或在洗头房按摩间，或去宾馆包房。时间长了，他觉得不方便，干脆在同一条路上投资开了家"夜朦胧"美容厅，把刘伟包了。美容厅由刘伟打理，楼下营业，吃住在楼上。

家外有家，孟建享受齐人之福，过上了"一等男人"的幸福生活。但他从不在刘伟那里过夜，他顾忌老婆，顾念家庭。他称刘伟为"老二"，刘伟也乐意接受这个头衔。

逍遥的日子过了一年多，一盘账，美容厅没赚钱，还亏了。1999年年底，孟建把美容厅关了，一心一意做服装生意。刘伟回了黑龙江通河县。刘伟在老家结过婚，后来离了，为什么离，刘伟不说，他也没问。

人虽离开了，热线仍连着。2000年5月，刘伟告诉他，怀孕了。孟建让刘伟把孩子做掉，她答应了。当年9月，刘伟挺着大肚子出现在他面前。"怎么没做掉？"他没好气地质问。刘伟说想在临沂流产。他扔下一叠生活费走了。过了几天，刘伟说，她想把孩子生下来，因为她感觉他没有以前那样对她好了，她要用孩子拴住他。

自从刘伟决意要把孩子生下来，孟建知道惹上大麻烦了，他对刘伟的感情也从一锅沸腾的开水降至温吞水。2000年10月，刘伟临产，他照样不愿面对，女儿生下来了，起名孟宇。他一点儿没有当父亲的欣喜，反觉多了累赘。2个月后，刘伟带着女儿回了东北，这一去就是半年多，他松了一口气。有孩子作维系，两人少不了联系，都是刘伟来电话，他从不主动去电。

2001年7月，刘伟在老家待得寂寞，带着女儿来了临沂，靠孟建养着。虽仍保持着姘居关系，两人都感觉淡了，甚至有些别扭。为这事，刘伟跟他吵了几次。2002年，春节到了，刘伟让他一起去东北过年，他找了个理由推托了。刘伟母女这次离开临沂近10个月。孟建以为这个包袱从此甩掉了。不甘寂寞的他又在日照一家歌舞厅搭识了舞女郭岩，郭岩既年轻又风骚。有了新欢，忘了旧爱，他把刘伟母女丢到了爪哇国。

孟建的电话越来越少，即使通上话，也就不咸不淡几句话。刘伟预感两人的关系快到尽头了。当了几年"老二"，为他生了女儿，不能说了就了。她想，既然不能登堂入室当"老大"，那就要一笔钱吧。总不能竹篮打水一场空，不然她和女儿今后的日子怎么过。

2002年10月，刘伟带着女儿回到临沂，她不愿再回那个简陋的租住地，在兰山区苗庄小区另租了一套二居室。接下来，她就变着法儿向孟建要钱，逼着孟建离婚，愈演愈烈。最终"老大"未当成，钱未要到，反招来杀身之祸。

刘伟在临沂是个"隐形人"，没有工作，没有亲朋，也没办暂住证，房东虽认识她却不知有孟建。刘伟母女的消失可以说神不知，鬼不觉。孟建以为除了刘伟母女，从此太平。可是他错了，自从双手沾染鲜血，他已从根本上丢掉了做人的安宁。其间，他关注社会上所有的杀人案，媒体上、传说中的每一件血案都让他神经高度紧张。夜晚，他常常被噩梦惊醒。他无数次设想过被警察抓获的场景。

他知道自己迟早会被抓，只是心存侥幸，自认为没留下什么破绽。

（四）

3月18日，江阴市公安局派出的侦查小组到达临沂，在当地警方的配合下投入了紧张的物证调查工作。

"天腾牌"羊毛衫生产商提供，发往临沂的2件100厘米的羊毛衫，一件给了一个叫"丁伟"的人，进货时间是2002年9月18日，另一件是九州商厦进的货。办案民警费尽周折，在茫茫人海中硬是把丁伟"挖"了出来。丁伟挠着头想了好一会儿，才想起确在上海进过这样一件羊毛衫，回临沂后即转给同行张亚了。张亚说，让给九州商厦了。

民警直奔九州商厦。"天腾牌"羊毛衫在商厦有个专柜，办案民警走近柜台，眼前一亮，陈列样品中，一件黑色羊毛衫与死者身上那件一模一样。营业员是位年轻姑娘，她告诉民警，这个式样的羊毛衫共2件，已卖出一件，买主是一个三十多岁的妇女，还带着个小女孩。办案民警连忙追问详情。营业员对买羊毛衫的妇女印象颇深。2002年10月，这个女子为买这件羊毛衫，先后来了3次。第一次，她让营业员取下样品，横看竖看，反复抚摸3个装饰球，爱不释手，一看标价398元，摇了摇头走了。隔了几天，她第二次来柜台，询问能不能打折。营业员告诉她这是新品，无法打折，她失望地走了。10月22日，她又来了。营业员找来经理，打了7.8折，以312元的价格将那件羊毛衫卖给了她。办案民警掏出女尸的照片。"没错,就是她,每次来都带着个二三岁的小女孩。"营业员还说,这人一口挺标准的普通话,不像临沂本地人。

卖"宝马牌"旅行箱的摊主也找到了。摊主确认,他从南昌进了16只同规格的特大号旅行箱,8只批发到日照,2只销往曲阜,零售卖了4只,摊位上还剩2只。摊主接待过的顾客不计其数,他抱歉地对民警说,他回忆不出是谁买走了这4只旅行箱。根据民警描绘的女尸的长相衣着,货主想了半天说,正月十五那天,好像有这么一个妇女来买过一只旅行箱,至于是什么颜色,确实想不起来了。

死者生前曾生活在临沂这点毫无疑问,方向没错,办案民警信心大增。

在江阴,对白色面包车的查访也出现"亮点"。抛尸现场地处交通要道,50米外就是贯通高速公路的滨江大道。据此,专案组分析犯罪分子抛尸时是有汽车作为运输工具的,可能是"长安之星"之类的面包车。从周边地区查找尸源无着落的情况看,犯罪分子极有可能是远距离抛尸,甚至是跨省抛尸。那么,会不会在高速公路或其他交通干道上留下蛛丝马迹?

沪宁高速、京沪高速、国道、省道,各出入口、查报站、治安卡口,到处留下办案民警寻访的踪迹。高速公路的工作人员被民警们认真敬业的精神所感动,尽可能多地提供资料和有关情况。3月17日,一个重大发现让民警们高兴地跳了起来。电子监控显示:3月7日晚9时44分,有一辆白色面包车从锡澄高速公路江阴北出口驶出,牌号为鲁Q-N1×××。

鲁Q正是临沂牌照,时间也对得上号。

信息传到临沂,侦查小组的同志们顾不上连日奔波的劳累,当即赶到车管部门。资料显示,鲁Q-N1×××是一辆白色昌河"北斗星"面包车,车主是个女的,叫王兰,住临沂市兰山区银雀山办事处西苗庄村。这辆车是2002年8月登记上牌的。经进一步调查,王兰的丈夫叫孟建,现年35岁,做服装生意。

孟建的服装销路主要在山东本省和东北,进货渠道也不在江苏、上海,为什么3月7日深夜他家的车会在江阴出现？这辆面包车与抛尸现场的面包车及新河港的女尸又有什么联系？3月19日下午，江阴市公安局分管刑侦的副局长施冬冬赶赴临沂指挥破案。

解铃还须系铃人。据外围调查，王兰生性善良，为人本分，倒是其丈夫孟建头脑活络，时有绯闻。看来，孟建才是解铃人。

异地办案，困难重重，决不能有半点差池。办案民警以静制动，守株待兔。

那几天，西苗庄村多了几个陌生人。因为紧靠市区，来往人员多，并没有引起人们过多的注意。3月23日上午10时30分，鲁Q-N1×××面包车终于出现在视线内。民警们早在人口信息资料上熟悉了孟建的面貌特征：方脸、浓眉、大眼。仔细一瞧，驾车人正是孟建。孟建带着五六个货主到仓库装货，不便行动。民警各就各位，紧盯目标，静候时机。下午1时多，当孟建晃出东来顺酒店时，民警迎了上去。

落网后，孟建交代了作案过程。3月26日下午，民警在江苏省扬州市一对做生意的夫妇处找到了被遗弃的小孟宇。

2003年11月14日，案犯孟建被判死刑，缓期执行，剥夺政治权利终身。

福兮祸之所伏。违背社会伦理道德的"福"，必将招祸上身。孟建沉溺婚外情，最终走上不归路；刘伟不顾廉耻充当第三者，最终落得客死他乡的下场。都是这个理。

「内鬼」是谁

内贼作案，巨款"蒸发"

某银行发现228.3万元巨款"蒸发"，已经是第二天早上的事了。

2003年6月30日，星期一。上午8时，银行会计部经理上班第一件事，就是打开电脑，检查双休日的资金进出情况。他的目光久久停留在两笔巨额存款上，脸色渐渐变得凝重。29日早上，有人在7时至7时30分半个小时内，分两次向姓名为"张小妹"的银行借记卡上虚增存款450万元；当天上午8时58分、下午2时9分，"张小妹"的银行借记卡在ATM机和银行各网点分9次提现，共提走现金228.3万元。

会计部经理立马向银行高层报告了这一异常情况，银行迅速冻结了"张小妹"的借记卡。经查，"张小妹"的身份是假的。

6月30日下午，银行向无锡市公安局报了案。银行巨款被盗提，数额之大，手法之巧妙，在无锡尚属首例。

据初步调查，2003年5月22日，有人持伪造的"张小妹"的身份证，在某银行下属的一个支行开了张活期存折，存款10元。6月27日，活期存折在该支行销户，然后办理借记卡，存入现金1 000元。当晚，有人进入银行电脑终端，进行相关技术操作，接着，便发生了29日"张小妹"的借记卡上虚增450万元巨款，30日228.3万元资金"蒸发"的怪事。

要把这么一笔巨款从银行"挖"走,绝不是一件易事。银行的电脑系统关卡重重,可谓壁垒森严,没有专业技术水平是进不去的。"会不会是'黑客'侵入?"公安和银行方面都考虑到了这一点。经过一番紧张工作,公安网监部门排除了"黑客"侵入的可能。那么,只有一种可能,就是银行内部人员捣鬼或内外勾结作案。作案人员熟悉银行业务,有接触银行会计部门钥匙的条件,熟悉并擅长银行内部技术操作。而且,选择在双休日作案,也是基于对银行内部工作流程的了解和熟悉。

这个"内鬼"硕鼠般轻易移走了金库里的巨款,客户的资金安全从何谈起?如不及时侦破,将严重扰乱金融管理秩序,引发公众不安。市公安局领导要求抓紧破案,尽最大努力挽回损失。此案由经侦支队主侦,刑侦、经文保和涉案地公安分局全力配合,组成专案组,在短时期内突破。

循着"内鬼"这一思路,专案组详细刻画作案者特征:年轻,有一定阅历,懂电脑技术,熟悉银行工作流程,了解会计部工作,目前经济拮据。据此,银行方面在案发当天就提供了一名重点人员。此人叫陈兴,29 岁,银行某营业部职员。陈兴原在银行会计部工作,因工作吊儿郎当,纪律散漫,上班迟到早退,工作时间常不见人影,还多次接受客户吃请被投诉。2003 年 5 月初,银行将其调往营业部。陈兴非常不满,情绪激烈,认为是领导存心与他过不去,坚决不肯离开会计部。经反复做工作,其于 5 月 26 日勉强接受调动。陈兴熟悉计算机终端操作业务,掌握银行的相关机密,曾持有会计部的钥匙,调动时虽然作了交接,不排除其私藏或事先配制钥匙。

6 月 30 日傍晚,银行方面以了解情况为由找陈兴谈话,警方没有出面。陈兴态度非常好,主动检讨自己,称营业部挺好的,能锻炼人。对巨款盗提一事,他称不知道此事,自己已不在会计部工作,没法多说什么。

外围调查紧张进行着。熟悉陈兴的同事反映,前不久,陈兴盘下一家酒吧,雇了个人帮助经营。至于酒吧开在哪里,什么人在经营,谁也说不清楚。还有人反映,陈兴与一名外地女子关系密切,据说已经同居。

陈兴是无锡人,居无定所。办案民警来到其户籍登记地,这里住着陈兴的父母。说起这个儿子,一对老夫妻难掩失望之色,说是已许久未见儿子,平时有个头疼脑热也找不到人。他们也不知儿子住在哪里。

办案民警历尽周折,查明陈兴的酒吧坐落在湖滨路运河饭店旁,门面不大,店名挺有味:"波儿"。

办案民警走进"波儿",发现酒吧3天前也就是6月27日已易主他人。酒吧服务生反映,酒吧原主人为陈兴,管理酒吧的是个四川女子,叫刘敏。办案民警立即上网查询暂住人员信息,查明刘敏系四川阿坝州金川县人,2002年来锡,先在一家浴室当按摩女,当年9月到了"波儿",租住在离酒吧不远处的荷叶新村。办案民警赶到荷叶新村刘敏的租住地,这里已人去屋空,一片狼藉。在一只未上锁的抽屉里,散放着10叠百元大钞,经清点,共10万元。

民警在网上下载了刘敏的照片,来到为"张小妹"办理借记卡的营业部。5月22日那天为"张小妹"办理存折的银行员工辨认了半天,称刘敏与"张小妹"的眉眼十分相似。

"波儿"酒吧的业主是陈兴,刘敏是管理人员。刘敏在案发后去向不明。这说明了什么?

民警在走访中了解到,陈兴性格内向、孤僻,与同事交往淡漠,朋友寥寥。那么,与他关系密切的女子是不是刘敏,其是不是与刘敏同宿荷叶新村?办案民警灵机一动,用陈兴随身钥匙去试开刘敏租住地的屋门。在一大串钥匙中,居然有一把打开了门。租住地卧室有一只黑色男士拎包,经银行有关人员辨认,正是陈兴上班经常拎的包。

陈兴的作案嫌疑陡然上升!

"陈兴,看看这只包是谁的?"7月2日,办案民警正式找陈兴"谈话"。民警似乎不经意地把那只黑包放到桌上。

"这……这是我的包。"假装镇定的陈兴额头冒出汗珠。

"你的包怎么会在我们这儿,想知道在哪儿找到的吗?"民警步步紧逼。

"我,我说了吧,银行的钱是我提走的。"陈兴的心理防线被攻破。

"取钱的女的是谁?"

"是我的同居女友,刘敏。"

陈兴交代,作案得手,他随意抓了一大把钱放在抽屉里,其余的赃款由刘敏和其弟带到四川阿坝州金川县老家去了。刘敏姐弟是6月30日晚9时乘火车离开无锡的,赃款装在一红一黑两只拉杆旅行箱内。刘敏的弟弟姓夏,名字不详,平时叫他"小弟"。

千里追踪,巨款复得

7月3日上午,由经侦支队警官周焕顺、肖锡平、高强等人组成的追捕小组踏上了去四川的征途。下午,追捕小组抵达成都。在四川同行的配合下,当晚,查遍成都各大旅馆、酒店、公共场所,没有发现刘敏姐弟的踪迹。

追捕小组兵分两路,一路留守成都,一路赴阿坝州金川县寻踪。阿坝州全称阿坝藏族羌族自治州,位于四川西北部,境内以高海拔山区为主。金川县位于川西高原,地处青藏高原东部边缘,聚居藏、羌、回、汉等14个民族。在路途正常的情况下,从成都到阿坝州,汽车要开9个小时,途中要翻过海拔4 700米的鹧鸪山。公路在崇山峻岭中盘旋而上,不时有巨石从山上滚下。夏季来临,气候多变,雨水充沛,如遇暴雨,泥石流塌方,山路堵塞,等上几天一个星期是常事。四川省公安厅调来一辆性能优良的三菱越野吉普车,派出跑山路经验丰富的司机配合行动。追捕民警深感同行的情义和真诚。

临出发,周焕顺他们作了最坏的打算,往车上搬了4箱矿泉水、一箱方便面、一箱面包。汽车在盘山公路上颠簸前行,大家不敢往右边的崖谷看,一看就头晕。加之乍从平原到高海拔地区的种种不适应,大家只能安安分分"闭目养神"。总算老天没有发难,一路上艳阳高照。

7月4日晚8时,三菱越野吉普车在夜色中驶进阿坝州州府所在地马尔康县。顾不上歇口气,追捕民警连夜投入工作。

刘敏户籍在阿坝州金川县咯尔乡金江村,其父姓夏,母亲姓刘。刘敏上有一个姐姐,下有两个弟弟。刘敏的父亲是上门女婿,姐弟四人只有"小弟"随父姓夏,其余随母姓刘。"小弟"叫夏荣,21岁。

刘家世代务农,在山沟里刨食。20世纪90年代中期,刘敏随同乡到常州、无锡打工,1999年回乡结婚,嫁到都江堰市石羊镇,丈夫姓杨,婚后生有一女。刘敏的丈夫在离都江堰不远的汶川县一个建筑工地开车。婚后,刘敏在四川待了几年,育儿的辛苦、生活的清苦,使她感到郁闷、无助、不甘。2002年初,她把年幼的女儿丢给公婆,再次到无锡打工,很少回家。

周焕顺他们翻山越岭,好不容易找到刘敏姐弟大山深处的家,以刘敏生意合伙人的身份与他们的父母聊开了。这对老夫妻倒是看似朴实敦厚,他们说,刘敏已好几年不着家,"小弟"吃不来苦,不肯待在山里种地,跟着姐姐到处晃悠,也不着家。

深山觅踪无果,周焕顺一行马不停蹄返回,直奔都江堰市石羊镇。看到远道而来的"客人",刘敏的丈夫和公婆略显惊慌,但一口咬定,刘敏不在家,已好长时间不回家了。

追捕民警都是有着丰富经验的老侦查员。他们分析,刘敏、夏荣随身带着这么多巨款,不可能逃往他乡。他们立足阿坝州展开工作,同时在都江堰、汶川等地严密布控。

7月5日,信息传来,有人在都江堰市里见到刘敏。追捕小组直扑都江堰。6日,专案组派出援兵赶到四川。

在当地警方的配合下,追捕小组不露声色监控刘敏的婆家,守了2天,未见异常。狡猾的刘敏并没有在婆家出现。再一查,她在市区租了房。

7月8日下午,追捕小组锁定刘敏的藏匿地。这是一套三室一厅住房。房主反映,7月2日刘敏刚租下此房。8日下午4时,追捕小组和当地民警包围了刘敏的租住地。刘敏不在家。民警们分别在路口、楼梯口守候,这一等就是 8 个小时。

子夜,一名青年女子进入伏击圈,当其来到 4 楼,掏出钥匙开门时,悄悄尾随在后的民警现身亮出身份。该女子正是刘敏。

"深更半夜,你们干什么?"刘敏略显慌张。

"我们从无锡来,你懂的。"刘敏一听,知道一切都完了。

满眼望去,刘敏的租住地还真是豪华。三室一厅里摆满了新家具、新电器,唯独没找到那一黑一红两只旅行箱,仅在枕套里搜获 1 万元现金。刘敏承认了在无锡伙同陈兴作案的犯罪事实,但对赃款的去向却支支吾吾,谎话连篇,一会儿说在火车上丢了,一会儿又称在成都一个电话亭打电话时被人乘隙拎走了。

"'小弟'在哪里?"民警转换话题。

"在乐山。"刘敏脱口而出。

7 月 9 日下午,"小弟"夏荣在四川乐山市归案。夏荣落网后,其编织的谎言与刘敏一模一样,看来姐弟俩事先串通编了台词,订立了攻守同盟。接下来两天,姐弟两人死死咬住钱丢了。僵持下去不是办法,7 月 11 日早晨,追捕小组留下肖锡平、高强坚守,其余人员押着刘敏、夏荣回锡。

车到无锡,姐弟俩泄了气。11 日晚,刘敏、夏荣分别交代了赃款藏匿处。当民警在刘敏婆家的猪圈里起出一只大红色拉杆箱,拉链拉开,里面满满的百元大钞,一家人脸上讪讪的。另一只黑色拉杆箱藏在大山深处刘家的杂物间里。刘敏父母只知道姐弟俩这次回来鬼鬼祟祟的,哪知道家里藏了这么多钱。民警上门时他们之所以说谎,是因为他们知道姐弟俩肯定在外做了坏事,能瞒则瞒。

经清点,共追回赃款 218 万元。银行方面连称:"幸运!"

贪慕金钱,走向深渊

陈兴是如何与一个有家有口的四川女子走到一起的,又是如何合伙盗走银行巨款的?

陈兴出生在锡城一个普通市民家庭,父母都是工人,家境一般。陈兴初中毕业后考上地处苏北的一个商业中专,1995年8月毕业返锡,在某银行分理处找到一份工作。银行工作环境、收入均不错,陈兴对自己的职业很满意,工作努力,先后做过会计、储蓄,担任过柜组长,2000年3月调到银行的会计部。

天天与钱打交道,每天成千上万的百元大钞从手中流过,自己忙忙碌碌,得到的却是薄薄的几张。"这些钱是我的该多好!"陈兴成天做着这样的梦,常常为无法占有这些金钱而苦恼。渐渐地,他心理失衡,思想裂变,沾染上了不该沾染的坏习气。他对养育自己的父母吝啬小气,发了工资一分不交,均用于进酒吧、蹦迪、异性按摩,今朝有酒今朝醉。2002年,他搭识了四川辣妹刘敏。

那是2002年6月的一个晚上,酒后的陈兴到市中心一家浴室按摩。"欢迎光临!"刚进浴室,一个身材窈窕、长发飘逸的女子迎上前。灯光迷离,加上醉眼蒙胧,年轻女子妩媚的笑容、甜糯的声音特别迷人。

"就你了,好好侍候我,不会亏待你的。"他点了该女子的钟点。这名女子就是刘敏。刘敏玩的就是暧昧,按摩中,她极尽挑逗,陈兴扛不住了,当下两人在按摩房发生了性关系。事毕,陈兴大方地甩出一叠大钞。从此,陈兴对这个"川妹子"情有独钟。刘敏得知其在银行工作,以为傍上了大款,也是款款情深,隐瞒了自己有丈夫、有女儿的事实,与陈兴进入热恋状态,成了"露水夫妻"。

自从泡上刘敏,时不时进酒店、逛商场,陈兴的钱更不够用了。他欲当老板挣钱发财。经迪厅认识的一个朋友介绍,2002年9月,他偷偷盘下"波儿"酒吧,先是委托朋友管理,后让刘敏离开浴室,当了酒吧经理。

天下父母都望子成龙。儿子中专毕业,找到体面的工作,陈兴的父母非常高兴。虽然儿子从没拿钱回家,他们一点没计较,只是盼着儿子早点找对象成家。一天,儿子带了个女朋友回家,父母高兴至极,准备了一大桌好菜。

陈兴的父亲是个传统保守的老无锡,听说儿子的女朋友在浴室干过,是个按摩女,脸色瞬间变了,立马要求陈兴与其断绝关系。父子意见相左,在饭桌上闹翻了。陈兴不再回家,与刘敏在荷叶新村租房同居。

因经营不善,酒吧生意清淡。2003年3月底,刘敏让弟弟夏荣来锡帮忙,勉强维持生意。

2003年5月初,银行调陈兴去下面的营业部。陈兴不干,他认为,机关调基层,是一件失面子的事,在会计部多好,客户捧着、拍着,工作自由,众人羡慕。营业部工作呆板,自由空间少,他一百个不愿意,天天与领导吵、闹,顶着不去。僵持近一个月,怕丢掉饭碗,他只得去了营业部。不满情绪却像杂草一样在心里肆意疯长。

同居生活花费不少,开门七件事,件件都要钱。房子月租金600元,还要吃用开销。酒吧的生意不死不活,难以为继。盘桓在陈兴脑子里的全是钱。靠山吃山,靠水吃水。他萌生了利用自己掌握的银行会计技术和机密,铤而走险捞一票的歹念。弄钱需要刘敏配合,当陈兴对刘敏说出弄钱的密谋,她马上表示愿意配合。刘敏虽与陈兴同居,看似柔情蜜意,贪图奢华生活,心里牵挂的还是丈夫、女儿,想弄一笔钱回家。对她来说,钱是好东西,管它来路正不正。

陈兴与刘敏作了一系列犯罪准备。刘敏到梁溪大桥堍买了张"张小妹"的假身份证,按陈兴的指使,2003年5月22日在某银行下属的支行办了活期存折,存进10元钱。6月27日,陈兴将"波儿"酒吧转让出手。同一天,刘敏去支行注销存折,换成了借记卡,存入现金1 000元,并用夏荣的照片买了"张强"的假身份证。

6月29日,星期日,天降大雨,陈兴认为时机已到。早上,他戴上眼镜,用雨披把自己捂得严严实实,帽檐遮住大半个脸,撑着把大伞来到银行。

银行静悄悄的,他没敢乘电梯,从楼梯径直上了5楼,用事先偷配的钥匙开门进入会计部,打开电脑系统终端,大胆地往"张小妹"的借记卡上虚存50

万元,随即溜出银行,与刘敏、夏荣到河埒口地区一个 ATM 机上提现 3 000 元。一叠钞票捏在手里,成功啦！3 人欣喜若狂,接着更为疯狂地实施犯罪。在短短半天时间内,分 9 次共提现 228.3 万元。

面对铺满床的百元大钞,3 人既高兴又担心。银行很快就会发现少钱,这么多钱如何藏匿？最后商定,由刘敏姐弟把赃款运到四川,风声过后再分赃。当晚,刘敏姐弟携赃款离开了无锡。

案件在短时间内成功破获,赃款基本追回,结局是令人满意的。但是,此案也暴露了银行管理上的漏洞,让人不得不捏把汗。

2003 年 12 月 23 日,案犯陈兴因犯盗窃罪被判处死刑,缓期执行；案犯刘敏被判处有期徒刑 14 年；案犯夏荣被判处有期徒刑 13 年。

尸横断桥

(一)

于华经济不宽裕,家庭却很温馨。于华比丈夫童军整整长 5 岁,典型的"姐弟恋",这在苏北农村是人们难以接受的。更何况,于华还有一个难以启齿的暗疾:不能生育。

于华夫妻均是江苏阜宁人,两人原在家乡一家床上用品厂打工。于华对童军多有照顾,日久生情,两人好上了。虽然年龄有差异,但两人情投意合,难舍难分,双方家长无奈,只得认可。1997 年正月初二,于华、童军牵手进了洞房。第二年秋天,夫妻双双来到无锡,租住在山北镇红光村。

童军身强力壮,肯吃苦,来锡不久就找到一份临时工。于华身体单薄,童军心疼她,让她在家待着,伺候一日三餐。童军的体贴关心,不嫌不弃,让于华温暖在心,她一定要生个孩子报答丈夫。她四处求医问药,甚至求神拜佛。说心里话,童军也希望有爱情的结晶。除了简单的吃用开销,童军挣的钱几乎全花在给妻子看病买药上。几年下来,中药、西药吃遍,黑黑的、苦苦的汤汁不知灌下多少,于华的肚子就是不见动静。几万块钱打了水漂,夫妻俩也死了心。2002 年 11 月,经亲戚介绍,他们领养了一个女婴。

家中添丁加口,既喜又忧。别看一个孩子,奶粉、纸尿布……哪一样都要钱,经济一下子拮据了。夫妻俩商量着,不如辞了厂里那份工,买辆摩托车做载客生意,说不定收入会高些。

买车手头没钱,2003年7月上旬,夫妻俩回到阜宁,东凑西借了3 000多元,买了辆"巴山牌"摩托车,在当地车管部门办妥手续,摩托车的牌号为苏J-LN×××。7月17日,把9个多月大的女儿交给家中老人,夫妻俩驾着摩托车回了无锡。

童军有一千老乡做摩托车载客生意,初涉此道,童军随他们一起外出候客。候客的地点主要在盛岸路501路公交车终点站。载客收入比在工厂好些,一天至少有五六十元进账,碰巧能挣100元出头。夫妻俩乐滋滋的,盘算着过了夏天就把女儿从阜宁接来。

2003年8月11日,噩运在毫无征兆的情况下降临这个清贫的家庭。这一年的夏天热得特别邪乎,天天最高气温三十八九度,太阳像火球一样悬在天空,烤得人发晕。一大早,童军喝了碗绿豆稀饭便驾车外出觅生意了,他要乘天凉快找些生意,大热天的,中午谁会坐摩托车。

一个上午,他送了几个客人,挣了50元。中午在家休息了一会儿,下午3时多又外出,傍晚回家。晚饭后,于华看丈夫劳累一天,脸膛晒得红通通的,劝他算了。童军说"挣点是点",驾车走了。这一走,童军再也没回来。

晚上9时多,于华想着童军该回家了,她把浸在凉水里的西瓜捞起、切开,竖起耳朵听门外摩托车的声音。一个多小时过去,丝毫无动静。"怎么回事?"就在于华胡思乱想之际,一名男子推开门径直闯了进来。来者是童军的表妹夫阿蔡。

"嫂子,表哥回来没有?"一进门,阿蔡就慌忙问。原来,晚上7时多,童军在盛岸路载了两个客人,对方说要去硕放。到9时多,童军还没有返回,阿蔡不放心,打其手机,关机了。又等了一个小时,仍不见踪影,他急忙赶到童军的租住地探望。

"对不起,您拨打的电话已关机,请稍候再拨。"于华怔住了。这一夜,她连着几十次拨打丈夫的手机,全是这冷冰冰的语音提示。阿蔡和阜宁老乡驾摩托车找遍锡城,童军在上海开店的弟弟也闻讯连夜赶来。可是,童军犹如断线风筝,杳无音信。

8月12日,于华向山北派出所报了案。14日,又到新区硕放派出所报失踪。两地派出所组织警力四处查寻,公安治安部门、"110"报警服务台在全市范围查找,均无线索。

丈夫不见了,家中顶梁柱没了,于华以泪洗面,寝食不安,每天倚着门痴痴盼望丈夫归来。8月31日下午,等来一群警察,她顿时浑身发冷,眼前发黑,当场晕厥。担惊受怕20天,她等来一个事实:丈夫可能有下落了,但凶多吉少!

(二)

老张是土生土长的硕放人,他家世代居住于硕放镇中华庄村张牛皮桥。2002年10月,因开发需要,他生活了大半辈子的村庄拆迁了,搬到了镇上的安置区。人老恋家,新房虽然宽敞明亮,老张仍忘不掉村里的一草一木。搬离张牛皮桥快一年了,他想去看看那里发生了什么变化,新房有没有建起来。

8月31日,厂休,上午,老张跨上轻骑驶往中华庄村。9时出头,他来到村头桥堍。昔日的农庄夷为一片平地,新的厂房尚未破土动工,荒废了好久的土地杂草丛生,大片大片的"一支黄花"肆意蔓延。通往村里的张牛皮桥断了,桥栏杆被拆除了,桥下填满泥土,只有桥洞下还有一个水坑。老张感慨地点燃一支香烟,猛一吸,被一股异常的恶臭呛了。

"什么东西腐烂了,这么臭?"老张爬上桥头朝河里张望。这一望,吓他一大跳,映入眼帘的是一条白乎乎的大腿。他揉了揉眼睛,探下身细看,一具尸体仰卧在草丛中。

"张牛皮桥下有具尸体!"老张无心怀旧,骑车直奔硕放派出所。

冷清、沉寂多时的张牛皮桥热闹了,一辆辆警车飞驰而来,一时人群成墙。现场四周拉起警戒线,几名刑警跳进水坑,强忍着恶臭,捞起爬满蛆虫的尸体。

这是一具男性尸体,浸泡得已经肿胀,无法辨认相貌。法医戴上手套,蹲下仔细检验。

尸体下半身呈尸蜡①状,死者身高约 1.73 米,身着淡蓝色衣裤,系某厂工作服。裤腰皮带上别着一只手机套,套内空空。左上腹部肋骨处有锐器创口,上衣左下口袋内侧有整齐破损,与肋骨创口吻合,这一部位正是肝脏处。法医鉴定,死者系生前遭锐器袭击,刺穿肝脏而死。根据尸体腐烂程度,死亡时间在 20 天左右。

断桥下草丛深深,无人涉足,若不是老张寻旧,尸体在坑里变成一堆白骨也未必有人知道。刑警们小心翼翼地拨开水坑及周边一簇簇杂草,希望能找到一些蛛丝马迹。可是,一无所获。

死者的上衣口袋里有一叠杂物,现金 95 元,均为 10 元、5 元的纸币,还有摩托车驾驶证、行驶证。驾驶证持有人为"童军",男,1978 年出生。行驶证标明,这是一辆银灰色"巴山牌"摩托车,牌号为苏 J - LN×××。驾驶证、行驶证都是阜宁县车管所签发的,2003 年 7 月 14 日刚领的证,仅 1 个多月。

阜宁警方反馈,驾驶证、行驶证都是真的,持有人"童军"现在无锡打工。暂住人口信息管理系统显示,童军租住在山北镇红光村,其妻为于华。

8 月 31 日下午,民警来到红光村。这时,距童军失踪 20 天。

于华流着泪向民警叙述了童军失踪的前前后后。她说,8 月 11 日,童军骑着那辆新买的摩托车去载客,随身带有一部新买的康佳 6288 型手机,这是为方便做生意添置的。早上出门时,丈夫带了约 100 多元零钱,上午挣了 50 元,下午情况不明。一见到丈夫那熟悉的衣裤,于华晕了过去。无疑,死者就是"蒸发"多日的童军。

现场没有手机和摩托车,手机套扣得好好的,不可能滑落水中。那辆崭新的摩托车呢,会不会淹没在草丛中?硕放派出所发动几十人在方圆几万平方

---

① 尸蜡:尸体长期浸泡在水中或埋在空气不足的湿土里,腐败进展缓慢,而尸体的脂肪组织因皂化或氢化作用,形成黄白色的蜡样物质,使部分或全部尸体得以保存,称为尸蜡。

米的一米多高的杂草丛、河沟找了两天,没有收获。

案情非常明朗,这是一起以劫财为目的的杀人案,流窜人员作案可能较大。被劫之物是手机、摩托车和少量现金。9月1日,市公安局抽调刑警支队、新区公安分局警力组成专案组。

专案组民警对童军失踪前后的情况进行了筛沙般的调查访问,希望找到哪怕点滴线索。

8月11日晚,与童军一起在盛岸路载客的共5人,均为阜宁人。晚7时多,一高一矮两个男青年来到载客处,其中一人挎双肩包。童军等人上前揽生意,那两人说要到312国道的机场路。这边开价70元,对方只肯出40元。其他人见路太远,道不熟,放弃了,童军赚钱心切,答应40元跑一趟。两人坐上摩托车后座,其中一人称感冒了,要过童军的头盔戴上。

目击者反映,两名男青年20岁左右,一个1.65米的样子,另一个略高,又黑又瘦,似山东、安徽、河南一带口音。童军的表妹夫阿蔡提供,摩托车起步时,童军说不认识机场路,对方称熟悉,在硕放那里,沿着312国道走就行了。

在串并同类案件时,此案与8月10日深夜硕放派出所接报的一起抢劫案件出现交叉点。报案人解杰,河南新蔡县人,在苏州做拉面生意。

8月10日傍晚,解杰骑摩托车到苏州西门人民广场乘凉,两名男青年上前搭讪,硬磨着要其送他们到无锡,并提出付40元租车费。解杰想,闲着也是闲着,不如挣笔外快。两名男青年带了3个包,一只双肩包,两只挎包,其中一只系在摩托车把手上。摩托车起步时,坐在中间的一人以感冒为由要走解杰的头盔。当摩托车行至硕放镇建新村一偏僻村道停车找路时,两男青年凶相毕露,拔出一把榔头朝解杰后脑勺猛砸过来。解杰一个激灵,翻身下车,滚进路边树丛中。歹徒搜索一阵未找到,返身发动摩托车。解杰的摩托车设有防盗机关,歹徒发动半天无动静,弃车逃离现场。解杰提供的两名歹徒的面貌特征,与童军所载两人的面貌特征一致。另一惊人相似的是,解杰也称那两人是河南、安徽一带口音。

两起劫案都发生在硕放,时间仅相隔一天。作案手法、袭击目标、歹徒面貌特征均相似。歹徒在第一起劫案现场留下一只包,包内装有牙膏、牙刷、梳子、内衣裤等日用品。专案组更坚定了流窜人员作案的判断,串并侦查两起案件。

歹徒两次作案地点都选择硕放,说明对这一带较为熟悉。专案组对硕放镇及周边地区来自安徽、河南、山东和本省外市(县)的人员进行了拉网式清理。办案民警的足迹遍布新区大小建筑工地、租住户,调查访问4 000余人。那些离开新区返乡的人也不放过,仅调查函就发了上千份。民警们一个个跑得神疲腿乏,却并没有凸现嫌疑人。

办案民警再次调查访问8月10日那起劫案的被害人解杰,走访8月11日童军载客时的目击者,进一步刻画歹徒面貌特征。

气象记载,8月11日晚下了场大雨。歹徒作案后驾摩托车逃窜,会不会落脚312国道沿线?专案组派出两个工作组,以现场为中心,一个向南到昆山,一个向北至镇江。路边的饮食店、烟酒店、加油站、小旅馆、停车场、摩托车铺一家不漏调查走访。一个星期跑下来,毫无收获。

"2003年8月11日晚,无锡新区硕放镇发生一起凶杀案,'摩的'驾驶员童军被杀害,所驾银灰色"巴山牌"摩托车和一部康佳6288手机被劫,请各地公安机关协查,发现疑车请及时与无锡市公安局刑警支队联系。"

9月1日,一份份紧急协查通报发往安徽、河南、山东和江苏等省县级以上公安机关,通报附有被劫摩托车、手机照片。紧急协查通报贴上全国公安互联网,被抢摩托车信息录入全国抢劫、抢夺案件信息库。

时间在专案组紧张忙碌的寻觅中流逝,办案民警步履匆匆,3个月过去,侦破工作陷入僵局。案情犹如山间的云雾,朦胧不清,调查访问材料摞成小山,案件侦破却毫无进展。

（三）

不得不佩服信息社会的神奇,正当专案组踏破铁鞋无觅处,2003 年 11 月 21 日晚,安徽省明光市公安局传来消息:他们查获无锡硕放"8·31"凶杀案赃车,赃车扣留该局。

专案组民警连夜启程,赶往几百公里外的明光市。

22 日刚上班,办案民警就出现在明光市公安局。据安徽同行介绍,2003 年 8 月 14 日下午 3 时,明光交警在境内国道上巡逻时,发现两名男青年合骑一辆无牌照摩托车,即示意停车检查。对方不仅不听指挥,反而加大油门逃跑。交警驱车紧追不舍,摩托车慌不择路,一头冲进路边农田。两名"骑手"分头逃窜,交警奋力追赶,擒住一矮个子男青年,查获摩托车和一只双肩挎包。矮个子男青年自称叫刘营,河南开封杞县城郊乡人,1984 年生。据其交代,逃掉的那人叫"长海",姓什么不知道。两人在浙江长兴打工时搭识,曾结伙在长兴飞车抢夺作案,抢得手机一部。经向河南杞县公安机关核查刘营身份,确认无误。"长海"在逃,浙江长兴无报案记载。拘留 1 个月后,明光警方把刘营放了,摩托车则扣了下来。

2003 年 11 月下旬,安徽警方开展打击飞车抢夺、抢劫专项行动,明光刑警梳理全国各地发来的协查通报,发现查扣的那辆"巴山牌"摩托车竟然是无锡硕放"8·31"凶杀案被劫之物。

11 月 23 日夜,专案组派出追捕小分队,揣着刘营的照片,赶往河南杞县,核查刘营的身份。在杞县公安局,刘营的身份得到确认。刘营时年 19 岁,家住杞县城郊乡官刘寨村四组,无业。

小分队连夜进村,找到村支书。村支书非常配合,对村里的情况也熟,一说到刘营,他说这人早已不在村里住了,已多年不见。民警们一听,心凉了一半。

刘营的身世够复杂,他的父亲是当地有名的人贩子,刘营的母亲是其父早年从外地拐来的,其母几次反抗徒劳,只得认命,嫁与人贩子为妻,生下两儿两女。刘营是老四。刘营3岁时,其父贩卖人口案发,判刑入狱,不久病死牢中。其母带着他和小姐姐改嫁。嫁到哪里?村里人不详,只知道很远,听说在黄河以北。刘营怎么在杞县领的居民身份证,就不得而知了。

热心的村人提供了一条有价值的线索,刘营的哥哥刘林和嫂子陈红夫妻二人户籍均在村里,人在江苏打工。陈红每隔4个月就要回村,去乡里计生站检查节育情况。

在杞县城郊乡计生站,追捕民警摘录到刘林妻子陈红的打工地和联系电话,马上电传回无锡。

11月24日,专案组派民警赶到苏州吴中区长桥镇,查明刘林夫妇的租住地,在确认刘营没在此落脚后,民警正面接触了刘林夫妇。

见到一脸严肃的无锡警察,刘林先是一愣,继而明白不争气的弟弟犯大事了。他倒很配合,如实叙述了家中情况。他说,母亲带着小弟小妹改嫁到河南滑县高平乡李堤村,继父叫李正。自母亲改嫁,前几年兄弟间来往稀少。2002年下半年,母亲带着刘营来苏州,待了一个星期。2003年3月,刘营独自来苏州,让其找工作,刘林帮他在电子厂找了份工作。

在刘家四个兄弟姐妹中,刘营是最受宠的,虽然家境不好,但有好吃的、好玩的都尽着他,穷人家养出了公子哥。从河南贫瘠农村来到江南福地,刘营很快迷失了自己。他学会了上网、蹦迪,挣的钱全扔进网吧、迪厅。白吃白住在哥嫂处,还时不时伸手向哥哥要钱,嫂子对这个小叔子颇有微辞。怕影响家庭和谐,刘林要弟弟另租住地。7月底,电子厂老板把经常旷工的刘营辞退了。8月10日以后,刘林再没见过弟弟。刘林同时提供其小妹刘玲在郑州一家大酒店打工,具体不详,其母应该知道。以上情况迅速反馈到在杞县的追捕小分队。

刘营还有一个大姐嫁去了滑县。杞县、滑县相距千里。11月24日晚,小分队民警轮流驾车,一路飞驰到滑县,同行的还有官刘寨村的村支书。为避免打草惊蛇,村支书打电话给刘营的大姐,说村里刘家老房子要拆迁,必须由刘营回去签字。刘营的大姐称,刘营随母亲到郑州刘玲处去了。暗访证实,刘营母子确实不在滑县。

小分队直奔郑州。刘玲在郑州市中心一家大酒店上班,这是一家四星级酒店,有员工400多名。见警察上门,酒店方面态度冷淡,不愿配合。小分队在当地警方的支持下,从外围调查入手。经数天查访,于11月28日查明刘玲的租住地。民警们忍饥挨饿,守候了一昼夜,却未见一个人影。难道搞错了?正当民警们狐疑之际,刘营投案自首了。

刘营确实藏在郑州!原来,无锡警察刚离开苏州,刘林就分别给母亲和妹妹打了电话,要她们规劝刘营投案自首。刘玲又名李红霞(随继父姓),是酒店的领班,见过世面,她知道窝藏杀人凶手的严重后果。尽管十分疼爱这个弟弟,接到哥哥电话,她还是苦口婆心劝其自首。刘营害怕,怎么劝也不肯,其母也不忍。母子俩离开郑州躲到新乡。其间,刘林兄妹多次打电话规劝。既无处藏身,又无路可逃,刘营答应投案自首。

11月30日上午,刘营向警方投案。

刘营交代了8月11日在无锡硕放杀人抢劫的犯罪事实,并交代出同伙"长海"。他说,"长海"系河南省平顶山市人,在苏州打工时经嫂子的表弟介绍认识。

专案组民警再赴苏州,找到刘林妻子陈红的表弟,查明"长海"真名段海,家住河南省平顶山市鲁山县马接乡湖泉店村。

12月1日,已在河南辗转8天8夜的追捕小分队马不停蹄赶到鲁山县,会同当地民警一起,便衣潜入湖泉店村。段海时年27岁,是当地出名的混混,1995年因犯强奸罪被判刑5年,刑满释放后游荡社会,东流西窜,与镇上的一个发廊女纠缠不清,经常不着家。村人提供,一个星期前见过段海。

凶案已过去3个多月,据刘营交代,两人分手后未再有过联系。小分队判断段海以为事情已过去,戒备心理有所放松,目前不可能逃离家乡。他们在段家周边设下埋伏。

"段海回家了!"12月2日傍晚,一名男青年现身村口,闪进家门。

"段海,我们是无锡来的警察!"晚6时多,段家人正在吃晚饭,民警们旋风般冲进门。"叭"的一声,段海手中的饭碗摔了,一地碎片。

12月4日上午8时30分,河南郑州开往上海的1495次列车驶进无锡站。追捕小分队押着段海、刘营凯旋。

凶魔到案,童军被害一案真相大白。

2003年5月,段海到苏州找工作,结识刘营。段海一时无处住,刘营让段海与自己挤到一张床上。段海贪吃懒做,长期在社会上混,眼高手低,一时找不到工作,家里带出来的300元钱很快没了。刘营也面临绝境,被工厂辞退,哥嫂把他逐出家门。于是,两人密谋搞钱。

段海会驾驶汽车,提议抢汽车卖钱。经过踩点,两人见租住地附近一居民小区晚上停有许多汽车,其中还有不少高档车,决定深夜守候在小区门口,有人开车回家时实施抢劫。他们到超市买了一把30厘米长的不锈钢水果刀,与二手车交易市场联系好了销路。两人在小区门口守候两夜,因进出人员多,未找到下手机会。

汽车抢不成,段海提出去抢银行取款人。刘营认为这个办法好,来钱快,还少了销赃环节。两人预谋,提款人出银行先尾随,乘其不备时进行抢夺。他们选中苏州吴中区地段相对偏僻的一家银行,刘营进门察看提款情况,段海在外望风。8月9日上午,一个老太提了1万元现金放进布包,待其出银行,两人悄悄跟了上去。谁知老太警惕性特高,时不时朝身后张望,两人只得作罢。第二次,瞄准一中年妇女。对方提了2万多元现金,放进拎包,一出银行,跨上电动车一溜烟跑了。两次作案未遂,他们认为没有交通工具不行,必须先抢一辆摩托车,得手后离开苏州去外地作案。

8月10日上午,两人收拾日常用品和衣物,分别装进3只包,上街买了把黑胶木榔头。傍晚,他们背上包离开租住地去寻找作案目标。晚6时多,他们在苏州人民广场见一人手提头盔,旁边停着辆新摩托车,倚在栏杆上休息,便上前搭讪,提出以40元价钱送到无锡,对方答应了。此人就是解杰。两人一路把解杰骗到无锡新区硕放镇偏僻村道实施作案时,未料一榔头未砸昏解杰,让解杰跑掉了。更倒霉的是,偷鸡不成蚀把米,摩托车怎么也发动不起来,还丢了一个包。

两人在水泥涵洞里蜷缩到天明,商议第二天再抢,而且要把人整死。11日,两人在无锡市区转悠一天,买了把铁榔头。晚7时多,两人来到盛岸路501路公交车终点站,在众多"摩的"司机中选择了童军,因为童军的摩托车新。

摩托车发动,童军驶上了死亡之路。

摩托车行驶至硕放镇中华庄村张牛皮桥停了下来,就在童军诧异怎么开到了一座断桥时,两人拔刀对其腹部猛捅,并一榔头砸向其脑门,童军当即倒地身亡。两人劫走死者身上手机和裤袋中70多元钱,抬起尸体扔进桥下水坑,随后由段海驾车载着刘营逃离现场。

逃跑途中,他们扔掉摩托车牌照,窜到浙江长兴飞车抢夺,抢得手机1部,现金100多元。8月14日,两人欲驾车潜回河南,在安徽明光失风,摩托车被查扣,人侥幸逃脱。

法网恢恢,逃是逃不掉的。2004年7月28日,案犯段海被判处死刑,剥夺政治权利终身,当年9月24日执行;案犯刘营被判处死刑,缓期执行,剥夺政治权利终身。

命悬一线

一份订单，竟是绑架陷阱

2004年4月15日，罗明办妥在贵阳的业务，购买了去广州的飞机票，那里有一单大生意在等他。

刚过不惑之年的罗明事业有成，家庭幸福。在锡城，他拥有一家规模不大也不算小的粮油机械厂，主要生产经营磨粉机，销往四川、贵州等地。罗明的妻子贤惠温柔，儿子聪明活泼。为了工厂的发展，罗明经常出差在外。2004年4月13日，他飞到贵阳，那里有一家酿酒厂订了4台磨粉机。

"喂，罗厂长吗？我们厂要订购12台磨粉机。"飞机在贵阳落地，手机一打开，罗明就接到一个订货电话。对方自称是广州一家工厂的。一台磨粉机卖四五万元，12台销售价好几十万元，送上门的一笔大业务，罗明好不高兴。前几天，河南有个客户订了9台磨粉机，厂里加班加点生产出来，对方变卦不要了，正在发愁，这下可有销路了。

"好呀，好呀，厂里正好有现货。"罗明向对方介绍。

"具体细节电话里谈不妥，你能否到广州来一趟？"对方的要求合情合理。

"我人在贵阳，这里的事办完就过去，大约15日就能飞广州。"罗明忙不迭答应。

订货人打的是罗明的手机，一口典型的北方普通话。厂里曾在媒体上做过广告，这个陌生人的电话丝毫没有引起罗明的怀疑。

贵阳的事办得顺利。15日下午3时20分,罗明登上从贵阳飞广州的航班。临登机,他给妻子打了个电话,说是去广州谈业务,晚几天返锡。

15日下午4时30分,飞机准点降落广州白云机场。"接罗明。"出港处,一男青年举着块牌子,罗明迎上前去。机场外,一个西装革履、长相斯文的男青年守在一辆"长安之星"白色面包车旁,殷勤地打开车门,把罗明让进车后座,自己坐到前座。接机的男青年也上了车。

南国的气候说变就变,刚刚还晴空万里,一场雨说来就来。面包车驶离机场,往市区方向驶去。前座的男青年与罗明谈起生意,从技术到价格,一副很在行的样子。不知不觉一个半小时过去,天慢慢暗下来。汽车驶过繁华的广州街头,向郊外驶去。"怎么还没到啊?"罗明有些狐疑。"还有半小时路程。"对方回答。罗明一颗心放了回去。

雨越下越大,路上来往车辆逐渐稀少。面包车减速靠路边停下,4个男青年跳上车。

"你被绑架了!"车前座那个男青年瞬间变脸,转身猛扑到罗明身上,其余人分别按住罗明的手脚。

"完了!"罗明人高马大,一米八的个子,腰圆膀粗,无奈歹徒有备而来,纵然他有千钧之力,也无法动弹。识时务者为俊杰,他放弃了反抗。歹徒用封箱纸封住他的眼睛、嘴巴,将他的手脚捆了个结实。罗明陷入黑暗,一颗心随之沉进深不见底的黑洞。

面包车继续行驶。身在异乡,突遭绑架,罗明心里犹如十五个吊桶打水,七上八下。一时想不出脱身的办法,只得静观其变,走一步看一步。不知过了多久,歹徒推搡着罗明下了车,跌跌撞撞爬了一段上坡路,然后将其关进一间屋子。

命悬一线,警方连夜出动

章田是罗明的妻哥,经营水产,精明能干。4月16日下午4时30分,章田正在摊位前忙碌,手机响了。

"我在广州被人绑架了,快准备90万元现金救人。"话筒里传来妹夫罗明急促的声音。章田一惊,手一抖,手机差点摔在地上。

据罗明后来说,4月15日晚,歹徒绑架他后,抢走他随身携带的6 000余元现金及手机、手表、金戒指和两张银行卡,用刀逼住他说出银行卡的取款密码。第二天上午,绑匪开出150万元赎金的价码。罗明走南闯北多年,也是见过世面的。他苦苦哀求,"好言好语"与歹徒"商量"。120万、100万……最后把赎金降到90万。

"快打电话筹钱,只能给一个人打。"歹徒要罗明用自己的手机给家人通话,并威胁"要活命就不许报警"。罗明思忖了一会儿,给头脑活络、经得起事的妻哥章田打了电话。

"罗明被绑架了!"这个消息犹如在罗家扔下一颗炸弹。这几年,媒体报道的绑架案不少,人质大多遇害,罗明的妻子顿时瘫软在地。为不让罗明年迈的父母和岳父母受惊,章田在宾馆包了房,把妹妹等人接去。很快,他们作出决定,先不汇钱,向警方报案!他们坚信,人民警察一定会救出罗明!

4月16日晚6时30分,章田走进滨湖公安分局所属的溪南派出所。

这起异地绑架案牵动了警方上上下下。警方迅速抽调刑警支队和滨湖公安分局刑警大队、溪南派出所精干警力组成专案组,连夜投入侦查。

夜深了,市公安局刑警支队会议室灯火通明,烟雾缭绕。市公安局分管刑侦的副局长杜荣良召集专案组成员研究侦查方案。

这起绑架案有无因果关系?是熟人作案还是陌生人作案?绑匪藏身何处?有无撕票可能?……一个个问号摆在大家面前,亟待破解。专案组作了明确分工,多项侦查措施齐下:一是密切注视绑匪动态,尽快锁定方位;二是千方百计确保人质安全,尽量拖延交赎金时间,由章田与绑匪周旋,寻找破案突破口;三是围绕罗明的业务关系、时间动向、银行账户展开调查,查有无经济纠纷和生意矛盾。

侦查工作高效而有序。16日深夜,绑匪的行踪被锁定在广东省清远市清新县太平镇。专案组派出第一侦破小组奔赴广东,带队的是刑警支队二大队教导员过伟君和滨湖公安分局刑警大队大队长蒋逸君。

频频通话,绑匪拒不露面

4月17日凌晨1时,过伟君、蒋逸君带着4名部下出发,到达上海浦东机场已是凌晨4时。他们买了第一趟班机,在候机大厅椅子上打了个盹,便飞往广州。

中午,侦破小组一行风尘仆仆赶到离广州市80公里的清远。清远位于广东中部,是广东省面积最大的地级市,辖区旅游资源丰富,素有"珠三角后花园"之美称。著名作家海岩的代表作《玉观音》的故事就发生在这里。过伟君他们心急火燎,哪有心思欣赏一路美景。到了清远,他们直奔公安局。

听完案情介绍,清远刑警眉头拧成一个结。这几年,清远地区的暴力犯罪,尤其绑架犯罪日趋突出,且越来越带有职业性。来自全国各地的亡命之徒纠集成伙,事先密谋,选择目标,得手后撕票的现象十分突出。绑架罗明的可能就是这些职业犯罪团伙。

清远市下辖的清新县太平镇共4万余人,其中外来人口就有1.2万多人,分别来自河南、河北、安徽、湖北等地。太平镇地处山区,道路崎岖,进出不便,少工业,多竹林,居民的平房分散在山坡上,掩映在树林中。为防盗,镇上几乎家家户户养有看门狗。外来人员大都以老乡为纽带聚居,生人进镇,很容易被发现。如轻举妄动,被绑匪察觉,就可能危及人质的生命安全。

尽管如此,办法还是有的。经过精心设计,清远警方派出一个民警去太平镇打探情况。这个民警的家乡就是太平镇的,他以休假为名到镇上暗访。

一天暗访下来,没有发现任何线索。

18日上午,清远方面的情况反馈到无锡,气氛陡然紧张。无锡方面的排查走访已排除绑匪与罗明熟悉的可能。

罗明人缘很好,在生意场上颇讲诚信,从未与人有过经济纠纷或矛盾。他不欠人家的债,倒是有个客户欠他几万元,但对方还不至于为了赖掉区区几万元绑架他。罗明与邻里、朋友交往也很正常,与厂里职工相处和睦。

　　有一个情况引起专案组高度重视。为扩大产品销售范围,提高工厂知名度,厂里曾在媒体上做过专题广告,刊登了罗明的照片、手机号码等。综合多方情况,专案组推断,绑匪通过媒体掌握了粮油机械厂及罗明的有关资料,以订货为名设下圈套,把罗明"钓"到广州实施绑架,然后敲诈巨款。据此,专案组认为,绑匪绑架罗明是为了钱,钱不到手,轻易不会撕票,必须拖延交款时间,让绑匪露出更多的蛛丝马迹,从中寻找破案突破口。

　　绑匪果然狡猾,罗明被绑3天了,始终未与章田直接通话,只是威逼罗明频频通话,并威胁"不许报警"。在专案组授意下,章田与绑匪玩起拖延战术,一会儿称资金紧张,一下子筹不到这么多款;一会儿称17、18日是双休日,银行不营业,提不到款;一会儿称手头没有这么多钱。几个回合下来,赎金降到80万。

　　时间在分分秒秒中过去,罗家人的心在抽紧。办案民警压力更大,异地办案,困难重重,绑匪不露痕迹,更给破案带来难度。为成功破案,解救人质,必须把绑匪"钓"出来。专案组耐心等待时机。

最后通牒,绑匪三易地点

　　挨到19日中午,绑匪终于耐不住,"赤膊上阵"了。一名绑匪给章田打来电话,发出最后通牒:"下午3时之前,必须筹满80万赎金赶到广州,否则撕票!"绑匪指定只能由章田一个人前去接头。

　　侦破绑架案,人质安全是第一位的。专案组决定由章田出面交付赎金,同时派出第二侦破小组赴广州。时任刑警支队副支队长张诚和滨湖公安分局副局长张坚毅受命带队。

　　80万元不是小数目,在一干亲朋好友的帮助下,罗家筹齐80万元现金,装满两只大挎包。为赢得时间,专案组让章田与绑匪在放人时间和陪同人数上与绑匪谈判。一开始,绑匪坚持赎金到手后 2 小时放人,只能由章田一个人接头。几个回合下来,约定钱到后半个小时放人,可以由一个朋友陪同来接头。

19 日下午 1 时多,专案组让章田先给绑匪一颗定心丸:"已筹款 50 万,还有 30 万正在四处找人借,晚上才能到广州。"听说钱有了着落,绑匪答应了,并要章田一下飞机就打开手机。晚上,章田携 80 万巨款到达上海机场,刑警梁庆扮其朋友紧随左右,几名便衣不远不近跟着。张诚、张坚毅他们已先期到达广州。

19 日夜 10 时 45 分,飞机在广州白云机场停稳,梁庆、章田刚走下扶梯,机场公安一辆车靠过来,把他们直接送到机场外,坐上一辆由广州刑警驾驶的出租车。这是张诚、张坚毅的巧妙安排。当天下午 4 时,他们到广州后直奔广东省公安厅刑侦总队,并取得支持。章田上飞机前,绑匪多次询问章田和随行朋友的面貌衣着特征、装钱用的挎包颜色等,他们据此分析绑匪可能在机场交易,对抓捕十分不利,于是采取了这一招。

章田乘坐的出租车的前前后后,不显山不露水地停着几辆广州本地牌照的汽车和摩托车,张诚他们和广东警察分头坐在这些车辆中。

深夜 11 时,章田的电话响了。绑匪要其按"大哥"指令行动,给了一个联系电话。"大哥"让章田去海珠广场。

深夜的海珠广场人来人往,车水马龙,到处是吃烧烤的、喝扎啤的,热闹非凡。绑匪要章田一人下车,带着赎金往南边草坪走,途中会有人接应。章田按侦破组的要求拒绝了,称"人太多,不安全"。绑匪有些恼怒,关机了。

20 日凌晨 2 时,绑匪再次来电,称交钱地点改在中山大学门口。中山大学到了,绑匪仍要章田一人下车交易,遭拒绝后,又要章田把装钱的挎包放在出租车外车门旁。随行的刑警考虑在周围设伏,趁绑匪取款之机人赃俱获。可挎包放下,绑匪却并没有现身。现场附近有 3 个可疑的男青年在远处转悠,时不时朝出租车方向张望,不一会儿就离开了。时值广交会开幕,街头不时掠过巡逻警车,绑匪胆怯了。

"交钱地点改在天雄布料市场。"20日凌晨3时,"大哥"又来电。广州同行介绍,天雄布料市场白天熙熙攘攘,晚上却空无一人,局面难于控制。

绑匪急于要钱,钱到手前不会轻易撕票。两地警方达成共识,放弃这次碰头。章田在电话里指责"大哥"缺乏诚意,"发脾气"说不交易了,接着关了机。

一切归于平静,平静的背后是更加惊心动魄的战斗。侦破组在不眠中迎来新一天的黎明。

天罗地网,人质安全获救

4月20日早上,张诚、张坚毅他们用冷水洗了把脸,一碗面条打发了肚子。他们与广东同行商量对策,决定说动绑匪白天交付赎金,以利抓捕。章田主动打去电话,与"大哥"约交赎金时间。绑匪坚决不同意白天碰头。

晚上8时30分,绑匪指定交赎金地点:177医院门口。章田乘坐的出租车在医院门口停下,绑匪又让向前开300米,来到一家招待所门口。一等就是2个小时,绑匪没有出现。3个男青年久久徘徊在出租车四周,民警仔细一瞧,正是20日凌晨出现在中山大学门口的几人。无疑,这3人就是前来取赎金的绑匪。伏击民警不动声色,静观其变。

深夜11时,绑匪来电诓诈章田:"你报警了,周围有许多便衣,还是到天雄布料市场碰头,不去后果自负。"绑匪心存疑虑,不敢在人多的地方交易,又一次提出去天雄布料市场。一再拖延怕引起绑匪恼怒而撕票,张诚他们征得专案组领导同意,就定在天雄布料市场交易。张诚关照与章田同行的梁庆要慎之又慎,见机行事,密切注视绑匪行踪。

途中,绑匪又变卦,要章田坐"摩的"一人前去。

情况紧急,只能让章田单独前去。作出这个决定,张诚、张坚毅知道分量有多重。万一赎金交付,人质未救出,章田再有个三长两短,怎么交代?箭在弦上,不得不发。他们设想了种种可能和对策,一一细细说与章田。

自妹夫陷落虎口,一直是章田出面与绑匪周旋,有警察在身边,他勇气倍增,一次次较量,一次次机智应付下来。现在让他单枪匹马会绑匪,心里真有点发虚,但想到为了救罗明,这么多警察在奔忙,他一咬牙:上!

章田一左一右挎着两只装满现金的大包,怀揣两块砖头,跨上一辆"摩的"朝目的地驶去,梁庆拦下一辆出租车悄悄尾随在后。

"摩的"驶出不远,绑匪又把碰头的地点改在广州大道南新路路口。狡诈的绑匪不准章田挂电话,要他直奔目的地。跟踪的梁庆无法预知这一变故,急得满头大汗。

南新路路口到了,章田四下张望,两个绑匪从隐蔽处闪出来。

"快把钱交出来!"绑匪一口河南话。

"什么时候放人?"章田握紧砖头,往后退了退。

"钱到就放人,我们不会食言的。"绑匪贪婪的目光盯着装钱的挎包。

两名绑匪接过挎包,顾不上跟"大哥"通电话,合骑一辆摩托车一溜烟跑了。待梁庆赶到,绑匪已没了影。事后得知,两名绑匪见钱眼开,来了个"黑吃黑"。

预定的抓捕计划被打乱,侦破组以变应变,迅速调整方案。广东省公安厅调动数百警力配合作战,清远市和清新县的所有治安卡口、收费站均重兵把守,通往太平镇镇外的5条交通要道被严密封锁。

在与绑匪几天的周旋中,侦破组确定"大哥"是这起绑架案的主谋。深入工作发现,"大哥"隐身广州市海珠区的上涌地区,这是一个外来人员聚居地。

张诚与张坚毅兵分两路。张诚带人追踪"大哥",张坚毅则领着一拨人寻找两名取钱绑匪的下落。

张诚让章出向"大哥"要人,否则就报警。"大哥"知道钱已取走,而取钱的绑匪未向他报告,心知事情砸了,恼怒万分。他更害怕落入警方手中,答应放人。

21日凌晨,一辆可疑的白色面包车出现在上涌,两个黑影上了车。张诚他们和广州市公安局的刑警远远监视着。凌晨1时,面包车发动上路,后面,几辆汽车、摩托车不动声色交叉着跟上去。面包车驶离广州市区,驶上广新高速,直往清远方向而去,估计是去人质关押地。凌晨4时,面包车到了太平镇,两人停车观察动静,察觉气氛似乎不对,掉转车头向广州方向开。驶出不远至一收费站,几辆警车包围上去,车上两人束手就擒。就地突审,这两人均为广州市人,正是参与绑架的歹徒。歹徒交代了关押人质的地点:太平镇后山竹林中一间平房。

山路弯弯,蜿蜒曲折。晨曦中,2名绑匪押着罗明下山,正遇前来解救的民警。绑匪大惊,丢下人质,跳进路边茭白田欲夺路而逃。民警眼疾手快,一个个跟着跳下去,揪住绑匪不放。茭白田里淤泥齐腿脖子,一场激烈搏斗,一个个全成了泥人。最终,2名绑匪败下阵来。

眼睛被蒙着的罗明知道自己得救了,喜极而泣。

张坚毅一路也大获全胜。循着取钱绑匪逃跑的线路,他们一路追踪到广州天河区东坡街。东坡街大小旅馆数百,歹徒会不会藏身其中?当地派出所民警、刑警加上张坚毅带的人马分成两个小组,挨个清查。

凌晨4时30分,张坚毅等人走进不起眼的圃兴旅社。核查登记簿,张坚毅一阵兴奋,凌晨1时有两个河南人、一个新疆人入住。据服务员反映,两个河南人一高一矮,与章田反映的取款人一致。

以送开水为名,服务员敲开了河南人入住的407房间。一个男青年睡眼惺忪来开门,床上还有一个在酣睡。床边,两只熟悉的大挎包赫然在目。"就是他们!"五六个便衣旋风般冲进房间,生擒了两名歹徒。打开挎包,80万元人民币分文不少。

清晨6时,更大喜讯传来:绑架案主谋"大哥"在广州市花都区落网。

2004年4月23日下午,无锡滨湖公安分局门口,全副武装的公安民警列队集结;院内,站满欢迎的人群。这天是破案勇士凯旋的日子。

下午2时,10辆警车组成的车队鱼贯驶进分局大院,7名绑匪被威武的民警押下警车,他们已失去作案时的嚣张、猖狂,一个个低下罪恶的头颅。

一名身穿红色T恤的中年男子扑向他的亲人……他就是公安民警历尽曲折解救的人质罗明。6天的生死考验,6天的担惊受怕,此时全化作了滚滚热泪。望着这一幕,参战民警疲惫的脸上绽开甜甜的笑容。

山林魔影

（一）

汪老汉退休多年，面色红润，身体硬朗，这是他天天起早锻炼的结果。

汪老汉家住龙山脚下，这里环境安静，空气清新，适宜养老。年纪大了，早醒。每天天色未明，汪老汉便起床更衣，热一杯牛奶喝了出门。一年365天，天天如此。

2004年6月21日凌晨4时多，初夏，天边刚有些泛白。汪老汉像往常一样起床，去离家不远的龙山二茅峰早锻炼。一路上，他边甩手脚锻炼身体，边在路旁的草丛中寻找灵芝草。

6时15分，汪老汉来到二茅峰南坡半山腰。前几天连着下了几场雨，万物蓬勃，草木葳蕤。汪老汉用手里的小木棍拨开一片杂草，突然"嗡"地飞出一团黑影，几百只大黄蜂扑头盖脸而来，汪老汉猝不及防，一个踉跄，差点摔倒。他挥舞木棍左驱右赶，待黄蜂散去。他探头往草丛中看，大惊，草丛中一堆白骨，发出刺鼻的臭味，隐约可以看出是人的模样。尸骨周边散落着一次性饭盒、矿泉水瓶等一应杂物。

"出人命了，山上有堆白骨！"汪老汉吓得连滚带爬赶紧下山回家。一整天，汪老汉忐忑不安，他不敢与人讲起山上有死人的事。晚上，上班的家人回来了，他才讲起此事，家人连称快报警。

22日一大早,汪老汉向荣巷派出所报了警。荣巷派出所一边组织民警上山保护现场,一边逐级向上报告。无锡市公安局和滨湖公安分局分管刑侦的领导率侦技人员相继赶到现场。早锻炼的居民看到来了这么多警车,纷纷打听出什么事了。

法医们围着那具白骨化的尸体忙开了。尸身头北脚南呈仰卧状,无衣着。民警以尸体为中心展开现场搜索,找到一副深蓝色近视眼镜,一只红色帆布拎包,内装梳子、钥匙、袜子和短袖衬衫等什物,无现金和贵重物品,也无任何证明身份的物件。尸骨旁散落有2个"乐百氏"矿泉水瓶,4只一次性泡沫饭盒。法医鉴定,死者为女性,年龄20岁左右,身高约1.67米。死亡时间在15天至1个月之间。

现场地势偏僻,灌木茂盛,杂草丛生,除了采集草药的,平时人迹罕至。死者是被害还是自杀抑或遭遇意外?一时不能定性。只有查明死者身源,才能真相大白。

警方向全市公安机关及周边地区刑侦协作单位发出寻找尸源的协查通报。

各派出所认真梳理接处警记录,排查失踪人员情况,数据全部汇总到刑警支队。在对上报情况过堂中,6月6日荣巷派出所接报的一宗失踪案引起重点关注,报案者是无锡某高校女生琴琴,她的妹妹瑶瑶6月5日失踪了。

琴琴原籍江苏高邮,无锡某高校龙山校区学生。其妹妹瑶瑶19岁,高邮职教中心学生。5月下旬,瑶瑶完成3年学业,参加对口专业考试,自我感觉不太好,复习的东西不对路,试卷上不少题答得似是而非,为此心情非常郁闷。在家闷了几天,她想去无锡上学的姐姐那里散散心,姐妹俩说说悄悄话。其父母害怕女儿在家憋出病,同意她去无锡。瑶瑶长到19岁,从未单独出过远门,临出门,父母千叮万嘱,让她不要跟陌生人说话。6月1日,儿童节那天,瑶瑶的父亲把她送上从高邮开往无锡的汽车,这边琴琴在汽车站接到瑶瑶,领回宿舍。为节约费用,晚上,姐妹俩挤在一张小床上。

琴琴即将毕业,面临人生的关键阶段,忙着整理复印资料,做毕业设计,找用工单位,实在抽不出时间陪妹妹玩耍。瑶瑶在无锡人地生疏,既无亲戚,又无朋友。头几天,她陪着姐姐到处找工作,偶尔进网吧与网友聊聊天。

6月5日,星期六,上午9时,琴琴有事外出,她给了妹妹10元钱,嘱其在宿舍好好待着。下午,琴琴办完事返校,不见了妹妹。舍友们各忙各的,均不知瑶瑶的去向。"不知到哪儿疯去了?"琴琴心想,这么大一个人总不会丢了吧。可是晚饭时间到了,瑶瑶没回来,夜深了,仍不见其人影。琴琴坐立不安,以为妹妹去了网吧,忘了时间,她发疯似的一家家网吧寻找,同学们也帮着四处寻找。

晨曦在寻找的脚步中降临,瑶瑶杳无音信。6日早晨,琴琴拖着疲惫的身子,向荣巷派出所报了警。根据琴琴提供的几个网友的地址,民警一一见底,并在全市查找,均未发现瑶瑶的行踪。

如花似玉的妹妹说不见就不见了,琴琴急得六神无主。"会不会擅自回了高邮?"她打电话回家询问父母。父母一听小女儿不见了,急忙赶来无锡。一天、二天……半个月过去,瑶瑶活不见人,死不见尸。

"这是不是你妹妹的包包?"民警把在山上找到的那只红色拎包和眼镜等拿给琴琴看。

"是,是我妹妹的,你们在哪儿找到的,我妹妹在哪儿?"琴琴一看拎包,这不是妹妹的东西吗,心头有不祥之感划过,忙不迭追问。民警一边好言安慰,一边用现场上发现的一把钥匙打开了琴琴宿舍的门。琴琴在一旁看呆了,眼泪止不住掉下来。

那堆白骨是不是失踪半个月的瑶瑶?民警采集了琴琴父母的血样进行DNA检测。DNA认定,那具女尸正是瑶瑶。

"孩子啊,你死得好惨啊!你招谁惹谁了,是谁这么狠心害了你!"闻听噩耗,瑶瑶的父母抱头痛哭。儿女是父母身上的肉,割肉之痛,痛彻心扉。

"瑶瑶,是我不好,我不该把你一个人丢在宿舍里。"琴琴陷入深深的自责中,不能自拔。

"一个人生地不熟的外地女孩,是怎么来到这偏僻山林的?"警方根据现场散落的矿泉水瓶和一次性饭盒判断,瑶瑶不像单身至此。是与网友会面还是与他人不期而遇?办案民警决心查个水落石出,给死者家属一个交代。

(二)

瑶瑶的死因还未查清,又有一个坏消息传来,6月29日早上,离二茅峰不远的产山山道上发现一具男尸。

6月29日早上7时,忙完早饭的包阿姨打开后窗通风。包阿姨家紧靠产山,后窗正对那条上下山的弯弯曲曲的山道。包阿姨向窗外不远处的山道眺望,只见山道上赫然躺着一个人,身上光溜溜的,仅穿一条短裤。"天再热,也不能躺在山路上啊,要着凉的。"包阿姨自言自语,没有在意。不一会儿,她听楼道里人声嘈杂,开门一打听,原来是晨练回来的邻居在议论,山道上有个死人。她吓了一跳,再往窗外一瞧,见那人仍一动不动躺在那里。她急忙打电话报警。

一溜警车再次开进产山。这是一具男尸,头部有钝器敲击伤痕,死亡时间在10小时左右。尸体背部有明显拖擦伤痕,判断系被害后移尸至此。现场勘查民警在离男尸150米处发现第一现场。

现场在产山半山腰的一座六角亭里。六角亭不大,紧邻山道,周围是茂密的树林。亭子台阶、墙体和附近的树叶上溅满斑斑血迹。民警在现场找到一张初中毕业证、一张江苏省外来人员就业证和一份流动人口婚育证明,三份证件均属于一个叫"吴林"的安徽人。经查,吴林现年23岁,安徽省芜湖市人。其家人闻讯后急赴无锡,经辨认,死者正是吴林。6月下旬,吴林离家来锡寻找工作,不料遭此厄运。

一向太平清静的产山,一周之内冒出一男一女2具尸体,真是邪门了。难道真有一个看不见的森林魔鬼在作祟,涂炭生灵。汪老汉他们再也不敢上山晨练了。两具尸体给警方带来重重压力,刑侦部门会同滨湖公安分局及涉案地派出所投以重兵,白天黑夜,不停奔波,与那个看不见的"山林魔影"较上了劲。民警挨家挨户上门走访,调查线索,提醒居民加强自防。

6月30日,"山林魔影"终于现形。

23岁的俞贞来自浙江,在无锡生活了好几年,有一份收入稳定的工作,租住在产山脚下的团结二村。爱美是姑娘的天性,为保持苗条体形,爬山是俞贞每天的功课。6月30日早上,她照例来到团结二村后面的山上,清新的空气令人心旷神怡,脚步也轻快起来。8时30分,她顺山道返回,行至半山腰,身后一阵风刮来,路边树林中倏地窜出一个人,从背后把她抱住。她尚未醒过神来,脖子已被紧紧卡住,一把尖刀顶住了喉咙。

"遇到歹徒了!"俞贞很理智也很聪明,她知道与歹徒硬来可能枉送性命,山上出现尸体的事她也听说了。于是,她强迫自己镇静下来,大脑高速运转,想着对付歹徒的办法。

"我有传染病,不要碰我。"俞贞伸出双手,手臂上布满红斑。黄梅时节,她正闹皮肤病。

"我只要钱,别的不要。"歹徒原来是劫财。

"我是出来早锻炼的,身上没带钱,家里有3 000元现金,你跟我下山去拿。"俞贞巧妙地抛出诱饵,欲把歹徒引下山,伺机呼救。

"那好吧,你可别耍花招。"歹徒果然上钩,跟着俞贞往山下走,把手里的尖刀收起来放进了衣袋。

"我收入不高,除了吃用开销,还要交房费、水费,能不能少点?"怕歹徒中途变卦,俞贞没话找话,一路与歹徒"讨价还价",机智周旋。当谈到500元时,不觉已到团结二村门卫室前,门卫老蒋站在门口。

"快抓抢劫犯!"俞贞敏捷地闪到老蒋身后,大呼。歹徒一愣,随即转身往团结二村外的大马路上跑。老蒋倒也机灵,拔脚追过去,一边追一边呼喊:"抓歹徒!"循着呼喊声,正在青山市场值勤的滨湖区城管执法队员王伟、朱晓欣看到一个穿保安服的正在追赶一名男青年,两人没有任何犹豫,立马追了上去。目击群众纷纷见义勇为,加入围捕歹徒的队伍。歹徒穷途末路,钻进一条死胡同,被老蒋他们合力制服。一辆"110"警车飞驰而来,把歹徒带至青山湾派出所。

群众是真正的铜墙铁壁,俞贞、老蒋等人的机智、勇敢、大义,受到众口称道,警方褒奖。江苏省见义勇为基金会、无锡市见义勇为基金会隆重表彰了他们。

落网的抢劫歹徒叫吴君,现年29岁,安徽省金寨县洪冲乡枣冲村人。在派出所里,吴君如实交代了拦路抢劫俞贞的犯罪事实。

派出所对吴君的"过去"来了个大起底。此人可谓劣迹斑斑。吴君1995年来锡,曾在河垾上里东的一个建筑工地打工,熟悉龙山、产山一带情况。吴君来锡不久,便干起违法犯罪勾当,1997年,他因盗窃被劳动教养一年,解除劳教后仍来到无锡。2001年,再次因盗窃被判刑3年,2004年5月10日刑满释放。这次出狱,他在安徽金寨老家仅待了半个多月,于5月28日来锡。因口袋里没钱,开始几天,他白天四处找工作,晚上露宿火车站、小公园。后来用树枝、塑料纸在产山山腰树林中搭了个小棚子住下。

吴君交代完,青山湾派出所分管刑侦的副所长黄斌琢磨开了。吴君身无分文,穷极潦倒,拦路抢劫作案手法老练,其栖身的小棚子离六角亭不远,吴林会不会是其杀害的?

"你再想想,还有没有其他案件?"黄斌坐到吴君面前"闲聊"。

"没有了,真的。"吴君不敢直视黄斌的眼睛,时不时偷偷打量着其面部表情。

"真的没有了吗?"黄斌不动声色,追问一句。

"6月28日傍晚5时多,我在产山上持刀抢劫了3个女的,抢了30元钱。"

吴君明显心虚，交代了另一起抢劫案。

"还有一个男的是怎么回事？"黄斌出其不意冒出一句。

"那人不经打，两棍子下去就不吭声了。"吴君脱口而出。

吴林果真是他杀的，黄斌要吴君说说清楚。

吴君交代，因找工作无着，他身无分文，已两天没东西下肚，饿得眼前直冒金星。28日傍晚，他在山上瞄准3名贪玩晚归的女青年，持刀抢劫得手，随即下山到快餐店饱餐一顿，还喝了瓶廉价白酒。酒足饭饱，他手持木棍在山上游荡，寻找新的袭击目标。

当晚11时，他在六角亭发现露宿在此的吴林，顿生杀心。他举起木棍对熟睡中的吴林头部猛打下去，顷刻间要了吴林的命。可怜吴林工作没找到，枉送命一条。吴君搜遍吴林全身，仅劫得一张5元人民币、一包劣质香烟。他扔掉吴林的所有证件，把尸体拖至山道，剥下吴林身上的衣服、牛仔裤、皮鞋、袜子，连同一本通讯录带回窝棚。

案情重大！青山湾派出所当即上报。当天下午，市公安局刑警支队和滨湖公安分局刑警大队侦技人员带着吴君指认了作案地点，并在他居住的小棚子里起获吴林的衣物。30日晚，吴君被刑事拘留，羁押市第一看守所。

（三）

吴君穷极而疯狂，什么人都抢，且心狠手辣。瑶瑶是不是遇上了这个恶魔？

7月1日，警方派出富有办案经验的刑警去看守所再次提审吴君。

"我想吃红烧肉、烧鸡。"吴君一副心事重重的样子，沉默了一阵，突然提条件要这要那。有戏！民警感觉吴君还有大案在身，满足了他的要求。

抹着油汪汪的嘴巴，吴君开口交代。一开始他要了个滑头，称6月6日在山上遇到一个姓刘的苏北响水人，此人神色十分慌张。6月7日，两人又在山上相遇,结伙抢了一个中年妇女1 000元钱。当晚两人一起喝酒,酒酣时,姓刘的说,6月5日在龙山杀了一个女孩,是一个女大学生的妹妹,衣服扔在山顶一个山洞里。经查核,6月7日,果真有一个妇女在产山遭抢,因心中害怕,没有报案。吴君所说的杀人的事也不像说谎。吴君被带出看守所,前往龙山指认。

"你能找到那个山洞吗?"

"能。"尽管山路纵横交叉,树木杂草丛生,吴君一下子就找到作案地点和扔衣服的山洞。琴琴一看,那些衣服正是瑶瑶失踪前的穿着。睹物思人,琴琴痛哭失声。

如果吴君没有参与杀害瑶瑶,为什么对现场情况如此熟悉?民警要吴君讲清楚,他无法自圆其说,终于交代,瑶瑶是6月5日晚被他和那个姓刘的响水人轮奸后杀死的。

自从在产山安营扎寨,吴君人性中的"恶"再次冒了出来。他认为,山林野地,人迹稀少,杀几个人,抢些钱,警察是找不到的。他身藏弹簧刀,手持木棍,天天幽灵似的在山林间转悠晃荡。6月4日上午,他偶遇另一名同样在山上乱窜的青年男子,两人擦肩而过,没有搭话。当晚,两人再次在山道上相遇,随口聊了几句。6月5日早上,吴君窜到山顶,发现此人夜宿山顶,是个与他一样的"野人"。两人由此搭识,分别介绍了自己。那人自称姓刘,响水县人,还掏出身份证让吴君看。吴君瞄了一眼,没记住名字。

两人一拍即合,密谋抢劫。这天上午,他们结伙在半山腰拦路抢劫3名女子,劫得30元现金。下午,两人在产山山顶看到一个戴近视眼镜的女孩,正倚着一块大石头休息,顿生歹念。这个女孩就是瑶瑶。

原来,瑶瑶一人在宿舍寂寞无聊,独自来到产山玩耍,爬至山顶时,有些累了,在此歇息,没想落入魔掌。两个恶魔交换一下眼神包抄上去,将毫无防备的瑶瑶劫持到树丛中。

"你们是谁?放我走,我要喊了,救命啊!"瑶瑶惊慌至极,拼命挣扎。

"不许喊!"两个歹徒,一个捂嘴巴,一个搜身,仅抢得现金8.5元。两人淫心大发,轮奸了瑶瑶,接着又凶残地扼死瑶瑶,抛尸林丛,把衣物扔进山洞。

6月7日下午,两人再次结伙,拦路抢劫一名上山的中年妇女,得款1 000元。因分赃不匀,两人散伙了。

吴君交代,6月14日后,他就没见过姓刘的。他提供,姓刘的23岁,头发卷曲。

7月3日,警方派出追捕小分队赴响水。经大量艰苦工作,查明家住响水县运河镇三套村的刘化有重大作案嫌疑。刘化无业,5月底窜来无锡,6月中旬返回三套村。密取刘化的照片传回无锡,吴君确认刘化就是其同伙。

3日晚9时,刘化落网。他如实交代了与吴君结伙在产山拦路抢劫和在龙山杀死瑶瑶的犯罪事实。

2005年11月19日,案犯吴君被判处死刑,剥夺政治权利终身。

"山林恶魔"受到了法律的严惩,瑶瑶、吴林如果九泉下有知,应是瞑目。

龙山风光依旧,产山苍翠欲滴,但愿山林从此无恶魔。

毒梟 「刀疤」

"若敢来无锡贩毒，绝不放过你！"

"刀疤"真名练明，2004年11月1日深夜，他被缉毒民警从重庆押解到无锡时，一脸沮丧、绝望，了无往日的狡黠、诡诈、霸道。

"老练，我们又见面了。"无锡市公安局禁毒支队缉毒大队长胡钧专程到高速公路出入口"迎接"练明。练明一愣，头一抬，认出来者。他没有吭声，心里明白，自己几年前的预感应验了。

练明与胡钧"结缘"，还要说到他的重庆老乡"扁脑壳"刘乐，那是1999年的事。

1999年8月中旬，无锡公安禁毒部门发现苗头，一些在KTV、夜总会、迪厅活跃异常的小毒贩，突然收敛了气焰，不见了人影。往深处一究，这些人转移到了车站、旅馆等场所，还有出租户集中的新村、小区，而且活动十分隐蔽。缉毒民警灵活应变，及时调整方向，在缕缕乱麻中理出线头。

跟踪1个多月，缉毒民警抓获一名姓李的吸毒人员。李某是个"老面孔"了，戒毒所里几进几出。这次一进公安局，他便交代，吸的"粉"（指海洛因）是从一个叫"吴宪"的人手里买的。吴宪的"货"从哪里来的？据说"上水道"是个重庆人。"据说"不能作为证据，民警暂时没有惊动吴宪。线索留着，深挖细查。

国庆节到了，缉毒民警放弃休息，侦破了"黄泗贩毒案"。黄泗时年35岁，重庆人,前后共计贩毒1 000余克。他自知小命难保,到案后立功心切,举报说,他有一群重庆老乡专门在无锡贩卖毒品,经常出没稻香新村、孙蒋新村和汽车西站一带,其中有个姓刘的,绰号"扁脑壳"。这伙人中,"扁脑壳"生意做得最大,货源来自重庆。黄泗还提供,"扁脑壳"行动诡秘,交易时从不暴露真实姓名,互称绰号,且人货分离,即在甲地谈妥生意,再去乙地货款两讫。"扁脑壳"在无锡有一个姘妇,姓贡,丹阳人,有吸毒史。

甄别黄泗提供的情况,缉毒民警认为真实程度较高。他们选择"贡"姓女子为突破口,顺线追踪,排出一个叫"贡欣"的丹阳籍发廊女。贡欣与一名重庆籍男子租居于无锡西郊建仪新村,该男子正是"扁脑壳"。

针对吴宪的侦查工作也有重大进展。吴宪,43岁,无锡市无业人员,有重大吸贩毒嫌疑。吴宪关系网广泛,接触最频繁的是一个叫"扁脑壳"的重庆人。

又是"扁脑壳"!看来这回是逃不掉了。缉毒民警兵分两路,盯住贡欣、吴宪延伸线索,拓展情况,最终查明"扁脑壳"叫刘乐。

"扁脑壳"就是刘乐,老相识了!缉毒民警眼睛一亮。原来,时年49岁的刘乐已是劳改、劳教场所"五进宫"。1990年,他在浙江杭州因盗窃被判刑2年。1992年刑满释放,他没有回老家重庆,而是抛妻别子来到无锡,与发廊女贡欣厮混到一起,而且双双染上毒瘾。1996年,这对"野鸳鸯"因吸毒分别被行政拘留15天。拘留对刘乐这个人渣没起到震慑作用,反而让他铤而走险,走上了以贩养吸的犯罪道路。1997年6月3日,他因贩毒罪被判刑2年。

1999年6月,刘乐再次刑满释放,他搬离原来的租住地,住到了建仪新村,又干上贩毒老本行。重操旧业,刘乐更加小心狡猾。他建立"老乡党",把一批在无锡混社会的重庆、四川籍人员纠集到手下。吴宪是个特例,两人是一起吃官司的牢友。同乡结伙,信任度高,鲜有人"漏风"。但是,再狡猾的狐狸也有露出尾巴的时候。

缉毒民警紧紧揪住刘乐的狐狸尾巴不放。1999年10月中旬,刘乐随身携带大宗现金去了重庆,进"货"去了。这一信息第一时间被民警掌握,包括归程日期、交易地点。

10月30日晚9时多返程时,刘乐中了缉毒民警的埋伏。这一仗缴获海洛因860克,抓获大小毒贩15名。胡钧全程参与了这起贩毒大案的侦破,他是第二天,即10月31日,在一个抓捕现场与练明初次相识的。

刘乐到案后,供出一串"下水道",其中有个"下水道"租住在孙蒋新村。31日晚,胡钧带人突袭这处租住地,把一伙重庆籍小毒贩堵个正着。

胡钧和战友把这伙人分开,逐个讯问。问到一个叫"练明"的人时,其再三申辩与"毒"无关,是来找老乡玩耍,遇上了。胡钧可不这么认为,一屋子9个人,6人睡地上,3人睡床上,这个练明睡中间,可见地位不一般。且此人举止沉稳不乱,谈吐少年老成,非同一般。这个练明的过去并不光彩,1997年,他在无锡因扒窃被劳动教养2年,解除劳教后,回重庆开了家服装店,生意难做,门可罗雀。听人说有老乡在无锡"卖粉",钱好赚,他动了心,这次到无锡是摸行情来了。没想到进门不久,就撞上无锡警方的抓捕行动。

"倒霉透了。"练明极力申辩。

"好好回去做生意,别想什么歪门邪道,刘乐就是例子。"因没有确凿的证据证明练明有犯罪嫌疑,警方只得放人。胡钧现场给练明上了堂法制课。

"胡警官,我知道了。"练明表面唯唯诺诺,其实什么也没听进去。他无来由地对眼前这个个子不高,眼睛不大,皮肤白皙的警察产生一种惧怕。他有一种预感,今后如果来无锡开拓"市场",说不定就要栽在这个胡大队长手里。

"若敢来无锡贩毒,绝不会放过你!"胡钧扔出一句话,练明打了个冷战,慢慢低下头。

一道长长的刀疤,醒目地横卧在左脸颊,一张原本还算英俊的脸,在昏暗的灯光下狰狞不堪。胡钧把这个刀疤脸重庆男子深深刻在了脑海里。

狡兔三窟,毒品中转站设在上海

一晃三年多过去,练明果真没有在无锡出现过,但是,一个绰号"刀疤"的神秘人物倒是活动频频。

2001年至2002年底,无锡缉毒民警破获数起四川、重庆籍人员贩毒大案,背后都有一个叫"刀疤"的供货者。

胡钧找来这些案件的资料,反复翻阅涉案人员的交代笔录,发现这些团伙的为首者不是四川籍,就是来自重庆。虽各做各的"生意",各有各的"下水道",但在交代"上水道"即供货人时,不约而同都提到了"刀疤"。至于"刀疤"的真实姓名、长相、年龄什么的,没人说得清楚,只知道他是重庆人。这些落网毒贩无人见过"刀疤",平时购货,都是电话联系,号码从不重复。一旦谈妥,"货"由"马仔"送到无锡,一手交钱一手交货。

"刀疤?难道是他?""练明"这个人从胡钧的记忆深处跳出。"不管是不是他,先盯住不放!"

"刀疤,重庆人,神秘的供货者……"胡钧在办案札记上添了一行字。

仅仅盯了一个多月,"刀疤"的真实身份便暴露无遗。果不其然,"刀疤"就是练明!

事情还是出在练明的重庆老乡那里。2003年1月12日,在锡活动频繁的重庆籍毒贩崔荣被缉毒民警抄了底。面对120克海洛因,他耷拉着脑袋交代来源:"是从'刀疤'那儿进的货。"

"谁是'刀疤'?"民警追问。

"就是练明!"崔荣脱口而出。

1月21日中午,西郊河垮口地区某医院门口,毒贩林毅与人交易时,被埋伏在一旁的警方一举擒获,查获海洛因650克。林毅系无锡本地无业人员,有多年吸毒史,4次被强制戒毒,2次劳教。2002年12月,缉毒民警发现他与好几个重庆籍毒贩频频联系,即纳入视线。

在对林毅的租住地进行搜查中,胡钧有意外收获。在一个不起眼的角落里,扔着一个纸团,他捡起展开一看,是一张汇款单存根,1月18日林毅汇到重庆去的,金额10.5万元。

林毅供述,他的幕后操控者是"刀疤",而这笔汇款的收款人正是练明。

与林毅同时落网的,是一个叫"徐仲"的重庆男子。徐仲称,他是练明雇佣的"马仔"。1月中旬,练明一个电话把他从重庆召到上海。19日,他到了上海,住进事先安排的酒店,无所事事待了2天。21日,练明将包裹得方方正正的一包海洛因交给他,让其到无锡找林毅,关照他一路上要多加小心,无锡警察挺厉害的。

"'刀疤'果真是练明。"胡钧攥紧拳头,"一定要抓住他!"

2003年1月21日,"林毅贩毒案"侦破那天,无锡警方正式对练明立案侦查。此案被江苏省公安厅挂牌督办,胡钧系专案组骨干。

专案组挂图作战,侦查工作围绕"四张图"展开:第一张图,肖像图。锁定"刀疤"身份,刻画面貌特征。第二张图,线路图。联手重庆、上海警方,跨区域协同作战,掌握"刀疤"活动情况。第三张图,网络图。查清"刀疤"团伙人员结构,分工情况。第四张图,流程图。查明运毒通道、藏毒地点、分销网络,选择最佳时机一网打尽。

2003年春节刚过,胡钧他们一进山城重庆,在同行的配合下,摸清了练明的底细。

练明,1966年出生,住重庆市沙坪坝区天陈路。练明有着一副令人怜悯的外表,眼睛深度近视,曾经遭遇交通事故,右脑严重受伤,留下癫痫后遗症,一两个月就要大发作一次。面部、四肢受伤,面部缝了几十针,那道长长的疤痕就是车祸留下的"纪念"。一条腿短一段,一只手指少一截,故他的绰号有"刀疤""瘸腿""鸡爪"一大串,不过叫得最响的还是"刀疤"。

20世纪80年代初,练明初中没毕业就与发小吴斌、刘伟、苏文等在老家重庆"扒包"。练明无师自通,扒技超群,从未失手。1990年初,他与吴斌等结伙到无锡找活,每次有几十元甚至数百元进账。其间,他结交了一批毒友。一年后,他怀揣数万元巨款回到重庆,租了个柜台,经营精品服装和烟酒,当上了老板。1995年开始贩毒,落入浙江湖州警方之手,被判3年6个月有期徒刑,1997年保外就医,又因扒窃被劳教。

练明胆大、贪婪、心黑,做事不计后果。1999年无锡之行"巧遇"刘乐失风,他受了点惊吓,不久便烟消云散。胡钧的一番话,他更是当耳边风。回到重庆,他以服装店为掩护,联系昔日毒友,以图东山再起,并决定以重庆为基地,做上海、无锡的买卖。他把一批刑满释放、解除劳教的社会渣滓网罗到手下,组建贩毒团伙。落网的徐仲、吴斌,都是一出大牢,就被他收入团伙,充当"马仔",负责运送毒品。

无锡警方严密封锁了崔荣、林毅、徐仲落网的消息。崔荣、林毅不再要货,徐仲一去不返,杳无音信,狡黠的练明受惊不小,一连七八个月按兵不动。

练明没动静,侦查工作却没有停止。胡钧他们查明,两年多时间里,无锡毒品市场上的"货"一半出自练明。他赚得盆满钵满,过着前呼后拥、花天酒地的奢华生活。专案组分析,练明绝不会放弃无锡这个市场,只要机会到,他定会卷土重来。专案组暂且把他"晾"了起来。

2003年9月,又是一年中秋节将临,练明的2个"马仔"4次现身无锡。"马仔"一踏上无锡地盘,办案民警就对他们的行踪一清二楚。其中一个"马仔"杨明,每次都是来送货的,量不大也不小,一次200克左右。接货的是四川籍毒贩董英及无锡无业人员浦娣。擒贼擒王,为钓出大鱼,专案组放出长线,尽在暗中掌控,任"马仔"自由来去,为的是给练明制造一个假象:他不在无锡警方视线内。

根据"马仔""重庆—上海—无锡"的来锡线路,专案组判断,练明在上海设有中转据点。为了证实这一判断,胡钧和战友数次赴沪侦查,查到3个藏毒窝点。

看无锡警方没有动静,2003年11月初,练明带着一群"马仔"前呼后拥来锡,与多名"下水道"频频碰头,"下水道"们得以"一睹芳容"。这是练明以"毒贩"身份第一次来锡。他表面张扬,内心恐惧。他没在无锡过夜,当天折回上海,连夜乘车去重庆。他是来探底的。

前期侦查表明,练明与以往抓获的毒贩不同,他头脑活络,善于经营,狡猾奸诈,颇有心计;团伙内部盘根错节,脉络繁杂。要获得最大的破案效益,即一网打尽,无论是在上海还是无锡,收网时机皆尚不成熟。专案组决定长期经营,进一步摸清源头重庆的情况。

2003年11月23日,胡钧二进山城,同行的是时任禁毒支队副支队长邹盘坤等。当晚,他们便衣来到练明的服装店周围观察情况。进出服装店的人员颇杂,有正常购衣服的,也有不明身份人员,几个"马仔"不离练明左右。

练明的做派确实让人有点摸不着头脑,11月初他还大摇大摆到了无锡,不知是第六感觉起作用,还是听到什么风声,11月29日,他毫无征兆地把几个在外地活动的"马仔"召回了重庆。接着,常驻无锡的董英等重庆籍"下线"也相继回了老家。浦娣等无锡的下线则老老实实蛰伏家中。胡钧他们在渝一个月,练明天天现身服装店,白天喝茶聊天,晚上早早关店歇息。

此行还是大有收获的,警方查明练明的哥哥练伟也是团伙主要成员。练明手下"马仔"五六个,最得力的是吴斌、刘伟、杨明。这3人都蹲过大牢,均是心狠手辣的亡命之徒。练明对团伙管理颇严格,平时只给生活费和必要开支,年底按功论赏,统一分红。每次"开工",他总是一句话:"想发财就得冒险,放心大胆干,出了事妻儿老小我来管。"

"后会有期!"胡钧他们踏上归程。

警方三地联动,围剿"刀疤"团伙

一场比耐力、比耐心的暗战持续了两个月。在练明那里,金钱、贪婪最终占了上风。2004年1月底,春节刚过,鞭炮的气息尚未散尽,董英拎着简单的行李悄悄回到无锡的租住地。接下来几天,一个个重庆籍小毒贩纷纷来锡,浦娣等无锡"下水道"也开始活跃起来。迹象表明,练明要"重新出山"了。

知己知彼,才能百战不殆。胡钧一行三赴重庆。几天明察暗访,证实练明正在组织货源,手下"马仔"频频往返渝、沪,把"货"运到上海,分散包装,分批送往无锡、常州等地。

练明虽然"马仔"众多,但相互之间并无联系,各人执行各人的"任务",直接与练明单线联系。练明则躲在服装店里遥控指挥。专案组决定组织局部打击行动,敲山震虎。

2004年3月14日深夜,无锡中桥地区,当毒贩彭虎与练明派来的"马仔"在一家宾馆门口交易时,被缉毒民警抓个正着。同日晚,董英落网。两仗共缴获海洛因1 200克。

一夜连端两窝点,消息传到重庆,练明没有收敛。他暂时放弃无锡市场,轮流派吴斌、刘伟、杨明将大批毒品运往上海,静观无锡动向。专案组重新布局,谋划摧毁其在上海的窝点,逼其直接将货运往无锡,择机围剿,一网打尽。

沪、渝、锡三地警方联手作战,达成共识:吴斌、刘伟、杨明3个骨干"马仔",只要其中有一人携货到上海,送货之日就是围捕之时。重庆警方派出精干缉毒警来锡协助案侦。

经过不懈追踪,2004年4月初,上海黄浦区共和新路1865弄某号,练明新设的藏毒地点暴露。8日,重庆警方获得重大线索,练明的得力"马仔"杨明将于10日携大宗毒品到上海。胡钧带人驱车赴沪,会同上海警察密控共和新路。

10日中午12时30分,杨明背着一只大包现身共和新路1865弄。他四处张望一番,未见异常,闪身进了租住地。一行人马紧随上楼。

"杨明,等你好久了!"半小时后,杨明拎着只小包,哼着小曲拉开房门,五六人迎了上去。

"你们……你们是谁?"杨明猝不及防。

"警察!"胡钧没有暴露具体身份。在杨明的随身小包里,查获海洛因200克。

"就这么多。"见警察冲进门,杨明连忙申辩,眼睛却不时往客厅上方的吊柜瞧。胡钧他们心中有数,打开吊柜门,在一堆杂物中找到几块包裹得严严实实的"方砖"。杨明顿时脸如死灰,后悔不已。这次,他根据"老大"指令,携带2 000克海洛因乘火车来沪。列车途经杭州时,手机接到一个电话,号码陌生,接听时对方不回话。他感觉不对,想把货扔掉,又舍不得损失这几十万元。一路忐忑到上海,果真被警察抄了,只是不知是哪路神仙,上海的,还是重庆的?他压根就没想到是无锡警察。

"说吧,这是从哪里来的?"胡钧指着战利品,与杨明过招。

"在重庆路边买的。"

"哪条路,对方长什么样?"

"这……我也不知道这是海洛因,我是受朋友之托带来上海的。"谎话难圆,杨明换了招。

"朋友姓名?住哪儿?带给谁?……"胡钧连珠炮般发问,杨明无法招架,干脆耍赖皮缄了口,就是不肯交出后台老板。其实,杨明心里是恨练明的。上回贩毒他不仅坐了牢,而且老婆也跟着吸毒被劳动教养。夫妻离了婚,孩子没人带,只得放在亲戚家。出狱后他下决心告别过去,重新做人。他找到一份稳定的工作。练明找上门,又是请客又是送礼,最后开口要其出山。碍于情面又经不住金钱的诱惑,他便走上了这条万劫不复的不归路。他怕说出老板是练明,罪孽更重。

4月11日傍晚,练明另一个心腹"马仔"吴斌出现在共和新路1865弄。杨明一去如断线风筝,练明预感不祥,派吴斌前来窥测动静。吴斌潜到窝点附近,见租住地屋门大敞,心知不妙,连门都没敢进,连夜逃回重庆报信。练明心知中了警方埋伏,失货又折兵。他以为是上海警察干的。

这一次,练明损失24万元,他不会善罢甘休。2004年"五一"假日期间,"马仔"吴斌来到无锡,频频与浦娣等"下水道"碰头。上海失风,练明铤而走险,欲在无锡编织网络。吴斌来锡,表面上是来收尾款,实则为探路,寻找"下水道",开辟新市场。

这一切都没有逃过专案组犀利的眼睛。

春天随着落花归去,夏天在人们匆忙的脚步中走来。在锡的一伙重庆籍毒贩犹如注射了兴奋剂般活跃。老陈、涂江、鲜期、唐龙……鱼虾般扑腾在水面上。浦娣、冯林等无锡毒贩也纷纷登场,还有江西、吉林等地的涉毒人员飞蛾般扑来。不得不慨叹,练明织网本事挺大。

循着大小毒贩的行迹,专案组查明,练明在上海的中转站已撤销,毒品直接运到无锡。运毒的线路是:"马仔"乘坐凌晨的火车从重庆出发,经29个小时运行,于第二天中午抵达上海,随即转乘火车或大巴车到无锡。吴斌则坐飞机先期来锡,等待接货。货到,藏匿于鲜期在金城新村的租住地,然后由老陈联系下家"发货"。每克海洛因进价在130～140元之间,经层层贩卖,最终达到四五百元。如此暴利,吸引着一个个毒贩不惜冒着掉脑袋的危险"前仆后继"。

经查证,"老陈"只是个代号,其真名苏文,重庆人,租住在无锡城南某小区。其他毒贩的租住地也尽在掌控中。运货人是谁?一时不明朗。脉络不清,专案组以静制动。

2004年8月12日,胡钧等四进山城。此行收获不大,谁往无锡运货,谜团未解。唯一的办法只能是守株待兔,死死看住练明及其"马仔"。重庆警方承担了这一任务。

秋风送爽,炎暑顿消。一年中的第三季——秋天来了,这是一个收获的季节。10月23日,重庆警方送来"大礼包":练明的得力"马仔"刘伟乘火车去上海了。谜团顿解,刘伟就是那个神秘运货人。

"'老陈'搬家了!"就在专案组进入临战状态之际,一桩意外令上下神经紧张。一查,虚惊一场。社区民警上门登记暂住人口信息,惊到苏文,他赶紧另找住地,一批"下水道"也相继变换租住地。专案组以变应变,第一时间掌握新动向。

"刘伟再次送货之时,就是收网之日!"锡、沪、渝三地警方形成共识,联合行动,明确分工:练家兄弟由重庆警方实施抓捕;专案组派员会同上海警方到火车站堵截刘伟;无锡警方组织9个抓捕组分兵出击,围捕苏文等大小毒贩。

大战将临,民警们摩拳擦掌,通宵待命。

"刘伟已乘上由重庆至上海的K72次火车!"2004年10月28日凌晨,专案指挥部电话铃声骤起,顿时群情振奋。"22个月,660余天的较量,等的就是这一天!"胡钧在心里说,"练明你小子,这次往哪里逃?"

据重庆警方监控,10月27日下午,练伟与刘伟在重庆街头碰头,练伟将一只沉甸甸的拎袋交给了刘伟。刘伟拿过拎袋乘出租车径直去了火车站,第二天凌晨登上K72次火车。2名重庆便衣民警随车跟踪。专案组决定29日中午在上海火车站堵截刘伟。然后,无锡、重庆同步收网。

计划永远赶不上变化。专案组推测,吴斌将于29日到锡接货,未料其提前一天到了无锡。吴斌是练明团伙重点人物,如果滑掉,对整个案件将产生不利影响。专案组以变应变,决定提前一天实施抓捕行动。重庆方面接到通报,同意收网。

10月28日下午,无锡、重庆警方一声令下,抓捕民警各自扑向目标。

重庆,沙坪坝区某茶室,店堂清静,环境优雅,背景音乐似有似无。货发出,练明、练伟兄弟心情很好,正在悠闲地品尝功夫茶。几名精壮的汉子何时进的茶室,直至来到面前,兄弟俩竟毫无察觉,只好束手就擒。

无锡,缉毒民警兵分9路。吴斌、涂江在滨湖区景亭苑门口被抓,苏文、鲜期、唐龙、冯林、浦娣等大小毒贩无一脱逃,缴获海洛因3 180克。

29日上午11时,K72次列车准点到达上海。刘伟揉揉发麻的双腿,起身从行李架上取下挎包,正欲下车。"兄弟,跟我们走吧!"2名"贴身侍从"亮明身份,不费吹灰之力将其控制,缴获挎包里装着的2 000克海洛因。

刘伟新婚仅两天就被练明催着上路运毒,他不想离开老婆干这么冒险的事,但吃着、用着练明的,实在无法拒绝。这一走就再没能回家。落网后,他对审讯他的民警说:"老婆再也不是我的了,希望她再也不要找一个毒贩。"

至此,练明编织的毒网被彻底摧毁,前后历时22个月,抓获大小毒贩19名,共缴获海洛因8 850克。据法院审理,2004年3月至10月间,该团伙先后12次从重庆运输海洛因至上海或无锡贩卖,共计20 284克。

2004年11月1日,练明、练伟兄弟押解到锡,这是事隔5年后胡钧和练明的再次相遇。

"老练,我早就对你说过,别来无锡,你承认输了吧。"胡钧调侃。

"我确实输了,就像从高楼上一头摔下来。"练明心服口服。

天作孽犹可违,自作孽不可活。2005年7月,无锡市中级人民法院判处练明、吴斌等7人死刑,剥夺政治权利终身,并处没收全部财产,1人判处死缓。一个贩毒团伙有8人被判处死刑或死缓,创下江苏省之最。

致命邂逅

(一)

在山东省泰安市下旺村，王凤是一个有能耐的女人。家里开着一家粥店，还做着煤场称重生意，收入颇丰，日子过得滋润、富裕。王凤生于1967年，彼时虽是年近四十的半老徐娘，但因打扮时髦，保养得当，看上去还很年轻，挺惹眼的。

王凤有一个幸福的家庭，丈夫老实本分，对其百依百顺，家里经济大权由王凤掌着。他们有一双儿女，女儿豆豆正值豆蔻年华，亭亭玉立，漂亮大方，喜好音乐。跨入2006年，豆豆迎来高考季，她的梦想是进上海音乐学院。

上海音乐学院是中国历史最悠久的高等音乐学府，要进这所学院，没点实力是不行的。王凤舍得在女儿身上投资，花高薪聘请专家为豆豆开小灶。在下旺村，谁不羡慕王凤一家。

王凤骨子里非常浪漫，讲究情调，追求时尚。手头没钱的时候，成天忙于生计，没时间想那些风花雪月的事。口袋鼓了后，她对情趣、品位的追求多了起来。老实、憨厚、寡言，丈夫原本的优点，在她眼里慢慢成了缺点。她越来越觉得自己的婚姻平淡、无趣。她内心时常涌起一种骚动，隐隐希望遭遇一次激情，给平淡的日子"充充电"。

上苍总是在冥冥之中安排每个人的命运。就在王凤对婚姻感到厌倦时，一场婚外恋悄悄向她走来。

为让豆豆考上梦寐以求的上海音乐学院，2006年3月初的一天，王凤专门跑到上海为女儿聘请辅导老师。因有熟人牵线，事情办得很顺利。下午，她早早来到火车站候车,买的是晚上9时多的火车票。时间尚早,她来到车站南广场附近的商铺闲逛。

早春三月,天气多变。一场春雨不期而至,越下越密,一时没有停的意思。王凤跑到一家商场门口避雨。避雨的人很多,人挨着人,心理距离一下就拉近了。素不相识的人们有一句没一句聊起了天。紧挨着王凤的是个三十五六岁的男子,不胖不瘦,中等身材,大眼睛,皮肤白皙,看上去挺顺眼的。王凤对其第一感觉不错,当对方主动搭讪时,王凤接上了话茬。

那男子能侃,嘴巴也甜,他说自己是开网吧的,到上海是来找店面的。王凤有着山东人特有的爽快,面对一个陌生男人,她毫无保留地和盘托出自己来沪的目的,以及在山东的生意。两人越聊越投机,大有相见恨晚的意思。

不知不觉一个多小时过去,雨还在下,夜幕渐渐降临,街边的霓虹灯依次亮起,五光十色,在雨丝中别有韵味。"你是几点的车?我要晚上10点多才走呢,不如我们一起吃个晚饭吧。"男子热情邀请。

"好呀!我晚上9点多才走呢。"王凤接过对方伸来的橄榄枝。当晚,这对男女在车站附近的一家酒店共进晚餐。该男子在饭桌上对女士的细心周到,再次让王凤心动。双方互留了姓名、手机号码。饭毕,男子主动埋单。临上火车,王凤竟有了依依不舍的感觉,那男子的眼神也是脉脉含情,他把王凤送进站台。

对方留给王凤的姓名叫陈楚,福建连江人。

"你好,谢谢你陪我度过了一个无聊乏味的傍晚。"回泰安的第二天,王凤给陈楚发去短信。

"你我人海中相遇,是一种缘分,期待着再次相见。"陈楚当即给予回应。就这样,你来我往,两人每天都要互发几十条短信,内容越来越亲热、暧昧,王凤备感甜蜜。那段时间,王凤的笑声更响了,走路更轻快了,脾气也变好了。"莫非遇到喜事了?"周边的人猜测,只有王凤木讷的丈夫毫无察觉。

"王姐,生日快乐!祝你青春永驻,越来越漂亮!想你。"3月14日,王凤生日,一大早,陈楚便发来充满深情的祝福短信。王凤喜出望外,更觉得上海之行真是天意:让她遇到这么一个善解人意、体贴入微的男子。这不正是自己一直以来渴望遇到的人吗!

淅沥春雨中,两个素不相识的人在人海中邂逅;透过无形电波,又把这对男女越拉越近。

随着时间的推移和情感的升温,仅发短信已不能解决相思之渴。2006年4月,王凤借送豆豆到沪上课之便,与陈楚秘密相会在宾馆。这一次,他们越过雷池,成了真正意义上的情人。随后几个月,他们几乎每个月都要见上两三次面,不是王凤到上海,就是陈楚去泰安。每次都是美味佳肴,烛光红酒,度过一个个浪漫的夜晚。

恋爱中的女人是愚蠢的。一向精明、老练的王凤没有在乎每次餐后埋单、开房结账。"我来,我来,这是男人的事。"每次,陈楚总是嘴上客气,却不掏口袋。王凤没有看到她刷银行卡时陈楚虎视眈眈的贪婪目光,更没想到躺在自己身边的是一只张开血盆大口的饿狼。

"王姐,今天有空吗?来上海吧,特别特别想你。"2006年7月4日早上,王凤又一次接到陈楚的电话。王凤一听骨头都酥了,当即购买了当晚的火车票,对家人则称自己是去上海联系豆豆上学事宜。豆豆的事是天大的事,家人没有往其他方面想。当晚7时25分,丈夫和女儿目送王凤登上开往上海的火车。

谁也未料到,王凤这一走,再也没有回家。

(二)

美丽的太湖名闻遐迩,夏日的蠡湖更是风景秀丽,凉风习习,变幻的"蠡湖之光",壮观的百米高喷,无不令人流连忘返。夜深了,游人渐渐散去,热闹的蠡湖慢慢沉入梦乡,只有尽职的保安队员巡逻在湖边堤岸,还有零星的捕鱼人打着手电寻觅猎物。

"哎呀!这是什么,好像是个人头,吓死人了!"远处,捕鱼人一声惊叫。保安队员老王闻声急忙跑过去查看。一个白森森的头颅在湖水中随波飘浮。

"赶快报警!"老王操起手机,一旁的捕鱼人吓得直抖。"'蠡湖之光'湖面发现一颗头颅!"无锡市公安局"110"电话铃声大作,时针指向7月14日凌晨1时。刑警们揉着惺忪的眼睛冲出家门,跳上警车,从四面八方往湖边赶去。沉睡的蠡湖被惊醒,注定当夜无眠。市公安局和滨湖公安分局的领导相继到达现场。

打捞出水的尸首被迅速送到法医室,穿着白大褂的法医早已在岗在位。经鉴定,这是一颗人体头颅,死者系女性,死亡时间约一周。办案中,刑警们曾捞过不少身首异处的尸块,这颗人头颅脑有损伤,头颈分离处有整齐的切割痕迹。警方初步认定,这是一起杀人碎尸案,作案工具为菜刀类工具。

警方连夜成立专案组投入工作。

侦破无名尸体案,查明身源是第一步,这一步至关重要。专案组明确了四条侦查措施:对发现尸首的现场深入调查访问,搜集相关线索;对"蠡湖之光"一带湖面进行打捞,寻找相关人体组织;汇总梳理近期全市报失踪人员名单;对尸首进行DNA检测,并向周边刑侦协作区发出协查通报。

巡逻保安、小商小贩、清洁人员、垂钓者、绿化员……现场访问工作周密而细致。据经常活动在这一带景区的人们反映,三四天前,他们就闻到阵阵臭味,起先以为是夏天来了,蓝藻作怪,仔细辨别又不像。蓝藻的臭带有一股腥味,而这明明是恶臭,而且粘在鼻子上挥之不去。"莫不是谁把死狗死猫扔进了湖里?"人们作出这样的猜测。7月11日,有名保洁员见湖面飘来白乎乎的半只"西瓜皮",用火钳去钳,滑溜溜的,怎么也钳不住,只得作罢。

打捞工作由水上公安分局负责,时值第4号强台风"碧利斯"袭击无锡,湖面上风急浪高。民警们扛来几条小舢板,迎着风浪艰难打捞。7月16日下午,一段下肢打捞出水,法医认定与尸首同属一人。

有关人口报失踪的信息梳理工作在全市百余个派出所展开。溪南派出所接报的一桩人口失踪案引起了专案组的高度重视,循着这起失踪案,专案组找到了侦破这起杀人碎尸案的"钥匙"。

（三）

2006年7月9日下午,溪南派出所接待了2男1女3名报案人。

报案者正是王凤的家人,一个是王凤的女儿豆豆,另一个是豆豆的大伯,还有一个亲戚陪同前来。

且说 7 月 4 日晚王凤上火车后,不时用短信与家中保持联系。5 日早晨 6 时,其丈夫还接到王凤用手机打到家中的电话,称已平安抵达上海。当天下午 5 时,她又打电话给丈夫,说是晚上请人吃饭,然后乘火车回泰安。是晚,豆豆的上海辅导老师也接到王凤来电,商量豆豆上学事宜。

上海到泰安,火车也就一夜的事,第二天上午,家人望穿双眼,未盼来王凤。拨打她的手机,关机了。这可是从来没有过的事啊!王凤每次外出,总是与家中保持着热线联系。这一天,王凤家人几十次拨打其手机,话筒里传来的始终是那句无情的提示音:"对不起,您拨打的电话已关机,请稍后再拨。"

王凤无端失踪,急坏了家人和亲戚朋友。情急之中,家人想起王凤随身带有两张银行卡,只要其使用就会留下痕迹。家人连忙到银行查询,发现其曾在无锡的 ATM 机上提过款。王凤去的是上海,怎么会在无锡取款呢?其家人心头掠过不祥之感,决定由豆豆的大伯带着豆豆来无锡向警方报案。其丈夫则守在家中等候消息。

"我妈妈失踪了,她在这儿的 ATM 机上提过款……"7 月 9 日下午 4 时,一行三人携王凤的近照,步履沉重地走进溪南派出所,银行卡取款地点在该所辖区。一进门,豆豆就大声嚷嚷,眼泪禁不住掉下来。派出所民警安慰豆豆别着急,慢慢说。听完情况,派出所随即投入细致的调查工作中。

派出所民警手持王凤的照片,银行、农贸市场、烟酒店,一家家调查走访。照片上的王凤,离子烫披肩长发,穿橘红色毛衣,黑色长裤,在一片桃林中笑得花枝乱颤。一家烟酒店店主一眼就认出了她。店主反映,几天前,曾有一对中年男女到他店里打过公用电话,女的讲的是普通话,拨了十几遍才打通,好像是往女的家里打电话。通完电话,两人买了两根蜡烛、一双男袜。离店时,那女子关照店主,如有人来电询问通话地址,不要告知。为此,店主对这对男女印象颇深,而且觉得两人关系不太正常。

查询取款记录,7 月 5 日深夜至 7 月 9 日,有人用王凤的银行卡分 3 次在锡提取现金 2.54 万元。取款人为一男一女,男的 35 岁左右,穿黑底白条 T 恤,戴帽子,帽檐压得很低,看不清面孔。女的二十四五岁模样,披肩发,上身白色 T 恤,下穿牛仔裤。此女显然不是王凤。

专案组抓住这些线索一追到底。王凤离家时穿橘黄色 T 恤,黑色喇叭裤,白色高跟鞋。烟酒店店主见到的打电话女子正是这身打扮。侦技人员抽取了豆豆的血样,经 DNA 检测,认定豆豆与死者存在亲子关系。由此,可以认定死者就是王凤。听到这个噩耗,多日寻找妈妈无着,心力交瘁的豆豆眼前一黑,晕倒在地。消息传到山东,家里哭声一片。村人闻讯,无不为早逝的王凤惋惜。

谁是凶手?如此残忍,让一个活生生的人顷刻间身首异处。与王凤一起出现在溪南地区的那名中年男子有重大嫌疑。店主描述的该男子的衣着、年龄特征,与到 ATM 机上取款男子的特征相似。专案组在立足锡城排查的同时,围绕王凤生前交往关系开展专线侦查。深入访问中,豆豆反映了一个情况,王凤曾与区号为"021"的一个固定电话频繁通话。王凤这次离家也称是去上海。专案组派员赴沪上撒网。

专线侦查效果凸现,一个叫陈楚的人进入专案组的视线。此人活动在上海,案发前与王凤电话、短信联系频繁,在上海有多次开房记录。

陈楚在上海无固定住处,行踪不定。办案民警人海觅踪,于 7 月 15 日深夜锁定其踪迹:陈楚正在上海宝山区一家迪厅喝酒跳舞。为确保万无一失,抓捕民警守在楼下马路边静静守候。

陈楚玩得很疯,直至 16 日凌晨 1 时多,才打着酒嗝,醉醺醺晃出迪厅。民警们迎了上去。

"你们,你们是谁,干什么?"陈楚酒被吓醒,拼命挣扎。

"到了无锡你就知道了!"民警一声喝,押着他上了警车,连夜驶回无锡。途经太湖大道"蠡湖之光"时,陈楚的双腿不由自主颤抖起来,他知道偿命的时候到了。

(四)

为了财,陈楚残忍地杀害了王凤。

陈楚自以为跳跃作案,警察是找不到他的,因此,他告诉王凤的是真名真地址。陈楚现年 34 岁,福建连江县敖江镇人。在他的家乡,他的好逸恶劳、游手好闲是出了名的。他短暂的生命历程劣迹斑斑,有一半光阴是在监狱中度过的。他因盗窃 3 次被判刑,第三次判刑是 1995 年,判了 14 年,2004 年 5 月提前释放。

时年32岁的陈楚这次出狱似乎有了悔改之意,他听从家人劝告,安心待在家里,成了家,有了孩子。他先后开过游戏厅,倒腾过海鲜生意,因与社会脱节太久,加之经营无道,每次都是以亏本告终,欠下累累债务,一时债主盈门。为了躲避债主,2005年春,他抛下妻子和才1个多月的儿子,流窜各大城市,靠一张尚算可以的脸蛋骗吃骗喝。陈楚落网后,办案民警在其手机里发现他与多名女子的短信往来记录,内容肉麻、暧昧。

2006年3月,陈楚与王凤在上海火车站邂逅并"一见钟情",了解了王凤的底细,他窃喜钓到一条大鱼。在两人来往的3个多月里,除第一次在上海火车站用餐是他付的钱,以后每次约会、吃喝玩乐、开房间,都是王凤埋单。王凤一片痴情,陈楚则逢场作戏。面对王凤用钱大方、慷慨、潇洒的富婆范儿,陈楚萌生了谋财害命的歹念。在王凤取款时,他偷窥到银行卡密码。

经过周密的预谋,2006年7月1日,陈楚窜来无锡,用假姓名在溪南地区租下一处住房。然后,他约王凤到上海会面。当王凤登上开往上海的火车后,他又称自己在无锡谈生意,要其到无锡见面。7月5日凌晨3时多,陈楚在无锡火车站接到王凤。下午,两人逛了农贸市场,到烟酒店打了电话。晚上,陈楚为王凤制造了最后的"烛光晚餐"。

吃完浪漫的"烛光晚餐",陈楚柔情蜜意搂着王凤早早上了床。云雨过后,他开口说生意上周转不过来,能否借其5万元钱。"我可没有那么多钱。"王凤想都没想就拒绝了,转身便睡,不再理他。陈楚杀心顿起,他将事先准备的一段电线套上王凤的脖子,双手不断用劲,越勒越紧,不一会儿王凤便没了声息。连夜,陈楚菜刀碎尸,抛尸蠡湖。接下来几天,他雇了个发廊女一起取钱,用劫得的银行卡分3次在取款机取现2.54万元。

带着一身血腥味,陈楚逃到上海,进迪厅、洗桑拿、泡小姐、上赌台,至其落网,所劫钱财已挥霍一空。

2007年5月29日,案犯陈楚被判死刑,剥夺政治权利终身。

异地租房作案,碎尸沉尸,陈楚自以为天衣无缝,没想到无锡警方破案如此神速。令人叹息的是,王凤追求浪漫,招来的竟是杀身之祸。她的丈夫在获悉真相后痛哭无语,她的女儿更是无法面对这一事实。

但愿王凤这段荒唐的经历、生命的代价,给人们以警示!

赌之深渊

诱人的"磨丁黄金赌城"

享誉世界文坛的华人作家严歌苓在小说《妈阁是座城》中这样描述:"在一个以赌码为街道,以贪欲为楼群,以大款为能源的地方,吸引着一个个赌徒飞蛾扑火般在金钱的旋涡中冲浪。"

给无锡公安"110"打来求救电话的唐琴,就是这群飞蛾中的一只,只是她去的不是澳门赌场,而是老挝磨丁黄金赌城。求救电话就发自那里。

在距离云南省勐腊县磨憨边境口岸一两公里的老挝境内,有一个磨丁黄金城,这是老挝政府2003年设立的特区,自2005年中缅边境迈扎央赌场关闭,磨丁赌场便兴旺起来了。

唐琴是怎么到的磨丁黄金赌城,又怎么会被扣押拘禁?

40岁出头的唐琴家居江阴,原本家境富裕,家庭和睦。曾经,夫妻俩同心协力,办起一家企业,几年打拼,历尽艰辛,企业走上正轨,唐琴回家做了全职太太。手头有了钱,无所事事又精神空虚的唐琴成了赌台上的常客,她逐渐成瘾,成了远近闻名的女赌棍。家产输光不算,邻里、亲戚、朋友借遍,老实本分的一个人,变得满嘴谎言,一身邪气。经不起她折腾,丈夫与她离婚,带走了孩子,亲戚朋友也如避瘟疫一样远离了她。

自从成了"自由人",唐琴更无牵挂,四处赶赌,负债累累。就在她如无头苍蝇般四处"找钱"欲翻本时,顾娟一个电话让她抓住一根稻草。

"唐姐,最近在哪儿发财,手气好吧?"2009年4月1日,唐琴接到顾娟的电话。顾娟是她的江阴老乡,也是从前的赌友,只是已好几年未谋面,听人说在外面发大财了。

"还能在哪儿,在家呗。"唐琴正犯堵,没好气地说。

"到老挝来玩玩吧,这里的百家乐不错。"顾娟发出邀请。

"我……我最近手头有点紧。"唐琴喃喃。

"没事,来回飞机票我包,有人在西双版纳接应,赌场管吃管住,一路有人接送陪行,还可以签单下注。不用拿钱就可以玩,一本万利哪。"顾娟吹得天花乱坠。

"那我去?"管吃管住,还管飞机票,面对这等好事,唐琴仍有些迟疑。

"去!你愿意玩就玩,不愿意也可以不玩。"顾娟说得干脆利落。

这几乎是天上掉馅饼的好事,唐琴当天就欣然赴约。她先从无锡硕放机场飞到昆明,然后乘长途客车到西双版纳,一名50多岁的男子早已等候在那儿,小轿车把她送进边境丛林。

为遏止出境赌博,2005年以来,中国警方制定了非边民不许出境的政策,但仍难以有效防止偷渡的发生。西双版纳与老挝接壤的边境线长达670余公里,两侧山林、农田相连,蜿蜒小路纵横交错。赌徒们均是偷渡出境,要么由当地边民做向导步行越过国境,要么坐摩托车过境,其中后者占大多数。

怀着新奇、好奇,唐琴坐上一辆摩托车,在高低不平的山路上颠簸了三四十分钟,偷偷摸摸进入老挝境内。跳下车,赌场的一辆面包车守在边境上。5分钟后,唐琴入住赌场免费的磨丁黄金城皇京大酒店。这是一家星级酒店,服务、设施都不错。与她一起入住的还有陆娟、顾小英、杜芳等七八人。陆娟她们也是在顾娟的游说下前往老挝的。

陆娟住无锡滨湖区,时年46岁,初中文化,无业。她嗜赌如命,赌掉了丈夫孩子,赌掉了兄弟姊妹,众叛亲离,孑然一身。接到顾娟的电话,她"义无反顾"地"飞"到了老挝。

顾娟和她的老公(后查明是姘夫)陆青热情接待,招待吃住,"报销"飞机票。一干人揣着空手套白狼的发财梦,早早入睡,养精蓄锐,迎接全新的一天。

第二天上午,顾娟领着唐琴等熟悉赌场情况。赌场规模不小,有8个厅,每个厅面积200多平方米,摆放5~10张不等的赌台。顾娟在赌场承包2号赌厅。2号厅设有5张百家乐赌台。"百家乐"即押庄、闲、和,押"庄"的,赢了抽头5%,押"和"的,赢了可翻8倍。

"翻8倍?"唐琴惊讶,欲望瞬间膨胀。看来"一夜暴富"的梦想要在这里实现了。她哪里知道,这是赌场为诱人上当编织的神话,神话背后是深不见底的黑洞。所有赌徒的结局只有一个字:输。据常在赌场混的老牌友说,"百家乐"透明牌盒中有一块芯片可识别扑克,洗牌机同样有玄机。赌场的电脑房,除老板和网管,无人能进。

进入黄金城的赌徒都被尊称为"老板",有的可以当十几天或一个月"老板",有的也许只是一两天,最终都将沦为穷光蛋,概莫能外。

唐琴跃跃欲试,但面露尴尬,口袋里只有区区两三千元,还是借来的。

"唐姐,不要紧,可以用身份证签单下注,一人最多可签20万元。"顾娟看出唐琴的犹豫,在一旁极力鼓动。其实,签单下注是引诱赌客的又一个陷阱。因为无论赌客输赢,赌场代理、中介人均有利可图。天下没有免费的午餐。赌客如签单输了钱,经理人就会招来"小弟",即打手,限制赌客人身自由,逼迫赌客让家人汇钱赎人,或者再把其他人骗到境外参赌。

"那我试试。"观望了一天,4月2日晚,唐琴在2号赌厅签下15万元筹码,陆娟签了10万元。仅仅2天,唐琴就把15万输了个精光。由于还不出钱,赌厅"封杀"了她,并催着还钱。唐琴不甘认输,一个电话把前夫阿发骗到赌场,对顾娟则称阿发是江阴城里的一个大老板。阿发签了20万元单。唐琴不眠不休近50个小时,不屈不挠与"庄、闲、和"厮杀,最终一败涂地。阿发吓得心惊肉跳,待不下去了,脚底抹油,逃回了中国。

欠下35万元巨债,唐琴被"小弟"看了起来,行动范围限制在酒店主楼的客房。一星期后,因无钱汇入,转移到了酒店副楼。这里设施虽简陋,却森严壁垒,一个个房间关的都是欠债的赌徒,七八个人住一间房。陆娟、顾小英、杜芳个个签单下注,无一不输,被关进同一个房间。

钱输完了,这个风光的赌城对于这些赌徒来说,瞬间从天堂变成了地狱。原本满脸笑容、热情有余的顾娟、陆青顷刻变脸,不仅冷若冰霜、形同陌路,而且恶语相向,顾娟还向她们宣布了"纪律":"不准外出,不准逃跑,让家人赶快汇钱赎人。"每天都有打手看守,逼着她们打电话到国内叫家人汇钱,一天只给一碗方便面,还要面壁罚站,时不时威胁她们:"再不汇钱,就关到'死牢房'去!"

一听"死牢房",几个人噤若寒蝉。所谓"死牢房",与牢房无异,狭小的空间摆2张床,同时关押十几个人,有男有女,轮流睡觉,每人每天只允许睡2小时。其余人罚站、罚跑。唐琴她们赌的时候觉得刺激,这下傻了眼。耳边不时传来赌客被打的惨叫声,更吓得她们胆战心惊。

唐琴她们每天能做的事就是不停打电话向国内亲朋好友借钱还款。唐琴的亲戚朋友都躲得远远的,哪儿会借给她。前夫阿发东拼西凑汇了8 000元,离35万元赌债远了去了。陆娟的日子也不好过,妹妹给她汇了8万元,尚欠20万元,顾小英、杜芳则各欠三四万。

随着欠债时间的延长,赌场的逼债手段也在升级。"小弟"拎着棍子一天晃几次,眼里透着凶光。唐琴她们只得不时塞些"小费",说些好话、软话,才能躲过毒打。"小费"是她们私藏下的几百块钱。她们亲眼看到,有的赌客全身上下被烟蒂烫伤,有的被开水烫烂了。还有一个女的,被打手扒光衣服,边打边凌辱,真是生不如死。唐琴认识的一个朱姓赌客,欠了100多万元,实在还不出,被关进水牢;有的被绑到荒山野岭的树上;据说还有的被剁了脚、砍了手。

因害怕报警后受到处罚,唐琴等人一直不敢向警方求助。战战兢兢挨到5月,眼看性命就要交给赌场了,几个人偷偷一合计,决定向无锡警方报警,请求解救。于是,5月2日晚,唐琴用手机向无锡"110"报了警。

解救小分队急赴中老边境

无锡公安"110"接到唐琴从老挝打来的报警求助电话,是 2009 年 5 月 2 日傍晚 6 时 2 分。

正值"五一"假日,锡城处处洋溢着喜庆,举家出游,逛街购物,朋友小聚,往日忙碌的"110"略显清静。

唐琴的报警电话让全局上下动了起来。"老挝、赌场、拘禁……"一份详细的接警记录当夜摆到了市公安局领导的案头。看着、看着,领导的眉头越锁越紧。

自 20 世纪 90 年代起,中国周边国家,如缅甸、越南等等,纷纷紧挨中国边境线设立赌场,目标多是禁赌的中国。2003 年以来,中国政府多次组织大规模行动,对边境线上的赌场进行封杀和挤压,迫使赌场关门歇业。

然而,树欲静而风不止。一些投资赌场、见利忘义的中国商人们向中国边境的他国转移,老挝便是其一。与此同时,生意冷清的赌场开始将目标从"大款"转向中国渴望"一夜暴富"的普通人。通过免费机票和住宿以及签单等优厚条件,吸引这些人铤而走险,跨境一搏,但最终他们都会输光。赌场遂扣押人质,逼其家人汇款(赌场行话为"逼单")。此类案件在 2008 年以后大幅增多。从 2008 年下半年至 2009 年,无锡市出境赌博的人员也呈增多趋势。赴境外参赌的大多是惯赌。警方把出境赌博列为打击重点,抓获了一批赌头、赌棍。扣押人质主动向警方求助,在无锡乃至江苏尚属首例。

"迅速查明情况!"市公安局领导批示。

报警人唐琴称,她们被关押在老挝磨丁黄金城皇京大酒店 8310 房间,同屋关押的还有顾小英、杜芳、陆娟,分别系无锡市南长区、滨湖区和江阴市人。民警连夜走访了 4 人的家人亲友。

陆娟等人均因屡次参赌,在公安机关留有案底。看到警察夜半上门,陆娟的父母知道不争气的女儿又犯事了。这对老夫妻说到这个女儿就抹开了眼泪,说是一个幸福的家庭就因其赌博散了,弄得孤家寡人一个。家人亲友都跟她淡了,基本没什么往来。其妹妹称,连2009年的春节,姐妹间也未打过照面。4月22日,她突然接到陆娟的电话,一番话令其大吃一惊,姐姐居然偷渡到老挝赌博,还欠下巨额赌债,被赌场扣押了。陆娟在电话中苦苦哀求妹妹汇钱救她。念在一奶同胞姐妹情分上,妹妹到银行汇了8万元。

唐琴、杜芳、顾小英的家人也都相继接到过"汇款救人"的电话。调查表明,陆娟等人被扣押老挝黄金赌城一事属实。无锡市公安局及时将情况上报市委、市政府和江苏省公安厅。江苏省公安厅、无锡市领导相继批示"全力解救人质"。

省公安厅、市公安局组成联合解救小分队。5月6日上午8时,无锡硕放机场,解救小分队一行六人,登上无锡飞往昆明的飞机。带队的是省公安厅治安行动队队长钱小平,还有无锡市公安局治安、刑侦部门的精干警力。中老边境线全长710公里,老挝主要与我国云南省西双版纳接壤。公安部要求云南警方全力协助解救人质。小分队出发前,江苏警方的协查通报已先期到达云南省公安厅。云南省公安厅下达指令,由西双版纳傣族自治州公安局配合解救行动。下午1时,解救小分队抵达昆明,马不停蹄坐上开往自治州所在地景洪的长途客车。

美丽的西双版纳位于云南最南端,古代傣语为"勐巴拉娜西",意思是"理想而神奇的乐土"。这里以热带雨林自然景观和少数民族风情而闻名于世,是中外旅游胜地。沿路树木葱茏,景色秀丽,民警们却无暇欣赏。这次解救行动能否成功,他们心里也没有底。

傍晚,解救小分队一行风尘仆仆赶到景洪,与州公安局治安支队的同志接上头。支队派出一名大队长全程配合解救行动,调配了2辆性能良好的越野车给小分队办案用。

5月7日一早,一干人马驱车飞驰勐腊。勐腊县的磨憨与老挝南塔省接壤,出境不远处便是磨丁黄金城皇京大酒店。

经过100多公里颠簸,中午前,汽车驶进勐腊县公安局。下午,勐腊县公安局会议室,第一次解救扣押人质协调会在这里举行。协调会由该局高副局长主持,治安、刑侦部门的领导参加。无锡方面通报了简要案情,希望尽快、尽力营救4名人质。

勐腊县公安局近年来多次配合全国各地警方到境外解救被赌场扣押人质。高副局长长期在边境工作,跨境办案经验丰富。据高副局长介绍,中老警方虽有良好协作关系,但赌场老板为谋利不择手段,不会轻易放人。

黄金城皇京大酒店坐落在南塔省磨丁黄金城经济开发区,开发区设有公安分局负责治安。该开发区为老挝四个国家级开发区之一,博彩业是其中一个项目。因中国警方严厉打击,赌场投资人越来越狡猾,一般不直接参与扣押人质,而是由中介人即"赌托"或经纪人扣押。投资人不清楚扣押人质的数量、关押地点。一旦人质报警,经纪人便会转移人质关押地点,从而常常导致解救行动失败。中国政府要在磨丁赌场救人,难度很大。2008年以来,仅山西、浙江两省有成功解救的先例。

据调查,磨丁赌场关押着上千名人质,大都是中国公民,有不少人质已被折磨致死,长眠老挝的荒郊野外。

勐腊警方对这次解救行动高度重视,派出该局局长助理、谈判专家老杨出境谈判。

5月8日上午,老杨带领治安部门民警过境与黄金城开发区公安分局会晤,取得配合。经过调查摸底,证实陆娟等4人确被赌场2号厅扣押。陆娟已关了两个多月,最短的也已被扣押二十几天。

在老挝警方的协助下,5月12日,赌场方面有所松动,同意释放顾小英、杜芳。顾小英、杜芳两人在扣为人质期间,多次向家人亲友求助汇款,赌债已还得差不多了。陆娟、唐琴各欠几十万,赌场不肯放弃即将到嘴的"肥肉"。

5月12日中午,边境磨憨口岸,中老警方在这里移交2名人质。见到前去接应的无锡警察,顾小英、杜芳情绪激动,泪湿衣襟。她们紧紧拉着民警的手说:"快救救陆娟、唐琴!她们已被转移关押地点,日子不好过,可能有生命危险。"

"一定要救出全部人质!"解救小分队层层汇报情况,得到最新指示。

5月13日,无锡警方派出时任治安支队副支队长陈洁带领的第二支解救小分队,于当晚10时抵达景洪。两支小分队合二为一。第二天,两地警方商定了进一步行动计划。

5月14日下午,西双版纳州公安局治安支队长出境与赌场投资人直接对话。几番唇枪舌战,对方终于松口放人。可人质陆娟突然变卦,她声称根本没有被扣押,不愿随警察回国。原来,顾娟威胁她,说她触犯中国法律,回国即要吃官司坐大牢。陆娟怕了,临时改了主意。

解救工作一时搁浅。民警与陆娟的家人取得联系,请他们配合做好规劝工作。陈洁副支队长拨通陆娟的电话,在长达20分钟的通话里,他耐心宣传国家法律政策,设身处地分析其处境。终于,陆娟明白了赌场的险恶用心。

5月16日,赌场迫于警方压力,答应放人。下午2时,天下起大雨,解救小分队一行踩着泥泞的山路,再次来到磨憨口岸。

移交手续结束,神情憔悴、步履踉跄的陆娟、唐琴重新踏上祖国的土地,恍如隔世。唐琴以前见到警察就躲,此刻犹如见到亲人,失声痛哭。"再不救我出来,我一把骨头只好扔在赌场了。"此话不假,她欠赌场35万元,家人无力替她偿还。还不出赌债被关进水牢,或被扔在荒山野岭"自生自灭"的例子举不胜举。

4名人质悉数成功解救,陆娟等人偷渡出境赌博被非法拘禁一案水落石出。

前面说到,陆娟两三年前迷上出境赌博,先是到澳门、缅甸赌,2008年11月经人牵线到老挝磨丁黄金城皇京大酒店赌厅赌,认识了在2号厅当经纪人的江阴人顾娟及其姘夫陆青。异国遇老乡,陆娟十分高兴,随后经常应顾娟之约偷渡出境赌博。

2009年3月1日,顾娟又打电话邀陆娟过境去玩百家乐,陆娟的几个赌友得知玩百家乐可以不带现金签单下注,一个个蠢蠢欲动,要随其一起出境"玩玩"。于是,陆娟、杜芳等人偷渡出境,在赌场分别签下5万元至20万元不等的单。

同年 4 月初,唐琴、顾小英出境,与陆娟等人聚集 2 号厅,直至被扣押。

顾娟、陆青这对狗男女眼见事情败露,早已拍屁股走人。5 月 17 日,解救小分队带着陆娟等 4 人返回无锡。5 月 18 日,陆娟等人专门制作大红锦旗,敲锣打鼓送到市公安局,感谢人民警察给了她们第二次生命,并对偷越国境到境外去赌博的行为表示悔悟。

不久,陆娟等人因偷渡到境外参与赌博受到应有的处罚。

中缅警方联手追捕"赌托"

6 月 1 日,儿童节,全世界小朋友的节日。这一天,年轻的家长大都会陪伴在孩子身边,极尽呵护,送上节日的祝福。这一天,市公安局治安支队副支队长陈洁带领二大队教导员边可为、民警朱颂伟和在技术部门担任副大队长的许萍二赴云南。任务紧急,顾不上向家人告别,他们匆匆登上无锡飞往昆明的飞机。

"爸爸,你怎么关机了?今天是六一节,晚上陪我去'肯德基'吧。"飞机落地,陈洁一打开手机,儿子的短信就跳了出来。陈洁的儿子上小学四年级,边可为、朱颂伟也都是 70 后,他们均把孩子的节日忘了。陈洁赶紧回短信:"祝宝贝节日快乐,爸爸出差在外,回来一定补。"孩子盼着去"肯德基",一等就是 17 天。

这一天,陈洁一行四人组成的工作组奔赴云南,前去执行追捕"赌托"顾娟、陆青的任务。

唐琴、陆娟等指认:她们都是由顾娟、陆青介绍并组织偷渡出境的。顾娟时年 38 岁,江阴周庄人,有赌博前科;陆青 41 岁,也是周庄人,系顾娟的姘夫。陆青曾因赌博、嫖娼,多次受到治安处罚。

顾娟、陆青这对人渣因赌结缘,各自抛家弃子结成临时夫妻,双宿双飞、"驰骋"赌场。在国内赌得不过瘾,2008 年 8 月,双双偷越国境来到老挝黄金城赌场。一场豪赌后欠下巨额赌债,两人被赌场扣为人质,后沦为害人的"赌托",专门为赌场 2 号厅"拉客"。他们每拉一个赌客可得几百元不等的报酬,并通过"洗码"获取利益。"洗码"就是赌客用钱或签单换取筹码也称"贵宾码"参赌,赢了则获得"现金码",这是可以在磨丁任何场合当现金用的筹码。赌客的"贵宾码"用空后,就用"现金码"兑换"贵宾码"继续赌。每 1 万元"现金码"兑 9 500 元"贵宾码",两人赚的就是中间的差价。

2009 年 5 月 2 日,唐琴等向无锡警方求救后,顾娟、陆青以为远隔千山万水,还跨越国境,警方不会理睬。没想到无锡警方先后派出两支解救小分队,两人慌了手脚,闻风而逃。经过大量工作,无锡警方发现两人藏身缅甸果敢老街。为彻底铲除祸根,警方在网上通缉的同时,派出工作组赴中缅边境追捕。

6 月 1 日晚,工作组一行四人到达昆明,连夜商量工作方案。他们清醒地看到这次追捕任务的难度。根据事先掌握的情况,顾娟、陆青已成惊弓之鸟,不断向境内关系人打探警方动态,随时可能变换藏身地,必须尽快实施抓捕。

边境地区情况复杂,果敢老街属缅甸第一特区,是民族武装的控制范围,能否取得配合很难预料。陈洁、边可为虽有解救陆娟等人的经历,但执行境外追逃任务是第一回。大家你一言,我一语,出主意想办法,商定还是全力依靠云南警方展开工作。

6 月 2 日一大早,工作组分头行动。陈洁、朱颂伟来到云南省公安厅治安局汇报案情,治安局领导要求临沧市公安局全力配合无锡同行进行追捕。边可为、许萍清晨 5 时飞往西南边陲与缅甸毗邻的临沧,与当地公安接上头。

傍晚,陈洁、朱颂伟抵达临沧。

临沧古称缅宁,云南省下属地级市,因濒临澜沧江而得名,是著名的"滇红之乡"。临沧市下属的镇康县,与缅甸民族地方武装势力控制区域接壤,辖区有南伞、清水岸等口岸。临沧距镇康 300 公里之遥,均是山路,交通复杂。

6 月 3 日上午,瓢泼大雨倾盆而下,一辆越野车驶出临沧市公安局大门,驶上盘山公路。临沧警方调度性能最好的汽车,配备了具有丰富山区行车经验的司机配合抓捕行动。

巍巍群山，幽幽深谷，文字描述很美，听起来很壮观，身临其景，却感到自己是多么渺小、无助。从没见过这么多大山的陈洁一行，这下可见识了什么叫"道路崎岖"，什么是"万丈深渊"。车子驶出市区便上了盘山公路。道路依山而筑，一公里十几个弯。道路不宽，仅容两车交会。那段时间正在修路，路面凹凸不平，加上下雨泥泞不堪。汽车一会儿驶进水坑，溅起稠稠的泥浆；一会儿被凸起的路面弹起，方向一歪，差点驶出路面，半个轮子悬空。伸出头一看，悬崖深不见底，万一车子掉下去，可真要粉身碎骨了。人人捏着一把汗，心提到了嗓子眼上。车厢里静悄悄的，谁也不说话。司机是个久经沙场的小伙子，他镇定自若，一路上谨慎驾驶，一次次有惊无险。经过9个多小时的跋涉，车子安全到达镇康。大家松了一口气，顾不上休息，连夜向镇康县公安局局长汇报案情。

"你是边警官吗？救救我们吧！"6月3日深夜，工作组入住镇康一旅馆，正在商量第二天的行动计划，边可为的手机突然响了。令人惊诧的是，来电者正是他们苦苦寻觅的顾娟。经前期工作，陆青的行踪已基本锁定，顾娟的具体藏身地却不明。到了缅甸，两人分开藏匿了。

顾娟怎么会自动找上门来，而且居然是向警方求救来了，真是不可思议。这到底是怎么回事？

原来，5月8日，顾娟、陆青仓惶逃离老挝，中旬偷渡到缅甸。他们虽然是中介，每拉一个赌客就有提成，但二人嗜赌本性难改，转眼把这些钱扔进赌场"生钱"，大都输光。逃到缅甸时，二人身上已几乎没钱。他们孤注一掷，扎进果敢赌场博一把，分别签下10万元单，一个在1号厅赌，一个到2号厅赌，幸运没有降临，两天下来输个精光。

5月31日，陆青被赌场拘禁，关押在果敢老街福利来酒店。6月1日，顾娟也失去自由，不给吃、不让睡，打手挥舞棍子天天逼债。按赌场规矩，如一周还不出钱，将被关进水牢或扔进深山，这他们比谁都清楚。陆青关了6天，国内电话打了无数，人们唯恐避之不及，没人愿意借钱给他。眼看性命难保，绝望中的顾娟通过陆娟获知边可为的联系方式，打来电话，希望得到警方解救。

她尚不知道无锡警方正在抓捕他们,自己撞进网中来了。

工作组决定暂不告诉顾娟他们已在云南,称路途要两三天时间,要其与赌场周旋,尽量拖延还款时间。

虽有镇康警方的支持配合,但境外追逃,必须取得缅甸第一特区执法处的配合。工作组确定6月4日会同镇康县公安局民警出境抓捕。事不凑巧,4日、5日,执法处均有重要公务,无法提供协助。工作组只得原地待命,随时掌握两名抓捕对象的动态。大家心里很着急,如陆青被转移关押地点,抓捕行动就有可能落空。

6月6日,在焦急等待中度过两天的工作组一行和镇康民警一大早赶到南伞口岸,与缅甸第一特区执法处人员会晤。工作组向缅甸方面通报情况,提出协查要求,并希望执法处出动武装力量协助抓捕2名逃犯。

6月6日下午,缅甸第一特区执法处派员协助抓捕。一路赴果敢老街福利来酒店二楼赌场,陆青就被关押在二楼203房间,另一路直扑百胜广场对面的兴隆宾馆A座三楼,顾娟被扣押在这里。

下午3时10分,陆青顺利落网。就在抓捕人员冲向顾娟藏身的兴隆宾馆三楼时,一个穿黄色上衣、身材臃肿的中年妇女与民警擦肩而过。

"这不就是顾娟吗?"抓捕民警虽未与其见过面,但顾娟的面貌特征已默念多遍,熟记在心,当即一把将其揪住。经查验身份,此人正是顾娟。

顾娟打出求救电话,立马后悔。她深知自己所犯罪行,怕落到警方手里没有好果子吃。于是,她以外出借钱为由诓骗"看守",想一溜了之,未料与抓捕民警撞个正着。事后获悉,就在当晚,赌场方就要把陆青转移到水牢关押。

6月7日下午2时,南伞口岸桥中央,中缅双方进行顾娟、陆青2名中国籍犯罪嫌疑人移交。

顾娟、陆青到案后,交代了组织他人偷越国境,充当赌场中介牟利的违法事实。

"无锡还有人关在老挝黄金城赌场吗?"陈洁随口问了一句。

"有,有个阿英被赌场关了2个多月,钱是其丈夫欠的。"顾娟说。

阿英夫妇也是江阴人。2009年2月,其丈夫朱某偷渡至老挝赌博,半个月输了150多万元,被赌场扣为人质。3月中旬,朱某把妻子阿英诓骗至赌场,以"回家借钱"为由,将阿英换进赌场"牢房",自己脱身逃回江阴。因嗜赌,朱某家中早已一无所有,他四处借款,筹得50万汇到赌场,尚欠100万。阿英因此被赌场长期关押,受尽折磨。

工作组一行连夜赶往临沧,借道昆明,再赴西双版纳,解救阿英。

临沧多雨,夏季尤甚。自工作组6月3日到镇康,雨就没停过。6月7日傍晚,又是滂沱大雨,越野吉普冲进雨林。山谷雾霭弥漫,能见度极差,车子穿行在一团团浓雾中,犹如汹涌大海中一叶小舟。为了早日救出人质,民警们置自身安危于不顾。

6月8日凌晨3时,陈洁一行回到临沧,稍事休整,傍晚6时,他们的身影出现在西双版纳州公安局。老友重逢,西双版纳同行特别热情,同心协力投入营救。

西双版纳州公安局多次与老挝南塔省警方联系,希望查明人质关押地点,配合解救,但对方答复无法查找。工作组反复审讯顾娟、陆青,终于查明关押阿英的确切地点。

6月11日上午,工作组通过西双版纳警方直接约见磨丁黄金城特区公安分局华裔负责人,取得配合。当晚,有信息传来,被扣人质找到。

6月13日中午,两国警方在磨憨口岸完成交接。至此,阿英已被关押78天。

据称:"2011年12月12日,云南景洪市人民法院开庭审理黄金城赌场系列案件,涉案的中国籍犯罪嫌疑人共100余人,全面揭开了赌场诸多秘密。同时,也标志着频繁发生在黄金城赌场对我国公民的引诱出境、骗钱放贷、非法拘禁、殴打摧残、索要赎金等一系列有组织的恶性犯罪活动的终结。"

闺蜜·阴谋

（一）

22岁的泗阳姑娘阿琳，年龄不大，经历却颇复杂，十七八岁时从苏北来无锡混世界，希望改变自己的命运。因为找不到轻松的工作，又不肯下力气挣辛苦钱，一脚踏进欢场，当了"坐台女"，天天周旋在不同异性之间，出卖肉体换取金钱。过了几年昼夜颠倒、浑浑噩噩的生活，她渐生厌倦，想过平常人的安稳日子。于是，她随了一个大老板。大老板金屋藏娇，阿琳安心当起了"小三"。

大老板很忙，既要忙生意场上的事，又要应付明的、暗的两个女人，还有那些形形色色的女朋友。阿琳倒也理解，有吃有穿有住就行了。独守空房的日子挺难挨。2009年8月12日那天，阿琳一个人待在无锡市崇安区的公寓里，百无聊赖。她懒洋洋斜靠在沙发上，手里握着个电视遥控器，按来按去一上午，也不知看了些什么。

"阿琳，你在干吗？我一两分钟到你楼下，带你去看样好东西。"中午12时多，阿琳不想做饭，仍蜷缩在沙发上，突然手机响了，来电的是昔日小姊妹青青。

"青青，你不是在上海吗？什么时候来无锡的，买了啥好东西？"青青是阿琳昔日欢场上的姐妹，阿琳傍上大老板从良后，她也跟着一个福建人去了上海。两人已很久不联系，更别说见面了。5天前，青青与男友不期而至，今天，青青又来无锡找她。阿琳很兴奋，发出一串追问。

"我在无锡买了新房子,一起去看看,快点下楼!"青青兴奋地说。

"你等着,我马上来!"阿琳立马来了兴致。她打开衣橱,挑了件时尚衣服换上,挎上包,蹬蹬下了楼。青青的汽车就停在楼下。

所谓看房子,其实是青青的男友设的一个圈套,青青的男友叫李过,为了钱,"惦记"阿琳已有十来天了。

李过时年30岁,福建省长乐市人,在上海开了一家废旧物资回收公司。仅小学文化的李过在上海立住头脚不容易,他16岁离家外出打工,学过做鞋,卖过服装,2003年来锡,先是沿街收旧,后开了家收购站,口袋渐渐鼓起来,买了私家车,并搭识了青青。

那时候,青青与阿琳都从事见不得人的职业,李过在老家结过婚,有孩子。妻子在家中侍奉公婆,抚养儿子,李过一人在外,便成了欢场里的常客。一来二去,他对青青情有独钟,出钱把她包了。2007年,李过去上海,青青跟了去,两人过起了不是夫妻的夫妻生活。

刚到上海,李过仍做收旧,努力挣钱,不久成立公司,生意不错,还把表弟顾林带到上海帮忙。仅仅一年多时间,李过就在十里洋场迷失了自己。他染上赌瘾,一开始只是"小来来",慢慢感到不过瘾,就来大的,后来干脆放着生意不做,成天在赌场里厮杀。

赌博一旦上瘾,就像吸毒一样,难以戒除。李过情场得意,赌场失意,场场只输不赢,很快输光了家底,公司易主他人。他仍不肯收手,天天指望翻本,还向青青承诺,等他大赢一把,要给她买一幢带花园的别墅,让青青给他生个儿子,一家人过上富足美好的生活。美好的憧憬让青青热血沸腾。

现实远比梦想残酷。李过在赌场里向"放水"的人借高利贷。到2008年底,连本带利欠下300余万元赌债,一时债主盈门。2009年春节前,他扔下青青躲到福建乡下避风头,过完年溜回上海不到一天,赌头雇的"马仔"就上门追债,扬言"再不还钱就断其手脚"。青青不忍,倾其所有,拿出30多万元私房钱替他还了债。可这点钱,哪儿打发得了债主。

从大款沦落为赌徒,再到穷光蛋,李过身后时时跟着一群讨债鬼,他犹如热锅上的蚂蚁,寝食难安。一天,他对青青说想找个主抢一笔。青青虽在大染缸里浸过,对这样的事还是害怕的,她刚过上正常的生活,更怕失去这个男人,坚决反对他做犯罪的事。

2009年6月,对金融知识一窍不通的李过涉足期货生意,因不懂操作规律,更无视风险,只是在赌徒心理驱使下买进卖出,不到两个月,亏了100多万元。那段时间,有个人时常闪现在李过的脑海里,她就是青青的小姊妹阿琳。李过知道阿琳傍了个大老板,有钱。他开始打阿琳的主意。

为一探虚实,2009年8月7日上午,李过驾车与青青来锡。途中,他一直在聊阿琳的事。青青不知李过用意何在,有一句没一句应着。车到无锡,他让青青打电话给阿琳,称要去其住处吃饭,心里想的是去摸摸底细。这天,阿琳的男友童卫恰在公寓。阿琳准备了丰盛的午餐。饭桌上,两个男人觥筹交错,推杯换盏,相谈甚欢。童卫吹嘘自己在上海世博会搞了个大项目,到时可赚10个亿。李过心里一动,盘算着如何以阿琳为诱饵,从童卫那里敲一大笔钱。

8月12日,李过实施了这一罪恶计划。

(二)

名闻遐迩的京杭大运河缓缓流经无锡,滋润着岸上、水上人家。运河锡北段的规范称呼为锡十一圩线,沿途经前洲、八士、张泾、东湖塘等乡镇,然后流至江阴,汇入长江。

安徽淮南的潘霞祖祖辈辈是船民,到了她这一代仍是"水上漂"。她和丈夫、儿子一家三口常年生活在船上。这是一条载重570吨的大船。2009年8月14日,他们运货到无锡,当晚8时,货船停泊在东湖塘一家化工厂的码头。

枕着平静的运河水,潘霞一家睡得踏实、安稳。第二天清晨5时多,勤劳的潘霞起床准备卸货事宜。夏天,天亮得早,她站在船头无意往运河中一瞥,惊诧地发现距货船五六米处漂浮着一具尸体。她急忙唤醒丈夫,打电话向"110"报了警。

苏南农村清晨的宁静被警笛声划破,晨曦中,一辆辆警车呼啸而来,化工厂的码头前所未有的热闹。

漂浮在水中的那具尸体被打捞上岸,散发出阵阵令人作呕的腐臭,围观的人群捂着鼻子纷纷逃离。警方侦技人员投入了紧张的勘验工作。

这是一具女尸,尸身缠绕着一只超大型的黑色牛津包,因在水中浸泡时间过长,已断裂成三截,尸身绑有两副哑铃。死者为青年女性,中等身材,棕色头发,指甲染成亮黄色,贴有彩色假钻,趾甲酱紫色。尸体高度腐败成巨人状①,头面部有创伤。

验尸表明,死者系死后落水,系机械性窒息死亡,时间3天左右。锡十一圩线运河平均每小时有20余艘船只经过,13日和14日没有船民报警,沿岸居民也未发现河面有浮尸。

警方作出案情分析:这是一起杀人沉尸案,作案时间约在三四天前;根据风向和水流速度判断,抛尸地点应在距现场有一定距离的上游某处,杀人现场另有他处;作案人数1~2人,手法是卡捂颈部杀死被害人后抛尸沉尸;作案者有可能是死者熟人或关系人,且为青壮年男性,具备交通工具。

由锡山公安分局组成的专案组迅速展开侦查。

尸身没有任何物件能证实其身份,从死者的发色、染甲等情况分析,其生前可能系娱乐场所从业人员。办案民警从查找尸源入手,以东湖塘及邻近的张泾地区为中心,重点查访娱乐场所和美容美发店,排摸梳理8月以来失踪的年轻女性。专案组提取了死者的指纹和DNA,进入信息库海洋查找,并向周边地区发出寻尸通报。

包扎尸体的牛津包、哑铃、胶带等,也被列为查访重点。办案民警以超市、大型批发市场为目标展开大规模走访调查,沿锡北运河两岸访问居民和船民。

8月15日深夜,公安信息中心灯火通明,办案民警仍在紧张工作。"有

---

① 巨人状:又称巨人观,一种尸体现象。人死后,原本寄生在人体内的腐败细菌失去了人体免疫系统的控制而疯狂地滋长、繁殖,产生出大量腐败气体,这些气体充盈在人体内,整个尸体肿胀膨大成巨人。

了,对上了,她叫阿琳!"一位民警兴奋地大喊。大家围拢过去。几年前,阿琳因从事违法活动被某地警方查获,留下相关痕迹。

阿琳姓陈,1987年出生,江苏泗阳县高渡镇人,暂住崇安地区,8月12日失踪。专案组围绕阿琳的生前动向展开重点调查。

(三)

再说8月7日那天,李过、青青对阿琳、童卫称要回上海,吃过午饭便告辞了。他们虚晃一枪,在无锡找了家小旅馆住下。接下来几天,两人无心游览无锡美景,躲在房间里密谋作案。

"我们把阿琳骗出来,威胁她把童卫引过来,敲他一笔钱。"李过托出预谋已久的作案计划,青青一愣,没有马上表态。她内心纠结,阿琳是她的朋友、闺蜜,两人在干见不得光的事时,阿琳非常关照她,遇到有人欺负,总是罩着她。她不想伤害阿琳,又不愿看到男友被钱逼得走投无路。经过一番思想斗争,邪恶战胜理智,青青站到了李过一边。

"先把她控制住,然后骗童卫过来给钱,钱到手即将两人做掉,抛到河中,谁也不会发现。"当李过再次提出作案方式时,青青说阿琳住处太小,隔音效果差,不安全。"那么就去租房。"李过说。

李过、青青通过中介到处看房子。8月8日,他们花近万元钱租下北塘地区某小区9楼一个两室一厅。9日,两人开车寻找抛尸地点。在锡东大道,他们看到一座桥很高,桥下水流湍急。"就这了。"两人异口同声。接着,两人去招商城买了两只超大型牛津旅行包,两副哑铃,还有螺丝刀等作案工具。8月11日,李过把表弟顾林从上海召到无锡共同作案。

8月12日中午,李过让顾林在租住地等候,自己和青青驾车来到阿琳住处楼下,以"看房子"为幌子,把阿琳骗上了车。

到了租住地,青青闪进卫生间,李过关紧屋门,指着看电视的男青年介绍说是其表弟。阿琳好奇地东看西望,当李过邀其"参观"卧室时,她毫无戒备地跟了进去。李过刹那变脸,用电线把她的手脚绑了起来。

"你想干什么?"阿琳惊恐万分,她做梦也没想到小姊妹会设计害她。

"别出声,我们就想弄些钱。"李过拿过阿琳的包,搜到 1 000 多元现金,1 张银行卡,逼阿琳说出密码。

"打电话给童卫,问他在哪里?"李过要阿琳打电话给童卫。

"阿卫,你在哪里?"阿琳不敢有违,抖嗦着给童卫打电话。

"我在外地谈业务,要好几天呢,你乖乖在家,回来陪你逛街买衣服。"童卫挂断了电话。

这可没料到,3 人傻了眼,聚在一起商量对策。就在这时,阿琳的电话响起,来电显示是"小红"打来的。为怕对方起疑,李过让阿琳接电话,回话说"在外面玩"。阿琳接通电话说自己在外面,刚要张嘴喊"救命",话未出声,李过抢过电话挂掉了。

敲诈勒索不成,眼前这个女人成了烫手山芋,留下她,自己就要蹲大牢。李过用电线勒住阿琳的颈部,使劲拉了十几分钟,直至其不再动弹。然后,他将阿琳装进牛津旅行袋,绑上哑铃。

第二天凌晨 2 时,3 人将装尸体的旅行包抬下楼,装进汽车后备箱,驾车来到锡东大道的梓堰桥,将阿琳抛入河中。

8 月 13 日,3 人逃离租住地,潜回上海。途中,李过拿劫得的银行卡去 ATM 机上查询,内有 2 万余元人民币,他没敢取。

害人一命,终究难安。回到上海,青青只要一闭上眼睛,就看到阿琳站在她面前,责问为何要如此对她。

(四)

专案组围绕阿琳的生前动向、交往关系展开全方位调查。崇安寺派出所提供了一个重要情况,8 月 14 日傍晚,一个叫小红的人到派出所报案,称其小姊妹阿琳已失踪 2 天。小红是江西人,几乎天天与阿琳见面。两人约好 12 日下午一起去健身,直等到晚上,既未见其人,也未接到电话、短信。她有些不放心,便打其手机。阿琳讲了一句"在外面玩",还听到话筒里传来"啊"的一声,随即便断线挂机。接下来两天,阿琳犹如断线风筝,杳无音信。小红想想有些不对头,向警方报了案。

派出所民警立即上门查看,屋门紧闭,阿琳不在家,室内无任何异常。大楼监控显示,8月12日中午12时30分,身穿白色吊带衫、白色休闲裤的阿琳拎着只包,下了楼,接下来再无其踪迹。专案组判断,此后阿琳即遇害。

经进一步侦查,阿琳的闺蜜青青8月上旬曾从上海来锡与其碰过头,同行的还有一名男青年。8月12日中午,青青与一辆可疑的汽车在阿琳住地楼下出现。深入摸排表明,阿琳失踪前,青青的男友李过、李过的表弟顾林都来过无锡。3人有结伙作案的重大嫌疑!

查明上述情况,已是8月16日深夜,办案民警顾不得连日工作的辛劳,驱车直奔上海,连夜行动,锁定3名疑凶的藏身地。

8月17日凌晨2时,上海嘉定区嘉唐公路,李过等人就藏身于公路一侧的平房内。夜深人静,正是抓捕好时机。十几名便衣堵住前后通道。待屋里传出一阵紧似一阵的呼噜声,抓捕民警破门而入,将3人摁在床上,戴上手铐。

2010年3月15日,案犯李过被判处死刑,青青、顾林被判无期徒刑,3人均被剥夺政治权利终身。

案情大白,人们不禁唏嘘,金钱面前,曾经的友情原是如此脆弱不堪。

生死瞬间

一对母子突遭劫持,各路警种齐出动

　　1997年,以生产"康师傅"方便面闻名的台湾特易购国际集团,创立了乐购连锁超市品牌,2006年由英国最大的零售商——Tesco控投经营,在中国市场拥有百余家乐购大卖场。截至2010年,在无锡及所属江阴、宜兴就有27家分店。发生劫持人质案的,是位于无锡锡山区华厦南路11号丰汇广场的乐购华厦店。

　　因其地理位置和购物环境的优势,乐购华厦店自开张一直顾客盈门,品种多样加之地下停车库宽敞,受到众多消费者的青睐。与沃尔玛、家乐福这些大型超市一样,双休日,超市里的小朋友特别多。

　　11岁的炜炜是小学三年级男生,他长得虎头虎脑、阳光可爱、聪明伶俐。双休日,他又是做家庭作业,又是上兴趣班,日程排得满满的。不能输在起跑线上啊,哪个孩子的双休日不是这样度过的?周日下午三四点,妈妈祁红带着炜炜出门"透气"。这是惯例,每个周日,祁红都会让儿子放松一下。

　　炜炜爸爸有事外出,祁红驾车带着儿子来到离住处不远的乐购超市华厦店,炜炜可喜欢这里了。

　　"炜炜,我们回家吧!明天老师要教新课,先温习一下。"逛了近2个小时,买了一大包吃的用的,在便利店吃过晚餐,母子俩拎着大包小包乘电梯来到停车库。

地下停车库里灯光昏暗，人影稀少，虽有保安巡逻，但偌大一个停车场地，亦是难见人影。祁红边掏车钥匙边加快了脚步。

祁红用遥控打开车门，把物品放进车后座，坐进驾驶室。突然，车后黑黝黝的角落里窜出一名男子，左手夹住正在开车门的炜炜，右手用尖刀抵住炜炜颈部，挟持着炜炜坐上副驾驶座。

"你……你干什么？不要乱来。"听到炜炜"啊"的叫声，祁红一抬头，只见儿子被一名歹徒劫持，尖刀正抵着儿子的脖子，她吓坏了。"快开车，去银行！"这是一名二十六七岁的男子，外地口音，眼露凶光，一把抢过了祁红的拎包。包内装有1.2万元现金，还有银行卡、身份证等。

"叔叔，放下刀，别干坏事。"炜炜倒是机灵，平时电视里说的，课堂上老师教的，他记在脑子里了。这时候，他不哭不闹，冷静地劝说歹徒。歹徒一愣。趁歹徒分神之际，祁红拉开车门冲了出去，大呼"救命！"恰巧有人前来取车，见此情景，立即报警。

这一天，是2010年6月6日，无锡市公安局接到报警，是17时40分。瞬间，无形的电波把案发信息传至公安机关上上下下。全城警察紧急行动！

第一批到达现场的警力，仅仅用了4分钟时间，他们是东亭派出所的民警和正在路面巡逻的巡防大队民警。歹徒紧锁车门，就着惨淡的灯光，隔着车窗玻璃，依稀可见一把锋利的水果刀正抵住炜炜的喉管。

"快救救我儿子！"警察前来，祁红见到救星。周围零零星星围了十几个人，都是来车库取车的，见到这一幕，均呆住了。

"你有什么要求可以提，不许伤害孩子。"东亭派出所所长朱林弟上前与歹徒对话。

"请大家配合，撤离到警戒线外。"民警在现场设定中心区域，在车库拉起了第一道警戒线。

无锡市公安局快速启动紧急警情处置预案。几乎同时，在锡山公安分局检查工作的无锡市副市长、公安局局长赵志新率副局长龚清荣、缪小展、张轩赶到现场。

这一天,是周末,正值晚饭时分,民警们有的难得陪父母吃顿晚饭,有的好不容易带孩子逛次超市,还有的正在休假,他们接到指令,无一不在第一时间赶往现场。15 分钟内,特警、交警、刑警、治安警等 150 余名警力抵达现场。一辆"120"救护车驶抵现场附近待命。

警方迅即成立现场指挥部,赵志新担任总指挥。副局长杜荣良坐镇指挥调度室,协调警力,掌控社会面。

"关闭地下车库全部出入口,疏散围观人员,在中心现场外围设置第二道警戒线。"赵志新仔细观察地形后,下达了现场第一道指令。

"一共 12 个出入口呢!"超市突发如此大案,超市高层和安保负责人急得满头大汗。不一会儿,12 个出入口铁栅栏全部落下,中心现场外围,醒目的第二道警戒线拉起。

超市一侧是主干道华厦路,傍晚五六点钟正值交通高峰,交警全力以赴,指挥车辆快速通过,并在前方十字路口组织绕行。

现场虽然处于封闭的地下车库内,但随着一辆辆警车和一队队警察的前来,空气陡然紧张。"发生劫持人质案"的消息渐渐扩散。正在购物、玩耍的人们惊恐地涌出超市,附近居民、街头行人纷纷聚集。听说被劫持的是一个小男孩,人们不由担忧起孩子的性命。"这歹徒不会是个杀人狂吧。""赶快给钱吧,肯定是为了钱。""现在都是一个孩子,孩子要有事,让大人怎么活啊。"说什么的都有。

"相信无锡警察,今年不是已经发生 2 起劫持人质案了吗,人质都救出来了。我们不要在这儿添乱了。"人群中发出一个声音,人们纷纷附和,主动配合维护秩序的民警,在心中默默为炜炜祈祷。

2010 年的上半年确实有些邪乎,无锡一连十几年没有发生过劫持人质案,这下倒好,5 个月之内接连发案,这已经是第三起了。

人们清楚地记得,2010 年第一起劫持人质案发生在 1 月 29 日。这天傍晚 6 时,一名歹徒窜进崇安地区的野花园小区,劫持了年逾六旬的石老太和她怀中 5 个月大的孙子阳阳。石老太抱着孙子遛弯回来,在楼道里遭遇歹徒。这名歹徒看上去 20 岁出头,奇瘦,黑衣黑裤加黑口罩,十分怪异。他用尖刀把石老太逼进二楼一户人家,反锁屋门,嚷着谁也听不懂的话。

警方闻警而动,警力调度,谈判化解,正面强攻,狙击手进点,人质营救,一套套方案快速转化为行动。谈判专家与歹徒斡旋 3 个小时未果,歹徒精神亢奋,情绪激动,十分狂躁。刀尖时而对准阳阳背部,时而抵住石老太的脖子。现场指挥部果断决策:"在确保人质安全的前提下击毙歹徒!"

执行任务的是狙击手曾泉。时年 35 岁的曾泉当特警 15 年,虽是有名的神枪手,但这是实战第一枪。他带了手枪、微冲、狙击步枪三支枪。接到指令,他已在对面楼里伏击了 2 个多小时。伏击点距现场十五六米,曾泉选用了微型冲锋枪。接到"伺机击毙歹徒"的指令,他一个深呼吸,全神贯注盯住目标,可歹徒的头部始终与石老太的头部重叠在一起。抓住石老太变换抱孩子的姿势、歹徒头部往一边偏的瞬间,曾泉扣动了扳机。

人质得救了,现场警察和围观群众无不松了口气。消息传开,人们奔走相告:"警察处置得当,果断。"

事后查明,歹徒姓韦,23 岁,泗洪县人,是宿迁警方网上追缉的逃犯。其有多年吸毒史,这次作案前吸食了过量冰毒。

事隔一个多月,3 月 3 日上午 8 时多,南长区的永乐路上又发生惊心动魄的一幕。无业人员胡某有 13 年的吸毒史,2 日傍晚,他吸食冰毒后出现幻觉,怀疑有人追杀他,并要杀他全家,大吵大闹折腾了一夜。3 日一早,他幻觉愈重,拉着其嫂子外出"寻求保护",行至永乐路一家银行门口时,竟持刀将嫂子劫持了。目睹此情的一名押运员报了警。

这天是星期三,正值上班早高峰,现场一时人山人海。警方果断采取交通管制,一边组织谈判专家劝说,一边调集特警身着便衣分别从左右靠近,伺机制服。胡某精神狂躁,左手夹住人质脖子,右手持尖刀死死抵住人质脖子。为防止正面接触令胡某起疑,特警徐培荣用眼睛余光盯住他的一举一动,乘其握刀的右手突然举起的一刹那,徐培荣跨步上前,一招锁腕,在战友们的配合下,制服胡某,救出人质。"好!"数千名目击群众鼓掌喝彩,此时距接报警仅 40 分钟。

线上线下各路媒体都全方位报道了这起案件,网民送给徐培荣一个昵称——"淡定哥"。

2起劫持人质案的成功处置,打响了无锡公安"铁军"的声威。人们有理由相信,无锡公安一定能制服劫匪,安全救出小人质。

疯狂歹徒伤害人质,击毙命令终下达

指挥部把处置警力分成协调组、谈判组、狙击组、调查组和外围疏导组。现场警力兵分五路,奔向各自岗位。

在处置劫持人质案中,绝对保证人质安全是前提,与绑匪谈判是关键。如能用法、用理、用情劝说歹徒放下武器,中止犯罪,这是最理想的结局。

现场指挥部派出精通法律,富有谈判经验,口头表达能力强的民警与歹徒"面对面"。担任这一艰巨任务的是锡山公安分局分管刑侦的副局长杨建平和东亭派出所所长朱林弟。

杨建平在刑侦这条线上摸爬滚打多年,有与形形色色狡诈的、蛮横的、疯狂的犯罪分子打交道的经验。

朱林弟当警察前是一名消防战士,烈火、危险、灾难,磨炼出一个铮铮硬汉。当消防兵,他是热血男儿;当警察,他是罪犯克星。"狭路相逢勇者胜",这句话用在朱林弟身上再贴切不过了。从警生涯中,他曾无数次面对生与死的考验,劫匪的尖刀、即将爆炸的煤气包……他从来没有退却。

那是2008年初夏的一个夜晚,锡北镇泾东村一个外来人口聚居地,一名赌徒因向家人逼要赌资未遂,先是焚烧摩托车,后竟搬来一个刚灌满液化气的钢瓶,右手按住阀门,左手持打火机,嘴里嚷着"我不活了,谁也别想活,杀一个赚一个"。现场七八户人家住着二十几号人,不远处有个白酒仓库,储存着300余吨高度白酒,一旦发生爆炸,后果不堪设想。

朱林弟率民警十万火急赶去,先疏散住户和围观人群,接着好言好语与对方"聊天",聊着聊着,对方突然情绪激动,猛地拧开阀门,点燃了液化气,火苗蹿出一米多高。朱林弟一把推开身边的人，冲上去紧紧抱住歹徒。几乎同时，战友上前一脚踹掉钢瓶，拧上阀门。整个过程仅三四秒钟。千钧一发之际，化险为夷，没点勇气是不行的。

此刻，杨建平、朱林弟面对的是一个穷凶极恶的持刀劫匪，是一个为了金钱铤而走险的亡命之徒，而且，毫无反抗能力的炜炜在他的尖刀下，随时有生命危险。

两人身穿便衣，一左一右分头向被劫持车辆靠近。这是一辆银灰色"奇瑞"轿车，车子前后4扇门均被锁住，车窗关闭。微弱的灯光下，可见一名戴着墨镜的男子坐在副驾驶座上，左手紧搂孩子，右手持一把刀，刀尖抵在孩子的脖子上。

"不要冲动，不要伤害孩子。你开门，放了孩子，有什么事跟我说，好吗？看看能不能帮你解决。"杨建平敲了敲车门，试图劝说歹徒先放了孩子。

"谁家都有孩子，你也有孩子吧？你忍心伤害孩子吗？"朱林弟以情感化，慢慢朝车门靠近。

"别过来，谁过来我就捅死他。"歹徒刚开始似有触动，见有人上前拉车门，情绪突变，手里的刀握得更紧。

"叔叔，别这样，我听你的话。"炜炜捂着右腿被鲜血染红的毛巾，懂事、聪明的孩子强忍着疼痛与歹徒周旋，心里却怕得要命。"警察叔叔，救我！妈妈，救我！"他在心里喊着。

"别激动，有事说事，有条件谈条件，跟孩子没关系。"杨建平继续劝说。

"你一个大男人，挟持一个孩子算什么。你这样做是违法的，先放掉孩子，有什么我们谈，不要越陷越深。"朱林弟向歹徒宣传起法律来。

"你们谁也别讲，让孩子的妈妈来开车，不然我弄死他。"歹徒一根筋，听不进任何劝说，非要炜炜的妈妈来开车。

看来歹徒无驾驶技能。为防止炜炜妈妈上车后歹徒胁迫其开车，到时局面更加难以控制，现场指挥部没让祁红待在现场，而是把她安排在超市办公室，派女民警陪护、安抚。

"我要抽烟。"歹徒将车窗摇开一条缝,伸出一只手。杨建平点燃一支烟递过去。

"给我瓶矿泉水。"歹徒一会儿要烟,一会儿要水,气焰嚣张,对民警的劝说置若罔闻。一个多小时过去了,谈判毫无进展。

不见孩子的妈妈前来,歹徒把炜炜放到副驾驶座上,自己移到驾驶座强行发动汽车,因不懂技术,车子熄火了。歹徒气恼地持刀乱捅乱戳,汽车顶部装饰布被戳出一个个洞。

现场气氛越来越紧张,从领导到民警,弦绷得紧紧的,唯恐有什么闪失。

从歹徒选择的作案地点,采用的作案手法,一开始实施犯罪就刺伤人质的疯狂性、残忍性,以及谈判中表现出的一意孤行,现场指挥部判断这是一个丧心病狂的家伙。其主观恶意程度大,且手法老练,不像第一次作案,极有可能作恶多端。

"我去试试。"一直在现场观察掌握局势,不断下达指令、调度警力的总指挥赵志新跨步上前。

"小伙子,你是哪里人?我是公安局局长,有什么难事说给我听听,帮你分析分析,看看有什么办法。"赵志新亮明身份,口气平和,好言相劝。

猖狂的歹徒对赵志新的问话置之不理,不断挑战底线,居然当着其面用刀尖挑断炜炜裤腰的布襻,割伤孩子的屁股,鲜血汩汩流出。

"疼死我了,警察叔叔救我!"炜炜的哭喊声刺痛了赵志新的心,也刺痛了现场所有警察的心。

情况危急,刻不容缓!

"抓住战机击毙歹徒,安全解救人质!"晚6时55分,赵志新下达指令。

"谈判的结束,不是以时间长短为依据,而是以不法分子的情绪变化、行为实施判断的。歹徒态度顽固,情绪激动,不但没有向警方缴械的意向,而且继续伤害人质并升级。孩子已被刺伤,伤口正在流血,随时有可能休克;孩子的父母在焦急地盼着,千万双百姓的眼睛在看着。如果警方在处置上有哪怕一丝闪失,孩子在警察的眼皮底下有个三长两短,我们何以面对百姓,何以面对孩子的父母家人。因此,在歹徒继续实施伤害、人质生命受到严重威胁的危急关头,指挥部果断发出'击毙歹徒,解救人质'的指令。"事后,赵志新如是说。他还说,他永远忘不了面目狰狞的歹徒当着他的面伤害孩子的那一幕,绝不能容忍!

执行狙击手任务的是特警四中队民警小图,五中队指导员刘颐凯负责枪响后的破窗、破门、救人质任务。

特警是6日下午5时50分接到出警指令的,15名队员到达现场后,迅速形成战斗小组,勘查现场,实时掌握谈判进展,制订解救人质预案。在指挥部下达"击毙歹徒,解救人质"的指令后,战斗小组根据现场特殊情况提出了"抵近射击,击毙歹徒"的建议,被指挥部采纳。随后,警方精挑狙击手,进行现场模拟,以确保万无一失。

时年27岁的小图是个精干的满族小伙,毕业于中国人民公安大学治安战训专业。他有一身好武功,是全市特警比赛个人全能冠军、岗位能手、警务实战兼职教官。他不仅技艺一流,而且机智、敏捷,突发事件、抓捕疑犯、大型活动安保现场,常有他的身影。

6月6日那天,虽是休息日,小图却整天呆在靶场上。那段时间队里搞强化训练,松懈不得。他瞄了一天靶,有点累。回到队里,刚走进食堂,命令来了。他和战友冲向装备车,取出狙击步枪、微冲。为不引起歹徒注意,他们清一色换上便装。小图上身宽松黑夹克,下面一条布满大小口袋的牛仔裤。考虑到近距离射击,他把一支92式手枪别在裤腰,里面装了10颗子弹。

到了现场,小图和战友立即确定狙击点。按常规,狙击点需"三便",即便于观察、便于射击、便于隐蔽。"6·6"劫持人质案现场条件有限,地下车库光线昏暗,歹徒劫持人质坐在轿车内,车窗贴深色膜,车内情景隐隐约约,远距离射击概率很小。并且,歹徒非常敏感,一直在利用车前反光镜观察警方动静,只有近距离狙击,才能具备十足把握。

小图和战友悄悄从两侧迂回接近目标。狙击步枪、微冲火力太大,不适合近距离使用。小图把手枪子弹推上膛,他在等待时机!

枪声响过歹徒毙命，小人质安然无恙

现场处置紧张有序，外围调查有条不紊。

锡山公安分局正在侦查 2 起持刀抢劫案，均发生在东亭地区。民警再次找事主访问。

说起被抢情景，事主阿云心有余悸。

2010 年 5 月 14 日傍晚，阿云携 10 岁的儿子阳阳驾车到地处东亭地区的易买得超市购物。晚 7 时多，母子俩满载而归，高高兴兴地去停车场取车，阳阳坐副驾驶座，阿云正欲发动车，突然车后窜出一男子，拉开副驾驶位车门，用一把尖刀逼住阳阳。歹徒劫走阿云随身拎包里的 8 000 余元现金后逃之夭夭。

另一起案件也是发生在易买得超市停车场，时间也是晚上 7 时左右。汇总东亭派出所前期侦查和现场外围调查情况，这两起案件的作案手法、袭击对象与眼前这起劫持人质案如出一辙。劫持炜炜的歹徒很可能就是在易买得停车场作案的男子。

歹徒凶狠、残忍，炜炜命悬一线。谈判仍在进行，和平解决的希望几乎为零。狙击手在寻找机会。

"你不就要钱吗，好商量，先把孩子放掉。"杨建平再次上前。

"我要 3 万元。"歹徒开出价码。

"我扮孩子的爸爸去送钱，找机会开枪。"小图灵机一动。经请示现场指挥部同意，小图拿着 3 叠百元大钞靠近汽车。

"我是孩子的爸爸，给你送钱来了。"长期在训练场上风吹日晒、摸爬滚打，小图皮肤黝黑，长相显老，看上去有 30 岁出头。

"你脱去上衣，原地转 2 个圈。"歹徒非常狡猾，提出要求。手枪就插在右侧腰间，上衣一脱就露馅了。"脱衣干吗，你不信我？"小图巧语应对。

"你是警察，后退！"歹徒叫嚣。为避免歹徒情绪更加恶化，小图后退了一步。

"你不会开车,我来帮你开,这是3万元,给你的。"朱林弟接过小图手中的钱,来到驾驶座一侧与歹徒"商量"。

"可以,但你只能穿短裤上车。"歹徒的目光贪婪地盯着朱林弟手上的钞票,情绪稍稳定。

"你坐这儿我怎么进来开车,你挪到副驾驶座去,把孩子放到后排座上吧。"三下五除二,朱林弟脱下T恤和长裤,穿一大裤衩。

歹徒稍迟疑,接受了朱林弟的"建议"。抓住歹徒将孩子推向后座,两人分开的瞬间,处在车辆右侧位置的小图上前一步,拔出手枪,瞄准歹徒头部果断扣动扳机,连发2枪。一旁策应的刘颐凯举起太平斧击碎汽车后窗玻璃。小图拉开车门,将歹徒拖了出来。子弹穿头而过,歹徒当场毙命。刘颐凯顺势拽出后座上的炜炜。一双双大手伸过来,护送着炜炜上了早就等候在现场的"120"救护车。

"孩子得救了!"枪声响起,现场骤然静谧,随即是掌声、欢呼声。时间定格在19时15分。

枪声响过,朱林弟大脑有瞬间空白,回过神来,只见左车窗上一个弹洞,子弹擦腿而过,穿进旁边一辆汽车的前轮。"好险哪!可不能告诉老婆。"他在心里对自己说。当年12月,无锡市公安局举办"警魂"专题晚会,回顾了这惊心动魄的场景。事先,朱林弟到处找人"开后门",强烈要求不要播放他"穿大裤衩的画面,羞死人了"。

"为什么开了2枪?"有人追着小图问。

"为了保障人质绝对安全。外地有过失败的教训,歹徒在中弹的瞬间对人质进行无意识的伤害,导致人质死亡。手枪比狙击步枪、微冲的威力要小许多,加之是运动中击发,所以开了2枪。平时训练都是要求2枪击发的。"小图气定神闲,自信满满。

炜炜第一时间被送往锡山人民医院,这个勇敢的孩子一路上还在安慰妈妈"没事,别哭"。经检查,炜炜臀部、小腿有刀伤,生命无虞。一旁的爸爸、妈妈听了,松了一口气。

在歹徒身上,警方查获一张居民身份证:张伍,男,1985年出生,安徽省六安市金安区淠东乡徐郢村王圩组人。经进一步证实,张伍原在上海等地打工,其父母租住在锡山东亭地区,案发前一个多月,张伍因赌博欠债,遭人追债,来父母处避风头。经易买得超市停车场2起劫案事主辨认张伍照片,指认其正是作恶者。DNA检验证实,乐购超市地下停车场被击毙歹徒正是张伍。

无锡警方在危急关头开枪击毙歹徒,安全救出人质的果断措施,赢得社会各界和公众一片叫好声。很多市民在网上表达了对无锡警察的支持:"无锡警察打得好,干得漂亮!"还有网友直抒胸臆:"无锡警察,牛!每次都能化险为夷。"

"安民情似水,惩恶气如山。"经历生死劫难,炜炜的父母心中充满对警察的感恩,专门制作了锦旗送到公安局。

为褒扬炜炜的勇敢、机智,也为防止孩子心理受到伤害,案发后第三天,赵志新专程上门看望在家养伤的炜炜。他告诉炜炜:"正义必然战胜邪恶,人民警察永远是百姓的守护神,永远是犯罪的克星!"

炜炜行了个少先队员礼,一脸正经:"长大我也要当警察!"

「6·8」枪案

神秘网店叫卖"猎狗",落地侦查擒获"枪王"

清晨,在 CS 游戏里厮杀了一夜的周平,此刻仍沉浸在枪战带来的刺激中。他是个十足的枪迷,CS 游戏里的各类枪支,他玩得特溜。

"周平,你涉嫌贩卖枪支犯罪,跟我们走!"突然,门被冲开,十几名警察将他围住。周平略一愣怔,束手就擒。

这一天,是 2010 年 6 月 8 日。地点:江苏省无锡市下属的宜兴市丁蜀镇。

丁蜀是宜兴最南端的古老小镇,她依山傍水,东濒太湖,西部为天目山余脉独山,是江南中的江南。北宋元丰年间,苏东坡曾先后三次来到宜兴,他望着独山峰恋如黛,清溪萦绕,曰:"此山似蜀。"遂去犬留虫,改名蜀山。周平便是丁蜀镇上坝村的村民。这个农民可不简单,随着其落网,一个特大网络非法制造买卖枪支弹药的犯罪团伙内幕揭开,并引发一场由公安部督办,涉及全国 30 个省、区、市的缉枪行动。

周平纳闷,一切交易都是在网络上进行的,用的都是暗语,网络是个虚拟世界,他又做得隐蔽,警察是如何找到他的?强中自有强中手,他自以为是,低估了警察的本事。

2010 年,上海世博会、广州亚运会两大盛事检验着我国警方的安保水平和能力。公安部下令:"两个重大活动期间绝不能响枪!"从 3 月 11 日起,经过周密部署,为期 9 个月的治爆缉枪专项行动拉开帷幕。"枪患不除,社会不安。"各级公安机关、各警种线上线下联动,绝不放过任何蛛丝马迹。

"本店主要经营无缝钢管,内径 17.8 mm,外径 30 mm,长度 720 mm,每支 200 元;内径 18.3 mm,外径 30 mm,长度 760 mm～820 mm,每支 250 元……"这则广告发布在"中国狩猎论坛"一个名为"精工科技"的网店上,除文字介绍,还附有样品照片。

2010 年 5 月 27 日,无锡市公安局网警在互联网上巡逻时,发现了这则可疑广告。这则广告背后到底隐藏着什么？网警集众人智慧,大家你一言我一语展开讨论。从警 20 年的教导员路学兵当过刑警、派出所副所长,干网警时间不长。他爱动脑筋,遇事总往深里想。他一言不发,反反复复研究网上下载的无缝钢管照片,真让他看出了名堂。"这不是无缝钢管,而是无缝镜面管。这种镜面管加工工艺复杂,用途明确,一般都是应客户要求定制的,如加工一两根,成本非常高。'精工科技'卖得这么便宜,只能说明是批量加工的。"路学兵一番话,大家不由不服,因为他学过冶金知识,说话有些权威。

这些无缝镜面管派什么用场,路学兵马上想到:枪管。枪管必须使用内外抛光的无缝镜面管。他找到治安部门主管缉枪的副支队长陈洁(现任支队长)。

陈洁上的是政法学院,进公安局干的是办公室工作,到治安部门不久,恶补了不少枪支、子弹、炸药等知识。一听"18.3 mm"这个数字,他马上想到这是 12 号猎枪枪管的口径,也是国内常见的猎枪口径。

有人居然在网上出售猎枪枪管,陈洁马上进入网络仔细查看。广告下面,还有详细的购货流程:"联系本店并确认所需物品,汇款到指定账户,及时将汇款金额、要货数量、规格、收货地址通过手机短信通知本店,本店保证两天内发货,联系电话××××。"这个联系电话是无锡本地的。

广告上留的手机号码,机主叫周平,宜兴丁蜀镇上坝村人。"中国狩猎论坛"服务中心共注册有 22 家网店,除"精工科技",还有"宽容塑料""小罗木艺"两个网店,店主也都是周平。

"宽容塑料"主营塑料外壳、杯子、封口机。从表面看,经营的货物没什么异常。"精工科技"卖的是枪管,这"宽容塑料"上的东西是否与枪有关呢?民警拓宽视线,从"中国狩猎论坛"上寻找蛛丝马迹。

"中国狩猎论坛"里有许多板块,聚集着不少狩猎发烧友。坛主叫刘争,在狩猎圈里名气颇大。板块里有个自建商业销售区,属于加密板块。为了避免触犯法律,会员们在交流、销售区内均避免提及"枪"之类的字眼,故而创造了不少代名词,如猎枪叫"猎狗",气枪叫"气狗",子弹便是"狗粮",弹药底火则叫"底"。那么"宽容塑料"出售的塑料外壳、杯子、封口机指的是什么呢?细心的民警从会员的聊天内容和图片中看出了端倪。原来,塑料外壳就是猎枪弹壳,杯子指的是弹托,其外观像只小杯子,封口机则是用于子弹封口的设备。"小罗木艺"卖的是猎枪枪托。

周平涉嫌利用网店出售猎枪配件和枪弹组件。

涉枪无小事。情况报到市局,无锡市副市长、公安局局长赵志新批示:迅速组织治安、网警、侦技等部门和宜兴市公安局成立专案组彻查。

专案组线上线下同步行动,一队人马悄悄进驻丁蜀镇开展外围调查。周平的活动规律、家庭成员和主要社会关系很快被查清。

周平时年31岁,宜兴丁蜀镇上坝村人。其母亲、妻子涉嫌为周平私藏枪支及发货等。周平狡兔三窟,在镇上租房,在邻村黄泥厂村租有民房为加工点,聘有一伙计罗平,网店"小罗木艺"就是以他的名义开的。还有一个叫朱霞的,是周平的情妇,也是团伙成员之一。

专案组梳理有关QQ群聊天记录和银行账户来往明细,仅一周时间,便查实锁定周平一伙非法制贩枪支弹药的犯罪事实。可以收网了!专案组制订了周密的抓捕方案,时间定在2010年6月8日。

6月8日凌晨,10余辆载着特警、刑警、治安警、网警的汽车驶往丁蜀镇。为避免惊扰居民,快接近目的地时,汽车熄了灯,禁鸣喇叭,停在离村几里路外。抓捕民警兵分五路,悄悄接近各自目标,等候现场总指挥的命令。担任现场总指挥的是无锡市公安局副局长龚清荣。

天色渐明,新的一天开始了。

"抓捕行动开始!"龚清荣一声令下,五路人马直捣目标。正在玩CS游戏的周平顺利落网,其母、妻及情妇均被控制。

一路人马来到黄泥厂村。村头小树丛中,掩隐着三间低矮破旧的平房,屋顶上的瓦东一片,西一片,有的好,有的坏,外墙斑斑驳驳,布满青苔,木门上挂着把吊锁。屋里阴暗潮湿,屋子中央有一台大型机床,一旁堆满杂物。

上午9时,一名中年男子出现在平房前,打开挂锁正欲进门,被守候多时的民警抓个正着。从平房里搜出来的东西让人大开眼界,生产、制造弹药的数控机床、钻床、铣床、磨床、车床一应俱全,共十几台;生产猎枪零部件用的模具几十种;还有成堆的枪支散件,仅半成品枪托就二十多个。围观村民无不大惊:"没想到破屋里还藏着个'兵工厂'。"

专案组乘胜追击,又查获3处非法制造枪支弹药窝点和枪弹、火药、配件储存点,共扣押非法制造枪支弹药的大型机床6台和一批小型机械设备及模具,缴获猎枪1支、枪支散件50种合3 372件、猎枪弹组件37万余个、钢珠1 771粒、气枪铅弹5 698发、火药166.4公斤。

"造枪奇人"几多疯狂,为枪"买单"走上不归路

造枪、卖枪非同小可,近二年来,周平始终小心翼翼,一切都在网络世界里操作,用的是"宽容"的网名,一直以来太平无事,警方这次是怎么查到的呢?而且还抄了老窝。那么多东西摆在那儿,怎么说得清呢?再说,母亲、老婆、情人、伙计一锅端了,自己不说,也保不住他们不说啊。

面对警察,周平表面平静,内心却波澜起伏。他这是2个月之内"二进宫"了。此前,他因涉嫌敲诈勒索吃了一个多月"牢饭",现在还在取保候审期间。刚出来没几天,又进了局子,看来气数已尽,这次事大了,出不去了。"能赖就

赖吧。"周平在心里对自己说。

宜兴多丘陵,青山逶迤,山林连绵,以前村民家里有一两支猎枪并非稀奇事。为保护日趋紧缺的自然资源,20世纪末,江苏所有林区全部禁止狩猎,加之公安机关缉枪力度大,猎枪在民间渐渐消失。

与城里的孩子相比,周平的童年多了山林野趣,他常跟着大人进山打猎,野猪、野鸡、野兔,什么没见过。爱枪是男孩子的天性,不一样的童年,使得周平对枪的梦想更丰富。

1999年秋天,20岁的周平从一所职高毕业,他学的是汽车驾驶、修理,不久进入一家集团公司当驾驶员。因脑袋瓜子聪明,手脚灵巧,办事精明,深得公司器重,两年后升任公司采购部经理,负责整个公司生产资料的采购。众所周知,采购部是个肥缺,天南海北跑,见的世面多,干了两三年,周平不仅口袋里有了钱,人也"花"了。2004年,他看上了在采购部打工的安徽妹子朱霞,他无视自己已为人夫、为人父的事实,不管不顾与朱霞住到了一起。

2006年底,周平成为职场争斗的牺牲品,在夹缝里生存不容易,他辞职了,朱霞也跟着离开了公司。周平不屑父母关于"全家一起经营茶园"的建议,投资在丁山开了家湘菜馆,开张试营业没几天,便因环评不合格关门歇业。他又设想开个模具厂,在丁山黄泥厂村租下三间民房当厂房,后因故未成。这处房屋便成了他以后造枪的窝点。

周平沉溺在网络中,网名"宽容",打发百无聊赖的日子。一天,他无意中进入"中国狩猎论坛",从此成了论坛的常客和铁杆会员,认识了一批枪械发烧友。

2007年8月和10月,周平受网友之邀,先后两次到缅甸旅游考察,第一次说是考察珠宝玉石市场,第二次又去看肉牛养殖。两次考察,真正引起周平兴趣的不是玉石和肉牛,而是枪械。在缅甸,他参观了杨寨兵工厂,了解了枪械制作的大致流程,还多次到猎场打猎,无论是军用枪支,还是猎枪,他打得那叫过瘾。境外归来,他最大的收获是带回一组持枪照片,时不时拿出来欣赏,还发到网上去炫耀。他早就对枪械"情有独钟",而今更是深陷其中。他自修了电大关于机械加工方面的课程,拿到了中级技工证,一有时间就泡在论坛上。用他自己的话说,"通过一些网站上的浏览、交流,我对枪械越发沉迷了"。

周平不仅仅是"枪迷"或追枪族,他更钟情的是生财之道。常在网上混,他发现有人在论坛网店里出售猎枪子弹、部件挣钱。于是,他试着在论坛上注册了"宽容塑料",买卖塑料外壳和"杯子",小打小闹,倒买倒卖,赚些小钱。制作弹托工艺简单,他动起了自制的念头。于是,他购买了塑料粒子,做了模具,在表兄的厂里用注塑机加工。2009年5月,他根据网上搜索到的资料,试制成功底火,让朱霞专门制作成品底火。

有了弹壳、弹托、底火,还需要火药,才能制成子弹。他在网上搭识了湖南浏阳女子施莲,2次跑到浏阳,以做烟花为名,从施莲那里买回黑火药和黄火药。之后,周平开始在网店出售整装的猎枪子弹。

出售子弹所带来的收益,周平仍不满足,他要造出真正的枪来。人们都说,周平没考上大学可惜了,他还真是个奇才。猎枪的结构相当复杂,不是说造就能造出来的。周平从网上下载了双管猎枪的拆分结构图。这些图纸是网友根据真枪绘制的,比较粗糙。在试制中,他"刻苦钻研",不断修正图纸,做得很艰难。他想,要是有支真枪参照就好了。这时,他在论坛里认识了一个叫"张海"的湖南人,两人经常在 QQ 上聊天,张海说朋友有支双管猎枪,周平一听,乐了。

2009年春节前,周平专程去了趟湖南,两个"枪迷"一见如故。张海向朋友借来那支双管猎枪,周平兴奋不已,爱不释手,提出能否借回宜兴做参照。张海做通朋友工作,得到应允。周平刚回宜兴,拆成几部分的枪就通过快递公司送上门了。枪寄到,张海人也到了宜兴。张海早就有造枪贩卖的念头,无奈本领不够,遇到"能人"周平,真是天赐良机。

真枪到手,周平投入造枪行动,鼓捣出 3 套双管猎枪整枪的部件,张海拿了一套回湖南。不久,张海回话,这些配件配上他制作的枪托,可以使用。周平欣喜若狂。张海又为周平提供了单管猎枪的样品,再次试制成功。至此,周平正式开始贩卖猎枪,张海是主要买主。

一人忙不过来,周平在宜兴和桥、常州、武进等地设立代加工点,代为加工枪支部件。他非常狡猾,把部件分得很细、很散,代加工者均被蒙在鼓里。

卖出一支枪的利润就是五六千元,为了扩大销路,周平又在网上新开"小罗工艺""精工科技"2个网店,建了3个QQ群,发布广告招徕买主。一时,各地的枪械爱好者趋之若鹜。

既有钱赚,又满足了自己的爱好,美中不足的是周平不会制作枪托。他不懂木工手艺,到外面去做太显眼。为了不留遗憾,他千方百计在网上"淘"专业人才,通过一个福建老板觅到罗平。罗平系四川人,大字识不满三箩筐,言语不多且木讷,活干得不错,特别是枪托做得好,正是周平急需的"人才"。于是,罗平成了周平的伙计。朱霞则心甘情愿为情人的"造枪行动"一脚踏进犯罪深渊。她心中藏着一个希望,盼着有朝一日能登堂入室,成为周平的正房太太。在一年多时间里,她制作了5 000余个底火。

周平造枪、卖枪,其母可谓心知肚明,她也曾害怕、担心、规劝,可关键时候还是把儿子造的枪藏了起来。周平之妻明知丈夫干的是犯罪的事,也知道丈夫外面有人,为了保全家庭,且钱是个好东西,她选择了同流合污,成为犯罪团伙的一员。

截至案发,周平团伙卖出猎枪57支,猎枪零部件、猎弹组件等10万余件(发),火药240公斤,买卖活动涉及全国多个省、区、市。

生意越做越大,周平内心还是恐惧的。《刑法》关于非法制作、买卖枪支、弹药的条款,他不知读了多少遍。但欲望、金钱战胜了恐惧、害怕,他硬生生走上一条不归路,甚至不惜搭上自己的家人、情人。

若要人不知,除非己莫为。周平懂这个道理,他知道自己迟早会落到警察手里。就在"6·8"枪案案发前一个多月,他就受了一次惊吓。那次他是为表妹两肋插刀。

周平的表妹与一个有妇之夫纠缠不清,生出许多枝枝节节,最后为分手之事闹得不可开交。为与男方了断,她求助于表哥周平。周平哄吓骗齐上,男方服了软。事情本该见好就收,周平硬逼男方写下一张"欠女方青春损失费10万元"的欠条。一转身,男方报了案。当警察上门时,周平吓得不轻,以为造枪事发,腿都抖了,听说是涉嫌敲诈勒索,他暗暗松了口气。因犯罪情节显著轻微,认罪态度好,一个月后,周平被取保候审。

"消失"一个月,论坛里好多人惦念他,一些客户早把钱汇到其账户上,留言"再不发货就退款",还有网友戏言"世博会管得严,担心你被公安抓了"。周平惊出一身冷汗,但心存侥幸,一边抓紧联系客户,收货发货,一边更加小心谨慎。

俗话说,躲得过初一,躲不过十五,该来的总是要来的。此刻,坐在警察面前,周平自知罪行严重,他能瞒则瞒,能赖则赖,只承认在网上卖过枪弹散件,没有卖过整枪,并狡辩自己的行为不触犯法律。

专案组倒是不着急,人证、物证俱在,赖是赖不掉的。关键是世博会正在举行,亚运会在即,这么多枪流散在社会上,不知要生出多少事来。

三路出击走南北,千里追枪除隐患

专案组从兵工厂请来专家对查获的枪支部件进行鉴定,结果是这些部件可拼装枪支套件48套,周平的造枪技术已达到了专业水准。

周平不交代犯罪事实,办案民警分头到电信、银行、物流公司查找联系人员、资金往来和发货单据,同时梳理网上交易情况。

只要查到下家,周平再抵赖也没用,问题是周平还有无窝点,窝点里是否藏着火药,那是最大的隐患。

"一把钥匙开一把锁。"就在专案组绞尽脑汁想招时,桌上一串钥匙令陈洁眼前一亮,这是周平的随身之物。陈洁让民警到加工场、租住地一处处核对,发现有2把钥匙找不到对应的锁。问周平,他说这2把钥匙早就不用了,想不起是哪儿的了。

专案组排摸走访周平的社会关系,再次搜查其住地。周平的一个亲戚提供,有一次,周母借用他的车,到周平的厂里搬了一大堆东西,运到周家楼下车库里。

再次搜查收获颇大。在周母住地阳台墙洞里,民警查获一支完整的猎枪。在周平的住地,发现2张房租收条,楼下车库是其承租。意外之喜是查获一本账本,上面密密麻麻记录着2009年8月来的发货情况。

民警用钥匙打开了周平住处楼下的车库,查获黑火药、黄火药共200余公斤,还有一些枪支配件及弹药组件。民警们小心翼翼地把火药搬上车。这些火药足够炸翻一幢居民楼,换言之,几十户居民天天睡在火药桶上。

"这是什么?说说清楚。"民警把房租收条、账本放到周平面前。

"这……我说了吧。"周平赖不掉了,交代出和桥、常州等地的窝点和客户情况。

专案组迅速行动,6月12日上午,在宜兴和桥等地抓获为周平制造枪支部件及弹药组件的竺某等3人。15日,6名同案疑犯在常州落网。

初战告捷。赵志新在听取专案汇报后,要求"查清周平的全部犯罪事实,追缴所有售出枪支,消除一切治安隐患"。

专案组从治安、网警、侦技等部门和宜兴市公安局抽调18名民警,组成3个工作组,分赴涉枪线索较为集中的四川、湖南、江西三省,抓捕重点涉枪人员,追缴流散枪支。

6月15日,工作组三箭齐发。第二天,农历端午节,工作组抵达各自目的地。

四川工作组由陈洁、路学兵等5人组成,他们抓捕的对象叫徐华。徐华网名"眉山猎人",是周平在四川的主要供货对象,其开有一个户外用品商店,表面上经营登山鞋等野营用品,暗地里却非法出售枪支弹药。

工作组与眉山警方取得联系,得悉徐华与妻子去了老家,当天可能返回,便在成乐高速眉山出口处设伏,张网以待。中午,一辆红色"名爵"轿车驶来,守伏民警进入临战状态。这辆车前不久刚在论坛上晒过,车主正是徐华。

红色"名爵"下了高速,民警分乘两辆车一前一后交替将其夹在中间。驾车的徐华毫无察觉,直驶租住地。车刚停下,徐华便被民警控制,其妻子在一旁目瞪口呆。在徐华的租住地,查获"秃鹰"气枪1支,军用子弹28发,小口径步枪子弹200余发,气枪铅弹数千发及部分枪支部件,还在其住处门外的楼道里查获一箱火药。

一归案,徐华倒也老实。他交代,自2009年10月至落网,先后几次从周平那里购得单管猎枪17支,进价每支5 000元,加价至10 000元,转卖给成都的"小毛"、彭山的马军等人。

工作组兵分二路,赴成都、彭山追枪。经过13个小时的蹲守,6月21日凌晨,马军在彭山落网。6月23日,赴成都抓捕小组抓获"小毛",一鼓作气,又抓获3名"下线"。至6月底,徐华售出的枪支大部分被追回。

湖南浏阳是全国闻名的鞭炮烟花生产地,住在该市南北路的施莲正是周平造子弹的火药提供者,她先后把460公斤黄火药、10公斤黑火药卖给周平。6月18日中午,施莲被无锡市公安局网警支队副支队长朱旭炎带领的湖南工作组抓获。接着,工作组辗转邵东等地,抓获张海和"老莫"。这两人是周平在湖南的大客户,不仅为周平提供造枪样品,还从周平处加工双管猎枪套件5套,单管猎枪27套,无缝钢管60根,分头将这些套件组装或加工成整枪出售。工作组在老莫处缴获猎枪3支,卖给下家的2支猎枪也被追回。

赴江西工作组6月18日抵达抚州南城县,抓获1名涉枪疑犯,缴获2支猎枪。第二天,工作组马不停蹄往鹰潭余江赶。六月天,孩儿脸,一会儿还艳阳高照,此刻下起了倾盆大雨,待赶到余江,已是洪水围城,公路、铁路被淹。进不了城,民警们撤退到一家旅馆住下,梳理赣州地区的涉枪线索。

6月24日，洪水退去，交通恢复。上午10时，工作组一行七人来到赣州市下属的信丰县，向信丰县公安局刑警大队通报情况：有个叫肖军的信丰男子，曾向周平购过猎枪、火药、底火、弹壳等。

网上一查，信丰县叫"肖军"的有37人，反复筛选、甄别，确定户籍地在嘉定镇八一路、41岁的肖军有重大嫌疑。民警前去暗访，查明此人人户分离，且夫妻离异，早就不在此居住了，去向不明。经技术支撑，当晚6时，查明肖军活动在火车站附近。民警立即驾当地号牌汽车便衣前往，在信安公路一座桥上发现前方一辆白色轿车的驾驶人与肖军相像。抓捕车辆加速超过，将其拦下。对方下车破口大骂，一听来者是无锡警察，立马不吭气了。此人正是肖军，民警在其车内查获25颗猎枪子弹。

肖军称子弹是路上捡来的，然后再也不开口。25日上午，肖军在县城的租住地曝光，民警立马赶去。租住屋门打开，满目子弹壳、弹杯、底火、火药。经清点，共有制造生产猎枪子弹的设备1套，成品子弹573发，半成品535发，黄火药25公斤。

肖军，1969年5月出生，倒腾过电脑配件生意，也是一个打猎爱好者。2009年5月，他通过"中国狩猎论坛"认识网友"宽容"即周平，聊天中，两人相见恨晚，无话不说。周平告诉肖军，他不仅有枪，还有子弹，如诚心交易，可上门看看。2个月后，肖军来到宜兴，看到了梦寐以求的猎枪和子弹，周平带他玩了几天，还教会他制造子弹。

2009年8月至2010年3月，肖军先后向周平购买猎枪12支，火药15公斤，底火12 000个，弹壳、弹杯各6 000个。他以5 000~6 000元的价格购进整支猎枪，在QQ上叫卖，以6 500~8 000元卖给外地或本地网友。工作组此行追回2支单管猎枪。

3个工作组辗转川、湘、赣一个月，相继抓获涉枪疑犯11人，缴获猎枪、气枪、小口径步枪36支及一批火药和猎枪弹具。

从落网的疑犯看，大多是经商办企业的小老板、无业人员，也有个别公务人员。相当一部分人,如张海、老莫、肖军是为了牟利,有的既为利益又为刺激,也有少数人是出于好玩、猎奇。

杨某是成都某政府机关的公务员,2008年参加过汶川抗震救灾,其年轻有为,是单位的后备干部。杨某同时又是一个枪械爱好者,不仅在网上欣赏各类枪支,还从徐华处购得3支单管猎枪,其中2支转让他人,自己那支则藏在大邑县山间农舍,得空就往山里跑,擦枪打猎,好不惬意。面对抓获他的无锡警察,他留下了悔恨的泪水。自毁大好前程不说,还要受到法律惩处。

李某系浙江缙云人,企业高管。闲暇,他发现县城郊外山上有野兔出没,想着有支猎枪就好了。他在"中国狩猎论坛"上看到有人卖枪,半信半疑将1 000元汇到周平的账户,几天后果然收到快递寄来的弹药底火及外壳,后以同样手段购得猎枪一支。野味好吃,看守所的日子难熬。法律不是儿戏,任何人不得践踏。

枪案惊动公安部,全国联动集群战

周平非法制造买卖枪支一案,经层层上报,引起公安部、江苏省公安厅的高度重视。省公安厅领导多次听取汇报并作出批示,带领治安局人员数次到宜兴踏勘现场,鉴定枪械。

"6·8"枪案交易面之广,工作量之大,已不是无锡警方一己之力就能办得了的。虽然追回了一些枪支弹药,抓获了20余名疑犯,但仅仅是冰山一角。根据周平的账本记载、本人的交代、银行账户来往,以及快递发货明细,从2008年5月至案发,周平总计涉及枪弹买卖6 334笔,通过QQ向其咨询"枪"事的有1 592人,其中明显有买卖关系的109人,范围几乎涉及全国。理清这本账不容易,查清这本账更难。这么多枪支弹药必须追,这么多线索必须一一查清。

2010年6月29日,江苏省公安厅专门听取了无锡市公安局"6·8"枪案专案情况汇报。鉴于案情重大,涉及省、市、区多,且需多地公安机关协同作战,省公安厅决定派员进京向公安部汇报,取得指导和支持。

7月1日,陈洁随省公安厅治安局副局长孔令驹赴京。公安部治安局会同刑侦、网侦部门共同听取汇报,详细了解案情、办案过程和进展情况,认为"前期工作充分,证据固定及时,线索梳理到位,深挖价值极大"。商讨研究中,一致认为,此案牵涉地域广,涉及人头线索多,应列为公安部专案,统一指挥协调。

此案的专报很快摆到国务委员、时任公安部部长孟建柱案头,孟建柱作出重要批示,要求"坚决抓出成果"。

为加强多警种合作、区域警务合作,公安部在短期内采取了一系列措施。

7月3日,"6·8"枪案被公安部治爆缉枪专项行动领导小组办公室列为挂牌督办案件。

7月17日,经黄明副部长批准,在宜兴召开"6·8"枪案协调会,涉案线索较多的江苏、浙江、福建、广西、重庆、四川等10省(区、市)的公安厅领导聚集陶都。刘绍武局长全面部署案件侦办工作,宣布成立"6·8"枪案专案组,由公安部治安管理局副局长闫正斌、江苏省公安厅副厅长秦军任组长。确定了统一组织指挥,统一梳理线索,统一清查追缴,统一并案侦办等"十个统一"模式,要求各地对每条线索逐一查证,一案带多案,一专带多专。

协调会前一天,宜兴市公安局办公大楼的灯光亮了一夜,警方将所有的线索综合起来,分成确定、疑似、待查三类,刻成光盘,与会者人手一份。

8月13日,公安部再次召开案件协调会,交办线索,全面查证,确保专案侦办工作高效、深入、有效推进。

"6·8"枪案侦办全面铺开,一场集群战在全国打响。各地警方高度重视,抽调优势警力集中侦办,循线深挖,追逃缉枪。在全国行动前,无锡专案组梳理了第一批1358条线索。为了搜集这些线索,办案民警日夜扑在案子上,有的顾不上孩子高考,有的父母生病无法尽孝,有一位女刑警甚至累得流产。大家为了一个共同的目标:早除枪患,确保世博会、亚运会顺利举办。

"把'6·8'枪案做全、做透、做细、做大;不放过一枪、一件、一弹、一人。"全国公安机关同心协力,捷报频传。

不管是出售猎枪部件还是整枪,周平都是通过"中国狩猎论坛"等网站进行联络交易的。在侦办此案过程中,办案民警还在"中国狩猎论坛"等网站上发现了其他大量涉及枪弹买卖的交易线索,范围甚至涵盖偏远省份。

"中国狩猎论坛"上与周平所开网店类似的有十多家,最终确认其中4家涉嫌非法买卖枪支弹药。至案发,该网站有付费会员800多名,求购、出让"狗""狗粮"的相关帖子2 000余条。

7月20日,江苏、重庆、四川三地警方联手行动,分别在重庆和四川遂宁将"中国狩猎论坛"坛主及论坛管理员抓获,查封、扣押了该论坛服务器和数据库。"6·8"枪案专案组及时将线索查证的情况通报各地,无锡警方梳理出的涉案网站、店铺及801名涉案会员的线索同时移交。公安部为"6·8"枪案在全国首次启动公安部、人民银行新建立的快速查询机制,由公安部直接帮助查清嫌疑账户交易信息。

7月21日,福建武夷山公安局抓获2名涉案人员,缴获猎枪、小口径步枪等枪支6支。

7月23日,浙江湖州公安局抓获1名涉案人员,缴获猎枪1支。同时,广西梧州、福建连江均各抓获1名涉案人员,缴获猎枪、气枪4支。

全国公安机关一盘棋,采取线上线下相结合、阵地控制与重点监控相结合,严惩罪犯与教育规劝相结合等作战原则,摸底排查、调查访问、搜查清缴、缜密布控、循线追击、上网追逃、跨境追缉、规劝自首等灵活机动的战法,全面推动案件侦办。

广东省公安厅将线索落实到每个专案民警身上,根据核查进展情况,梳理出主要案件,派出工作组重点督办,并与环粤福建、江西、湖南、广西、海南六省(区)协调行动,收缴各类枪支167支,打掉制贩枪团伙3个,捣毁窝点9个。

福建省公安厅专案组将武夷山市朱某非法买卖枪支案等一批案件确定为

重点案件,在对朱某一案侦办中,办案人员循线深挖,抓获涉案的另 4 名犯罪嫌疑人,并发现一批新线索。在对漳州市张某非法买卖黑火药案的侦办中,通过深挖,查实张某非法制造枪托,通过网络销往北京、上海、广东等 12 个省(市)。

江西省萍乡县公安局通过对"6·8"枪案涉及萍乡的两条线索进行核查,带破 7 起非法持有枪支案,抓获涉案人员 10 人,收缴枪支 8 支、子弹 2 发及子弹散件一批。

浙江省公安厅破获涉枪案 9 起,协助宜兴警方破案 2 起,抓获嫌疑人 9 名,收缴猎枪 6 支、弹药 500 发,捣毁非法制贩窝点 1 个。

……

2011 年 2 月 13 日,公安部公布 2010 年治爆缉枪十大典型案例,江苏无锡"6·8"特大网络非法制造买卖枪支弹药案居首。这场战役共破获非法制造、买卖、持有枪支弹药案 366 起,打击处理涉案人员 548 人,打掉跨地区重大制贩枪支弹药团伙 4 个,捣毁窝点 21 个,缴获猎枪等枪支 590 支、猎弹等子弹 15 万发、枪支部件及弹药组件 64 万件、火药 936 公斤。

由于打击及时、追缴迅速,没有发现涉案人员持枪实施黑恶犯罪或制造暴恐活动。

2011 年 7 月 25 日,无锡市中级人民法院一审判决,周平犯非法制造、买卖、运输、储存枪支、爆炸物罪和非法持有弹药罪,决定执行无期徒刑。

售假『明星』

（一）

这是贵州省兴义市下属的一个小镇，顶效镇。小镇地处山区，324国道穿镇而过。小镇虽然偏僻，却也有山外的开放热闹，网吧、歌舞厅、超市……一应俱全。进出小镇的人来自天南海北，各种口音夹杂，汇成一个小社会。小镇上多几个陌生人抑或少几个人，丝毫不会引起波澜。

2011年2月26日，顶效镇"晨阳网吧"。下午，网吧里客人不多，网吧老板在收银台前悠闲地喝着茶，服务员无聊地坐在街边，哈欠连连。

网吧一隅，一名30岁左右的男子沉浸在网络游戏中"杀"得正欢。这段时间，该男子几乎天天泡在网吧，出手挺大方。从其不俗的衣着打扮和举止，以及略显肥胖的身材，网吧老板断定此人来头不小，且是个有钱人。可是，这人似乎心里有事，神情凝重，寡言少语，不大与人交流，特别是街头偶尔有警察走过或警车开过，他的脸上就会有惊慌划过。网吧老板阅人无数，男子脸上的惊慌未能逃过他那双眼睛。

"该不会是犯事儿躲到小镇来的吧？"网吧老板暗忖。管他呢，只要有钱挣。网吧老板端起茶杯抿了一口。

网吧老板的猜测没错，该男子正是无锡警方网上通缉的负案在逃人员，他叫李峰，1979年11月出生，原籍湖南邵阳，户籍地在上海徐汇区。他因涉嫌利用互联网销售假冒注册商标商品犯罪被警方通缉，东窗事发，闻风而逃已2

个多月。60多天时间里,他饱尝过去30多年未曾有过的惊慌、恐惧、害怕、孤独。顶效镇离江阴数千里,他不知道哪一天警察会突然出现在眼前。漫漫长夜,他梦见的常常是警车、手铐。白天,为了打发无聊而又空虚的日子,他只能在网络世界里寻找刺激。

逃亡的日子不好过。曾经风光一时的李峰,眼下过着田鼠般的生活,既见不得阳光,又见不得人。李峰脑袋瓜聪明,他可曾是湘北城市邵阳一颗耀眼的新星。1997年夏天,一年一度的高考成绩揭晓,他夺得全市第一名桂冠,轰动一时,万众瞩目。李峰的父母均是老实巴交的普通工人,儿子成了"高考状元",他们看到了李家的希望。在亲友们和邻居们的赞扬声和羡慕的眼光中,一家人陶醉了,李家的生活从此将改变。李峰也是踌躇满志,对美好前途充满憧憬。

李峰被上海一所知名大学录取,进入热门的网络工程专业学习。他一如既往,保持着高中时的学习习惯:学校、宿舍、食堂三点一线。四年大学生活一晃而过,本科毕业,他以优异的成绩考入一家收入尚可、工作繁忙的公务员单位。不久结婚成家,有了儿子。

一个外地人,在大上海立住头脚不容易。按理说,李峰应该感恩生活对他的眷顾,珍惜来之不易的工作岗位,顺顺当当走好自己的人生路。

然而,上海这座国际大都市,给人们带来时尚、带来先进理念的同时,喧嚣的繁华和高端的消费也让少数人迷茫、迷失。李峰就是这样,刚参加工作,他对自己稳定的收入很满足,父母工作了几十年,两个人的月工资加起来还不如他。慢慢地,他的人生态度有了改变,对生活质量的追求越来越高,对各种品牌特感兴趣,工资收入渐渐有些不够用了。特别是结婚成家后,看着简陋的住房、整天算计开支的妻子以及嗷嗷待哺的儿子,他对金钱的欲望从来没有如此强烈过。他觉得,凭自己的聪明才智,一定能挣更多的钱,过更好的生活。他发挥自己的专业特长,在虚拟的网络世界里寻找最现实的发财路径。一心不可二用,自从有了发财念头,本职工作便被李峰抛之脑后。

经过一番比较选择,李峰认为在"淘宝"上开网店肯定能赚到大钱,因为淘宝网不需要商品销售的授权证书,加之省却许多中间环节,商品价格低廉,定能吸引网民注意。

2009年2月,李峰在淘宝网上注册了名为"上海格调名仕馆"的网店。网店没有工商登记,没有营业执照,他向网友要来一张"上海外通网络有限公司"的营业执照复印件,提供给淘宝网。然后申请了支付宝,将支付宝和淘宝用名绑定,准备卖化妆品,后见一些卖服饰的网店生意兴隆,且掌握了不少供货渠道,遂决定做服饰生意。他想,只要网页做得好看点,卖的东西牌子"靓"一点,不愁没有顾客群。

李峰的"小动作"未能逃过领导和同事的眼睛,单位派人几次三番找他谈话,苦口婆心劝说、教育、疏导,他打定主意,递交了一份辞职报告,在同事们惋惜的目光中,毅然决然奔"钱"途去了。

破釜沉舟的李峰在上海一个偏僻小区租下一处独栋别墅,添置电脑、照相机、货架等必需品,安装客服电话、宽带网,在淘宝网上购买了整套网店管家程序。然后,他通过网上联系各地批发商,以低价购进一批"名牌"服装、箱包。

2009年9月,"上海格调名仕馆"在淘宝网上开张了。香奈儿、爱马仕、范思哲、阿玛尼……网店里,各种国际一线知名品牌应有尽有,生意一时火爆,顾客"盈门",网店的级别一下飙升至"双皇冠"。

网店刚开张,从进货、贴标签、推销到打包、快递,李峰和妻子吴珊件件事情亲力亲为。他们淘来各式仿制名牌服装、箱包,一一贴上标签,再拍成照片挂到网上,价格低得离谱,只有真名牌的一二折。李峰既有文化,又懂法律,明知销售假名牌是违法犯罪的事,但他利用时下人们追逐名牌的心理,为了赚钱,他顾不上那么多了。他心存侥幸,在虚拟世界里干的事,警察不一定找得到他。

在不铤而走险赚不到钱的心理驱使下,李峰胆子越来越大,野心越来越膨胀。

（二）

追逐名牌，是要有雄厚的经济实力作支撑的。商场里的名牌，价格贵得离谱，大多数人不敢轻易出手。李峰的网店之所以一开始就那么有人气，关键在于有那么些人追捧名牌，而口袋中又没多少钱。于是，网上购物成为这类人群的首选。一件同款衣服，网上的价格与商场里大相径庭，网上的货既便宜，又能送货上门，不满意还可以退，何乐而不为！

家居江阴的王珊崇尚名牌，且是个网购达人。王珊年轻漂亮，在一家外资企业工作，收入稳定。跟许多爱美的女孩子一样，一有空余时间，王珊不是逛商场，就是上网淘货。她那一大堆时髦衣服、包包、饰品，大都购自网上。

2010年12月初的一个周末，王珊照例上淘宝网逛时装店，这次她来到"上海格调名仕馆"。哇噻！这家网店真是有格调，卖的全是国际一线知名品牌。王珊兴致勃勃地浏览一张张图片，"范思哲"的一款女式风衣引起了她的注意。王珊早就心仪这款风衣，商场里标价13 000元，怎么也下不了手。网店仅售890元，会不会是假货？王珊有过瞬间的怀疑。其实不用怀疑，这么大品牌不可能如此低价。但店家信誓旦旦，一再保证绝对是原单正品。王珊当即下了订单，通过网银汇出890元购衣款。

3天后，王珊收到快递过来的风衣，打开包裹一看，傻眼了。衣服不仅尺码不对，做工粗糙，而且面料也与商场挂的大不一样。显然是假货。她试着与店家交涉，要求退货或者调换，但店家打起"太极拳"，几番交涉，客服先是不理会，最后干脆拒绝了她。

买名牌买来一肚子火，王珊拿着衣服来到江阴工商行政管理局临港新城分局投诉。工商部门工作人员听她叙述了购物经过，查明这件"范思哲"风衣由江阴一家快递公司发出，价格不到市场价的一折，疑似假冒商品，遂将线索转递到江阴市公安局。

时值打击侵犯知识产权和制售假冒伪劣商品的"亮剑"专项行动正在全国

展开，江阴警方迅速抽调经侦大队、网监大队和夏港派出所警力展开调查。

根据王珊提供的线索，民警打开淘宝网，找到"上海格调名仕店"。这家网店真是令人大开眼界，在网店的页面上，不仅陈列着范思哲、阿玛尼、巴宝莉、香奈儿等国际一线知名品牌服装，还有路易威登、古驰等箱包、饰品、皮带……林林总总有七八十个品种。商品说明栏里，均标志为原单正品，售价是市场价的一折至三折。商场里动辄上万元的服饰，在网店里普遍只卖几百元，最贵的也就几千元。

名牌之所以是名牌，除了上乘的质量，就是坚挺昂贵的价格。民警判断，这些大品牌如此便宜，只有一个可能——假的！网店挂着"双皇冠"标志，"双皇冠"标志着信誉度和知名度。浏览销售情况，每天的交易量达到上百次，货物发往全国各地。网店藏身何处，这些货物究竟从哪里发出？

"上海格调名仕馆"有售假的重大嫌疑！江阴警方成立专案组投入侦查。

专案组兵分两路，一路网上作战，锁定犯罪嫌疑人；一路以给王珊寄风衣的快递公司为突破口，展开全方位的外围调查摸底。

这是一家连锁快递公司，坐落在江阴市申港镇。在该快递公司的发货记录上，民警查到发货地点：江阴申港镇镇澄路××号。民警惊诧地发现，每天从这个地址发往全国各地的快递有几百件。据快递公司反映，他们接手业务4个多月，快递的物品主要是衣服、箱包等。

2010年12月5日至6日，民警换上便衣，两次来到申港镇镇澄路发货地暗访。这是一家电器公司的办公楼，底楼和二楼的4间房出租，被人用作仓库。楼下仓库里，横七竖八堆满各式服装、箱包、鞋子、皮带等，都是市面上流行的国际一线品牌。数名男女正在埋头拣货、打包、记账，并不在意来了几个陌生人。楼上仓库里，码着一大堆打包待发的货物。这些是否与"上海格调名仕馆"有关联？

网上侦查也取得重大进展。"上海格调名仕馆"2009年9月在淘宝网注册，主要销售阿玛尼、古驰、巴宝莉等国际一线品牌的商品。这是一家"双皇冠"网店，"双皇冠"是网上购物的信用评价等级，淘宝会员在淘宝网每使用支付宝成功交易一次,就可以对交易对象作一次信用评价,信用评价共分 15 个等级,"双皇冠"为第 12 级,属于较高层次。

一连数天工作,专案组掌握了该网店的经营流程、库存窝点及主要涉案人员的基本情况、活动规律,查明这是一个以互联网为平台,向全国销售假冒国际一线知名品牌商品的犯罪网络。设在江阴申港镇的这个仓库则是该犯罪网络的窝点。

工商部门前期在受理投诉过程中,与"上海格调名仕馆"有过交涉,主要犯罪嫌疑人已有所察觉,托人四处打探消息。为防止物品转移、疑犯逃跑,专案组决定采取闪电行动,快速捣毁这个窝点。

2010 年 12 月 8 日,晚饭时分,由公安、工商部门组成的联合行动队数十人,直扑申港镇,突袭窝点。仓库里的人们正在加班打包,见到一队警察出现,一个个目瞪口呆,眼露惊慌。

行动大获全胜,朱辉、袁红等疑犯无一漏网。

经鉴定,这些所谓的世界一线品牌服饰、箱包,既无进货渠道记录,也没有任何授权手续,均系假冒注册商标的商品。在仓库的工作室里,查获一批订单信息和销售信息。这些信息表明,事发当天的销售量达到 200 多件。在仓库一隅,摆放着一台打价格的机器,旁边散落着各式品牌的吊牌,有的价格一栏空着,有的已打上价格。落网疑犯供认,他们在这里打好价格,再把吊牌挂到商品上。制假造假证据确凿。

另一间工作室,民警扣押了造假售假人员用来进行网上交易的电脑。根据电脑记载,专案组派员赴江西上饶依法获取了相关证据。

窝点里的假货成千上万,大至羽绒服、外套、西装、衬衣,小至皮包、皮带、眼镜。联合行动队忙了十几个小时才清点结束。共计假冒阿玛尼、范思哲、路易威登等 78 种国际品牌服饰、皮具、箱包、饰品 2 万余件,案值 5 000 万元,打包成 400 余箱,5 吨卡车足足装了 7 车。这还没完,现场调查中,办案民警从落网人员躲闪的言语中,发现"上海格调名仕馆"在江阴还另有一个窝点,位于申港街道的一处民居内。在这处窝点,查获假冒阿玛尼、CK、普拉达等 10 余种知名品牌服装 60 余箱。

拔出萝卜带出泥，江阴窝点铲除，李峰暴露无遗。自从接到投诉，他就预感不妙，当江阴警察赶到上海，他已逃之夭夭。

（三）

在这个偏僻的山区小镇，李峰有大把的时间来分析自己的处境。江阴窝点被抄的消息传到上海，他知道随之而来的就是江阴警察的抓捕，第一个念头就是"逃"！他扔下 3 岁的儿子和怀着二胎的妻子，简单收拾行囊，连夜逃离沪上。

"家里不知怎么样了？"外逃这么多天，他不敢给家里打电话，更不敢与朋友联系。他知道售假风险大，但眼前的局面是他事先没有预料到的。他后悔自己失策，一下子把摊子铺得太大，千不该万不该把仓库设在江阴。

随着"上海格调名仕馆"信用度的提高，一时生意兴隆，业务量剧增，挡都挡不住，夫妻俩有些应付不过来了。李峰暗自得意，辞去公务员、扔掉铁饭碗这条道走对了。曾经激烈反对儿子辞职的李家父母赶到上海，帮忙打理家务，照顾孙子。

在前期积累的基础上，李峰开始招兵买马，立志甩开膀子大干一场。他在网上登了招聘广告，招聘负责美工、客服、仓管、售后的工作人员。工作岗位也越分越细，推广、文案、上架、拍照、质检、出库、入库、打包，一一定岗定人。招聘广告发出，一时应聘者众多，大多持有本科、大专文凭。李峰亲自面试，年轻的、头脑活络的留下，按职培训，分头上岗。

网店员工队伍扩充后，李峰广州、深圳、杭州到处飞，考察服饰批发市场，淘来一大批各式"名牌"，租来的别墅里一时"名牌"荟萃。李峰指挥部下分门别类编号，确定价格，对不同商品一一拍照，撰写介绍，上传到"上海格调名仕馆"网页，供客户浏览。李峰还采取了严密的保密措施，供应商的姓名、地址只有他一人掌握，其他人只知道代号。

有买方才有卖方。人们追捧名牌的热情可从"伪名牌"销售的火爆中略见一斑,几千甚至上万一件的"阿玛尼""范思哲"服装,在李峰的网店里七八百元就能买到。其实,绝大多数买的人心知肚明,这些肯定不是真货,为了自己的面子或者说是虚荣心,看在价格便宜的份上,假货也就认了,只要不是假得离谱。就这样,"上海格调名仕馆"生意愈加红火,月收入飙升到近百万元。

钱来得太容易了,李峰夫妇在梦里都能笑醒。

为了牟取更多暴利,2010年6月至7月,李峰一下子在淘宝网上新注册"糯米之家旗舰店""洛神品牌原单店"两家网店,又在拍拍网上注册了一家网店,卖的均是与"上海格调名仕馆"一样的假名牌。

为避人耳目,李峰分别用其父母的姓名绑定3家新网店的支付宝。网店的分工更细,最多时有38名员工,分设了创意、分店推广、客服售后、仓库等五个部门十几个岗位。经营范围也从服装、箱包扩展到袜子、皮带、皮鞋、领带、围巾等。警方从网店管家记录数据中发现,仅2009年10月至2010年9月一年间,网店销售的假冒品牌商品交易数达33 621笔42 644件,销售额1 217万余元,毛利润超过400万元。

李峰既享受着赚大钱的愉悦,又时不时心里发毛。公安、工商部门对制假售假打击力度越来越大,只要一个环节出问题,纰漏就大了。稍有头脑的网店员工心中也起了疑,不时有员工问:我们卖的是真货吗,为什么价格这么便宜?李峰嘴里保证是真的,还弄来一大堆所谓授权文件糊弄员工,心里却直打鼓。

李峰预感到迟早要出事。2010年8月,他悄悄来到江阴,经实地考察,在申港镇租下申器公司楼上楼下4间仓库,还租下了一处偏僻民居,供员工住着。他急吼吼地在一夜之间把货物和人员全部转移到申港。网店的进货、发货、邮寄均在江阴进行,自己则躲在大上海遥控指挥。他以为,上海树大招风,江阴地方小,比较保险。然而,他失算了。

仓库搬到江阴才两三个月,一件"范思哲"风衣引出风波,仅仅几天时间,窝点就被江阴公安、工商端了,2万余件货物被收不说,李峰自己也难逃法律的惩处。

令李峰始料未及的是,自己犯下的这宗案子,竟然令他再次大出"风头",其轰动效应大大超出当年的"高考状元",那只是一个地级市的效应,这次居然把"风头"出到了全国。

2011年1月12日,国家工商行政管理总局曝光了全国侵犯知识产权和制售假冒伪劣商品十大典型案例,李峰利用互联网销售假冒世界一线知名商标案居十大案例之首。躲在山旮旯里的李峰从电视上看到这条新闻,大冷天的背心直冒汗,看来这次的官司是逃不掉了。

李峰在阴沟里翻了船。他自认为到网店里买"名牌"的都知道一线品牌不可能如此低廉,因此,即使质量或尺寸上有些问题,也不会太计较。事实上,网店经营的一年多里,还真没有什么人投诉。李峰太过自信了,偏偏让他遇到了较真的主。

李峰清楚警察正在满世界找他,一旦落网,铁窗里的滋味他不敢想象。也许逃得越远越"安全",在各地东躲西藏了一段时间,他选择顶效镇作为最后的藏身地。

让我们再把视线转回2011年2月26日顶效镇的晨阳网吧。李峰仍在游戏世界里厮杀,不到夜深,他是不会离开的。

下午3时多,六七名精壮男子闪进网吧。"欢迎光临!"一下子涌进这么多客人,网吧老板喜出望外,笑脸上前。

来者并不是网民,他们是江阴公安民警。经过两个多月的追缉,江阴警方成功锁定李峰的行踪,循线而至,追到了晨阳网吧。

"李峰,我们是江阴市公安局的!"追捕民警径直来到李峰面前,亮出警官证。

"没想到你们找到了这里。"李峰嘟哝一句,伸出双手。随着"咔嚓"一声,他失去了自由。网吧老板在一旁看呆了,原来此人是个逃犯,怪不得神神叨叨的。

（四）

2011年6月1日，儿童节，江阴市人民法院刑事法庭。

李峰站在被告席上。原本他今天应该陪3岁的儿子去儿童乐园的。自打儿子生下来，他就没有好好陪过，先是忙工作，后来忙网店。尤其是生意越做越大，成天为钱而累，常常是他起床，儿子已去了幼儿园；夜里回家，儿子已在梦乡。他以为，他赚钱是为了儿子能有一个美好的未来，可是，缺失的父爱是永远无法弥补的，将来儿子懂事了，知道有一个坐牢的父亲，会给他的心理造成多大的阴影。李峰不知今后如何面对天真无邪的儿子，还有妻子肚中的孩子。

在李峰的父母心中，儿子一直是他们的骄傲。从小学到初中，再到高中，李峰始终是学校的明星，同学们的楷模。高考夺得"状元"桂冠，着实让父母风光了一阵。儿子去上海读大学，毕业了，找到好工作，又在上海娶老婆生儿子，好消息一次次传到邵阳，传到父母居住的大院，谁不羡慕！后来，儿子辞职了，做生意发财了；再后来，儿子犯事了，成了警方通缉的逃犯；现在，又站到了被告席上。李峰的父母无法承受这过山车似的巨大落差，失望、挫败、郁闷……这对老夫妻躲在人生地不熟的上海，不敢回邵阳。他们害怕亲朋、同事、熟人那狐疑的目光。

人生、自尊、家庭，在金钱面前一败涂地，输得一干二净，李峰深深低下了头。

与李峰一起站在被告席上的，是他的财务主管朱辉、仓库主管袁红、后勤主管李成；对他们，李峰心存愧疚。

朱辉与李峰是发小，两人的父母是同厂工友，两家住在一个家属院。朱辉年长李峰两岁，打小李峰就是朱辉的尾巴，上学、玩耍，天天黏在一起。朱辉大专毕业外出打工，与去上海读书的李峰断了联系。那几年，朱辉闯荡了好多地方，工作一直不稳定。2010年4月，他从老挝回了邵阳。家属院的人都知道李峰在上海"生意做得很好"，当年11月，学过财会的朱辉应李峰之邀，做了网店的财务,被派到江阴做账。

朱辉也是见过世面的,一到江阴仓库,他就觉得情况不对,网店的进货渠道非常神秘,只有老板掌握,供货商都是代号。那些国际一线品牌的销售价格低得离谱,与地摊价差不多。老板娘关照他,国家正在查他们这种销售"原单货品"的,要当心些。他上网查了一下,不少销售这种货品的网店已被查封,心里不由"咯噔"一下。转而一想,自己不过是个打工的,天塌下来有老板顶着。再说,与李峰这么铁的哥们,总不能说走就走吧。他留了下来。上班第一个月工资尚未拿到,他就成了阶下囚。

23岁的仓库主管袁红,是网店的"老人"了。袁红是湖南株洲人,毕业于湖南一家商学院。家乡工作不好找,2010年4月,她跑到上海碰运气,看到"上海外通网络有限公司"在网上招聘仓库主管,她投了简历,一试即中,成了"上海格调名仕馆"的仓库主管,底薪2 000元。

袁红工作很卖力,每天到别墅去上班,编号、打包、发货,什么活都干。别墅来了一批人,又走了一批人。来的人是不明真相,走的人是不想蹚浑水,袁红坚持了下来。据其后来向警方交代,到网店工作前,她对名牌的了解非常匮乏,平时穿的也就是一两百元钱的衣服,因此,刚进网店,看到几百、上千元的衣服,以为这就是大品牌了。慢慢地,她了解了名牌是什么,心里也犯了嘀咕。2010年8月,老板说要搬地方,搬到江阴去,她问老板为什么要搬,老板答:上海在查。这下,她证实老板是在售假,心里很害怕。想到找工作的艰难,她不想马上辞掉这份工作,准备待到过年,带些钱回家,就辞职不来了。当年8月,网店的仓库搬到江阴申港,袁红跟着过来了,而且一起来的十多个人全归她管理。没等到过年,窝点就被端了。

江阴市人民法院当庭宣判如下:李峰犯销售假冒注册商标商品罪,判处有期徒刑5年,并处罚金人民币500万元;袁红、李成犯销售假冒注册商标商品罪,判处有期徒刑1年6个月,缓刑2年,并处罚金;朱辉犯同样罪名,判处拘役6个月,缓刑9个月。

法槌落下,李峰的发财梦彻底破灭。

插翅难逃

（一）

"砰、砰……"几声枪响，一场一般只有电视剧里才能看到的警匪大战在街头上演。

大中午的，无锡北塘民丰里，辛苦了一上午的出租车司机、环卫工、送水工等正在路边一家拉面馆吃着午餐。这家拉面馆店主人厚道，面筋道、汤水好，价格公道，颇受大家青睐。就着浇头、辣酱，大伙儿一个个吃得满头大汗。紧邻拉面店，是一家小饭店，地道的锡帮家常菜，价廉物美，此时也是顾客盈门。

应着枪声，小饭店的玻璃门哗啦啦碎了，玻璃渣子散了一地。"发生什么事了？"老板娘惊得如泥塑木雕般动弹不得，顾客扔下碗筷一窝蜂冲出小店，拉面馆的吃客同样受到惊扰，民丰苑小区的居民闻声出门察看。

一场生死搏斗正在人们面前上演。只见一个三十出头的精干小伙子死死抱住一个中年男子不放，小伙子左边身子被鲜血染红，鲜血溅到另外几个冲上来的小伙子身上。被抱住的男子手里握着一把枪，双脚乱蹬，困兽犹斗。冲上来的小伙子个个生龙活虎，铆足了劲，将其掀倒在地。虽然双手被铐住，那中年男子仍眼露凶光，一脸蛮横。

几辆警车飞驰而来，押走持枪歹徒。原来是警察抓坏人，人们醒悟过来。整个过程不到一分钟，利落、精彩、漂亮。

"那不是刚才在面馆吃面的人吗？"有眼尖者指着就擒男子说。

"正是,这人看上去就不正常,吃面时左手一直插在裤袋里,一双眼睛东张西望。"有人附和。

"那警察真勇敢,流那么多血,吓死人了!"小饭店的老板娘按着胸口,心咚咚乱跳。

"不知有没有生命危险,老天保佑吧!"目睹群众无不为受伤民警的安危担忧。

一辆救护车在人们的目送下载着受伤警察紧急驶往附近的101医院。

这一天,是2011年5月25日;这一幕,发生在无锡市北塘区民丰路。第二天,市民通过媒体报道获悉,警方抓获的是一个职业"两抢"犯罪团伙的头目。

这个犯罪团伙涉嫌数十起抢劫、抢夺大案,最近的一起是2011年5月23日发生在广益黄泥头佳苑小区的抢劫大案。

那天的事,万民只要一想起就心有余悸。

时年30岁的万民老家在安徽,来无锡已好几个年头,在天鹏食品城从事肉类批发生意。他头脑活,懂经营,积累了一批固定客户,生意走上正轨,每年利润可观。他购买了一辆"本田凯美瑞"轿车,在离市场不远的广益黄泥头佳苑小区租了房,把妻小、父母接到无锡。不论生意大小,一家人团聚最重要。

黄泥头佳苑小区是拆迁安置房,小区环境好、绿化好,上下楼有电梯,这对腿脚不便的父母来说正合适。小区的居民很和善,邻里之间你来我往,互帮互助,万民这个外来户尤感温暖。他和家人憧憬,再辛苦几年,攒些钱在小区买一套属于自己的房子,落上户口,真正成为无锡这座城市的市民。

无锡天鹏食品城是一家集生产、销售于一体的现代食品综合型企业,万民在市场有固定的供货摊位。他的货来源正、质量好,有五六个同样在市场摆摊零售的客户长期从他这儿进货。每天一早,万民都要到这几个摊位收货款,每次的货款在20万元左右,然后到银行解款。风雨无阻,雷打不动。

5月23日,一如往常,早上7时多,万民驾车去市场收款,一圈转下来,收到21万元现金。他把钱装进挎包,驾车返家,准备让父亲帮着存进银行。上午,他还有一桩业务要谈。

天阴沉沉的,飘着时有时无的雨丝,路面有些湿滑,万民控制车速,谨慎驾驶。8时20分,车子顺利驶进小区,停好车,万民拎起副驾驶座上的挎包进了楼道,按了电梯。这是一幢小高层,他家位于三楼,他有时爬楼梯,有时乘电梯。

万民怎么也没想到的是,看似顺顺利利,而且几年来确实一直太太平平的,外人根本不知道他那只普通的挎包里装的是钱,他也没有刻意防着谁,然而平静的表面下涌动着暗流,几双邪恶、贪婪的眼睛早就盯上了他。这一天,从他早晨出门去市场、收好钱、驾车回家、拎包上楼,这几双邪恶的眼睛一直追随着他。当然,这些眼睛的目标不是他这个人,而是他拎的挎包里的那一捆捆迷人的百元大钞。

电梯升到3楼,电梯门自动开启,面前黑乎乎的,一阵阴冷的风吹过。万民定睛一看,楼道里赫然站着3个头戴黑套子、面部封得严严实实的大汉。他一愣,尚未来得及反应,头部已遭重重一击,接着,一股辛辣液体劈头盖脸射过来。"哎哟,好痛!"他的眼睛睁不开了,双手乱抹。歹徒一把夺过装有巨款的挎包,"蹬蹬蹬"从楼梯往下冲。

"抢劫了!"万民大脑反应过来,没有任何犹豫,他边喊边追下楼。至一楼半时,他从楼洞纵身跳进绿化带,只见3名歹徒骑上一辆黑色踏板摩托车,发动车子正欲逃跑。

"抢钱了,快抓住他们!"万民正值盛年,凭着一身好力气,以百米冲刺的速度追了上去,一把抓住摩托车后座上的一名歹徒。驾车歹徒慌了,一踩油门加速逃跑,万民死死抓住不放。摩托车带着他拖行,速度慢了不少。

光天化日之下,歹徒竟然冲进住宅楼抢劫,万民的喊声惊动了小区居民。

"别让坏人跑了!"居民们纷纷冲出家门。有的扛木棍,有的提扫把,争先恐后追过去,还有居民拨打了"110"。

佳苑小区有户居民家中正在装修,装修工人中,有一个叫阿文的,年轻、忠厚,活干得好。抢劫案发生时,他正拎了个塑料桶下楼倒垃圾。万民的呼叫声传来,他刚到楼下,闻声一抬头,看见一群人在拼命追赶一辆摩托车。摩托车正驶近他,他想都没想,用力将装满垃圾的塑料桶朝摩托车扔了过去。塑料桶砸中后轮,摩托车一个"咯噔",趁车辆减速的一刹那,万民用力一拉,把后座上那名歹徒拽了下来。此人抱在怀中的挎包也掉了下来,百元大钞撒落一地。另2名歹徒顾不上搭救同伙,"飞车"逃窜了。

一辆"110"接处警车火速赶到,倒地歹徒被控制。

"别着急,我们帮你捡钱。"追赶歹徒的居民返身捡起散落一地的钞票,交到万民手里。经清点,几乎没有短少。

突发劫案面前,黄泥头佳苑小区居民的见义勇为、侠肝义胆,令万民感动得热泪盈眶。居民们的义举更令警方自豪,那名歹徒的落网,正是挖出一个特大"两抢"团伙的关节点。

(二)

2010年以来,类似黄泥头佳苑小区的劫案,在无锡城区连续发生好几起。歹徒数人结伙,大白天公然抢劫,得手后骑摩托车逃窜,来无影,去无踪,性质严重,影响大,危害大。

这是一组发案片断:

2010年2月21日上午9时多,还是天鹏食品城,忙碌了四五个小时的李某松了口气。他是做猪肉批发生意的,凌晨4点钟起床,接货、发货,忙得腰酸背痛。生意不错,货款收了28万元。他把钱装进一只黑色大包,骑电动车去银行存款。当他行至锡澄路梨庄路段时,迎面驶来一辆摩托车,车上载有2名戴头盔的男子。两车交会时,后座上一人朝李某脸部猛喷辣椒水,乘其忙乱应付之际,一把抢走踏板上的黑包。"抢劫……抢劫啦!"待人们闻声赶来,歹徒早已不见踪影。几天后,在市场做生意的另一名摊主在广瑞路遭歹徒拦截,劫走巨额营业款。

2010年12月8日晚6时,锡山东亭某珠宝店,正是吃饭时分,顾客寥寥,店堂冷清。几名营业员懒洋洋靠在柜台边,有一搭没一搭闲扯。

"我想买条金项链送给媳妇,拿2条我挑挑。"晚上6时10分,一男青年走进珠宝店。一名营业员迎上去,用钥匙打开柜台门,取出2条项链。

"这不合适,麻烦再取一条看看。"男青年操普通话,乘营业员低头取货之际,他拿着金项链风一样冲出店门,跨上一辆等候在门口的摩托车,绝尘而去。营业员冲出店门,只来得及看见2个背影。2条金项链价值3万余元。

2011年1月6日傍晚5时,北大街莲蓉桥堍五爱典当行营业厅,下班时间到了,店员正在收拾柜面,上锁的上锁,装盘的装盘。按安全制度,贵金属都要放进保险箱。一名店员打开保险箱,正欲将盛满项链、手镯、戒指等金首饰的托盘放进保险箱,一名歹徒窜进店里,径直冲到保险柜前,劈手夺过托盘就跑。托盘里装着77件金首饰,重1155克,时价40余万元。有人目睹有一男子骑着一辆发动的摩托车守在离典当行不远处的马路边,歹徒得手后,就是乘上这辆车逃跑的。

……

上述案件的共同特点是:歹徒2人或2人以上结伙作案,合骑一辆摩托车,一旦得手,即飞车而去。袭击的目标主要为天鹏食品城的摊主以及珠宝店、典当行。歹徒作案过程快速,手法老道,胆大贪婪,不计后果。警方经过大量调查走访和专门侦查工作,确定这串案件系一伙人所为,遂抽调精兵强将全力侦查,不破不休。

"5·23"广益黄泥头佳苑小区劫案,歹徒袭击的目标又是天鹏食品城的摊主,喷辣椒水、抢劫货款、合骑摩托车逃跑,作案手段如出一辙。因为万民和小区居民的奋勇追击,捕获1名歹徒,给破案带来了契机。

时任无锡市副市长、市公安局局长赵志新要求"尽快破案除害,破一案,带一串,全力消除社会影响!"由刑侦部门、案发地公安机关组成的专案组高速运转。走访、审讯、取证……侦查工作多头展开。

惊魂甫定的万民瘸着腿,详细地向民警叙述了案发经过。袭击他的歹徒共3名,2名戴头盔、穿雨衣,另一名头戴黑色棒球帽,帽檐压得很低,鼻梁上架一副墨镜,无法看清其面貌特征。在整个作案过程中,歹徒始终没有开口说话。

经化验,歹徒喷射的液体是辣椒水,这种辣椒水在网上可以买到,原本是女士"防狼"用的,没想到成了歹徒的作案工具。

小区居民和扔塑料桶拦截歹徒的阿文一致指证,他们看到3名歹徒,逃跑时合骑一辆黑色无牌踏板摩托车。这伙人何时潜进小区,怎么会出现在万民家楼道?没找到目击者,小区门卫也说不清。或许这天早晨下雨,小区居民上班的上班,上学的上学,活动在公共区域的人少,给歹徒钻了空子。

歹徒显然是有备而来,事先守候在万民所住的楼层,目标如此之明确,时间掐得如此之准,必有预谋、踩点的过程。而参与作案的歹徒也不仅仅是人们看到的3人,还有人躲在暗处望风、报信。由此判断,这是一个有组织的穷凶极恶的犯罪团伙。

落网歹徒关押在广益派出所,此人叫李伟,23岁,江苏邳州人。李伟像粪坑里的石头一样,又臭又硬。面对民警的讯问,年龄、姓名、籍贯交代得很爽快,其他的,任再问,他都缄口不言,沉默相对。

李伟不开口没事,逃窜时,李伟坐在摩托车尾部,万民死死拽住他,他则紧紧攥住中间那人的衣服,当他被拖下车时,中间那人的雨衣连同外套被一起扯了下来。民警在那件外套的口袋里查获1部手机,机主是一个叫"韩波"的人,手机通讯录里,存着上百名联系人的信息。经过筛选、梳理、甄别,确认"韩波"有重大作案嫌疑。

韩波,男,27岁,江苏沭阳人,曾因盗窃被判刑2年6个月。23日晚,2辆警车驶出锡城,箭一样射向沭阳。

23日深夜,广益派出所楼上楼下灯火通明,派出所坐落在居民区,身后的小区寂静无声,人们进入了甜美的梦乡。"那个沭阳人,叫韩波的,是怎么回事?"民警再次坐到李伟面前,胸有成竹,不信攻不下这块顽石。

"韩波也被你们抓了?"民警看似轻描淡写一句话,对李伟来说,不啻一个炸弹在头顶炸响,浑身一抖。这一幕被民警看在眼里。

"别硬扛了,说吧。"心理战起作用了,民警乘势而追。

"我说了吧。"李伟交代,当天上午在佳苑小区抢劫作案的还有吴二胖、韩波。吴二胖也是邳州人,36岁,是李伟的亲舅舅,这也是李伟死扛住不说的原因。

"就你们3人吗?"

"还有马其宏和'小胖'。马其宏是无锡人,住在哪里我不知道。'小胖'是阜宁人,在广益这里摆摊修电动车。大家都喊他'小胖',具体姓名不知道。"防线攻破,李伟如实交代。此时,时针已指向5月24日凌晨1时。

"集合,出发!"根据现场指挥抓捕吴二胖、马其宏、"小胖"的指令,3路人马各自扑向目标。

抓捕吴二胖的一路人马由崇安公安刑警大队大队长任紫峰、广益派出所副所长羊波带队,两人都是有多年办案经验的老刑警了。事先,他们已摸清,吴二胖和他的姘妇租住在广益新村某幢502室。

小区里静悄悄的,只有路灯眨着眼睛,发出昏黄的光晕。楼道里黑乎乎的,民警蹑手蹑脚摸上5楼,敲响502室的门。

"谁呀?深更半夜的,还让不让人睡呀。"随着埋怨声,一名身穿睡衣的年轻女子拉开门。

"派出所的,检查暂住证。吴二胖呢?"任紫峰不动声色,其他民警闪在一边,守住楼道。

"二胖啊,他已好几天不着家,不知去了哪儿,我也正在找他呢。"

"我们能进去看看吗?"

"可以啊。"

卧室、阳台、卫生间……没有吴二胖的身影。

"会不会躲在车里?"任紫峰眉头一皱,想到这个可能。抓捕行动前,他做足了功课,查明吴二胖有一辆红色别克轿车。

"搜!"民警们冲下楼,就着昏黄的路灯光和手电筒的光线,一辆辆车仔细寻找。小区一隅,僻静的角落,停着那辆红色别克车。不出任紫峰所料,吴二胖正躲在车内窥探动静。白天在佳苑小区失手,外甥李伟被抓,吴二胖知道这次完了,逃不过了。但他心存侥幸,认为外甥不会供出他。李伟是他姐姐唯一的儿子,他要想法子救出外甥,否则无法面对姐姐、姐夫。

基于过度自信,同时出于对姐姐的愧疚,吴二胖没有逃。他不敢在家里睡,警察随时可能上门。他藏在汽车里静观其变,即使夜深人静,也不敢放松神经,右脚始终踩在油门上。

"这里有辆别克车,颜色、牌照都对得上。"搜索范围逐渐缩小,民警发现了红色别克车。

"哪里逃!"几道手电筒光射来,吴二胖眼见不妙,一脚油门发动汽车,羊波冲上前拦截,用警用手电筒砸碎驾驶室车窗玻璃,伸手去夺方向盘。吴二胖牢牢把住方向盘,左冲右突,夺路而逃,冲出小区。

抓捕"小胖"的行动很顺利。"小胖"躺在修理店里那张油腻腻的床上呼噜声震天,在睡梦中被民警戴上手铐。"小胖"叫周小明,20岁,吴二胖是他干爹。

抓捕马其宏的一路人马也扑了空,他已多日不着家,屋门紧锁,民警破门而入后,发现室内灰尘铜钱厚。

全城布控,围捕吴二胖、马其宏!

(三)

5月25日中午11时,吴二胖刚在北塘地区民丰西苑门口现身,便被警方派出的便衣民警捕捉到行踪。

从24日凌晨吴二胖驾车逃窜以来,便衣民警马不停蹄奔波30余个小时。吴二胖在拉面店里吃面,店里顾客众多,为避免惊扰顾客,伤及无辜,民警决定待其出门时进行围捕。

一碗拉面风卷残云般下肚,11时20分,吴二胖右手插在裤袋里,踱出面馆,正欲离开,守候在马路对面树丛中的民警冲了过去。民警邹建国冲在最前面,他如饿虎扑食,紧紧抱住猎物。一身蛮力的吴二胖拼命挣扎,掏出一把土枪抵住邹建国并扣动了扳机。

这就是本文开头描述的,发生在人们眼皮子底下的那场惊心动魄的战斗。

吴二胖被制服后,警方缴获自制手枪1支,子弹8发,还有匕首1把。

邹建国因抢救及时脱险。子弹从其身体左边腋下穿过。医生说,再差那么一点点,就是心脏了。好险哪!赵志新第一时间赶到医院组织抢救,叮嘱邹建国安心养伤。

5月25日下午4时,赴沭阳追捕组传来捷报,韩波落网。

追捕马其宏的战斗仍在进行。马其宏居无定所,行踪飘忽。传统的、高科技的,明的、暗的,警方多措并举,锁定其行踪。25日下午5时,马其宏骑一辆电动车出现在广益二村。民警将他堵进一条小弄堂,前后夹击,收入网中。

至此,"5·23"劫案5名疑犯无一漏网。

吴二胖虽生性凶顽,到了派出所倒也痛快,如实供述了与韩波等结伙闯入黄泥头佳苑小区抢劫作案的犯罪事实。

在吴二胖的租住地,警方又查获2把自制手枪,还有作案用辣椒水喷剂、摩托车头盔等。

马其宏狡猾奸诈,没有吴二胖那么好对付。面对民警的讯问,他油嘴滑舌,装出一副无辜模样,一问三不知。继而,又说与"陈军"(吴二胖曾化名"陈军")在劳改场所认识,刑释后他回锡,吴二胖也来了无锡。"牢友"一场,一起吃吃饭,玩玩牌而已。十几个小时的审讯过程中,民警见招拆招,马其宏的谎话编不下去了,只得交代了与"陈军"结伙作案的过程。不过直至这次落网,马其宏都不知道"陈军"真名吴二胖。

这是一个穷凶极恶的职业"两抢"犯罪团伙。团伙头目吴二胖1975年出生在江苏邳州一农户,17岁离家闯荡江湖,先后化名"吴建国""陈军",流窜全国各地抢劫、盗窃作案。1992年,他在宁夏银川因盗窃铁路物资被判刑3年;1998年,他化名"陈军",在江苏丹阳抢劫犯罪,被判刑12年,2007年提前释放。

团伙另一个头目马其宏时年 44 岁，1988 年因盗窃被判刑 5 年，1998 年犯抢劫罪、敲诈勒索罪被判刑 14 年，2006 年提前释放。

吴二胖、马其宏两人是 2001 年在监狱服刑时认识的，当时，吴二胖还叫"陈军"，两人在一个中队劳动，臭味相投，大有相见恨晚之意，结成生死之交。2006 年，马其宏先出狱，两人继续保持联系。一年后，吴二胖释放，马其宏把他接到无锡家中，好吃好喝待着。

两个人手头都缺钱，他们压根没想告别过去，根本未曾考虑筹钱开个修理店什么的谋生，或找份正经工作维持生计，满脑子仍是"偷""抢"两个字。

"天鹏食品城里小老板多，每天进货、发货的，都是现金，不如去抢这些老板。"马其宏的家离食品城不远，他提议。

"对，要抢就抢大的，珠宝店、典当行也可以，黄金到手，吃穿不愁。"吴二胖一声狞笑。干这个，两人都是老手了。他们去一家商场门口偷了辆摩托车，购买了头盔、辣椒水等作案工具，吴二胖还想法子弄来了 3 支自制手枪和数发子弹。接着，数次到食品城等处踩点、盯梢，确定作案目标。

自 2007 年 8 月起，吴二胖、马其宏狼狈为奸，多次结伙作案。他们供述，2010 年 2 月 21 日食品城摊主 28 万余巨款被劫案、2010 年 12 月 8 日晚东亭珠宝店金项链抢夺案、2011 年 1 月 6 日傍晚五爱典当行黄金抢劫案，都是他们所为。

自 2007 年 8 月至归案，近 4 年时间里，2 人共同或伙同他人在无锡和金坛等地抢劫、抢夺作案 21 起，案额高达 150 万余元。作案所得，大肆挥霍，用于赌博、吃喝玩乐。吴二胖的那辆"别克"，也是用赃款购得。

抢劫万民的货款，那是吴二胖、马其宏密谋了一年多的事。

早在 2010 年四五月份，两人就预谋到黄泥头佳苑小区抢劫。为此，2 人多次尾随万民，将其每天早上收账、回家、解款的时间、线路摸得一清二楚，几次欲动手，均因来往人员多，未遂。

2011 年 4 月，吴二胖驾车出了交通事故，修车、赔偿，处处要花钱，手头拮据，他又一次想到万民。这次，他没有拉马其宏入伙。之前，两人因分赃不均翻了脸。他把在南通打工的外甥李伟招来无锡,把干儿子"小胖"即周小明、沭阳人韩波拉入伙,承诺事成后都有好处。4人作了分工,"小胖"望风、报信,吴二胖等3人实施抢劫。

5月23日早上6时,吴二胖等4人相继出现在黄泥头佳苑小区,马其宏闻讯赶来,这是一块肥肉,他想分而食之。

"小胖"在小区门口望风,吴二胖把摩托车停在万民家楼下绿化带旁,与李伟、韩波从楼梯爬上7楼。

"目标进入楼道。"8时30分,吴二胖接到"小胖"的电话。3人立马来到3楼,袭击了跨出电梯的万民。

抢劫得逞,3人合骑一辆车逃跑,未料遇到"强势"的事主和见义勇为的群众。"抓歹徒"声传来,小区门口的"小胖"吓得拔腿就逃,马其宏也溜之大吉。

"我千不该万不该把外甥拉进来,我对不起我的姐姐。"吴二胖这个魔头深知罪孽深重,交代完罪行,脸上露出一丝悔意。

法律无情,眼泪和忏悔也难赎罪孽。

2012年4月9日,案犯吴二胖被判处无期徒刑,马其宏被判处有期徒刑18年,韩波被判处有期徒刑11年,李伟被判处有期徒刑6年,周小明被判处有期徒刑5年。

跌宕人生

夜半:父子相会 312 国道

时间:2012 年 2 月 19 日,夜。地点:312 国道湖北省仙桃市毛嘴镇红旗村拐弯处。

一条弯弯曲曲的小河,岸边,站着 60 多岁的代老汉,他不时翘首往小河对面的公路张望。代老汉在等待他的小儿子代文。18 日晚上,他接到代文的电话,说是今晚要回家,让他在这儿等。他问儿子为什么不到家里去,儿子说有急事,来不及,电话随即挂了。

早春二月,寒风嗖嗖。代老汉身穿棉袄,仍冻得清水鼻涕直淌。小儿子几年没回家了,好不容易说要回来,却如此匆匆。

"该不会出什么事吧?"代老汉隐约有一丝不安。这几年,他一直在为代文担心,在外面过得好不好,生意顺不顺。自己年纪大了,过得怎么样无所谓,只希望儿女们顺顺当当,平平安安。

夜深了,河面上腾起一层薄雾,朦朦胧胧。代老汉打了个冷战,双臂紧抱胸前,怀里揣着一叠百元大钞。儿子在电话里要他准备 1 万元钱,这是他和老伴从牙缝里省出来的。村里人都说儿子在外做生意发了大财,不知怎的还要问他要钱。既然儿子开了口,就得给,想必是遇上难事了。

在仙桃乡下这个偏僻的小村里,代老汉算是断文识字的了。早年村里陆陆续续有人外出打工,手机、住宅电话还没有普及的时候,村里人收到信都是他读,然后由他代笔回信。家里虽然穷,他的两个儿子、一个女儿都读了书,进了城。特别是小儿子代文,考上武汉的一所名牌大学,本科毕业考上研究生,戴上硕士帽,这着实让他在村里风光了一阵子。如今,儿子带着硕士帽的照片还挂在堂屋里,一脸的意气风发。这是代家的荣耀,按代老汉的话,祖坟上冒青烟了。

子女们都在城里安了家,最不济的女儿也在仙桃市里落了户,把老伴接过去带孩子。代文研究生毕业先到深圳工作,后回武汉娶了个城里姑娘,有了儿子。代文在一家电视台担任人力资源部部长,还买了大房子。日子过得好好的,不知怎地,后来又扔下老婆、孩子,独自跑到江苏南京,一去就是两三年,连个面都见不着。

代老汉故土难离,他不习惯城里的钢筋水泥,一个人守着老屋,过着日出而作、日落而息的田园生活。虽然有些寂寞,但也怡然自得。为了打发日子,有时候,他也看看电视读读报,时常看到一些人为了金钱不择手段走上违法犯罪道路的案例,总是为他们惋惜。

来了!312国道上,不时有汽车驶过,有一辆小轿车在河对面停下来。看到了,开门下车的正是他的小儿子代文,手里拎着一包东西,沉甸甸的。

"小文,我在这儿,快过来!"儿子马上奔四十了,在代老汉眼里,仍是当年那个总是向他报喜讯的孩子。

"爸,我马上要走,不过来了。"与往常不一样,代文似乎有些慌张,东张西望的,好像在提防什么。

代老汉小心翼翼跨过堤坝,代文迎了上来。就着昏黄的路灯,只见儿子灰头土脸的,代老汉忙用手里的毛巾替儿子擦拭。

"爸,这是我做生意赚的黄金。"代文把手里那只沉沉的电脑包递给代老汉。

"做生意怎么赚得到黄金?"代老汉有些疑惑。

"是和朋友合伙做生意,用黄铜冒充黄金,弄来的金首饰。"

"你怎么能干这种事,这是违法的,要坐牢的。"代老汉吓坏了。儿子果真出事了，这是他不愿意看到的。

"爸,我知道了,这是我第一次也是最后一次,您老放心,就这一回。"代文知道吓着老父亲了,一再表示这是最后一次。他对代老汉说,不要跟任何人说自己回家的事,东西找个地方藏起来,就埋在自家菜园里。"黄金的事连妈妈都不能说,只告诉'菊子'一个人。""菊子"是代文的老婆。

代老汉叹了口气,从怀里掏出那叠带着体温的百元大钞,默默递给儿子。

"爸,你先走吧。"代文收好钱,对代老汉说。

代老汉挥了挥手,什么也没说,默默转身离开。河面上的雾更浓了,一如他此刻的心情。

望着父亲步履蹒跚的背影,代文不免伤感,这次一别,不知自己何时才能回故乡见到父亲。他看着父亲过了河,渐渐融进墨黑的夜色里,才返身上车,眼中似有泪光。

车一溜烟开走了,公路上扬起一溜尘雾。

清晨：贵品仓库惊发盗窃大案

"不好,公司贵品仓库失窃了,少了许多东西!"2月18日清晨6时,仓库保管员小红上班的时候,发现通往贵品库的防盗门被人撬了。冲上楼一看,贵品库里一片狼藉,原本摆满金碗、金块的货架空空如也,地上散落着大小不一的包装盒,小红倒吸一口冷气,好久才反应过来:盗贼光顾过了。她大喊着跑下楼。

这家公司隶属于南京一家单位,仓库里存放的都是电视直销产品。接到仓库报告,一位副总心急火燎赶到无锡。

到现场一看,副总觉得此事非同小可,这才拨打了"110"。锡山竹辉派出所接到"110"的出警指令,已是上午9时27分。所长罗焱具有多年刑警经历,他第一时间率民警赶赴现场,一边组织人员严密封锁现场,一边报告锡山公安分局。

失窃公司经营范围很广,既有珠宝首饰、工艺品,又有化工产品,可以用"包罗万象"来形容。这家公司颇有历史,但在无锡设仓库还是 2010 年的事。公司租了云林地区一家物流公司的库房,贵品仓库是 2011 年 6 月才设置的,此前是委托邮政部门保管的。

贵品仓库所在位置是一幢小楼的二楼。根据《企事业单位内部治安保卫条例》,设置贵品仓库是要向公安机关报备的,这家公司不知是疏忽还是什么原因,没有让公安机关知道这件事,更未安装与公安联网的 CK 报警装置。

接到派出所报告,锡山公安分局局长将文伟率侦技人员赶到。现场勘查和调查访问同步展开。

贵品仓库里共摆放 5 只货架,每只五层,密密麻麻堆满货品,对表、钻石戒、千足金……物品虽小,件件价值不菲。派出所分管刑侦的李融法是个老刑警了,当警察 19 年,刑侦所长也当了 7 年,却还是头一回看到这么多珠宝,刚开始还以为是假的。

清点工作好几个小时后才告一段落,共计失窃千足金金碗 13 个,每个 60 克;金手镯 13 只,每只 50 克;100 克重的贺岁金条 8 根,还有 50 克、30 克的 4 根;兔年生肖银质纪念章 2 千克,《富春山居图》套装银条 150 克。以上物品总价值近百万元。

竟有如此大胆盗贼,一下窃走这么多金银财宝?锡山警方迅速抽调刑警大队民警会同竹辉派出所投入侦查。

外人一般不知这幢二层小楼里藏着宝库。专案组初步判断是熟人作案。排查工作从内部开始。

仓库员工共 180 余人,能进贵品库的只有 6 人,2 人一个班,上午 9 时半到凌晨 2 时有人值守,中间有 7 个半小时的真空。经过逐一走访、排摸,排除了 6 人的作案嫌疑。很快,其他仓库员工的作案可能也被排除。

贵品仓库装有 4 只电子监控探头,其中 2 只被人为破坏。从剩下 2 只录下的画面中可以看到:2 月 18 日凌晨 4 时 56 分,防盗门动了一下,以后防盗门不时抖动,5 时 38 分门被推开。一个黑衣人用一只手按住脸部进入贵品仓库。

现场勘查中,发现那扇防盗门不堪一击,如果是惯窃,几分钟就搞定了。盗贼撬防盗门整整花了42分钟,显然,这是一个"笨贼"。

在仓库外围的监控录像里,早上6时20分,一名貌似清洁工的人走出仓库大门。此人长发披肩,无法辨别是男还是女,黑衣黑裤,一只大号黑口罩把脸部蒙得严严实实,肩上扛着一把长柄竹扫帚,手里拎着2只包,死沉死沉的样子。行至围墙边。"黑衣人"四处张望一番,看四周没什么人,便将扫帚往旁边一扔,把2只包从铁栅栏的空缝隙里塞出围栏,然后纵身跃上2米多高的围栏,一翻身,拎着包逃了。经仓库内所有人员辨认,未见过此人。

办案民警扩大走访范围。守大门的保安反映了一条重要线索。这名保安说,早上6时30分,天已大亮,监控室里的报警器突然发出刺耳的警报声,他立即查看监控画面,只见一个人扛着扫把,拎着一黑一白两只袋子从仓库走出,非常可疑,自己马上冲出门追过去。那人见有人追,慌忙扔了扫把,翻过铁栅栏狂奔。待保安翻过围墙时,那人已不见踪影。

铁栅栏外面是一条河,一条窄窄的便道紧贴铁栅栏。保安追到便道尽头的芙蓉三路,见那人正在前面跑,大喝一声:"你是干什么的?"那人一听,跑得更快了,一拐弯,没了影。保安追得气喘吁吁的,心想那两只包里也不会是什么值钱的东西,放弃了追赶。

保安描绘了此人的特征:瘦高个,棕红色长发,蒙黑口罩,身上的穿着全是男式的。显然,那是个假发套。

"长发人"有重大作案嫌疑!获得这条线索,已是案发后14个小时。再笨的贼,也不可能待在附近等着警察去抓,而且偷的是那么值钱、那么多的金银制品。

是夜,竹辉派出所会议室灯火通明,"2·18"特大入室盗窃案专案会议正在召开。民警们虽然忙碌了一天,但个个精力集中,对他们来说,熬夜是家常便饭了,特别是遇到大案,不破案即便是睡也是睡不着的。再说,夜长梦多,盗贼晚一天落网,追回赃物的可能就会大大降低。

专案组负责人听取了各路人马一天工作汇报,理出这样的线头:盗贼不是仓库的人，但可能来过仓库，熟悉内部情况；从盗贼选择的作案时间和方式分析，初次作案的可能性较大；盗贼系"独脚贼"，没有同伙。

办案民警仔细踏勘保安追赶的线路，从公司旁的便道到芙蓉三路共1 500米，途中未见有人接应。芙蓉三路比较偏僻，平时鲜有出租车经过，尤其是清晨更难见出租车的影子。而盗贼右转弯逃跑消失的那个路段，有一个"黑车"聚集地，不乏"小飞龙"、小轿车。

盗贼完全有可能乘坐"黑车"逃离，只要他乘车，就能找到蛛丝马迹。

专案组决定以芙蓉三路为重点，走访所有从事"黑车"生意的人员及周边厂企居民。

专案会议结束，东方已泛出鱼肚白。民警们随便找个地方迷糊一下，又迎来了新一天的战斗。

蜕变：一切皆因钱色起

代文说了谎，他交给父亲的那包东西，正是某公司贵品仓库失窃之物，而他，正是那个乔装入室作案的大盗。

代文自己也没有想到会走到这一步。

1974年出生的代文应该是幸运的，遇上他的父亲崇尚文化，尽管家庭经济不宽裕，还是含辛茹苦让他一路读书读到研究生。上大学来到大城市武汉，生活为他打开了一扇扇窗，代文眼界大开。他觉得以前的日子算是白过了，暗下决心一定要当上真正的城里人。他明白，像他这样既无背景又无实力的农村娃，唯有靠知识改变命运。他发愤读书，成绩优异，直至获得硕士学位。

毕业后，代文不愿留在武汉，飘到深圳。在这个沿海新兴城市，他就像无根的浮萍，没着没落，两年后，他回到武汉。

1999年，代文迎来人生的辉煌，他成功应聘到省城一家单位，担任了重要部门人力资源部的部长。随后10年里，他不仅事业风生水起，积累了不少人脉资源，收入也不菲。更重要的是他成了家，妻子菊子是个城里姑娘，贤惠、体贴,没有城里姑娘的娇气、傲气。婚后,两人很快有了儿子,小日子过得红红火火。他不仅在武汉买了房,还在长沙购了房。虽然欠下些债,也算是跻身中产阶级行列,这对一个曾经的农村娃来说,实属不易。

信息化时代,互联网成为年轻人的主要交往平台。2009年初,代文在网上认识一个叫石琴的女子。石琴大学本科,家在外地,毕业后到南京打工。几次聊下来,两人都有相见恨晚的感觉,竟然滋生了不该有的情愫,而且很快升温到难舍难分的地步。对此,菊子始终蒙在鼓里,直至代文锒铛入狱,她才知道丈夫在外面有了别的女人。

为了天天与石琴厮守,2009年4月,代文中断武汉的事业。在领导、同事惋惜的目光和菊子的不解中,他毅然辞职,抛妻别子飞到南京。仗着丰富的工作经历,当年5月,他成功应聘到一家做直销的总公司,任职人力资源部经理,失窃的贵品仓库正隶属这家公司。

他与石琴双进双出,成了家外有家的"幸福男人"。公司开出的报酬不低,但两个家的支出,加上还房贷,时常让他力不从心。而且,来南京不到一年,他又搭识了新女友燕燕并租房同居。周旋在三个女人之间,钱显得更紧张了。他在寻觅单干一场发笔大财的机会。这几年,网上购物风起云涌,他从中看到商机。他寻思,自己既有人脉资源,又有生意场上的经验,不发财都难。

代文再次辞职,搬空家底,加上东借西挪,筹资100万元,与人合作开办了"网尚购物"公司,自任总经理,石琴任财务部部长。2010年5月,公司开张营业。因管理、货源、货品质量、顾客群等问题,公司没有如预期的那样财源滚滚,一年不到一盘账,不仅没赚,反而亏了70多万元。2011年4月,公司实在撑不下去了,只得关门打烊。石琴回到原来的公司,代文则成了无业人员。

工作没了,生意失败,各项开支还在。截至案发前,他的信用卡已欠账5万余元,银行催了好几次。还有,借表弟的10万元,也该还了。这些钱要是在前几年算不了什么,眼下却让他承受着不小的压力。自公司倒闭,他一直在寻找新的赚钱方向,但手头无资金,单枪匹马不好干,人家不愿意跟他合伙。一切财路似乎都断了。

那段时间,石琴在无锡的仓库上班。2012年2月12日,星期六,石琴回南京,说起仓库的事,代文脑海中闪过一个念头,那里不是有个贵品仓库吗?里面的东西可值钱了。此前,他两次去过无锡仓库,一次是2011年10月,他送石琴上班,在石琴的宿舍住了一晚,但没去贵品仓库。第二次是11月,他实在闲得无聊,自己坐火车到无锡。这次,石琴带他参观了所有库房,包括贵品仓库,虽没进门,地形位置一清二楚。

代文动了偷的心思。他瞒着石琴开始作案准备,还到地摊上买了假发套和黑色口罩。他自作聪明地想,乔装成女人,就没人会想到是他了。

2月18日凌晨1时,代文一身黑衣黑裤,乘大巴来到无锡,下车后戴上长发套、黑口罩,翻河边的铁栅栏潜入公司。见贵品仓库亮着灯,他潜伏在厕所至凌晨2时多。贵品仓库灯灭了,四周静悄悄,寂无人声。他蹑手蹑脚进入小楼,来到贵品仓库门口。防盗门虚掩,他心里一喜,拉开一看,里面还有一扇紧锁的铁门,用肩膀一撞,感觉挺松的。就在这时,外面传来几声狗吠。他害怕了,立马溜下楼,躲进一片小树林。

凌晨4时,眼瞅着天快要亮了,再不动手就没机会了。代文捡起小树林里一根铁棒蹿上楼。据他事后交代,他用铁棒用力撬门,不知撬了多久,终于把门撬开。一进门,见墙上有两盏暗红色的灯在闪烁,心知是摄像头,他捂住脸部上前拔了电线,随即开始疯狂的攫取。他从货架上找到一个黑布袋,把金碗、金条等一股脑儿往布袋里塞,也不知装了多少,感觉很沉。外面传来汽车喇叭声,天渐渐亮了,他逃出仓库。

一楼阳台上已经有人在活动,代义顺手在一楼楼梯口操了把扫帚扛在肩上出了楼。翻围栏时,保安发现了他,他拼命逃窜,在芙蓉三路拐进路边一家工厂,用谎话骗过门卫,侥幸躲过追赶的保安。

代文搭上一辆"黑车"先到常州,然后乘出租车回南京,来到燕燕住处,600元出租车费还是燕燕付的。逃跑途中,他接到石琴短信,说是贵品仓库失窃,他让她赶紧去看看,他想通过她了解情况。

燕燕从没见过这么多金碗、金块,晃得人眼花缭乱,追问是从哪儿来的。

代文怕吓着她,哄她是做生意赚的。

躲在南京不安全,代文连夜携赃物坐车到了合肥,住了一晚,途中打电话给父亲让准备1万元钱,并约定了见面地点。第二天,他乘7个小时车到了武汉,然后至汉阳,深夜赶到仙桃。见过父亲,安置好赃物,他返回了武汉。

自以为天衣无缝的代文怕自己无端失踪引起警方怀疑,20日晚上,代文潜回南京,留宿石琴处。

寻踪:民警奔波三昼夜擒获大盗

盗贼逃跑时段,芙蓉三路上来往人员已不少,晨练的、上班的,两边的工厂店铺也相继开门,做生意的"小飞龙"聚集在一家工厂门口的空地上招徕客人。

办案民警兵分几路,展开地毯式的调查访问,居民群众、工厂门卫、"黑车"司机,一个不落。

一名司机反映,18日早上7时多,有一辆"黑车"载了个人往常州方向去了,像是警方要查找的人。但此人是个短发中年男子。载客的司机很快找到,姓郭,河南人。郭某说,这名客人是马路对面公司的门卫李某介绍的。

听说那名男子可能是撬窃贵品仓库的大盗,门卫李某吓得话都说不连贯了。他向前来调查的民警如实讲述了18日早上发生的事情。

2月18日早上6时40分,一名披肩长发的人突然闯进门卫室。

"求求你,帮帮我。"

"你是干什么的,怎么穿成这样?"李某诧异地看着眼前这个人,男不男,女不女的,手里拎着两只包,一黑一白。

"别人'吃'了我的货,不给钱,我自己弄回来了,他现在在追我。"这人气喘吁吁,上气不接下气。

"你是不是偷人家东西了?"李某有些怀疑。

"没有,真没有,求你让我在这躲一会儿吧。"

"这里不行,要不到宿舍楼的厕所里躲一躲吧。"李某动了恻隐之心,指着里面的宿舍楼说。

过了一会儿,见没人追了,李某来到厕所让那人快走。只见那人已换了一身行头,长发没了,平顶头。"原来是戴了个假发套。"李某在心里嘀咕。那人掏出500元钱硬塞给李某,李某打电话给他熟悉的"黑车"司机郭某,说有人租车。

在该公司厕所里,办案民警提取到棕红色假发套和黑口罩、黑衣服等物,这些物件正是监控中可疑人的穿着。

那么,可疑男子坐郭某的车子去了哪里?郭某提供,可疑男子上车后,先说到常州汽车站,到了目的地,又说要去恐龙园,就又把他送到恐龙园。收了对方360元车费,他就返锡了。

李某、郭某分别描述了可疑男子的特征,瘦高个,头发偏少,40岁左右,外地口音,听不出是哪里人。手里拎两只袋子,一只黑色布袋看上去挺沉的。而那只黑色布袋的式样、大小,与贵品仓库少掉的黑色布袋一致。

专案组确定,这名乘车逃离者正是重大嫌疑人。

专案组派出人马急赴常州调查。经大量工作,查明嫌疑人乘出租车去了南京。办案民警多种侦查措施齐上,证实嫌疑人到了南京后,又逃往湖北,就在追捕组准备赴湖北抓捕时,又得到线索,嫌疑人潜回了南京。

2月21日傍晚,南京市白下区石门坎。专案组掌握到确切消息,嫌疑人藏身该地一幢楼的二楼房间。在封锁所有出入口后,抓捕民警冲上二楼,撞开房门,屋内一名中年男子正在上网。

"姓名?"

"代文。"

"干什么的?"

"无业。"

"知道为什么抓你吗?"

"我偷了无锡的贵品仓库。"

"赃物呢?"

"在湖北仙桃我父亲处,还有一只金手镯、一块银砖给了女朋友,她叫燕燕,住尧化门那儿。"

这名男子正是代文,他如实交代了盗窃作案事实和赃物去向。

燕燕自打看到代文带回这么多金银制品,就一直在怀疑其是不是在外面干了坏事。代文给她的金手镯、银砖,她没敢动。见到警察,她当即交出了烫手的"山芋"。

2月21日晚,代文被押解到无锡。另一支小分队则驱车赶往800多公里外的湖北仙桃。

从18日上午案发后到现在,民警们像陀螺似地奔波、忙碌。案子破了,赃物追回来才算完美。一路上,大家轮流驾车,说着笑话,赶走不时袭来的瞌睡。

凌晨2时多,车子驶入仙桃区域。因事先已沟通好,当地警方派员通宵等候,配合行动。民警摸黑进村,敲开了代老汉的屋门。

再说代老汉,代文把那包东西给他后,就没有安稳过,时时在担心、害怕,他甚至没敢打开包瞧一眼里面是什么东西。代文要他埋在菜园子里,他没有照做。自己住的地方不敢放,他把东西藏到了女儿在乡下的空关屋里,更没敢把这事告诉儿媳"菊子"。他知道警察迟早会找上门来。因此,当打开屋门见到警察时,他什么话也没说,交出了那包东西。经清点,里面的物件一样不少。

代老汉知道这些东西来路不正,但他相信了儿子说的是用"黄铜冒充黄金弄来的",当听说代文是在无锡撬门入室偷来的时,他眼前一黑,差点摔倒。全家人的骄傲如今变成不齿大盗,真是家门不幸啊。

3月5日上午,锡山警方向某公司发还了失窃的全部赃物。在此之前,警方已向该公司发出了防范整改通知书。

代文深陷囹圄的消息传开,他曾经的同事和大学校友无不为他的蜕变惋惜,他的妻子更是以泪洗面。人啊!一旦贪欲占了上风,这样的结局在所难免。

微信？·危信！

空关房冒出呛人浓烟

案发现场是一处等待拆迁的农舍。

这几年，随着城镇化步伐的加快，一个个村庄渐渐消失。曾经"日出而作，日落而息"辛勤耕作的村民陆续住进了高楼大厦。江阴滨江山观的金童桥，2010 年被列入拆迁规划，至 2013 年 1 月，大多数民房已拆除，只有几间农舍因种种原因，孤零零地散落在一片废墟中，摇摇欲坠，其中就有姚家兄弟的两间平房。两间平房坐北朝南，一东一西，东边一间是姚大的，西边是姚二的。

姚二在江阴城里工作，早在 1987 年，一家人就搬到城里住了。之前，哥哥姚大一家也去了江阴市里。当时，姚家兄弟的母亲还健在，兄弟俩多次劝说老母亲去城里居住，方便照顾。老母亲死活不肯，孤身住在大儿子的屋子里。屋前屋后种种蔬菜，养养鸡鸭，还有邻居串串门，拉拉家常，这是老太太乐意过的日子。姚二怕老母亲寂寞，把自家的房屋租了出去，租金是次要的，主要图有人陪母亲说说话，头疼脑热有个照顾。后来，老母亲去世了，再后来，要拆迁了，房子就一直空在那儿，堆了些橱柜床板等乱七八糟的杂物。慢慢地，周围邻居陆陆续续搬走了。

姚家兄弟是 2012 年底才签的拆迁合同，但房子没马上拆。

姚二退休好几年了，人愈老，故乡情结愈浓。对他来说，老屋有太多的记忆，酸、甜、苦、辣、快乐、幸福、辛苦、忙碌……各种滋味俱全。他时常回金童桥走走看看，哪怕已是一片废墟。2013年1月初，他又回了一次"家"，发现哥的那间房，东墙已被拆得摇摇欲坠，自己那间还是老样子，他在屋前屋后转了一圈，没什么异常。

与姚二一样惦着老屋的，还有他的侄女阿芳，也就是姚大的女儿，她的童年是在金童桥度过的。每隔两三个星期回金童桥去看看，对阿芳来说已成为常态。不去，她总感到少了什么。2013年1月27日上午，她忙完家务活，便驾车往金童桥去。

进村的小路太窄，不能行车。她把汽车停在村口，步行进村。行至老屋附近，一股呛人的烟味扑面而来，她停住脚步，四处观察，未发现嗅源。当走到自家老屋时，汩汩浓烟正从叔父家的房子里窜出。她赶紧进屋查看，只见客堂一角堆着木屑，浓烟夹杂着火星从木屑堆上冒出，刺鼻，奇臭，难闻极了。

"这些木屑是从哪儿来的，是不是有人放火搞破坏？"以前每次来，阿芳都要顺带到叔父家看看，从未见过这堆木屑。阿芳报了火警。消防车呼啸而来，滨江派出所的民警也火速到达。

强烈的水柱交叉射去，火警马上解除。扒开木屑，呈现在人们面前的是一具呈焦炭状的尸体。

"怎么有个死人？"阿芳惊得嘴巴张得大大的，好半天合不拢。

"空关房发现尸体，性别不明！"江阴公安侦技人员飞速赶赴现场。无锡市公安局刑侦人员闻警紧急出动。一时，废墟上喧闹起来，惊动了周边村民。

经法医检验，这是一具女尸，身高约1.50米，年龄20岁至30岁之间，体表无明显外伤，系死后焚尸。因烧毁严重，一时无法确定死因。

女尸是谁，怎么会出现在空关屋，又是谁放火焚烧？查明死者身源对确定案件性质至关重要。

江阴警方当天成立专案组投入侦查。专案组围绕三个方面展开工作：以现场为中心,向周边拓展,深入群众走访调查,发现可疑线索;仔细勘验现场,觅取证据;重点排查,梳理江阴及周边地区失踪女性。

一粒纽扣指点迷津

女尸身上的衣服全部化作灰烬,尸身如一段焦黑的木炭。现场勘查民警小心翼翼移动尸体,仔细搜集相关物件,只找到一缕染成黄色的头发。他们把希望的目光投向那堆仍在徐徐冒烟的木屑。经过一昼夜的翻、扒,就在几乎要绝望之际,一粒烧得黑乎乎的纽扣进入视线。民警如获至宝,连忙擦拭烟尘。这是一粒图形纽扣,上面依稀可见"hope show"字样。

经服装界人士认定,"hope show"是服装品牌"红袖"的标注。查遍江阴市大小店铺,共有4家销售"红袖"的专柜,由同一人担任总代理。"红袖"销售人员确认,2012年底上市的一款棉袄用的正是这种纽扣。再查销售记录,这款棉袄在江阴仅售出一件,2013年1月22日晚8时由市区一家超市里面的专柜卖出。

民警立马来到这家超市,查看监控录像,走访营业员,证实购买这件棉袄的是一名二十四五岁的年轻女子,体形瘦小,染一头黄发,买走的是一件红色的S号棉袄。监控记录了该女子的行迹:22日晚7时55分,她进入超市,先到"红袖"专柜购衣、挑选、试衣、付款,前后逗留约15分钟。随后在超市转悠一圈便出了门,身影消失在马路对面的一家网吧。

网吧工作人员回忆,确有一名身材瘦小的女青年经常到网吧上网。在网吧的实名登记簿上,查明该女子叫文娟,1988年生,安徽安庆人。

网吧工作人员反映,这段时间,文娟来网吧时,总有一男青年陪伴左右,两人手挽手,双进双出,态度亲昵,看上去像一对恋人。1月23日晚,文娟破例一个人到网吧玩到深夜,24日后没再来。

专案组判断,文娟系外地来澄打工人员。网吧只提供了其基本信息,但其住何处,在哪儿工作,身边的男子是谁,金童桥拆迁屋的女尸是不是她?谜团重重。

专案组发动基层公安机关地毯式查找文娟下落。经过大量工作,找到了文娟的闺蜜燕燕。燕燕是江阴一家娱乐场所的服务员,而文娟是同一场所的KTV服务员。燕燕对文娟的情况倒是挺熟悉。她说,她与文娟虽是萍水相逢,却性情相投,无话不说。两人除上班在一起,平时也时有往来。2012年9月,文娟离开江阴,回安徽照顾患病的父亲。其间,她们一直在QQ上保持联系。当年12月初,文娟说要回江阴上班,几天后,燕燕见到了她,随同文娟来澄的还有一个男青年,文娟介绍说,是她的男朋友。文娟与男友在大桥一村租房同居,文娟仍在那家娱乐场所上班。

2012年12月22日,文娟告诉燕燕,自己在微信上认识了一个在另一家娱乐场所做的人,可能要跳槽去那儿,还说自己的男友嫌打工辛苦,回安徽了。自打那时起,燕燕有一个多月没见到文娟。

"你最后一次见到文娟是什么时候?"民警追问。

"2013年1月25日下午2时多。"见民警问得这么认真详细,燕燕预感到文娟发生了什么。她努力回忆着那天的情景。

25日下午2时,燕燕接到文娟电话,说要回安徽过年,有些东西想寄存到燕燕这儿,并说一会儿就到,听上去急乎乎的。半个小时后,一辆出租车在燕燕租住地停下,文娟把被子、热水瓶、拉杆箱等一大堆物件搬进屋。

"有个男的马上来接我,我在这里等一下。"文娟说。燕燕倒来一杯水,让她坐下等。好一会儿,没等到接的人,文娟拖了行李箱到黄山路路口拦了辆出租车走了。此后两人再无联系过。

"文娟当时什么衣着?"

"上身红色拉链棉袄,下穿深色牛仔裤,黄色披肩发。"燕燕还说,文娟喜欢上网聊天,热衷微信交友。

燕燕隐约听到文娟拦出租车时对司机说了句"到双牌四村"。专案组想方设法找到那个出租车司机。司机指认，文娟下车的地点是双牌四村 20 幢楼下。顺线追踪，文娟最后联系的人是一个叫"刘放"的男子，刘放租住在双牌四村 20 幢一楼车库。车库距案发地金童桥仅 500 米之遥。

种种迹象表明，文娟遇害的可能性较大，刘放有重大作案嫌疑！

微信"摇"来的杀身之祸

刘放，男，1988 年出生，江苏省连云港市东海县人，2009 年因盗窃被北京市朝阳区人民法院判处有期徒刑 6 个月，2012 年 10 月来澄，从事发小广告办假证违法活动。

2013 年 1 月 29 日中午，专案组组织抓捕行动，将刘放和同住人员陈某收入网中。在刘放的租住地，查获文娟的手机等物。

"我和老乡陈某把一个叫文娟的女子杀了。"面对证据，刘放如实交代。陈某也供述了作案过程。

随着刘放的落网，一个痴情女"与狼共舞"的故事展现在人们眼前……

刘放与文娟的结识，源于时兴的微信。据刘放交代，2012 年 12 月中旬，他到江阴才一个多星期。一天下午 3 时多，他到一家小吃店吃水饺，等候饺子上桌时，他掏出手机玩微信，搜索"附近的人"，手机"摇一摇"，弹出一个微信名"守住承诺"的女子。微信上的女子很年轻，笑得甜甜的。刘放想添加对方为好友，还发"笑脸"过去打招呼，该女子没有回复，这让刘放觉得很无趣。当晚，刘放坐大巴去北京，途中收到"守住承诺"的回复，双方约定待其回江阴后再联系。

四天后，刘放返回江阴，当即微信约"守住承诺"共进午餐。"守住承诺"欣然赴约。一对年轻男女虽是初次见面，却一见如故，相谈甚欢，很快便亲密无间。饭后，刘放把对方带到租住地，几乎没有什么过程，两人就发生了性关系。

这个"守住承诺"正是文娟，此时，她正处于爱情的空窗期，男友刚离她而去。刘放的微信"摇"到她,打了招呼,她犹豫了一会儿,还是禁不住诱惑,添加对方为好友。一见面,刘放长得不错,嘴巴甜,会哄人,她觉得找到了心目中的"白马王子",一顿饭便确定了恋爱关系,过起同居生活。

刚搭识文娟,刘放只是给自己空虚的生活增加点调味品。他知道,在KTV干的人大都水性杨花,靠不住。同居开始的同时,物质生活也开始了。租房、柴米油盐,加上时不时玩把浪漫,各种花费陡增,开销都是文娟大方地包了。刘放没感到这是一个痴情女子的付出,而是认为文娟有钱,是个小富婆。一次,他手头紧张,"借"字刚出口,文娟居然把一张银行卡给了他,还把密码告诉了他。他把卡里4 000元悉数提现挥霍,文娟也没说什么。

不知不觉近一个月过去,文娟对刘放可谓一往情深,时不时给他添置行头,给零花钱。她说,男人口袋里要有钱,走出去才有派头。她实实在在爱上了刘放,设想春节把刘放带回安徽与父母见个面,把关系正式确定下来。自己的年龄也不小了,父母认可了,就可谈婚论嫁了。文娟沉浸在幸福甜蜜中,没想到魔鬼的黑手正向她伸来。

刘放表面上柔情蜜意,心肝宝贝不离口,背地里却是个魔鬼,想的是如何"弄死她搞钱"。刘放的歹念从知道文娟有钱后萌生,12月底听文娟讲起一件事,便更强烈、坚定。一天晚上,两人亲热过后,文娟看似无意地说,有个经常到KTV唱歌的大款看上了她,要包养她当"小三",给了她一张银行卡,卡里有8万元现金。文娟的潜台词:一是炫耀,二是你快娶了我吧,否则我就是人家的人了。在刘放那里就不是这回事了。这阵子,文娟把他的逢场作戏当了真,天天缠着他过年去安徽拜见"岳父母",真是烦透了。眼下,文娟与他躺在一张床上,却说要去给人家当"小三",明显是瞧不起他,他恨不得马上掐死她。但一听到8万元钱,他马上换了一副面孔。

"文娟,你把钱还给人家,我娶你,一辈子对你好。"刘放搂紧文娟,信誓旦旦,听得文娟心花怒放。

刘放琢磨着如何人不知、鬼不觉地灭掉文娟,把那8万元钱占为己有。为了确保成功,他将 17 岁的同乡陈某拉进这个"谋财"阴谋,承诺得手后钱平分。刘放设计了 N 种方案,然均因种种原因未能实施。

2013 年 1 月 25 日,一大早,文娟对他说已买好第二天去安徽的大巴车票,让他抓紧准备,一起走。随后,文娟去自己的租住地收拾行李,整理杂物,退掉租房。文娟的如意算盘是过完春节,两人就是正式夫妻了,用不着再各租各的房。

"再不下手就没有机会了。"刘放孤注一掷,与陈某密谋作案计划,连下午接文娟的事都忘了。文娟气呼呼地乘出租车来到其住地,他好一阵道歉、自责,才把文娟安抚下来。

25 日晚,刘放与文娟嬉戏玩闹到第二天凌晨,文娟筋疲力尽,直喊"困死了"。"别着急,我们再玩一个捆人游戏。"刘放似乎玩兴正浓,拿来布带捆住文娟的手脚,文娟累得不想说话,闭上眼睛自顾自睡觉,任其折腾。

守在屋外的陈某悄悄潜进室内。见文娟已进入梦乡,两人将一条围巾套上其颈部,使劲勒,越勒越紧。文娟只来得及蹬了几脚,便悄无声息地"走"了。

"我们有钱了!"刘放不忘解下文娟颈部的金项链,拉过棉被盖住其身体。他迫不及待打开文娟的行李箱,里面没值钱的东西。再搜口袋,找到 800 元现金和那张存有"巨款"的银行卡。

天明,刘放到自动取款机上取现,卡里空空如也,何来 8 万元?

尸体藏在租住地迟早要露馅,烧掉了就什么都没了。刘放白天踩点,物色焚尸地点,找到了距租住地一里多地的金童桥。他料想这里已拆成废墟,快过年了,人们一般不会来这里。深夜,他与陈某将文娟搬上三轮车,运到小平房,浇上汽油焚烧。接着,运来木屑掩盖尸体。

微信交友,枉送一条命。文娟至死都没明白,"男友"为什么要送她去地狱。刘放、陈某则是自己叩开了地狱的大门。2013 年 11 月 14 日,案犯刘放被判处死刑,剥夺政治权利终身。

微信？危信！

　　网络时代的微信社交,拉近了人与人之间的距离,提供了更便利、快捷的平台,但也的确是玄机重重,暗藏凶险。从无锡警方近年来接报的刑事案件分析,利用微信、QQ、微博等新型网络社交软件实施犯罪的案件,呈不断上升的趋势。仅2013年,无锡市公安局就查处利用微信犯罪的案件百余起。主要有杀人、抢劫、诈骗、敲诈勒索、强奸、招嫖等十几种犯罪行为。犯罪嫌疑人大多以虚拟身份、地位、财富为诱惑,打着恋爱、结婚的幌子自我包装,招摇撞骗。年轻女性容易对他人产生信赖、依赖等情感,不法之徒正是瞅准了这一软肋,利用微信加好友、套近乎、献殷勤,待对方放松警惕时骗财骗色。一些年轻女子一旦受骗,碍于面子,常常绝口不提,更别提报警。

　　还有一些犯罪的目的和侵害对象非常明确,就是专门针对那些想"偷腥"的男子,犯罪嫌疑人发布虚假招嫖信息,引诱这些男子上钩,然后以"保证金"等名义骗取钱财。2013年1月至5月,无锡警方接报"微信招嫖"诈骗案26起。

　　2013年3月5日,犯罪分子以微信招嫖需"交纳保证金"为由,通过银行转账,骗走安徽来锡打工男子陶某现金5万元,警方经过2个多月侦查,当年5月8日在湖北省天门市抓获作案者吴某,破获发生在无锡和苏州等周边城市的同类案件10起。在这串案件中,吴某使用具有地图定位、搜索附近人员、好友群发、修改资料等功能的"智云微信协议版8.0"软件作案。作案时,吴某修改了微信显示所在地址,然后通过地图定位和搜索功能添加微信好友,批量发布招嫖信息,实施诈骗。

　　玩微信的人都知道,微信中的个人信息真假难辨,隔着社交软件,即便你面对的是一只凶恶的大灰狼,你也无从知晓其真实面目。总之,微信微信,只可"微信"也。

后记

2014年12月退休回家,带回6个沉沉的整理箱,箱子里装的是刑事案例和警察故事,这是我33年从警生涯的浓缩,更是一笔宝贵财富。于是,我萌生一个念头:以纪实文学的手法,编撰30余年里发生在无锡地区的大案重案,讲述身边警察兄弟的故事。经过一年多的努力,"女警手记"之一《致命邂逅》得以付梓,也算是心想事成吧。

　　《致命邂逅》收录了1982年至2013年发生在无锡地区的30起大案重案,每个案例都带有鲜明的时代烙印,并力图以翔实的材料,强烈的现场感,透视一起起案件发生的因果,讲述侦破过程和案件背后的故事,真实地再现警方与罪犯的较量,揭示"正义必将战胜邪恶"这一永恒的真理,同时探讨罪犯犯罪原因和犯罪心理,借以警示世人。这些案例,除20世纪80年代和90年代初的外,均在侦破后即有公开报道。这次只是把我的作品重新整理,进行深加工。为保护当事人隐私,案例中所涉及的受害人、当事人、案犯均为化名。如有不周之处,欢迎批评指正。

　　1978年的金秋,我怀着对"警察"的景仰与好奇,跨进江苏公安专科学校(现江苏警官学院)的大门,3年后成为无锡公安队伍的一员,干上了写警察的营生。33年里,我就像一颗螺丝钉,牢牢拧在"公安宣传"这个岗位上。如果说,一开始,我当警察是解决"饭碗"的话,那么,真正置身其中,我把这个职业当成了守护平安、捍卫正义的神圣职责。为此,从警一生,一生码字,我无怨无悔,辛苦并快乐着!

　　从警33年,我发表新闻作品、法制纪实文学作品万余篇。在这些作品中,警察兄弟是我最热衷表现的人物。因为长期生活在这个特殊的大家庭,我可以用敏感的心和工作的灵感,去感受和思考警察生活的风霜雨雪、酸甜苦辣。随着时间的推移,这种感受、思考,愈深、愈浓。警察兄弟在与罪恶较量、争斗、博弈中表现出来的责任担当和剑胆琴心,无时无刻不在感动我、感染我,鞭策我坚持不懈用手中的笔来忠实记录他们的英雄事迹,讴歌他们的无畏气概,弘扬他们的崇高精神。潜移默化中,我从警察兄弟身上学到了很多、很多,我对这个职业更加热爱、甚至痴迷。这支英雄团队犹如一个强大的"磁场",总有一种力量在牵引着你,凝聚着你,正如著名作家海岩所说:"即使远离了它,仍恋恋不舍地想贡献点什么。"

无锡市人大常委会党组副书记、副主任赵志新百忙之中为本书作序,使本书锦上添花;无锡市公安局各级领导给我方方面面的关心支持,缪小展副局长、张诚支队长热情为选题出谋划策、严格把关;南京师范大学出版社徐蕾总编辑、郑海燕主任专程到无锡指教,真诚赐助,热心扶持;责任编辑王雅琼,不厌其烦,反复推敲。在此,由衷地说一声:"谢谢!"我的作品凝聚着警察兄弟的心血、汗水、战友情深,一个"谢"字难以表达。

警察生涯留给我太多的咀嚼和回忆,太多的财富和食粮,时时充盈着我的精神、润泽着我的心境。金色盾牌是我今生无悔的追随,我当初心不改,继续用滚烫的心,用手中的笔去讴歌警察兄弟,来延续我的警察梦。

边宪华
2016年6月于无锡